Der Mann im Haus – sucht Antworten auf die wirklich entscheidenden Fragen:
- Sind Katzen die besseren Chefs?
- Wie lange darf man Schwiegermütter am Computer spielen lassen?
- Muss auch die Liebe manchmal in die Wäsche?
- Und warum haben eigentlich nur die Kinder den echten Durchblick?

»Ein Lesevergnügen von der ersten bis zur letzten Seite.« Südhessen Woche

Wilko Weiss ist Autor des Bestsellers ›Der Hausmann‹. Er selbst ist überzeugt, dass er sich mit Frauen, Kindern, Haushalts- und Erwerbsarbeit super auskennt. Mit seiner Familie samt mehreren Haustieren lebt er in einem teilweise tatsächlich selbstrenovierten Haus auf dem Land.

Weitere Informationen, auch zu E-Book-Ausgaben, finden Sie bei www.fischerverlage.de

Wilko Weiss

Der Hausmann

Roman

FISCHER Taschenbuch

Erschienen bei FISCHER Taschenbuch
Frankfurt am Main, August 2013

© S. Fischer Verlag GmbH, Frankfurt am Main 2011
Satz: Dörlemann Satz, Lemförde
Druck und Bindung: CPI – Ebner & Spiegel, Ulm
Printed in Germany
ISBN 978-3-596-19197-0

Ich danke meiner Familie.

Der Controller

Meine Aufgabe ist wichtig.

Controller … ich mag dieses Wort. Ich denke dabei an meine Kinder, wie sie mit den weißen Bedienknüppeln der Spielkonsole vor dem Fernseher stehen und die kleinen Männchen mit den großen Köpfen tanzen lassen. Der Controller lenkt das Geschehen. Ohne den Controller würden die Männchen bloß doof in der Gegend rumstehen.

»Früher nannte man das einfach Buchhalter«, sagt mein Kumpel Gregor gerne, obwohl er genau weiß, dass wir Controller mehr tun. Wir lenken und planen die Route, während der Buchhalter nur aufzeichnet, wo man bereits langgefahren ist.

Ich schaue runter auf den Parkplatz. Der Wagen des Chefs steht nicht in der reservierten Lücke. Nur ein verwehter Prospekt liegt dort und ein altes Brötchen, in dem eine Taube herumpickt. Auf dem weißen Schild ist das Wort *Geschäftsleitung* aufgedruckt, ohne Namen. Einen Namen fand der Chef immer zu protzig. Der Gute. Herr der Einbauküchen und Schlafcouchen, König des Möbelhauses Ritter auf der grünen Wiese. Am Wochenende fährt das Volk hier hinaus, um seine bescheidenen Gemächer neu einzurichten. Es geht uns immer noch gut, trotz der schwedischen Konkurrenz mit den vier gelben Buchstaben. Der Chef meint, das liegt an den vielen Bratwursttagen, die wir anbieten. Wurst für 50 Cent, Bier für einen Euro, große Hüpfburg für die Kinder und eine Cover-Band, die genau das spielt, was die Menschen hören wollen. Natürlich weiß mein Chef, dass es noch viel mehr daran liegt, dass er ein exzellentes Controlling im Haus hat. Gerade eben sitze ich an der strategischen Planung, also der Vorausschau auf die nächsten fünf Jahre. Punkt für Punkt. Zahl für Zahl. »Trocken wie Holzmehl«, würde Gregor sagen, aber hinter jeder Zahl steht eine Wirklichkeit. Ein sonniger Tag, an dem Kinder in der Hüpfburg hüpfen. Ein Tag, an dem die Bagger das Fundament für eine neue Filiale ausheben, nächstes Jahr, wenn alles gutgeht.

Ich beginne, die Formblätter zu sortieren, auf denen die verschiedenen Abteilungen des Hauses ihre Absatzplanung für das kommende Jahr eintragen müssen. Es geht schnell, denn außer dem Einkauf hat noch niemand »den Wisch« an mich zurückwandern lassen. So nennen das die Kollegen immer. Den Wisch! Das muss man sich mal vorstellen! Ohne diese Formblätter komme ich nicht weiter. Ich werde sie mir selbst holen müssen. Ich seufze und stehe auf.

Ich beginne meine Suche im Büro des Vertriebs. Die Schreibtische sind verwaist. Ein Telefon klingelt ins Leere; auf dem Monitor daneben ist eine Webseite mit Fußballtipps geöffnet. Herr Mutz setzt 15 Euro darauf, dass St. Pauli am Wochenende den FC Bayern schlägt. Im Kaffee von Frau Wiener schwimmt ein Keks. Er saugt sich langsam voll und wird in naher Zukunft versinken. Herr Hüls hat sich auf YouTube Zeichentrickvideos von »Simon's Cat« angesehen.

Ich verlasse das Büro und versuche es beim Marketing. Auch hier ist niemand zu Hause. Dafür surrt und fiept es im Kopierraum.

»Herr Breuer!«, begrüßt mich Herr Öllich etwas zu enthusiastisch, als ich die Nase in das kleine Zimmer strecke. Er will davon ablenken, dass er soeben 200 Farbkopien für private Einladungskarten macht. Langsam quälen sich die teuren Hochglanzpapiere aus dem Gerät.

»Ich brauche Ihr Formblatt«, sage ich, und er merkt, dass ich auf den Ausgabeschacht des Kopierers schiele. »Ja, äh, kommt sofort, wenn ich wieder im Büro bin!«

Ich nicke, tue so, als ob ich verschwinde, drehe mich in der Tür noch mal um und sage: »Und, ach, Herr Öllich?«

»Ja, Herr Breuer?«

»Wenn Sie das Formblatt noch mal zur Hand nehmen, korrigieren Sie die Absatzerwartung um 98,50 € nach unten. Schreiben Sie daneben: *Privatentnahme für Farbkopien.*«

Er wird rot.

Ich stapfe über die Treppen ins Erdgeschoss, um mir die Zahlen aus der Produktion zu holen. Hoffentlich haben wenigstens die ihr Formblatt ausgefüllt. An der Tür des Büros hängt ein Klebezettel: *Bin gleich wieder da! Clasvogt*

»Der sitzt auf dem Thron!«, poltert hinter mir unsere Putzkraft. Sie fügt hinzu: »Und das kann dauern.« Sie unterstreicht ihre Äußerung mit Daumenbewegungen auf einem imaginären Game Boy. Ich atme schwer aus und gehe selbst auf die Toilette, um mir Wasser ins Gesicht zu werfen. Hinter der Tür der Kabine höre ich tatsächlich die Melodie von Tetris, begleitet von »Uff!« und »Ach!«, wenn sich bei Herrn Clasvogt ein Klötzchen verkeilt. Durch das auf Kipp stehende Milchglasfenster wehen Zigarettengeruch und Smalltalk-Fetzen herein. Die drei Mitarbeiter vom Vertrieb stehen im Hof und rauchen. Ich gehe hinaus, baue mich vor ihnen auf und will gerade »Formblätter!!!« schreien, als ich Herrn Rabe aus der Qualitätssicherung an seinem PKW sehe. Von dem habe ich bislang noch nicht mal die Frühjahrszahlen, geschweige denn die Vorausschau bekommen. Ich lasse die Raucher stehen, gehe zu ihm und traue meinen Augen nicht: Der Mann putzt gerade sein Auto. Ein Eimer mit Schaumwasser steht neben der Tür, ein Handstaubsauger liegt auf dem Beifahrersitz, Fensterputzmittel steht auf der Motorhaube. Soeben entfernt Rabe mit einem Mikrofasertuch die feinen Staubpartikel, die sich zwischen den Tasten des Radios sammeln.

»Sie reinigen Ihr Fahrzeug?«

»Hallo, Herr Breuer! Klar mache ich das. Es gibt nichts Wichtigeres im Leben, als seine Dinge in Ordnung zu halten.«

Das habe ich eben nicht gehört.

Mir steht der Mund offen.

Ich sage: »Wir haben hier Arbeitszeit, und Sie entstauben in aller Ruhe die Taste zwischen WDR2 und WDR3?«

Herr Rabe dreht sich in seinem Sitz zu mir um, wuchtet seinen Körper zurecht, lacht kehlig und sagt: »Ja, Herr Breuer, wann soll ich das denn bitte sonst machen? Sie wissen doch, wie das ist: Zu Hause kommt man zu nichts!«

Vor dem Eingang zünden sich die drei vom Vertrieb eine neue Runde Zigaretten an. Hinter dem Klofenster ertönen Jubelgesang und eine Kasatschok-Melodie.

Herr Breitling aus dem Einkauf betritt den Hof und hält nach etwas Ausschau. »Da«, sage ich zu dem waschenden Clasvogt und zeige auf Breitling, »das ist mal ein Kollege. Der hat mir wenigstens sein Formblatt ausgefüllt. Als Einziger!«

»Gern geschehen, Herr Breuer«, sagt Breitling und macht ein freudiges Gesicht, als ein Transporter vorfährt. Die Türen öffnen sich, und zwei Männer beginnen, sieben riesige Kartons auszuladen, während Breitling die Lieferung gegenzeichnet.

»Was ist das?«, frage ich.

»Eine Grillsauna.«

»Eine bitte was?«

»Eine Grillsauna. Der letzte Schrei aus Norwegen. Wir könnten für die anstehende Sommersaison fünfzehn Stück bestellen, aber dieses Muster hier bekommen wir zum Schnäppchenpreis. Zum Austesten, ob die Kunden es annehmen.«

Ich überschlage im Kopf die Kalkulationen und die geplanten Neuerungen im Sortiment. »Was soll das denn?«, frage ich.

»In der Mitte ist ein Grill, Sie sitzen auf Bänken drum herum, und statt einfach nur zu schwitzen, essen Sie heiße Würstchen und trinken kühles Bier.«

»Nein, ich meine, was soll diese Bestellung? Die ist nicht abgesprochen. Wir machen Möbel für den Innenbedarf. Wir haben nur eine rudimentäre Außenabteilung. Was sollen die Dinger überhaupt kosten?«

Breitling nennt mir den Preis.

Ich schlage die Hand vor den Kopf: »Herr Breitling, das rechnet sich doch niemals! Gucken Sie sich doch mal die Kartons an, da muss der Kunde ja einen Schwertransport bestellen, um sein Produkt überhaupt nach Hause zu kriegen.«

»Wir müssen auch mal neue Wege gehen«, sagt Breitling. »Das sind die Worte des Chefs.«

»Ja, sicher, aber die neuen Wege müssen mit mir abgesprochen werden! Ich habe hier die Zahlen im Griff zu halten. Wir machen doch keine Ausstellung hier, sondern ein Möbelhaus, das sich rechnen muss.«

Breitling hört mir gar nicht mehr zu, sondern versucht verzweifelt, die Packer davon abzuhalten, mangels bereitgestellter Transportkarren die sieben Riesenkartons einfach auf dem Parkplatz vor der Tür zu lagern. Genau das machen sie aber.

»Und wenn es heute Nacht regnet?«, schimpft Breitling den Männern hinterher, aber es ist zwecklos. Er schüttelt den Kopf und verschwindet im Haus.

Ich schaue zu Herrn Rabe, der immer noch seelenruhig sein Auto wäscht, sage nichts mehr und gehe gemessenen Schrittes ins Haus zurück. Herr Clasvogt kommt aus dem Klo und rennt mir vor die Füße. »Herzlichen Glückwunsch«, sage ich und steige die Treppen wieder hinauf, vorbei am Kopierraum, wo immer noch Öllichs Einladungen produziert werden. In der Küche nehme ich mir einen Kaffee. Auf den Hängeschrank über der Maschine ist mit Tesafilm ein Zettel geklebt worden. Darauf steht:

Jeder Mensch kann beliebige Mengen Arbeit bewältigen, solange es nicht die Arbeit ist, die er eigentlich machen sollte.

»Lustig, was?«, sagt ein junger Mann von 16 Jahren im Türrahmen. Unser Praktikant Gero. Er geht auf mich zu und hält mir ein Blatt hin: »Hier, ein Formblatt. Ich weiß, die Abteilung Praktikant hat eigentlich keine Absatzerwartung, aber ich würde gerne mal wissen, ob ich das richtig ausgefüllt habe. Ich will hier ja auch was lernen. Ich habe mir Einsparpotentiale ausgedacht. Wussten Sie, dass der Duftstein *Ozeanbrise* in den Toiletten 15 Cent teurer ist als der Duftstein *Zitrusfrische* vom gleichen Hersteller? Ich meine, für das Geschäft im Geschäft muss doch auch Zitrusfrische reichen, oder? Das große Geld besteht aus vielem kleinen Geld. Halten Sie das nicht zusammen, können Sie auch gleich ein Haus ohne Fundament bauen.«

Ich sehe den jungen Mann an und spüre, wie mir die Tränen in die Augen schießen. Langsam gehe ich auf ihn zu, umarme ihn und drücke ihn. Ganz, ganz fest.

Ich bin Controller.

*

»Ja, entschuldigen Sie mal, das war doch alles schon vor Monaten abgesprochen!«

»Das mag sein, Frau Breuer, aber nachdem der Entwurf durch den Ausschuss musste …«

»Der Ausschuss! Noch ein Ausschuss!«

»Ja, Frau Breuer, so ist das eben in der Demokratie …«

Das Atelier meiner Frau Marie ist ein Anbau unseres Hauses, den man nur über einen langen Flur erreicht, aber die Stimmen klingen trotzdem bis an die Haustür. Kaum habe ich das Haus betreten, hängt mein Sohn Tommy an meinem rechten Hosenbein. Das linke Hosenbein umstreift unsere Katze Vinci. Sie hat Hunger. Meine Tochter Lisa schaut sich das Geschmuse ihres kleinen Bruders und ihrer großen Katze einen Augenblick an, lächelt nachsichtig und sagt: »Mama streitet sich mit einem Mann von der Stadt.«

»Das höre ich«, sage ich und wuchte mich zur Garderobe, was nicht so leicht ist mit einem Achtjährigen am Bein und einer Katze, die um das andere schnurrend ihre Kreise zieht.

»Mama ist sauer«, sagt Lisa.

Ich hänge mein Jackett auf.

Marie sagt im Atelier: »Sie wollen mir also jetzt, nach zwei Monaten Arbeit, allen Ernstes sagen, dass das ganze Konzept mit den Wasserläufen wieder verworfen wurde?«

»Frau Breuer, was heißt verworfen, es war ja nie hundertprozentig zugesagt. Der Ausschuss …«

Marie unterbricht den Mann: »Ich wiederhole noch mal. Sie wollen mir jetzt, nach zwei Monaten Arbeit, sagen: ›Frau Breuer, entschuldigen Sie, aber im Grunde wollen wir den Kindergarten komplett ohne Wasserläufe‹?«

»Sollen wir boxen?«, fragt Tommy, lässt mein Bein los und läuft ins Wohnzimmer zum Fernseher, ohne eine Antwort abzuwarten. Die Videospielkonsole ist bereits eingeschaltet. Kleine Männchen mit großen Köpfen warten wackelnd auf ihren Einsatz. Mein Sohn gibt mir den weißen Controller. In ihm steckt noch ein kleinerer Knüppel für die linke Hand, schließlich boxt man nicht einhändig. Unsere Katze maunzt, weil ich sie nicht erst mal füttere, bevor ich boxe. Lisa sagt:»Ich glaube, Mama würde diesen Mann am liebsten umhauen …«

Tommy sagt »Los!«, und hat mir auf dem Bildschirm bereits eine verpasst.

Der Beamte sagt im Atelier:»Ja, Frau Breuer, das klingt jetzt sehr radikal, wie Sie das sagen. Der Ausschuss …«

Jetzt hören wir trotz der lauten Geräusche des Boxspiels, wie Marie im Atelier nach Luft schnappt. Sie macht ein paar Schritte, schnappt noch mal, bleibt stehen und sagt:»Bei allem Respekt, Herr Steinhoff, aber wenn Sie noch ein einziges Mal das Wort ›Ausschuss‹ erwähnen, werfe ich Ihnen diesen Locher an den Kopf.«

»Frau Breuer, wie lange arbeiten wir jetzt schon zusammen an kommunalen Projekten?«

»Seit zehn Jahren, Herr Steinhoff.«

»Eben, Sie wissen doch, wie das läuft, meine Liebe. Ich kann doch auch nichts daran ändern. Denken Sie, ich hätte das Konzept mit Wasser nicht auch schöner gefunden?«

»Also, sag ich's doch! Sie wollen es komplett ohne Wasser!«

»Pamm! Gewonnen!!!«, jubelt Tommy, und mein Boxer geht auf dem Bildschirm zu Boden, weil ich nicht aufgepasst habe.

»Mann, Papa, mach richtig!«, sagt Tommy, als er merkt, dass ich nur dem blöden Beamten lausche, der meiner Frau wieder mal alles Kreative aus ihrem Entwurf streichen muss, weil der Bauausschuss es so befiehlt. Marie liebt ihren Beruf als Architektin, den sie neben Kindererziehung und Haushalt vom heimischen Atelier aus führt, aber wer auf diese Weise arbeitet, kann eben nur ab und zu Kindergärten oder Hallenbäder für die Kommune und den Kreis entwerfen. »Das ist so, als würde man Eric Clapton dazu zwingen, für Andrea Berg Gitarre zu spielen!«, hat Marie mal geschimpft, und so sauer sie auch war, für diesen Vergleich musste ich sie sofort küssen.

»Papa, machst du jetzt ernst oder nicht?«, quengelt Tommy.

»Mauuuuuu!«, quengelt Vinci.

»Frau Breuer, was soll ich denn machen?«, quengelt Herr Steinhoff.

»Am besten, Sie gehen jetzt und lassen mich in aller Ruhe meine Wasserläufe wieder abreißen!«, sagt Marie.

Wenig später passiert der Mann die Wohnzimmertür, sagt »Guten Tag, Herr Breuer«, und ist schnell aus der Tür.

Ich lege den Controller ab und gehe auf meine Frau zu.

»Drei Monate arbeite ich daran, einen Kindergarten mit Wasserläufen und Teichen zu entwerfen, und am Ende wollen sie doch wieder nur einen Schuhkarton mit Spielgerät.«

»Ich weiß«, sage ich und nehme sie in den Arm.

Sie legt den Kopf auf meine Schulter, und ich streichele ihr durchs Haar. »Gideon und Stefan sind gerade unter den letzten drei Bewerbern um den Auftrag für das neue Museum für zeitgenössische Kunst in Zürich«, sagt sie.

»Ich weiß«, sage ich und drücke sie fester. Gideon und Stefan haben mit Marie damals das Studium abgeschlossen und betreiben heute eines der angesagtesten Architekturbüros in Deutschland. Marie hat den Newsletter abonniert und verfolgt ständig, was die beiden tun. Gideon und Stefan haben niemals Kinder bekommen oder geheiratet. Die Absendezeit ihrer Newsletter beträgt häufig 3:35 Uhr in der Nacht.

»In Zürich darf man Wasserläufe machen«, sagt Marie, aber ihr Tonfall wird in meinen Armen bereits weicher. Sie klingt jetzt nicht mehr wie eine wütende Frau, sondern wie ein trauriges kleines Mädchen. »Den Zürichern könnte man einen Teich mit Seerosen mitten im Konferenzraum präsentieren, und sie würden sagen: ›Frau Breuer, wenn Sie die Tische noch unterbringen, machen wir das!‹«

»Ich weiß«, sage ich.

Marie sagt nichts mehr.

Ich drücke sie ein wenig fester und zähle im Stillen sechs Sekunden ab. Das ist exakt die Zeitspanne, in welcher der Körper bei einer liebevollen Umarmung beginnt, Glückshormone auszuschütten. Ich habe das nachgeschlagen. Ich will so was wissen, ich bin Controller. Marie weiß davon nichts, aber nach exakt sechs Sekunden seufzt sie laut und herzzerreißend. Nicht nach fünf, nicht nach sieben, nein, nach genau sechs Sekunden. Ich lächele. Sie löst sich ein wenig und schaut mich an.

An meinem Bein streift die hungrige Vinci grimmig ein Pfund ihrer Kopfbehaarung ab.

»Die Katze hat Hunger«, sagt Marie.

»Ich weiß«, sage ich.

Dann gehe ich die Katze füttern.

Und Marie streicht alle Wasserläufe aus dem Kindergarten.

Die Trophäe

Es ist erst 7:15 Uhr, als ich vor der Firma vorfahre. Ich will heute früher anfangen, weil die strategische Planung ein paar Überstunden erfordert. Ich mag den Morgen. Das Gebäude ist noch still, und alle Telefone schweigen. Ich schaffe viel und komme trotzdem früh genug nach Hause, um mich von meinem Sohn auf dem Nintendo windelweich prügeln zu lassen. Der Parkplatz ist wie erwartet noch leer.

Fast leer.

Vor dem Eingang liegen immer noch die sieben Riesenkartons der Grillsauna, und dort, wo gestern die Taube pickte und wo eigentlich der Wagen des Chefs seinen Platz hat, steht eine schwarze Limousine. Ich steige aus. In meiner Etage ist Licht. Wer ist denn so früh in der Firma? Und parkt auf dem Stellplatz des Chefs?

Ich betrete das Gebäude und gehe Stufe für Stufe schneller die Treppen hoch. Im Flur sehe ich einen Mann, der beiläufig den Kopierer einschaltet, lacht und zu seinem Kollegen sagt: »Schau mal, Wolfgang, Papierstau!«

Wolfgang – ein langer Typ im Armani-Anzug – schmunzelt und sagt: »Provinzklitsche …«

Dann bemerkt er mich.

»Oh …«

»Ja, oh …«, sage ich und gehe auf ihn zu, als hätte ich Hausrecht. Habe ich ja auch.

Ich bin der Controller.

»Und Sie sind?«, frage ich.

»Ja, guten Morgen, wir sind Stölz und Schwarz von der Firma *Blackwater.*«

»Tatsächlich?«, sage ich.

Was zur Hölle geht hier vor?

»Und Sie?«

»Ben Breuer, Controlling«, sage ich und drücke die Hand von Herrn Schwarz ein wenig zu fest. Er honoriert meine Aggression mit einem Lächeln, als sei ich bloß ein Sparringspartner, aber immerhin kein schlechter. Dann lässt er die Hand los und nimmt eine Tasse Kaffee, die er auf meinem Schreibtisch abgestellt hat. Sie hinterlässt einen braunen Rand auf einem Ausdruck der Bilanzen.

»Die Espressomaschine brauche ich Ihnen wohl nicht mehr zu zeigen«, gifte ich.

Herr Schwarz ignoriert meine Bemerkung, wartet einen Augenblick, als würde er überlegen, und sagt dann zu seinem Kollegen: »David, holst du Herrn Breuer bitte auch einen Kaffee?«

David nickt und verschwindet, aber nicht wie ein Unterstellter, eher wie einer, der ein festgeschriebenes Drehbuch abspult.

Herr Schwarz schluckt und kaut einen Moment auf seiner Zunge herum. Er blättert an einem kleinen Wandkalender die Motive auf, wie um nachzusehen, ob es sich lohnen würde, das Ding zu klauen und die Landschaftsfotos für die Kinder auszuschneiden. Dann sagt er: »Herr Breuer, wie soll ich Ihnen das schonend beibringen?«

Mir wird heiß im Magen.

Ich weiß nicht, ob ich den Mann schlagen oder mir die Ohren zuhalten soll.

»Es ist im Grunde gut, dass Sie als Erster hier im Hause sind. Ich meine, immerhin sind Sie das Controlling, und womöglich können Sie uns helfen, den einfachen Mitarbeitern nachher die Sachlage mitzuteilen.«

»Was reden Sie denn da?«, sage ich und merke, dass meine Stimme zittert.

»Unsere Firma, *Blackwater*, vielleicht haben Sie schon von uns gehört?«

Ich antworte nicht.

»Na, jedenfalls, wir sind ein Investment-Unternehmen. Wir kaufen Firmen fast jeder Größe, die in Schwierigkeiten geraten.«

»Wir sind nicht in Schwierigkeiten!«, sage ich mit einem Blick auf den Kaffeetassenrand auf meinen Papieren. Ich sitze gerade an der strategischen Planung der nächsten fünf Jahre. Würstchentag. Einbauküchen. Expansion. 2012 wollen wir eine neue Filiale bauen. Den unsinnigen Einkauf der Grillsauna werden wir verschmerzen. Ich weiß das doch, ich bin der Controller.

Herr Schwarz überhört meinen Widerspruch und fährt fort: »Manchmal sanieren wir die Häuser, die wir übernehmen. Manchmal aber müssen wir sie leider ... nun ja, schnell und effizient abwickeln. Selbst da verdienen wir noch was dran.«

Jetzt ist mir nicht mehr heiß im Magen, jetzt verbrenne ich.

»Aber ich kenne doch die Zahlen!«, sage ich.

Herr Schwarz sagt: »Ja, aber kennen Sie auch Ihren Chef?«

Ich runzele die Stirn.

»Ich meine, kennen Sie ihn *wirklich*?«

»Ich arbeite seit zehn Jahren mit ihm zusammen, natürlich kenne ich meinen Chef!«

»Dann wussten Sie von seinem heimlichen Hobby?«

»Was?«, frage ich frotzelig, »dem Jagdclub?«

Herr Schwarz lächelt. »Nein ...«

»Ja, reden Sie«, sage ich.

»Es hatte mit einer anderen Art von Kugeln zu tun« sagt Herr Schwarz, »silbernen Kugeln, die auf einer Drehscheibe herumsausen und dann klackernd in ein Loch fallen. Und mit kleinen weißen Karten, bedruckt mit roten und schwarzen Damen und Königen und Buben.«

Es ist, als würde mir der Mann erzählen, dass ich die ganze Zeit in einer Theaterkulisse gelebt habe. Als hätte die Taube auf dem Parkplatz ein Gestänge in ihrem Vogelkörper und wäre ferngelenkt.

»Mein Chef ...«

»Ihr Chef ist weg«, sagt Herr Schwarz, und sein Kollege Stölz reicht mir nun tatsächlich einen Kaffee, als wäre *ich* zu Gast in *deren* Firma. »Und um sich privat zu retten, hat er uns seine Firma verkauft.«

Herr Schwarz reicht mir eine Mappe.

Ich stelle den blöden Kaffee ab und nehme die Mappe an mich. Halte sie in den Händen und starre auf die Paragraphen, Sätze und

18

Unterschriften. Es sind Fakten, an denen ich nichts mehr ändern kann. Ich kann nur noch feststellen, was ist. Wie ein Buchhalter. Der Chef hat über Nacht seine Firma verkauft. An Blackwater.

Ich lasse die Mappe sinken.

»Sie sagten, Sie würden nur manche Häuser sanieren?«

Herr Schwarz presst die Lippen zusammen, als bedauere er, was ich gerade eben begriffen habe. Dieses Haus wird er nicht sanieren. Dieses Haus wird er schnell und effizient abwickeln. Wie hat er es noch vor zehn Minuten am Kopierer genannt? Provinzklitsche …

»Sie und alle anderen Mitarbeiter bekommen natürlich eine gute Abfindung. In den nächsten zwei Wochen helfen Sie uns bitte, den Restbestand zu verkaufen. Ein schöner Schlussverkauf, erst 25, dann 50 und dann 80 % Rabatt. Dazu Würstchen, Hüpfburg, Livemusik. Sie kennen das. Wir haben uns vorgestellt, dass wir diese ehemalige DSDS-Kandidatin mit ihrer Band hierherholen, na, wie heißt die noch? David, sag schnell!«

»Annemarie Eilfeld.«

»Ja, genau, die meine ich. Die kriegt man heute richtig günstig, aber die zieht immer noch gut Publikum. Wie sagt man? Saukram vor die Säue!« Schwarz lacht dreckig.

Vielleicht träume ich ja.

Vielleicht liege ich noch im Bett, Marie neben mir und Vinci auf den Beinen, und das Ganze ist nur ein Albtraum. Ich bin doch Controller, ich habe doch die Firma gelenkt.

»Helfen Sie uns dabei, das würdevoll über die Bühne zu bringen, Herr Breuer?«, fragt mich Herr Schwarz von *Blackwater*, und ich nicke nur, obwohl ich das gar nicht will. Ich nicke und plane innerlich schon den Schlussverkauf und den Auftritt des C-Promi-Casting-Stars. Ich kalkuliere bereits alles im Kopf durch, obwohl ich diese Männer eigentlich mit Schwert und Rüstung aus unserem Schloss jagen müsste. Tue ich aber nicht. Ich überlege, welchen Würstchen-Caterer ich anrufe, ob Annemarie ihre Anlage selbst mitbringt und auf welchem Wege wir den Schlussverkauf bewerben, so dass er ein Maximum an Einnahmen abwirft, obwohl die nicht mal in die Taschen der Mitarbeiter fließen werden. Ich bin gerade feindlich übernommen und abgeschossen worden, und schon plane ich innerlich die letzten 14 Tage.

Ich kann nicht anders.

Ich bin Controller.

Herr Schwarz schaut sich die Kaffeetasse in seiner Hand genau an. Wie ein Porzellansammler. »Eine Frage habe ich, Herr Breuer. Diese Kartons unten auf dem Hof. Was ist das?«

»Eine norwegische Grillsauna«, sage ich.

»Wirklich?«, sagt er, und seine Augen blitzen. »David, kannst du mal checken, ob wir einen großen Transporter kriegen?« Herr Schwarz beugt sich vor und lächelt breit, die Augen schmal wie ein chinesischer Detektiv. Er sagt: »Normalerweise sammele ich von den Firmen kleinere Objekte, wissen Sie? Aber eine Grillsauna gibt's nicht alle Tage.«

»Sie nehmen die Sauna für sich selber?«

»Äh, ja? Es ist jetzt meine Firma. Und ich habe Regeln. Pro Firma nur eine Trophäe.«

Ich starre ihn mit halboffenem Mund an. Hat er eben wirklich Trophäe gesagt?

»Transporter ist kein Problem«, sagt sein Kollege, die Finger auf der Tastatur seines Blackberrys.

»Gucken Sie mich nicht so an, ich habe diese Firma nicht verzockt«, sagt Herr Schwarz, und obwohl ich ihn am liebsten würgen würde, steigt in mir ein Gedanke auf, den in dieser Lage nur ein Controller haben kann: Ich muss die Grillsauna nicht rausrechnen, weil sie noch gar nicht eingebucht wurde. Und das freut mich auch noch.

Ich kann nicht anders.

Ich bin Controller.

*

Ich habe keine Ahnung, wie ich es Marie sagen soll.

Da sitzt sie, hinter der hohen Fensterfront, den Zeichentisch voller Bögen, und trinkt Tee, während sie am Schreibtisch daneben auf den Bildschirm starrt. Ich stehe im Garten vor dem Anbau. Ich habe mich um das Haus herumgeschlichen, da ich zuerst mit ihr reden will. Meine Kinder würden mir sofort anmerken, dass etwas nicht stimmt. Die Katze würde ungebremst fressen wollen, das teure Futter, kiloweise, der brauche ich mit Argumenten gar nicht zu kommen, die schaltet schon beim Wort »Abfindung« ab.

Ich schleiche auf die Terrassentür zu und klopfe zaghaft ans Glas. Wie ein Kater, der rein will.

Marie macht auf, küsst mich und sagt: »Schatz, was kommst du denn durch den Garten?«

»Ich, äh, hab nur nachgesehen, was die Narzissen machen.«

»Aha«, sagt Marie und schließt die Tür hinter mir.

Sonst sagt sie nichts.

Das ist ungewöhnlich.

Der Teebeutel, den sie aus der Tasse geholt hat, ist neben dem Unterteller gelandet. Ein wenig Flüssigkeit läuft auf dem Schreibtisch unter ihre Tastatur.

Ich will gerade ansetzen, da sagt sie: »Ben, ich muss dir etwas sagen.«

»Äh, du auch?«

»Wieso, du …«

»Du zuerst!«, sage ich schnell und hämmere mir ein Lächeln ins Gesicht.

Marie macht ein paar Schritte, bemerkt das Malheur mit dem Tee, ohne es zu beheben, und streicht mit den Fingern über die Bögen auf dem Zeichentisch. Kindergarten. Ohne Wasser.

Sie sagt: »Gideon und Stefan haben den Auftrag für Zürich bekommen.«

»Das ist schön für sie«, sage ich.

Marie beißt sich auf die Unterlippe.

Es sieht süß aus, macht mich aber auch misstrauisch.

»Na ja … sie … Ben, wie soll ich …? Sie haben mir eine Mail geschrieben.«

»Ihren Newsletter? Um drei Uhr nachts?«

»Nein. Keinen Newsletter.«

Sie schaut zögernd zum Monitor.

Sie kaut ihre Lippe.

Sie sieht mich an wie ein Mädchen, das etwas Unanständiges getan hat. Oder das sich noch überlegt, etwas Unanständiges zu tun.

Ich gehe zu ihrem Schreibtisch, setze mich, fasse unachtsam mit der linken Hand in die Teepfütze und scrolle mit der rechten Hand den Mailtext durch, den Marie von ihren alten Studienkollegen bekommen hat.

Was ich da lese, verwirrt mich komplett. Diese paar Zeichen und Wörter lassen tausend Gefühle und Gedanken gleichzeitig anspringen. Nervosität. Erleichterung. Stolz. Ich weiß auch nicht, was noch alles.

Gideon und Stefan fragen meine Frau Marie, Erbauerin grauer Kindergartenkästen für die Kommune, ob sie Interesse hätte, ihr Team zu verstärken. Sie hätten sie immer schon im Hinterkopf gehabt, seit dem Studium, und ja, sie wüssten, sie hätte Kinder und eine Familie. Sie haben mitbekommen, wie Maries Ideen aussehen, *bevor* die Ausschüsse sie zerschlagen, sie haben ihre Ohren schließlich überall, wo es um Stadtentwicklung geht, sei sie privat bezahlt oder staatlich. Sie wollen, dass Marie bei ihnen einsteigt, erst mal »nur« für das Projekt Zürich, wobei dieses »nur« sich hinziehen kann. Und ich kann mir denken, was mit einer Architektin passiert, die das neue Museum für zeitgenössische Kunst in Zürich mitgestaltet. Sie wird sich vor Folgeaufträgen nicht retten können.

Ich schlucke schwer.

Marie lässt ihren Kleinmädchenblick und sagt: »Du schluckst.«

Sie ist sauer.

Ich sage: »Ja, aber nur, weil …«

»Na toll«, sagt sie, als stünde Publikum auf der Terrasse. »Er schluckt!«

»Ja, aber Marie, ich weiß, was das für ein Angebot ist, es ist nur …«

»Nein, du brauchst gar nicht weiterreden, Ben, ich versteh schon. Die Frau soll zu Hause bleiben und weiter Schuhkartons bauen.«

»Marie …«

»Die Frau hat ja nicht etwa vor zehn Jahren gesagt: ›Okay, wenn jetzt das erste Kind kommt, gehe ich in die Teilzeit und arbeite von zu Hause, erst mal, man kann ja sehen, was dann passiert.‹ Die Frau hat ja nicht gesagt, dass sie irgendwann in ihrem Leben wenigstens mal wieder die Chance haben will, etwas Interessantes zu bauen.«

»Marie ...«

»Es geht gar nicht darum, ob ich das wirklich machen will, Ben! Ich werde das nicht machen. Ich mache Tommy und Lisa nicht zu Schlüsselkindern. Aber dass du von vornherein, innerhalb einer Millisekunde, ganz selbstverständlich davon ausgehst, dass daran nicht mal ein Gedanke verschwendet werden darf, ja? Nicht mal ein Gedanke! *Das* regt mich auf!«

»Marie!!!«

Ich stehe auf, gehe auf sie zu und halte ihre Arme fest. Ich atme ein und sehe ihr in ihre wunderschönen Augen, kristallgrün wie ein Bergsee.

»Marie«, sage ich, langsam und mit meiner tiefsten Stimme, »ich bin in zwei Wochen arbeitslos.«

»Was?«, sagt sie, und ihre Gesichtsmuskeln spielen verrückt.

Ich lasse sie los, weil ich herumlaufen muss, wenn ich davon erzähle. »Du weißt, wenn eine Firma in die Insolvenz geht, muss der Besitzer nicht mit seinem ganzen privaten Vermögen haften.«

»Ja, und?«

Ich atme verächtlich aus. »Aber wenn ein Besitzer, dem du zehn Jahre lang vertraut hast, wenn der ein Doppelleben führt und privat siebenstellig Schulden macht, weil er mit seinem Arsch in Kasinos und in Pokerzimmern sitzt ...« – ich schlage laut auf ihren Zeichentisch und schreie, so dass Marie zusammenzuckt –, »... sorry ... dann jedenfalls, wenn dieser Mann, dieses miese, verlogene Arschloch, seinen privaten Hintern retten will, dann kann es passieren, dass er seine ganze Firma mal eben an eine Heuschrecke zum Frühstück verkauft.«

»Nein!«, sagt Marie, aber es liegt nicht nur Entsetzen und Mitgefühl in ihrer Stimme, sondern auch ein wenig Hoffnung.

Ich höre es.

Ich weiß, was in ihr vorgeht.

Ich weiß, was auf ihrem Bildschirm steht.

»Oh, Ben, komm her …«, sagt sie und nimmt jetzt mich in den Arm, wie ich sie gestern getröstet habe. Ich lasse mich drücken. Ich spüre sogar, wie mir die Tränen kommen wollen, weil ich vom Chef so verraten wurde. Nach exakt sechs Sekunden muss ich ganz schwer seufzen. Nach acht Sekunden stehen unsere Kinder und unsere Katze in der Tür zum Atelier.

Lisa sagt: »Wir haben dich brüllen gehört!«

Tommy sagt: »Gehen wir boxen, Papa?«

Vinci sagt: »Mauuuuuuuuuuuuu!«

Ich löse mich von Marie, sehe sie an, und wir beide wissen, dass wir heute kein Wort mehr über die Lage verlieren werden, da wir beide erst mal in Ruhe nachdenken müssen.

Ich gehe die Katze füttern.

Dann gewinne ich gegen meinen Sohn beim Nintendo-Boxen, weil ich mir vorstelle, dass ich auf Herrn Schwarz, Herrn Stölz und auf meinen ehemaligen Chef einschlage.

Der Rollentausch

Ab und zu hat man Geburtstag.

Das ist nun mal so. Den Kalender interessiert es nicht, ob du gerade deine Tage damit verbringst, deine ehemalige Firma abzuwickeln. Operative statt strategische Planung. Planung für 14 Tage. Noch billigere Würstchenlieferanten angefragt hast und die komische Eilfeld mit ihrer Band. Der Kalender sagt: »Juchhu, Geburtstag, ihr müsst feiern!«

Aber das macht nichts, denn in der letzten Woche haben Marie und ich einen Entschluss gefasst, und den werden wir unseren Gästen heute Abend im Wohnzimmer bei Bier und Bowle verkünden.

Die Runde ist überschaubar. Maries Mutter Thea sitzt in der Rundecke der Couchlandschaft und streichelt die schnurrende Katze. Unser Nachbar, Rolf Heyerdahl, schenkt seiner Frau Rita gerade Bowle ein. Sein Trizeps zeichnet sich schon ab, wenn er nur die Schöpfkelle in die Hand nimmt. Er ist braungebrannt und haarlos, aber auf die männliche Weise. Er ist das Gegenteil meines alten Kumpels Gregor, der zischend sein fünftes Kölsch öffnet und mit seinem Schnauzer und seiner Armbehaarung aussieht, als sei er aus einem alten Film mit Burt Reynolds gesprungen. In der Anlage läuft *Hard Knocks*, die brandneue Platte von Joe Cocker. Gregor hat sie mir geschenkt. Schwiegermutter hat Aftershave gekauft, die *For-Men*-Ausführung der Parfümmarke, die Marie trägt. Die Kinder haben mir eine edle Monopoly-Sonderedition überreicht, ein dezenter Hinweis auf ihre eigenen Bedürfnisse. Vinci hat uns heute Morgen erst um 6:15 Uhr statt um 6 Uhr zum Füttern geweckt, und die Heyerdahls beglückten mich mit einem 14-Tage-Gutschein für ihr Fitnessstudio.

Während Joe Cocker zum fünften Lied ausholt, werfe ich Marie einen Blick zu, und sie nickt.

Ich stehe auf, klimpere an meinem Glas und sage: »Ihr Lieben! Danke, dass ihr gekommen seid und mich so nett beschenkt habt!«

Allgemein gutmütiges Grummeln.

»Ich will keine große Rede halten, aber Marie und ich haben euch als unserer Familie und engsten Freunden eine wichtige Mitteilung zu machen.«

Tommy und Lisa kichern und wippen nervös auf der Couch herum. Sie können es nicht erwarten, dass Papa endlich öffentlich macht, was sie schon seit ein paar Tagen wissen. Dass fortan schon mittags geboxt werden kann.

»Also …«, sage ich, »Marie und ich werden ab der kommenden Woche die Rollen tauschen.«

Jetzt ist es so still, man könnte eine Stecknadel fallen hören.

Die Heyerdahls schauen mich neugierig an, die Schwiegermutter schiebt die Katze von sich, und Gregor runzelt die Stirn und trinkt nicht mal an seinem Bier weiter.

»Leider ist es so, dass das Möbelhaus Ritter von seinem Besitzer verkauft wurde und schon jetzt, in diesem Moment, von einer Investmentfirma ausgeschlachtet wird.«

Meine Schwiegermutter hält sich die Hand vor den Mund wie eine echauffierte Hofdame. Die Heyerdahls senken die Köpfe, als müssten sie in Deckung gehen, und sperren zugleich Münder und Augen auf. Gregor dreht den Kopf zur Seite wie ein Gewerkschafter, der die Scheiße schon immer geahnt hat.

Ich sage: »Der Zufall wollte es, dass Marie zur gleichen Zeit das Angebot bekommen hat, bei einem der besten Architekturbüros des Landes einzusteigen. Womit sie endlich den Bau von Hallenbädern für die Kommune hinter sich lassen könnte.«

Die Heyerdahls drehen die Köpfe und nicken anerkennend. Thea weiß nicht, ob sie sich für ihre Tochter freuen darf, wenn sie zugleich wegen ihres Schwiegersohnes betroffen sein muss.

»Das war ein Wink des Schicksals«, sage ich, und Gregor zischt leise, was mich kurz irritiert. Doch ich fahre fort: »Marie wird jeden

Tag nach Düsseldorf ins Architektenbüro fahren, und ich werde fortan meinen Beruf als Controller hier weiterführen – mit dem Haushalt als Betrieb.«

Die Heyerdahls schmunzeln über dieses Bild, Joe Cocker fräst sich durch einen Refrain, und Tommy kann nicht länger an sich halten: »Papa ist dann jeden Tag zu Hause!!!« Er hüpft wild auf der Couch herum, so dass Vinci murrend herunterspringt.

»Papa wird Hausmann!«, sagt Lisa, und bei ihr klingt es nicht so blind euphorisch wie bei ihrem kleinen Bruder, sondern eher amüsiert. Als wolle sie sagen: ›Da bin ich ja mal gespannt …‹

»Wobei!«, hebe ich die Stimme noch mal, »ich nebenher weiter von zu Hause arbeiten werde. Buchhaltungen für Selbständige. Finanzplanung für Freiberufler. So was. Marie hat ja auch Haushalt und Heimberuf zusammenbekommen.«

Ich lächele sie an.

Vinci springt wieder auf die Couch zurück.

»Ja, dann Glückwunsch, Marie, und alles Gute für den neuen Hausmann!«, sagt Rolf und hebt das Glas.

Eine halbe Stunde später erwischt mich Gregor, als ich in der Küche neue Bierflaschen hole. Ich reiche ihm eine und mache mir selbst auch ein Kölsch auf. Wir stoßen an. Er sagt, an die Anrichte gelehnt: »Hast du dir das gut überlegt?«

Gregor ist ein Skeptiker.

Er hat vor ein paar Jahren eine 13-jährige Ehe hinter sich gelassen. Seither lebt er wieder wie ein Junggeselle, auf 40 Quadratmetern, mit Klappbett und Tiefkühlpizza. Er hat sich im Internet einen Fußballschal mit dem Schriftzug *Ein freier Mann* bedrucken lassen. Untertitel: *Eheknast 1994–2007*. Seinen Job bei einer großen IT-Firma hat er gekündigt, da er als kinderloser Einzelgänger kaum Geld benötigt. Sobald ein Mann in seinen »Naturzustand« zurückfällt, sänken die Kosten um 90 %, hat Gregor mir damals erklärt. Dann ist er losgezogen und hat als Allererstes eine *Kicker*-Sonderausgabe mit der Stecktabelle gekauft, in der man mit kleinen Vereinswappen den aktuellen Stand der Bundesliga abbilden kann. Er hat sie über den Küchentisch seiner neuen Bude in einem Hochhaus in Riehl gehängt. Das Geld für sein bescheidenes Leben verdient er, indem er schwarz Computer repariert. Meistens tauscht er nur den RAM-Chip aus, reinigt den Ventilator und sagt dem Kunden: »Sie haben viel zu viel auf der Festplatte!«

Ich sage: »Ja, ich habe mir das gut überlegt, Greg!«

Er macht schmale Augen. »Ben, ich weiß, ihr seid ein modernes Paar und so, aber … ein Mann kann nicht so einfach seinen Beruf aufgeben, ohne dass ihm was fehlt.«

»Ach, Greg, das sagt der Richtige …«

»Ich habe meinen Beruf nicht aufgegeben, Ben. Ich habe ihn bloß in die abgabenfreie Zone verlagert.«

»Ich gebe ihn auch nicht ganz auf«, sage ich. »Ich mache das im Grunde wie du. Du reparierst den Leuten den Rechner, und ich mache ihnen die Kalkulationen und Papiere fertig.«

»Ben, ganz ehrlich«, sagt Gregor, »das wird nicht gutgehen, glaub mir. Wenn Marie nach Hause kommt, ganz ausgefüllt vom Karriereglück, und du stehst da und hast nicht mal die Wäsche geschafft.«

»Ich schaffe die Wäsche.«

Gregor fährt fort, den Blick auf dem Whiskas-Kalender an der Küchenwand: »Elternsprechtage, Schulaufgaben, Gartenpflege, Kochen, Putzen, Spülen …«

»Ach, Greg …«

»Preise beim Edeka vergleichen, Haushaltsbuch führen … und dann auch noch Buchhaltung für andere!«

»Greg, es gibt niemanden, der besser dafür geeignet ist, ein Haushaltsbuch zu führen und Preise zu vergleichen, als ich. Ich bin Controller, Mann!«

»Ja, sicher. Controller für den Hausgebrauch.«

Ich werfe ein Spültuch nach ihm: »Du Arsch!«

Er lächelt, legt das Spültuch zur Seite und sagt: »Ben, bei unserer dreißigjährigen Freundschaft. Frauen können so ein Multitasking. Männer können das nicht. Es entspricht nicht ihrer Natur. Nicht so. Nicht mit Haushalt. Ich wette mit dir um hundert Kästen Reissdorf, dass diese Hausmanngeschichte nicht klappt!«

»Einhundert Kästen?«

Er nickt. »Einhundert Kästen! Ich trage sie dir persönlich ins Haus. Mit nacktem Oberkörper. Gregor, der Bierlieferant!«

Ich halte ihm die Hand hin: »Abgemacht! Flosse drauf!«

Es dauert nicht mal eine halbe Sekunde, da spüre ich schon seine Hand in meiner.

Und das, nun ja, das macht mich doch ein kleines bisschen nervös.

Die To-do-Liste

»Kliiiing, ping, krrrrring«, macht es aus der Küche. Die Löffel der Kinder schlagen an das Steingut der Müslischalen, und trockene Futterbröckchen der Katze purzeln beim Fressen in die Keramik des Napfes zurück. Der Napf hat die Form eines Katzenkopfes. Die Müslischalen offenbaren auf ihrem Boden ein idyllisches Landschaftsbild mit Hof und Reetdach. Während die drei Mäulchen in der Küche kauen, suche ich nach der Schrifttype, in der ich am besten meine erste To-do-Liste ausdrucke. *Ethnocentric* ist stark, aber sie hat nur Großbuchstaben, ebenso wie *Good Times*. Die Schriften *Arial*, *Courier* oder *Times New Roman* sind mir zu alltäglich für meinen ersten Tag als Hausmann. Meine To-do-Liste ist lang und durchdacht. Ich bin Controller.

»Papa, wir gehen dann jetzt!«, ruft Lisa nach ein paar weiteren Minuten, und ich nehme kurz entschlossen die Schrift *HG Heisei Minchotai W3*, drucke die Liste aus und gehe in den Flur, wo sich meine Kinder bereits ihre Jacken anziehen. Marie ist schon vor einer Stunde nach Düsseldorf ins Architektenbüro gefahren.

»Was hast du da?«, fragt Lisa.

»Eine Liste mit allem, was im Haus zu tun ist«, antworte ich und halte sie ihr hin. »Ich werde heute richtig fleißig sein, siehst du?«

Lisa überfliegt die Punkte und runzelt ihre süße kleine Stirn, als glaube sie nicht, dass ich das alles schaffe. Sie sagt: »Da steht kein Kochen drauf.«

Ich drehe die Blätter und schaue darauf wie ein Tennisspieler, der sich fragt, ob seine Bespannung einen Riss hat. »Lisa, Süße, Kochen ist doch selbstverständlich!«

Sie lächelt: »Na, dann! Bis heute Mittag, Papa!« Sie gibt mir einen Kuss und schiebt ihren kleinen Bruder aus der Tür, der vor 8 Uhr morgens im Stehen weiterschläft, bis frische Luft sein Gesicht trifft.

Kurz bevor die beiden hinter dem Haus der Heyerdahls außer Sichtweite geraten, winken sie noch mal, und ich spüre eine merkwürdige, stolze Wärme in meinem Bauch. Das ist jetzt mein Haus, ich bleibe hier, stehe auf der Treppe und winke den Kindern zum Abschied.

Mein Haus.

»Neeeeein!«, sage ich mit langem pädagogischen »ei« in der Mitte, als Vinci durch meine Beine nach draußen schleichen will. Dann huschen die Katze und ich wieder hinein, um unser Tagwerk zu beginnen.

Der erste Punkt auf meiner Liste sieht vor, im Schlafzimmer die Betten zu machen. Das ist ein guter Anfang. Wenn Marie heute Abend nach Hause kommt und frisch duftende Wäsche vorfindet, wird sie sich freuen. Womöglich freut sie sich so, dass die Wäsche eine Stunde danach nicht mehr frisch ist. Ich lächele, ziehe das erste Kissen ab und öffne das Fenster, um Luft reinzulassen. Von unserem Schlafzimmer aus fällt der Blick auf das Haus und den Garten der Heyerdahls. Ein Garten wie ein Landschaftspark, mehrstufig gestaltet mit Wasserläufen, die in einen großen Teich münden. Kleine Wege führen durch abwechslungsreiche Busch-, Beet- und Blumenlandschaften und münden in einer Holzbohlenterrasse am Wasser. Vor der geöffneten Garage steht das knallrote, perfekt gepflegte Chevrolet Cabrio. Sehe ich dieses Kunstwerk, habe ich den Rock 'n' Roll der fünfziger und sechziger Jahre im Ohr und die Dramen mit James Dean oder die Komödien mit Elvis Presley vor Augen. Rita und Rolf pflegen ihren Garten, ihren Oldtimer und ihre Körper so vollendet, dass ich mich frage, wie sie es schaffen, auch noch arbeiten zu gehen. Ihr Sohn Maik pflegt neben seinem Zeugnis nur seine Muskeln und ist ein kleines, kurzhaariges, unzerstörbares Kraftpaket.

Ich öffne den Kleiderschrank, um die neue Bettwäsche auszusuchen. Mir fällt auf, dass das Scharnier der Schranktür zu locker sitzt. Auf dem Boden stapeln sich die Garnituren. Die dunkle Wäsche ist zu warm für den Mai, die aus Satin wäre zu offensiv für den ersten

Tag als Hausmann, und bei der blau-weißen mit den Kordeln statt den Knöpfen fehlt ein Kissenbezug. Ich notiere mir auf meiner Liste die Punkte »Kissenbezug besorgen« und »Scharnier festziehen«. Draußen fährt ein grob tuckerndes Auto vor. Der Paketdienst. Er versucht sein Glück bei den Heyerdahls. Dann klingelt er bei uns. Ich gehe die Treppe hinunter ins Erdgeschoss und öffne die Tür.

»Ja?«

»Oh, damit habe ich ja gar nicht gerechnet!«, sagt der Paketbote. Auf seinem Namensschild steht Georgios Galanis. Ein Grieche von GLS. Dreitagebart, lachende Augen, viele weiße Zähne. »Sind Sie der Mann?«

»Ich bin der Mann.«

»Ihre Frau macht mir nie auf.«

»Jetzt ist hier der Mann.«

»Sehr schön. Kann ich dann ein Paket für die Heyerdahls hierlassen?«

»Neeeeeeeeein«, sage ich, als spräche ich zu einem debilen Kind. Der Grieche runzelt die Stirn.

»Nicht Sie, die Katze«, sage ich.

Der Grieche guckt nach unten. »Ach so.«

Er dachte wohl schon, bei uns würde den Griechen nicht geholfen.

»Unterschreiben Sie hier«, sagt er, blendend weiß lachend.

»Sicher.«

Ich unterzeichne, und er schiebt den großen Karton in unseren Flur.

Kaum ist er drin, klingelt das Telefon.

Vinci rennt ins Wohnzimmer, ich gehe in die Küche zur Anrichte neben dem Herd und nehme den Hörer auf, der dort liegen geblieben ist.

»Ja, Breuer?«

»Hier ist die Schwiegermutter!«, sagt meine Schwiegermutter. »Wie geht es dir?«

Ich überlege kurz. »Gut, gut, mache gerade Hausarbeit.« Während ich spreche, fällt mir auf, wie dreckig das Vlies der Dunstabzugshaube ist. Ich streiche mit dem Finger über das Gitter, das den weißen, flauschigen Fettfänger hält, und habe sofort einen Schmierfilm auf der Kuppe.

»Schön«, sagt meine Schwiegermutter, »ich will dich auch gar nicht lange stören, aber meine Punkte sind weg.«

»Wie, deine Punkte sind weg?« Ich stelle die Schwiegermutter laut, lege den Hörer neben den Herd und beginne, das Vliesgitter zu lösen.

»Na, die Punkte beim Mah-Jongg. Auf dem Computer.«

Ich breche mir fast den Nagel ab, lasse das Gitter los und notiere mir auf einem Post-it-Zettel, dass ich die Aufgabe »Vlies austauschen« auf meiner To-do-Liste nachtragen muss. Die liegt schließlich noch oben auf der Fensterbank.

»Ich hatte 3752 Punkte, das musst du dir mal vorstellen!«

»Das ist schön, Mutter«, sage ich, entdecke endlich die Aufhängung des Gitters und nehme es mitsamt dem triefenden Vlies ab. Ich entferne das Vlies, werfe es weg und lasse Spülwasser ein, um das Gitter zu reinigen.

»Der Computer ist einfach mitten beim Spielen von selber runtergefahren«, sagt meine Schwiegermutter, während mir auffällt, dass man auch die Abzugshaube selbst reinigen muss. Ich tauche einen Lappen ins Spülwasser und fange damit an, derweil Schwiegermutter weiterspricht. »Er ist dann von selber wieder hochgefahren, aber die Punktestände sind weg.« Fettiges Wasser spritzt mir ins Gesicht, während ich verrenkt unter der Haube hänge und schrubbe. Mein Gott, hat die viele Kanten und Ecken! Klobige Kreuzschlitzschrauben, in denen sich das Fett besonders gut einnisten kann. Und Ritzen. Jede Menge schmaler Ritzen. Wer baut denn so was? Das können nur Männer erfinden!

»Da war auch ganz kurz ein kleines Fenster mit so einer Meldung. Ich hab versucht, mitzuschreiben, aber das war zu schnell weg. Ben? Bist du noch da?«

Ich nestele meinen Kopf wieder unter der Haube hervor und huste. Im Flur schreitet Vinci zum Katzenkasten im Gäste-WC, klettert hinein und scharrt sich eine schöne Stelle frei.

»Ja, Mutter, ich bin noch da.«

Ich wringe den Lappen aus. Jetzt fällt mir wieder ein, warum das alte Vlies so lange drin war. Marie hatte mich gebeten, von der Arbeit ein neues mitzubringen, da wir die Dinger in der Küchenabteilung des Möbelhauses haben. Oder besser: hatten. Das war vor ungefähr vier Wochen. Oder sechs. Oder acht.

»Ich hab der Marlies dieser Tage noch davon erzählt. 3752 Punkte, Marlies, stell dir das vor! Wenn du Freitag kommst, zeig ich es dir.«

»Mutter, so aus der Ferne kann ich dir nicht sagen, was das ist. Ich kann den Gregor fragen, aber …«

Im kleinen WC höre ich ein panisches Bumpern. Vinci kommt aus dem Katzenklo geschossen und versucht, ein Häufchen abzuschütteln. Jemand, der keine Katze hat, kann sich diese Situation nicht vorstellen – und sie steht in keinem Whiskas-Kalender. Es läuft so: Das Tier schluckt aus Versehen ein langes Haar der Gattin. Der Kot sammelt sich nun im Darm um das Haar, so wie sich Perlmutt um einen Fremdkörper in einer Auster sammelt und so nach und nach eine Perle formt. Nur dass das Ergebnis in diesem Falle nicht ganz so wertvoll ist. Geht die Katze dann aufs Klo, bleibt das Häufchen gnadenlos an einem Lasso aus Haaren hängen, dessen Ende noch in ihrem Leib steckt. In Panik versucht das Tier, sich zu befreien, und springt durchs Haus, den Kotklumpen am Heck baumelnd wie die Konservendosen an einem Hochzeitsauto. So wie jetzt gerade, im Moment.

»Vinci, stopp!«, rufe ich und laufe der Katze hinterher nach oben.

»Das ist eine gute Idee, den Gregor zu fragen!«, ruft meine Schwiegermutter unten im Hörer.

Vinci rennt schnurstracks, duftende Spuren hinterlassend, über das Ehebett in den noch offen stehenden Kleiderschrank. Im weichen Nest der sauberen Bettwäsche gelingt es ihr, die braune Perle abzustreifen.

»Ben?«, ruft Schwiegermutter von der Anrichte. »Ben? Haaallo??«

Ich lasse sie rufen, gehe zur Fensterbank, wo mein Blick wieder auf das idyllische Parkgelände unserer Nachbarn fällt, und notiere auf der To-do-Liste die zusätzlichen Punkte »Vlies kaufen«, »Vlies montieren« und »sämtliche Bettwäsche waschen«.

Im Telefon unten macht Mutter nur noch »Hm …«. Dann piept es.

Als Controller halte ich fest:

10:30 Uhr
Erledigte Aufgaben: 0
Neu hinzugekommene Aufgaben, inklusive Scharnier und fehlendem
Kissenbezug: 5

Ich lege den Kuli ab.
Nur die Katze hört mein Seufzen.

*

Wie Marie strahlt, als sie nach Hause kommt. Wie ihre Augen glänzen, so voller Leben und Lust und Begeisterung … wann habe ich das zuletzt bei ihr gesehen? Im Urlaub, denke ich, damals in Rom. Es war Hochsommer, fünf Uhr morgens. Wir hatten die Nacht durchgemacht und gingen im Morgengrauen auf die Piazza, wo sich um diese Zeit außer uns nur ein paar Tauben einfanden. In einem unbeschreiblichen Licht.

So sieht Marie mich jetzt an. »Das Atelier, die Größe, die Möglichkeiten, die Umgangsformen«, sagt sie, während sie nach oben geht, um es sich bequem zu machen. Ich folge ihr. »Ben, ich sag dir, ich habe die Freiheit gesehen! Den Raum, den Gideon und Stefan für die Präsentation der Modelle haben, ist alleine so groß wie hier mein ganzes Atelier! Und was das Beste ist: In dieser Welt sagt dir niemand, irgendwas müsste noch durch einen Ausschuss. Und Geld spielt auch keine Rolle. Diese Schweizer, das ist unglaublich.« Sie hält inne, bemerkt die Betten, dreht sich um, schlingt ihre Arme um mich, gibt mir einen Kuss und sagt: »Schlafen wir heute ohne Bettwäsche?«

Das Ehebett ist komplett abgezogen, und die Schranktür steht noch offen, alles herausgeräumt, als wären spezialisierte Wäsche-Einbrecher hier gewesen.

»Das ist … äh … kompliziert.«

Im Keller brummt die Maschine. Marie hört es, als wir beide einen Augenblick schweigen.

Sie zuckt mit den Schultern, küsst meine Nase, lässt mich los und beginnt, ihr Kostüm auszuziehen. Tommy ist bei seinem Kumpel Flo, und Lisa löst in ihrem Zimmer freiwillig mathematische Rätsel. Ihr Buch mit Rechenrätseln und Zahlenquadraten ist so abgegriffen wie bei anderen Mädchen die Vampirromane. Das macht mich stolz. Marie entkleidet sich, und ich schlucke, als sie nur noch in Höschen und BH dasteht. Ich schleiche mich an sie heran, werfe sie aufs wäschefreie Bett und flüstere: »Wir haben's zwar schon in der Garage, aber noch nie in einem Bett ohne Wäsche gemacht!«

Sie lacht, hält meine Handgelenke fest und sagt, den Finger und die Augenbrauen hebend: »Und das aus gutem Grund!«

Ich verstehe sie ja, schließlich bin ich Controller und weiß, dass wir nach wildem Sex auf Matratzen ohne Bezug viel Geld für neue ausgeben müssten. Aber trotzdem …

»Außerdem«, sagt Marie, »habe ich den ganzen Tag fast nichts gegessen.«

Sie zieht sich eine leichte weiße Hose und ein T-Shirt über und geht in die Küche.

»Es steht noch Auflauf im Ofen, habe ich warm gehalten«, sage ich. Ich habe den Auflauf heute Mittag gemacht, in allerletzter Minute, nachdem ich das Dunstabzugshaubenvlies eingekauft hatte. Bio-Kartoffeln, Bio-Spinat, Bio-Schafskäse und Bio-Streugouda, alles nach Maries Vorgaben. Das ist das Einzige, was sie mir genau aufgeschrieben hat. Eine Liste aller Nahrungsmittel, die Tommy und Lisa nicht vertragen, sowie die oberste Order: so viel Natur wie möglich! Darauf hat sie sehr geachtet, als sie selbst noch kochte. Heute habe ich es hinbekommen, aber wenn ich ehrlich sein soll, hat Lisa den Auflauf zubereitet, während ich ihr assistierte und nebenher das neue Vlies montiert habe.

36

»Wow, du hast das Vlies ausgetauscht!«, sagt Marie, und ich bin erstaunt, dass sie es augenblicklich bemerkt. Sie hat doch wochenlang nichts gesagt. »Und du hast sogar im Gehäuse gewischt.«

»Das kann man doch gar nicht sehen«, sage ich.

»Aber sicher kann man das«, sagt Marie. »Da sind sogar die Ritzen sauber.«

Sie nimmt sich einen Teller aus dem Schrank. »Was ist das für ein Paket da im Flur? Hast du an deinem ersten Tag als Hausmann direkt einen neuen Fernseher gekauft?«

»Das ist für die Heyerdahls. Habe ich angenommen.«

»Vom Griechen?«

»Ja.«

Sie beugt sich runter zum Ofen, das warme Licht färbt ihre rechte Gesichtshälfte goldgelb, als sie mich ansieht: »Überleg dir gut, ob du dich auf den Griechen einlässt, Ben. Das bleibt nicht bei einem Mal Helfen.«

Sie öffnet die Klappe des Ofens. Es klackert, denn die Griffleiste ist locker. Das ist mir heute Mittag auch schon aufgefallen. Marie lässt die Klappe wieder zuschnappen. »Ach, Ben, ehrlich, weißt du eigentlich, wie lange die Ofenklappenschraube schon locker ist?«

Warum sagt sie das so genervt? Wochenlang war doch auch nix. Und immerhin habe ich das Vlies ausgetauscht und die Ritzen gereinigt! Ich antworte ihr nicht, doch sie sieht mir an, dass mir die Bemerkung nicht passt. Ich wiederum sehe ihr an, dass ihr nicht passt, dass ich pampig gucke. Sie schüttelt den Kopf, holt sich den Auflauf heraus, stellt die Form auf ein Brettchen, füllt sich einen halben Teller daraus auf und sagt, wieder um Wärme in der Stimme bemüht: »Danke für den Auflauf. Duftet gut.«

Ich lächele.

Marie geht an mir vorbei ins Wohnzimmer, um auf der Couch zu essen. Sie sagt: »Aber bitte, Ben, ganz im Ernst, zieh die Ofenklappenschraube an.«

Aha.

Also doch.

Meine Schonzeit ist vorbei.

Jetzt bin ich hauptberuflich Hausmann.

Und sie hat ja recht: Wenn etwas der Beruf ist, gibt es für Schlampereien keine Entschuldigungen mehr. Verdammt.

Ich muss besser werden.

Der Kinderstrom

»Ich weiß auch nicht, aber am Ende des Jahres bleibt einfach zu wenig hängen. Außerdem nervt mich der Papierkram. Ich will einfach nur gute Bilder machen.« Das sagt Ricky, der erste Kunde, dem ich nebenberuflich die Finanzen mache. Gregor hat ihn mir vermittelt. Sie kennen sich schon länger. Er macht ihm den Computer, und hin und wieder gehen sie gemeinsam einen trinken in einer dieser Eckkneipen, in denen die Fensterbänke unter den qualmgelben Vorhängen zuletzt anlässlich der Wiedervereinigung gewischt wurden. Ich muss mir gut überlegen, ob ich Marie erzähle, *was* für ein Fotograf dieser dunkelhaarige Mittdreißiger ist. An den Wänden seiner Wohnung posieren leicht- oder gar nicht bekleidete Mädchen auf Autokalendern oder in gerahmten Geschichten aus Magazinen wie *Penthouse* oder *Hustler*. Die Druckseiten der Magazine, für die der Mann sonst noch so schießt, hat er nicht öffentlich an seine Wand geklebt. Sie liegen verschweißt in Tankstellen, damit LKW-Fahrer sie erst nach dem Erwerb hinter dem Schlafkabinenvorhang öffnen können. Ich hole die Papiere bei ihm ab, weil ich seine Wohnung sehen wollte. Ich muss meine Kunden kennenlernen, wenn ich sie gut beraten will.

»Noch einen Kaffee?«, fragt Ricky und schenkt mir ein, kaum dass ich genickt habe.

»Wie trinken Sie den unterwegs, auf Reisen?«, frage ich.

»Schwarz!«, sagt er und meint es ernst.

»Das meine ich nicht«, sage ich. »Nehmen Sie ihn in der Thermoskanne mit? Schnorren Sie ihn bei Konferenzen?«

»Coffee to go«, sagt er. »Und bitte duz mich. Ich heiße Ricky.«

Ich halte nicht viel von vorschnellem Duzen, aber wenn der Kunde es wünscht …

»Du kaufst den Kaffee an Frittenbuden? Für 80 Cent?«

»Auf Rasthöfen«, sagt er. »Für 2,50 €.«

Ich überschlage im Kopf. Dann denke ich laut: »100 Mitnehmkaffee im Rasthof pro Jahr macht 100 mal 2,50 €, macht allein 250 € im Jahr.«

»Da musst du aber die 50-Cent-Pipi-Gutscheine von abziehen«, entgegnet er.

Ich seufze. So sind die normalen Menschen. Bezahlen 50 Cent fürs Pinkeln und denken, sie haben 50 Cent geschenkt bekommen.

Ich sage: »Bekommst du fürs Pipimachen sonst 50 Cent ausgehändigt?«

»Äh …«

»Und für das große Geschäft kriegst du fünf Euro? Oder geht das nach Volumen?«

»Bitte?«

»Bei Dauerdurchfall wären wir dann alle wohlhabend …«

»Also … Herr Breuer«, sagt der junge Mann, muss allerdings dabei lachen.

»Ich heiße Ben«, sage ich.

Ich packe die Papiere zusammen und räume sie in den großen Umzugskarton. Es ist ein Chaos, das bei den meisten Menschen Panik auslösen würde. Bei mir löst die Aussicht darauf, es wieder in Form zu bringen, Vorfreude aus.

Ich schaue auf meine Uhr. Gleich viertel nach eins. Die Schule meiner Kinder liegt ganz in der Nähe. Heute überrasche ich Tommy und Lisa und hole sie ab. Sonst fahren sie immer mit dem Schulbus.

»Ich melde mich«, sage ich und reiche Ricky die Hand. Er drückt sie. Ich klopfe auf den Karton. »Das kriegen wir schon hin.«

Er lächelt dankbar. Dann geht er zu einem Regal, nimmt ein paar der Magazine heraus, für die er arbeitet, legt sie obenauf in den Karton und sagt: »Für zwischendurch, wenn du mal verzweifelst!«

Ich grinse verlegen, nehme das Geschenk aber an. Ich bin Controller.

An den Parkplätzen, auf denen ich jetzt mit dem Zweitwagen stehe, muss jedes Kind vorbei, um zu den Bushaltestellen an der Hauptstraße zu gelangen. Hier brauche ich bloß zu warten und genau hinzusehen, wann meine eigenen Sprösslinge kommen. Es sind viele Kinder unterwegs, sehr viele, ein wahrer Kinderstrom. Ich starre konzentriert zu den Kleinen und mache mir ein paar Notizen über meinen Kunden Ricky auf einem Block, den ich in Blickhöhe vors Lenkrad halte. Unser Zweitwagen ist ein gelb-grüner Renault Twingo, den ich im Grunde nicht für ein Kraftfahrzeug halte, aber mit dem Rollentausch haben wir auch die Wagen gewechselt. Marie fährt jetzt im Audi nach Düsseldorf. Ich lenke die rollende Makrone. So zu sitzen ist unbequem und spannt am Hosenbund, wenn man statt Bauchmuskeln einen kleinen Rettungsring hat, also öffne ich den obersten Knopf meiner Hose.

»Was machst du hier?«, brüllt plötzlich eine Frau direkt an meinem linken Ohr. Das Fenster ist offen. Ich zucke zusammen. Kenne ich diese Frau?

»Ich warte auf meine Kinder«, sage ich und versuche, mich zu drehen und die Frau zu identifizieren. Halblanges, dunkelblondes Haar.

»Erzähl mir doch keinen Scheiß!«

Zu langer Pulli, schmale Handgelenke.

»Du schreibst auf, welches Kind wann geht, du Sau!«

»Ich ...«

»Was ist denn das???«, sagt sie, und ich drehe ich mich endlich ganz zum Fenster. Ihr Blick ist auf den Karton mit den Akten gerichtet, der auf dem Beifahrersitz steht. Ich wende den Kopf. Der Karton steht offen, und oben auf den Papieren liegen Rickys Heftchen. Die Titelgeschichte des obersten lautet: *Sweet sixteen – das Lolita-Phänomen.*

Ehe ich irgendwas erklären kann, verkrampft mein Körper, als hätte jemand Angelschnüre durch meine Adern gefädelt und würde nun mit voller Kraft an allen Schnüren gleichzeitig ziehen. Zuckend und sabbernd wuchte ich meinen Schädel nach links. Das Schulgelände und die Frau zittern in meinem Blickfeld auf und ab, doch trotz der Wackelkamera begreife ich, dass diese Frau mir soeben tatsächlich einen Elektroschocker unter die linke Rippe hält. Solange sie das tut, kann ich keine Argumente anbringen. Ich krampfe spastisch im Fahrersitz und hoffe, zu überleben. Die Sekunden werden zu Stunden, während die Frau die gnadenlosen 50 000 Volt des Kinderschutzes in meinen Körper pumpt. Kurz bevor ich ohnmächtig werde, lässt sie den Knopf los. Ich will augenblicklich die Hand heben und etwas sagen, aber ich stelle fest, dass Elektroschocks nachwirken. Meine Hand fuchtelt wild vor meinem Gesicht herum, und in meinen Mundwinkeln bildet sich Speichel, während ich beim ersten Buchstaben des Wortes »Ich« hängenbleibe.

»Iiiii-iiii-iiiiiii-iiiiiii …«

»Hau bloß ab, du Perverser, oder es setzt mehr Ampere! Und dann auch noch in einem bunten Twingo. Zur Tarnung, was? Du Hund!«

»Iiiiii-iiii-iiiiiii-iiiiiii …«

Ich greife zittrig nach dem Schaltknüppel. Erst betäubt sie mich, und dann soll ich fahren. Vor meiner Windschutzscheibe tänzeln meine Kinder Richtung Bus. Sie sehen mich nicht. Ich hebe wieder die Hand, um auf sie zu zeigen und der Stromfrau klarzumachen, dass das meine sind, aber kaum, dass mein Zeigefinger sich auch nur hebt, hat sie wieder warnend ihre Augenbrauen und ihren Schocker gehoben. Ich lasse die Hand sinken.

Noch zwei Minuten steht die Frau neben der Scheibe, bis ich meinen Körper wieder halbwegs bewegen kann. Mein Geist ist weiterhin verwirrt, denn ich sage nichts mehr, sondern starte nur den Wagen und denke allen Ernstes, während mein linker Unterschenkel nachzuckt: ›Gut, dass meine Kinder hier an der Schule so sicher sind!‹

*

»Papa, wo warst du denn?«, fragen mich Tommy und Lisa im Kanon, als ich vor unserer Haustür vorfahre. Sie stehen zwischen unserem Häuschen und dem Anwesen der Heyerdahls, in deren Garten sich ein Fototeam versammelt hat. Rolf und Rita sitzen auf ihrer Holzterrasse vor dem Teich in Positur. Auf dem Kombi des Teams sind der Name eines Magazins sowie ein Cover aufgedruckt. *Gartenlust* heißt das Heft, und ich denke bei dem Wort spontan an etwas anderes als Blumen und Teiche. Rolf und Rita winken mir zu. Ein Assistent, der etwas aus dem Bus holt, wirft einen Blick auf unser Gelände und sagt: »Na, Ihren Garten brauchen wir nicht abzulichten, oder?« Er lacht kumpelhaft, als wolle er sagen: ›Wir finden diese gelackten Gärten doch beide spießig, nicht wahr?‹ Ich versuche mich zu sortieren und schiebe meine Kids hoch zur Haustür.

»Papa?«

»Ja, äh, entschuldigt bitte, ich war bei einem Kunden, und dann stand ich im Stau.«

»Coole Hefte«, ruft der Assistent.

Ich funkele ihn an und schließe Tommy und Lisa die Tür auf.

»Nei …«

Vinci rast durch meine Beine nach draußen. Ich laufe ihr nach, versperre ihr den Weg in den Garten und scheuche sie wieder ins Haus.

»Was essen wir denn jetzt?«, fragt Tommy.

»Wir haben noch Auflauf«, sagt Lisa.

Tommy ist nicht allzu begeistert. Er läuft die Treppe hinauf.

»Tut mir leid, Leute, ich bin morgen wieder früher zu Hause.«

Lisa holt in der Küche den Auflaufrest aus dem Kühlschrank, füllt ihn in die Form um und öffnet den Ofen. »Die Griffleiste klappert, Papa!«

»Das mache ich noch«, sage ich und gehe kurz nach oben ins große Bad, um meine Rippe heimlich nach Brandspuren zu untersuchen. In der Badewanne fließt ein hauchdünner Strahl aus dem Hahn.

»Lisa? Tommy? Wer hat denn hier oben das Wasser angelassen?«

In der Küche schließt Lisa den Ofen.

In Tommys Zimmer rumst der Tornister zu Boden.

Einen Moment später stehen beide im Bad: »Wieso? Ist doch immer so. Für Vinci.«

Ich versuche, diese Aussage zu begreifen.

»Die Katze trinkt an dem frischen Strahl?«

»Ja sicher, Papa. Der Strahl läuft immer durch«, sagt Tommy. »Wenn sie trinken will, trinkt sie halt.«

Ich fasse es nicht.

»Seit wann?«

»Immer schon.«

Leise wiederhole ich es: »Immer schon.«

Dann nehme ich ein Zahnputzglas, sage: »Kommt mal her, Kinder«, und halte es unter den Hahn. »Tommy, guck bitte auf die Uhr.«

Tommy guckt.

Nach einer Minute ist das Glas voll.

»200 Milliliter in einer Minute …«, sage ich.

»Macht einen Liter in fünf Minuten«, sagt Lisa, das Mathemädchen.

»Sehr gut«, sage ich.

»Macht 12 Liter in der Stunde«, fügt mein kluges Töchterlein hinzu.

Ich schweige.

Dann schürzen die Kinder die Lippen. Damit haben sie nicht gerechnet. Ich bin Controller, und in meinem Haus läuft seit Wochen das Wasser. Ich fühle mich beruflich so missachtet, als würde bei Johann Lafer mit Glutamat gekocht.

Ich stelle das Zahnputzglas ab, ziehe mein Handy aus der Tasche und rufe Marie an.

Nach viermal Klingeln hebt sie ab: »Hase, was gibt's? Ich bin hier in einem Meeting.«

»Wusstest du, dass hier den ganzen Tag für Vinci der Badewannenbrunnen läuft?«

»Ja«, sagt sie.

»Marie! Das sind 12 Liter in der Stunde. 288 Liter am Tag! Das sind …« Ich winke Lisa und zische ihr zu, sie solle mir bitte schnell einen Taschenrechner holen. Sie flitzt los.

Marie sagt: »Schatzemaus, was glaubst du eigentlich, warum wir seit ein paar Monaten nachts so ruhig schlafen können?«

»Weil die Umgehungsstraße gebaut wurde?«

Sie lacht.

»Weil unsere Kinder schon laufen und sprechen können?«

Sie sagt: »Weil Vinci nicht mehr von zwei bis vier Uhr durchgehend miaut, um fließendes Wasser zu bestellen.«

Lisa hat mir den Taschenrechner gebracht.

Ich tippe.

»Marie, wenn der Strahl durchläuft, verbraucht das 105 120 Liter im Jahr. 105,12 Kubikmeter. So viel hat ein Einfamilienhaus normalerweise insgesamt als Jahresverbrauch.«

»Spricht da der Controller oder spricht da der Mann?«

»Beide, Marie. Das ist doch Irrsinn! Wie oft trinkt die Katze denn effektiv am Strahl? Zehnmal am Tag ein paar Schlückchen.«

»Ben, wir berechnen hier gerade Wasserläufe und treppenlose Wendelrampen …«

»Nehmen wir der Einfachheit halber an, unsere Katze tränke einen Liter fließendes Wasser am Tag. Dann ist das gerade mal ein Zweihundertachtundachtzigstel des Verbrauchs. 0,288 Prozent. Bei so einer Effizienzrate können wir die Firma dichtmachen!«

»Die Familie ist keine Firma!«, sagt Marie entschlossen. Dann höre ich noch ein »Entschuldigen Sie bitte« in Richtung der Menschen in ihrem Meeting, und sie legt auf.

Ich lasse den Hörer sinken, drehe mich um und schließe den Hahn.

»Papa?«

»Das hört jetzt auf! Tommy, stell bitte eine Schale mit Wasser in die Wanne.«

»Bist du sauer, Papa?«, fragt Tommy und wirkt mit einem Mal so besorgt, dass ich innerlich zu streichweicher Margarine werde. Ich hocke mich vor ihn: »Tommy, hör mal zu. Sauer zu werden bringt gar nichts im Leben. Nur handeln, das bringt was.«

»Der Auflauf ist fertig!«, ruft Lisa, die unten nachgesehen hat, und ich sage mir innerlich, dass es aufhören muss, dass meine Tochter im Grunde das Kochen übernimmt.

Ich muss besser werden.

Und ich weiß auch schon, wie.

*

Um 16 Uhr habe ich das Bild im Sucher. Die teure Digitalkamera stellt unsere Bettwäsche scharf. Sämtliche Bettwäsche, die wir besitzen, endlich komplett gewaschen. Ein Teil liegt bereits gefaltet auf dem Tisch neben der Waschmaschine. Der andere hängt in voller Farbenpracht an der Leine. Ich fotografiere sowohl den Stapel als auch die Leine und mache mir zwei Notizen in der neuen Datei, die ich in meinem Laptop angelegt habe. Sie verzeichnet jede gelungene, fertiggestellte Aufgabe, die ich im Haushalt geschafft habe, inklusive Datum, Arbeitsdauer, Kosteneffizienz und einem schönen Foto. So kann ich mich daran erinnern, was mir gelingt, anstatt an das, was nicht klappt.

Eine Buchhaltung des Erfolgs.

Tommy kommt zu mir herunter und fragt: »Können wir gleich was spielen?«

Ich schaue in meine Datei: »Klar. Für heute habe ich schon genug geschafft.« Das stimmt zwar nicht ganz, denn die Buchhaltung des Pornofotografen steht noch an, aber die mache ich dann halt morgen. Das schaffe ich schon alles.

Tommy läuft zwischen die aufgehängten Bettbezüge und Laken, versteckt sich hinter einem, linst lachend daneben hervor und sagt: »Papa, was ist das?«

Ich verstehe nicht und zucke mit den Schultern.

Tommy lacht: »Na, ist doch klar: Ich gucke dumm aus der Wäsche!«

Dann lachen wir beide, und ich packe ihn und kitzele seine Rippen.

Oben im Bad hört man, wie Katzenpfoten in die Wanne bumpern und einen Moment innehalten. Dann ertönt, mit der Wut einer Gewerkschaftspfeife, ein markerschütterndes Miau.

Die Pommes im Wok

Tommy schläft noch, als ich ihn aus der Haustür schiebe, wie immer, doch kaum berührt die Morgenfrische seinen Körper, öffnet er die Augen. Lisa hüpft auf der Stelle und strahlt.

»Was bist du denn so fröhlich?«, frage ich.

»Weil ich heute in der ersten Bio hab. Und in der zweiten Reli. Das sind meine Lieblingsfächer außer Mathe.«

Ich schmunzle.

Sie sieht mich an.

»Was ist?«

»Was guckst du denn so, Papa?«

»Wie guck ich denn?«

»Ja, so, weiß nicht … so komisch.«

»Es ist nur …«

Ich sehe zur Seite aufs Klingelschild und dann in die Landschaft.

»Was, Papa?«

»Na ja, ich find das halt lustig, Bio *und* Religion.«

»Warum?«

»Weil … Bio sagt, dass alles Leben nach und nach entstanden ist, erst die Einzeller, dann die Mehrzeller …«

»Das heißt Evolution, Papa!«

»Ja …«

»Ja, und?«

»Und Religion sagt, dass Gott alles gemacht hat.«

Lisa sieht an mir hoch, als prüfe sie, ob noch alles dran ist. Sie schmatzt, rollt kurz mit den Augen und sagt ganz ruhig: »Papa, stell dir vor, du wärst so ein Männchen in der Wii. Du erlebst da drinnen deine Abenteuer und guckst dir die Welt an, und alles ist ganz logisch erklärbar in dieser Welt.«

»Ja?«

»Aber du kämst nie auf die Idee, dass jemand ganz Großes da draußen es programmiert hat. Außerhalb deiner Welt. Der da draußen hat's fertig gemacht, und jetzt läuft es eben.«

Ich weiß nichts zu erwidern.

Lisa klopft mir an den Ärmel: »Ist schon gut, Papa.«

In zwanzig Jahren, wenn ich als alter Mann sabbere, wird sie als erste Biotheologin Deutschlands in der NDR Talk Show sitzen. Eine Biotheologin mit Mathe-Diplom. Ich küsse sie auf die Stirn. Tommy knutsche ich zügig, bevor er seinen Kopf wegziehen kann. »Mach's gut, Maus«, sage ich.

»Ich bin keine Maus. Ich box dich!«

»Dann eben Kampfmaus!«

»Keine Maus!«

»Speedy Gonzalez!«

»Keine Maus!«

»Die ostasiatische Karate-Maus!«

»Ich box dich!«

Lisa lacht: »In der Schule ist er eine Ballerina.«

Tommy macht einen Schmollmund und haut seiner Schwester auf die Schulter.

»Aua!«

»Tommy!«, sage ich.

Er guckt weg.

»Was meinst du mit Ballerina?«, frage ich Lisa, doch die sagt nichts mehr.

»Was meint sie mit Ballerina, Tommy?«

Nun antwortet doch meine Tochter: »Die Jungs wollen alle Fußball spielen, aber das gibt es nicht.«

»Wenigstens Handball«, sagt Tommy, »oder Volleyball. Irgendwas mit Ball.«

»Was macht ihr denn dann?«, frage ich, und Tommy tippelt verlegen hin und her. Lisa muss wieder lachen, verkneift es sich aber und zischt nur ein wenig. Sie sagt: »Sie machen, wie heißt das noch gleich? Rhythmische Tanzgymnastik oder so.«

Ich frage mich, ob ich das gerade richtig gehört habe, an einem

48

klaren Morgen vor unserer Haustür. Mein Sohn macht Tanzgymnastik. Aber nun, das gehört wohl auch zum Schulsport, wie das Geräteturnen an Barren und Reck.

»Na ja«, sage ich, »das ist doch sicher nur vorübergehend. Und dann spielt ihr Fußball.«

Tommy sagt: »Wir machen das schon das ganze Jahr über. Die Jungs sagen alle, sie wollen Fußball spielen, aber Frau Nieswandt sagt, Fußball ist nicht gut für uns. Wir sollen lieber was machen, wo man gemeinsam statt gegeneinander spielt. Und außerdem sagt sie, es ist ungerecht, wenn die Jungs die Mädchen foulen.«

»Frau Nieswandt?«

»Unsere Sportlehrerin. Die macht auch Mathe, in der Parallelklasse.«

»Ihr habt keinen Sportleh*rer*?«

Tommy schüttelt den Kopf.

Lisa sagt: »Wir haben überhaupt keine Leh*rer*.«

»Hm«, sage ich.

»Scheiß Gymnastik«, sagt Tommy.

»Na!«, sage ich, »sag nicht Scheiß.«

Ich strubbele ihm durchs Haar und mache Handbewegungen, als schöbe ich mit dem Handrücken Wasser vor mir her. »So, kommt, ab zum Bus! Ihr seid zu spät.«

»Tschüss, Papa!«, sagt Tommy und überlegt kurz. Dann fügt er hinzu: »Kot-Gymnastik!«

Sie laufen die Straße hinab.

Ich habe beschlossen, mit einer winzigen, aber wichtigen Aufgabe zu beginnen: dem Festzurren der Ofenklappenschraube. Das ist wohldurchdacht. Es wird Marie freuen, es dauert bloß drei Sekunden, und es startet meinen Tag mit einem Erfolgserlebnis. Danach stehen aufwendigere Dinge an, die Vorbereitung des Essens zum Beispiel, denn heute will ich meinen Kindern endlich ein fertiges Gericht auf den Tisch stellen, ohne dass Lisa mir dabei helfen muss. Ich nehme mir einen Kaffee und schaue auf die Liste der Lebensmittel, die Marie erstellt hat und die auf vier Blätter verteilt an der Seite des Kühlschranks klebt. Verbotene Lebensmittel, ungünstige Lebensmittel, nur im Notfall zu verwendende Lebensmittel. Tommy ist allergisch gegen Haselnuss und Himbeer, Lisa gegen Erdnuss und Zimt. Beide fallen angeblich auch tot um, sobald sie Gluten zu sich nehmen, aber ich vermute, das hat Marie nur geschrieben, weil sie sowieso jede künstliche Nahrung ablehnt. Der Anspruch ihrer Liste ist hoch. Im Grunde muss ich jede Woche mehrmals zum Bioladen fahren. Ich muss so schnell wie möglich ein kompetenter Koch werden. Ich nippe an meinem Kaffee und überlege, was ich heute Mittag machen soll. Ich höre meine verstorbene Mutter im Ohr: »Ach Gottchen, das ist immer so ein Stress, jeden Tag zu überlegen, was man heute wieder kochen soll!« Damals habe ich darüber gelacht. Heute weiß ich, dass es tatsächlich eine Herausforderung ist. Aber die meistere ich schon, kein Problem. Ich habe schon ganz andere Dinge organisiert.

Da!

Fast ist es wieder passiert!

Ich habe mich ablenken lassen.

Ich war bei der Ofenklappenschraube stehengeblieben!

Erst die Schraube festziehen, dann übers Kochen nachdenken. Ich öffne die Klappe, schaue mir die Schraube an und stelle fest, dass sie keinen Kreuzschlitz hat, sondern eine Torx ist, ein Innensechskant. Der Schraubendreher dafür befindet sich in der Garage. Die Küchenuhr zeigt 7:45 Uhr. Ich grinse. Schon um 7:50 Uhr werden wir wieder eine feste Griffleiste am Ofen haben. Marie wird mich abknutschen. Ich öffne die Haustür, schließe die Garage auf, stelle die Kaffeetasse, die ich immer noch in der Hand halte, auf einem Regalbrett ab und öffne das Schubfach für die Schraubendreher. Die Luft duftet. In Heyerdahls Garten frohlocken die Teichrosen. Ich nehme den Sechskantschrauber aus dem Fach und erschrecke mich, als ein bulliger, schnauzbärtiger Mann vor mir in der Garage steht.

»Neurath. Ich weiß, ich bin früh dran«, sagt er und schaut auf seine klobige Uhr mit Armband aus Metallgliedern.

»Wofür?«, frage ich.

Er zeigt auf das Logo auf seinem Arbeitsanzug. Ich erkenne es wieder von den hohen Rechnungen. Der örtliche Gas- und Wasserversorger. Ich muss dringend ausrechnen, ob sich ein Wechsel des Anbieters lohnt. Punkt 17 meiner To-do-Liste.

»Ich muss den Wasserzähler auswechseln«, sagt Herr Neurath. »Machen wir alle sechs Jahre, wissen Sie nicht mehr?«

Er geht ins Haus, da die Tür ohnehin offen steht. Ich trotte hinterher.

»Vor sechs Jahren hat Ihre Frau mir aufgemacht«, sagt Herr Neurath und geht zielstrebig in den Keller, als wäre er täglich hier und hätte noch eigene Wäsche im Schrank.

»Vor sechs Jahren war ich …« – ich will »noch berufstätig« sagen, verkneife es mir aber und sage: »… in Griechenland. Geschäftlich. Also, in den Sommermonaten.«

»So, so«, sagt Herr Neurath und schiebt umständlich die noch nicht abgehängte Wäsche auf der Leine zur Seite. Die Bettbezüge sind längst abgehängt, mittlerweile waren Hemden und Unterwäsche dran. Herr Neurath bleibt mit der Nase in einer meiner Unterhosen hängen. Maries schwarzer BH klammert sich an seinem linken Ohr fest. Ich frage mich, warum diese Leute keine Termine machen können.

»Soll ich?«, frage ich und hebe die Arme, um unsere Intimwäsche von der Leine zu holen, aber Herr Neurath brummt: »Nein, nein, das geht schon!«, und setzt die Rohrzange an. Ich nestele ihm Maries BH vom Ohr.

»Hat der Keunecke doch jetzt tatsächlich diesen türkischen Stürmer geholt, was?«, sagt Herr Neurath.

Ich habe keine Ahnung, wovon er redet, vermute aber, dass es um den lokalen Fußballverein geht. Er ist letztes Jahr in die Landesliga aufgestiegen. Ich muss eigentlich eine Ofenklappenschraube festmachen.

»Nichts gegen den Stürmer, aber er hätte lieber mal einen neuen Mann fürs Tor kaufen sollen. Der alte ist doch gegangen, der Bodo Bockel.« Herr Neurath ächzt, weil der Wasserzähler festsitzt. Da meine Unterhose auf seiner Stirn klebt, schwitzt er mir im Grunde mit dem Schädel in den Schritt. »Was der Bodo Bockel an gegneri-

51

schen Toren verhindert hat … ohne den wären wir immer noch in der Bezirksliga. Oh, Scheiße!«

Der Zähler hat sich gelöst, und Herr Neurath hat über die Torwartfrage vergessen, vorher das Wasser abzudrehen. Kraftvoll spritzt es auf die trockene Wäsche, den Boden und das Regal mit den Essensvorräten.

»Äh, drehen Sie mal an dem Regler da, schnell, ich kann das jetzt hier nicht loslassen!«

Ich folge seinem Zeigefinger und drehe an dem Regler. Er ist schwergängig wie das Drehkreuz von alten U-Boot-Türen. »Das geht nicht zu!«, sage ich.

»Das muss!«, sagt Herr Neurath.

Da klingelt es an der Haustür.

»Nicht jetzt!!«, brülle ich nach oben, was der Klingelnde freilich nicht hören kann. Das Wasser spritzt. Herr Neurath schreit. Ich muss eigentlich eine Ofenklappenschraube festmachen. Es klingelt weiter Sturm.

»Verdammt!«

Ich lasse den Regler los, da vor der Haustür schließlich auch eines meiner Kinder stehen könnte, verwundet und auf der Flucht vor Halbstarken.

»Hey, jetzt bleiben Sie doch hier!«, jammert Herr Neurath in den Fluten, doch ich rufe nur: »Sie sind doch hier der Wassermann!«, und öffne die Haustür. Davor steht der Grieche von GLS.

»Sie schon wieder?«

»Morgen, Herr Breuer. Pakete für die Nachbarn.«

»Äh, ja …«, sage ich. Im Keller ertönt Quietschen und Spritzen.

»Dann einmal hier«, sagt der Grieche, und ich unterzeichne eine Lieferung für die Heyerdahls, ein großes Paket vom Aquaristikversand.

»Und hier …«, fährt der Grieche fort. Er hat ein weiteres Päckchen hinter dem Rücken versteckt. Es geht an die Dondrups, Edith und Erhard, die älteren Nachbarn schräg gegenüber der Heyerdahls. Er ein Brummkopf, sie eine Spionageliese. Ich unterzeichne.

»… und hier!«

Der Grieche grinst.

Er zaubert Pakete hervor wie der Pelikan aus den Petzi-Kinderbüchern Werkzeuge und Rettungsringe aus seinem unerschöpflichen Schnabel. Ich denke daran, was Marie gesagt hat: ›Überleg dir gut, ob du dich auf den Griechen einlässt. Das bleibt nicht bei einem Mal Helfen.‹ Das dritte Paket ist für die Familie Brüssel. Ich überlege, wo die überhaupt wohnen. Ich glaube, das ist diese komische Familie am Ende der Straße. Lehrer oder Studienräte. Auf jeden Fall Erzieher. Erzieher mit Lexus. Ich unterzeichne auch das.

»Sie sind ein großer Mann«, sagt der Grieche und steigt wieder in seinen Wagen.

Die Garage steht noch offen, mein kalter Kaffee auf dem Regalbrett. Ich wollte die Ofenklappenschraube anziehen. Im Keller kommt die Flut. Ich haste wieder nach unten. Herr Neurath hat es gerade geschafft, das Wasser abzustellen. Er schnauft.

Ich sage: »Klappt's?«

Er stützt sich auf den Knien ab, japst und nickt.

Das Telefon klingelt.

Ich eile die Treppe wieder hinauf und nehme ab.

»Ja?«

»Entschuldige, dass ich so früh anrufe, aber ich dachte, wenn die Kinder in der Schule sind, hast du vielleicht Zeit für meine Computer-Sache.«

Schwiegermutter.

»Mutter, lass uns das nachher machen, ich muss erst noch eine Schraube ...«

»Ich habe jetzt mal abgeschrieben, was da steht, wenn der Computer abstürzt«, sagt Mutter und redet ohne Komma weiter, »da steht: *Problem: Diweis-Dreiwer wird als Stopp-Fehler bezeichnet. Neustart. Stopp-Fehler in Windows ...«*

»Mutter, der Wassermann!«

»Was für ein Wassermann denn?«

»Der Gasmann! Nur eben mit Wasser! Rohre, Flut!«

»Du hast einen Wasserrohrbruch?«

»Nein, nicht ganz ...«

Herr Neurath wackelt die Treppe herauf und sagt: »Fertig, Sie müssen jetzt nur noch hier unterschreiben.«

Schwiegermutter sagt: »*Symptom: Null, X, achtmal die Null, eins, großes E und dann KMODE, Expetischn …*«

Herr Neurath sagt: »Sind Sie die Postannahmestelle für das ganze Viertel? Ich hätte da auch noch ein paar Kartons im Wagen.«

»*BC-Code, sieben, kleines f, großes B, großes C …*«

»Mutter, ich habe gerade keinen Zettel da!«

»Was sagt denn Ihre Frau zu dieser Paketansammlung? Meine würde ausflippen, wenn sie im Flur darüber stolpert.«

»*… großes P, eins, dann wieder achtmal die Null …*«

»Mutter!«

»Sie müssen noch hier unterschreiben.«

Ich unterschreibe.

Herr Neurath geht und lacht in seinen Bart.

Mutter sagt: »*…* was blaffst du mich denn so an? Ich denke, du hast keinen Rohrbruch!«

»Nein … ja … ich muss aber eine Schraube …«

»Kannst du denn mit den Zahlen was anfangen? Du kennst dich doch aus mit Computern.«

›Mit Computern der Neuzeit‹, denke ich, sage es aber nicht. Ich sage: »Ja, das finde ich schon raus, woran das liegt, keine Sorge.«

»Bist ein guter Schwiegersohn. Aber hetz dich nicht ab, ja?«

»Nein, ich melde mich.«

»Ist auch nicht eilig, es sind halt nur die Punkte beim Mah-Jongg, dass die weg sind …«

»Ja, tschüss, Mutter.«

Ich lege auf.

Lehne mich gegen die Tür.

Mein Blick fällt in die Küche auf die Ofenklappe.

Schraube.

Griffleiste.

Torx-Bit.

Jetzt aber.

Ich nehme mir eine Tasse aus dem Schrank, gieße mir frischen

Kaffee ein, öffne die Ofentür und merke, dass der Schraubendreher noch in der Garage liegt. Mit der Tasse in der Hand gehe ich raus, stelle den Kaffee auf dem Stapel gutgeordneter Versandkartons an der linken Wand ab, nehme den Schraubendreher in die Hand und höre einen jungen Mann sagen: »Da habe ich aber Glück, dass du zu Hause bist!«

Ich drehe mich um.

Es ist Ricky, dessen Pornomagazine mir Elektroschocks vor der Schule beschert haben.

»Ich arbeite dran«, sage ich.

»Nein, keinen Stress, es geht nicht um meine Papiere.«

»Okay …«

Er hält eine Tasche hoch, die prall gefüllt ist.

»Es geht um einen Bekannten. Der ist erst seit zwei Jahren selbständig, und na ja, wie soll ich sagen, der hat noch nie seine Papiere gemacht. Noch nie. Jetzt will die Steuer bis Ende der Woche eine Buchhaltung sehen, und er bekommt Panik. Es muss wirklich schnell gehen.«

Ich seufze.

Ich muss eine Ofenklappenschraube festzurren.

Aber es ist auch schön, dringend für etwas so Handfestes gebraucht zu werden.

»Ich hab hier alle seine gesammelten Werke.«

Ich schüttele den Kopf und ziehe die Augenbrauen hoch.

»Er würde so einen Noteinsatz auch gut bezahlen.«

Ich sehe Ricky an.

»*Sehr gut* bezahlen.«

Ich atme tief aus, nicke mit dem Kopf Richtung Tür und sage: »Ich schau mir das mal an.«

*

Es ist schon erstaunlich, was solche Leute verdienen.

Es ist aber auch erstaunlich, wie schlecht sie mit Geld umgehen können. Dieser Kollege von Ricky, ein Produzent für Werbejingles mit eigenem Tonstudio, kauft Druckerpapier für 6,99 Euro. Das muss man sich mal vorstellen! Beim Discount-Bürohandel bekommt man schon als Einzelkunde 500-Blatt-Pakete für weniger als die Hälfte. Die Quittungen seiner Tankfüllungen bewahrt er auf, obwohl das steuerlich nicht nötig ist, wenn man ein Fahrtenbuch führt und statt des Wagens die Kilometer abrechnet. Aber gut, ich bin kein Steuerberater. Ich soll ihm nur die Papiere in Ordnung bringen. Das kann ich auch. Controller, Buchhalter, Steuerpapiere-Sortierer. Es macht Spaß. Es ist ein wunderbarer Fluss der Dinge, wenn ein Beleg zum nächsten führt und Zahlen sich logisch zusammenfügen. Ich könnte pfeifen dabei. Nach einer Stunde sehe ich das erste Mal auf die Uhr und bekomme einen Herzkasper. Von wegen eine Stunde: Es sind bereits über vier Stunden vergangen! In nicht mal 30 Minuten kommen Tommy und Lisa nach Hause, und ich habe weder eingekauft noch mit der Vorbereitung des Essens angefangen. Der Keller ist auch noch nass, aber zum Wischen habe ich schon gar keine Zeit. Was kann ich jetzt auf die Schnelle kochen? Die Liste der Allergien und Abneigungen hilft mir nicht weiter, ich hatte ohnehin nicht vor, einen Haselnusskuchen mit Zimt, Himbeerglasur und Erdnusssplittern zu backen.

Verdammt.

Dass es diesen Druck überhaupt geben muss, jeden Tag!

Hat sich Marie jemals gefragt, ob unsere Kinder das eigentlich wollen? Ob es ihnen recht ist, in einem Haushalt zu leben, der Dr. Oetker, Käpt'n Iglo und Uncle Ben nicht einmal zur entfernten Verwandtschaft zählt? Ich meine, es sind doch normale Kinder. Wohnt nicht in jedem Kind der natürliche Wunsch, etwas vollkommen Unnatürliches zu futtern? Liegt Kindern die Sucht nach Zucker und gesättigten Fettsäuren nicht im Blut? Und habe ich als Vater nicht auch das Recht, mitzureden? Den Blick noch auf den Blättern mit den Essverboten, reift in mir ein teuflischer Entschluss. Eine gute Idee. Eine gute, böse Idee.

Ich freue mich schon auf das Glänzen in den Augen meiner Kinder.

Da sitzen sie, meine Sprösslinge, 40 Minuten später, an einem leeren Tisch. Sie schauen mich an wie Tennisprofis, denen der Balljunge die gelbe Filzkugel vorenthält.

»Wo ist denn das Essen?«, fragt Lisa.

»Ja, wo ist das Essen? Ich habe Hunger, ich musste Kot-Gymnastik machen!«

Ich warte einen Augenblick mit der Antwort, schmatze, verschränke die Arme und lege den Kopf ein wenig zurück. Ich sage: »Heute machen wir etwas Besonderes. Heute dürft ihr euch ganz allein aussuchen, was ihr essen wollt.«

»Wie?«

»Ja, ihr sagt, was wir futtern!« Ich wähle das Wort *futtern* mit Bedacht. »Und das Beste ist: Heute ist alles erlaubt. Versteht ihr? Wir müssen es Mama nicht verraten? Okay?«

Ich zwinkere. Lege den Kopf schief. Ziehe die Augenbrauen hoch. Wackele mit dem linken Ohr.

Tommy hebt den Kopf und ruft: »Burger und Pommes!«

Lisa schaut zu ihrem Bruder und dann wieder zu mir. Dann sagt sie: »Ja, Papa! Burger und Pommes!«

Ich kann gar nicht sagen, wie sehr ich innerlich jubele. In mir finden Oscar-Verleihungen statt. Meine Kinder haben »Burger und Pommes« gesagt! Es gibt noch Hoffnung.

Grinsend gehe ich in den Flur, nestele meine Jacke von der Garderobe, ziehe sie über und schlüpfe in meine Schuhe. Tommy und Lisa bleiben auf den Küchenstühlen sitzen, nach hinten über die Lehne gebeugt, und beobachten mich. Als meine Schuhe geschnürt sind, blicke ich sie an. »Was?«

Sie starren.

»Was ist los? Na kommt schon, zieht euch an!«

»Wieso?«

»Ja wie, wieso? Damit wir zu McDonald's fahren können, natürlich. Oder wollt ihr lieber zu Burger King?«

Sie starren immer noch, unverständig, als hätte ich Usbekisch gesprochen. »Aber Papa«, sagt Lisa, »Burger und Pommes macht man doch zu Hause.«

Nun schweige ich, immer noch gebeugt, die Fingerspitzen in den Schnürsenkeln.

»Ja«, fügt Tommy hinzu, »erst macht man den Teig für die Brötchen, damit die in Ruhe im Ofen backen können, dann schneidet man die Gurken, Tomaten und Zwiebeln, dann legt man das Sojahack in Gemüsebrühe ein, damit man daraus die Frikadellen formen kann, und am Ende schneidet man die Kartoffeln für die Pommes.«

Ich kann nicht glauben, was ich da höre.

»Man schneidet Kartoffeln für die Pommes?«, frage ich.

»Ja«, sagt Lisa, »sicher. Und dann frittiert man sie.«

»Wir haben nicht mal eine Fritteuse!«, klage ich, die Hände wieder in der Luft und den Körper mühsam aufgerichtet.

»Mama macht die Pommes im Wok. Das geht super!«

Pommes im Wok.

Ich glaub, mein Schwein pfeift. Marie, was hast du bloß getan? Es sind doch Kinder! Unschuldige Kinder! Kinder haben nicht den Wunsch, Pommes im Wok zuzubereiten, niemals. So hat Gott sich das nicht vorgestellt.

Ich schnaufe, schüttele den Kopf, ziehe etwas zu aggressiv Jacke und Schuhe aus, krame den riesigen, kleinwagenschweren Wok aus dem Schrank, pfeffere ihn auf den Herd und sage: »Okay, wir müssen das jetzt gut timen. Lisa, du schneidest Kartoffeln in Stäbe. Tommy, du schnippelst Zwiebeln, Gurke und Tomate und legst dieses …«

Tommy hilft mir, da es zu schrecklich ist, um es laut auszusprechen, »Sojahack …«

»… ja, dieses Sojahack in die Brühe. So, wo ist jetzt das Frittierfett?«

Lisa unterbricht meine hektische Suche: »Papa, wir haben kein Frittierfett.«

»Nein?«

»Nein. Mama macht das nur mit Kokosfett.«

Es wird immer besser.

»Okay, dann eben Kokosfett. Wo haben wir das?«

»Ich hol's!«, ruft Tommy und springt in den Keller. Eine Minute später schleicht er weitaus langsamer die Treppen wieder hinauf und hält uns ein kleines 250ml-Glas vor die Nasen. Er zieht eine Schnute. »Das ist alles«, sagt er.

»Das reicht nicht«, sage ich.

»Dann müssen wir eben in den Bioladen!«, sagt Lisa und bekommt glänzende Äuglein.

Meine Tochter bekommt keine glänzenden Augen bei Miley Cyrus, Justin Bieber oder H&M. Meine Tochter bekommt glänzende Augen beim Gedanken an den Bioladen.

Ich war viel zu selten zu Hause.

Ich hätte das verhindern müssen.

Im Bioladen ist alles in ein Licht getaucht, dessen Farbe man am ehesten als Mischung aus einem frischen Kürbis-Orange und einem geflochtenen Weidenkörbchen-Beige bezeichnen könnte. Die Einkaufswagengitter sind knallgrün. Im Hintergrund plätschert Musik von Bob Geldof. Im Vordergrund kauft eine Frau mit langem Gewand und Holzkettenschmuck drei Kilo Hirse.

»So, wo ist jetzt das doofe Fett?«, frage ich, aber Tommy hängt schon bei den biologischen Lakritzstangen. Lisa wiegt eine Ananas in den Armen, als sei sie ein Wunderwerk.

»Fett!!«

»Ja, Papa …«

»Was brüllen Sie denn hier so mit Ihren Kindern?«

Die Hirsefrau.

Sie meint mich.

»Ich brülle nicht, ich suche Fett.«

»Sie brüllen. Sie sind hektisch. Sie müssen lernen, das Leben gelassener zu betrachten.«

»Ich … was? Sie kennen mich doch gar nicht.«

»Papa, kann ich die Lakritze?«

»Ja. Nein. Ich weiß nicht.«

Die Hirsefrau sagt: »Sie müssen lernen, Verantwortung zu übernehmen. Entscheidungen zu treffen.«

Ich glaub, mir fällt ein Ei aus dem Sack. Ich war zehn Jahre lang Controller, und die Hirsefrau sagt mir, was ich tun soll.

»Papa, boxen wir nachher?«

Tommy sieht die Frau an und zupft ihr ungefragt am Naturgewand. »Mein Papa und ich boxen jeden Tag. Und er haut auch richtig zu. Manchmal treffe ich ihn, aber wenn ich schlecht bin, dann kloppt er mich total zusammen.«

Die Frau legt die Hand auf Tommys Kopf und zieht ihn ganz langsam zu sich heran. Als wolle sie ihn unter ihrem Gewand verstecken. Wie sie mich jetzt ansieht, das ist nicht zu beschreiben. Die Gerichtshöfe von Brüssel, Den Haag und Genf vereinen sich gerade in dieser Frau und sind sämtlich sicher, dass ich schuldig bin.

»Lisa, schnell, das Fett!«, rufe ich, ziehe Tommy an der Hand zu mir und sage: »Nimm dir so viel Lakritz, wie du willst.«

»Danke, Papa!«

Lisa eilt mit vier großen Gläsern Fett herbei.

»Kassier das nicht ab, Wanda«, ruft die Hirsefrau der Kassiererin zu. »Ich denke, der Herr sollte noch ein wenig hierbleiben.«

O nein.

Wanda an der Kasse nickt und nimmt den Hörer eines Telefons ab.

»Ja, Polizei? Ja, bitte kommen Sie schnell zu Naturkost Klöpfl & Kober in der Berrenrather Straße, wir haben hier einen Vater, der ...«

»Verdammt, lassen Sie das!«, blaffe ich und will zur Kasse stürzen, als ich unter meinem rechten Rippenbogen einen heißen, stechenden Schock spüre. In Nanosekunden zieht er sich durch meine gesamten Muskeln. Mein Kiefer verkrampft, und ich beiße mir auf die Zunge. »Papa!!!«, schreien meine Kinder entsetzt, aber es hilft nichts mehr. Zuckend falle ich nach vorn und reiße beim Versuch, mich an dem Süßigkeitenregal festzukrallen, sämtliche Lakritzkartons und Bio-Gummibärchen aus den Fächern. Einen Augenblick lang bleibe ich noch sabbernd auf dem Boden liegen, die Hirsepriesterin mit dem Elektroschocker über mir. Dann verliere ich das Bewusstsein.

*

»Mama kommt!«

Tommy steht in der Tür zur Waschküche und freut sich. Ich wische gerade die letzte Pfütze vom Boden auf. Die trockene Wäsche habe ich zusammengelegt und die nasse erneut in die Maschine geschmissen. Immerhin hat Herr Neurath mit seiner Stirn hineingeschwitzt. Ich habe die getane Arbeit fotografiert und ordentlich in meine Datenbank eingepflegt. Und das alles, nachdem ich der Polizei und dem Sanitäter erklären musste, warum die Hirsefrau mich unrechtmäßig gegrillt hat. Tommy und Lisa haben mich gut verteidigt. Die Polizei hat ihnen geglaubt, nicht der Hirsefrau. Von einer Anzeige habe ich abgesehen.

In der Küche steht ein perfekt angerichteter Teller zum Warmmachen für Marie bereit, hübsch in Szene gesetzt vom behaglichen Licht der frisch geputzten Dunstabzugshaube.

»Komm rauf!«, sagt Tommy und zerrt an mir rum.

»Zerr nicht an mir rum«, sage ich, stelle den Wischer ab und folge ihm. In der Küche legt Marie gerade Schlüssel und Geldbörse ab und entdeckt den Teller.

»Wow! Bioburger? Der sieht ja richtig gut aus!«

»Mit Wok-Pommes«, sage ich und küsse ihren Nacken. Sie dreht den Kopf nach hinten und schenkt mir einen zarten Kuss.

»Du bist mein Held«, sagt sie.

»Magst du mit dem Helden nach oben durchbrennen?«, flüstere ich, da der zarte Kuss mich nach dem anstrengenden Tag daran erinnert, was das Leben an Vergnügen zu bieten hat.

»Oh, Schatz, ich brauch jetzt erst mal Ruhe«, seufzt sie. »Ich habe heute fünf Stunden lang mit einem Statiker und einem Mathematiker diskutiert. Das ist zwar besser als mit Kommunalbeamten, aber ich sag dir, es saugt Energie aus dir raus, das ist nicht mehr feierlich.« Sie nimmt sich den Teller, geht damit ins Wohnzimmer und setzt sich auf die Couch. Die Kinder spielen gerade Tennis auf der Wii. Vinci springt neben Marie auf das Sofa, gibt ihr Köpfchen, schnurrt und stampft mit den Pfoten in die Kissen.

Ich habe eine Idee.

»Füße hoch!«

»Ach, Ben, ich finde das ja echt süß, dass du noch eben die Wollmäuse wegsaugen willst, aber das wäre mir jetzt doch zu laut.«

Ich schaue auf den Boden. Die Wollmäuse hatte ich noch gar
nicht gesehen.

»Füße hoch!«, sage ich erneut und lege Marie ein Kissen für die
Unterschenkel auf die Ecke des Wohnzimmertischs. Sie legt die
Füße hoch. Ich ziehe ihr die Söckchen aus und beginne, ihre Füße zu
massieren. In ihrem Gesicht faltet alles Glück der Erde seine Blüten
auf.

»Oh, ja … Ben … ohhhhh, jaaaaaaaa.«

Tommy und Lisa lassen die virtuellen Tennisschläger sinken und
sehen sich um.

»Ohhhhhh. Jaaaaaaa.«

»Ist Mama erregt?«, fragt Tommy.

»Tommy!«, sage ich.

»Weitermachen! Bitte weitermachen!«, sagt Marie.

»Ja, ganz eindeutig«, sagt Lisa, »Mama ist erregt.«

»Hört ihr jetzt auf? Menschen sind nicht erregt!«

»Ben! Mach weiter! Ach, Mist, jetzt bin ich raus.«

Marie nimmt die Füße vom Tisch und streichelt mir, der ich vor
ihr auf dem Parkett hocke, über den Kopf. »War aber lieb gemeint.
Danke.«

Sie lehnt sich zurück und beginnt, den Burger zu essen, den ich
virtuos und zu 100 % biologisch gezaubert habe. Sie schnurrt. Also,
Marie, aber die Katze auch. Die Katze und die Frau schnurren, die
Kinder spielen fröhlich Tennis und ich kann Pommes im Wok frit-
tieren. Das ist besser, als in der Firma den Formularen für die Absatzerwartung hinterherzulaufen, denke ich, und fühle mich in diesem
Moment so sehr mit mir und meiner neuen Rolle im Reinen, dass es
mich erschreckt.

Marie sagt, genussvoll kauend: »Die Ofenklappenschraube ist immer noch locker. Und in der Garage stehen zwei volle Tassen mit kal-
tem Kaffee.«

Ich schnaufe kurz und weiß nicht so recht, ob ich wütend werden
soll.

Auf dem Fernsehbildschirm schlägt Tommy gegen Lisa ein Ass, dreht sich um und sagt: »Ja, Mama! Papa hat halt 'ne Schraube locker und nicht alle Tassen im Schrank!«

Dann lachen wir uns schlapp.

Marie, Lisa, Tommy, ich und sogar die Katze.

Meine Familie.

Die Notengerechtigkeit

Ich hätte nie gedacht, dass ich so was jemals sage, aber das Tandoori-Tofu sieht verdammt gut aus. Knusprig goldrotbraun liegen die scharf marinierten Würfelchen auf einem glitzernden Bett aus Sprossengemüse im schwarzen Tal aus Wokstahl.

Toll.

Erst mal ein Foto machen.

Ich hole die Kamera, fixiere das brutzelnde Gericht und mache einen Eintrag in meine Datenbank für gelungene Hausarbeiten. Mein Laptop steht auf dem Küchentisch und bekommt in letzter Zeit häufiger ein paar Fettspritzer ab. Jetzt nur noch den Tisch decken und die Getränke hochholen.

Es klingelt.

In dem Glasfensterchen der Haustür erscheint ein Köpfchen.

Die Kinder sind da.

»Was macht ihr denn schon hier?«, frage ich, als ich die Tür öffne.

Lisa tänzelt durch den Flur, legt den Rucksack ab, schiebt sich den einen Schuh mit der Spitze des anderen vom Fuß und übt dabei den Blick, den Heidi Klum auflegt, wenn die doofen Nachwuchsmodels wieder nicht verstehen, was sie zu tun haben. »Sport fällt aus, weil Frau Nieswandt krank ist.«

»Aha«, sage ich.

Tommy schlurft in die Küche und sagt beiläufig: »Ist auch egal, wir spielen ja sowieso kein Fußball. Können wir schon essen?«

»Gleich, Schatz, ich muss nur noch …«

»Frau Quandt hat mir eine Zwei in Mathe gegeben«, sagt Lisa, als wir Tommy in die Küche folgen, »aber ich habe nur einen Fehler gemacht.«

Der Satz weht fast an mir vorüber in die Dunstabzugshaube, aber ich kann ihn noch rechtzeitig aufhalten.

»Wie bitte?«

»Ja, wir haben die Mathearbeit zurück. Guck, hier!«

Lisa nestelt das Heft aus ihrem Rucksack und gibt es mir. Ich blättere im Schein der Dunstabzugslampe, überfliege die Aufgaben und Zahlen und fühle mich sofort zu Hause. Zahlen sind etwas Wunderbares. Zahlen lügen nicht. Und Zahlen belegen rein rechnerisch, dass meine Tochter keine Zwei kriegen kann, wenn sie lediglich einen einzigen Fehler gemacht hat. Ein Fehler ist eine Eins minus, was sonst könnte es sein? Andernfalls müsste eine Eins eine mehr als fehlerfreie Arbeit sein, eine 110%ige Leistung. Was sollen die Kinder machen für 110%? Eine Biographie des Lehrers inklusive seiner besonderen Lebensleistung ans Ende schreiben? Sollen sie eine neue mathematische Methode erfinden? Oder den Unvollständigkeitsbeweis führen?

Ich kann nicht glauben, was ich da lese.

Ich lasse das Heft sinken.

Das Tandoori-Tofu brutzelt.

Ich stehe auf, schalte die Dunstabzugshaube ab, streife mir die Backofenhandschuhe über, mache den Ofen an und quetsche den gesamten Wok zum Warmhalten hinein.

»Papa?«, flüstert Tommy, leicht in Panik, da das avisierte Futter wieder in der Höhle verschwindet.

»Wir essen später«, sage ich, »wir fahren jetzt zu eurer Schule.«

Lisas Mathe-Lehrerin Frau Quandt ist ein zierliches Wesen mit kleinem Kopf und großen Augen. Wir erwischen sie, als sie gerade den Unterricht für die dritte Klasse beendet hat. Auf den Tischen liegen Geometrie-Klötzchen, die man richtig kombiniert zu einem Würfel zusammenfügen kann. Auf der Tafel stehen Zahlen. Die Lösungsmöglichkeiten für das Puzzle. Die Schüler, die an ihr vorbei aus dem Raum strömen, sehen zufrieden aus.

»Entschuldigung«, sage ich, und Frau Quandt lehnt sich ein Stück nach hinten, als müsse man an mir heraufsehen wie an einer römischen Statue. »Mein Name ist Breuer, und ich möchte mit Ihnen über die Note meiner Tochter sprechen.«

»Dann kommen Sie nächste Woche zum Elternsprechtag, ich muss in meine andere Klasse.« Frau Quandt umklammert ihre Mappe und geht den Flur hinab. Wir folgen ihr.

»Eine gute Idee, das mit dem Würfel-Puzzle«, sage ich.

»Danke«, sagt Frau Quandt vor uns. Das Wort verweht durch den Laufwind.

»Die Kinder sahen sehr zufrieden aus für eine Mathe-Stunde.«

Frau Quandt ignoriert mich und schreitet schneller aus. »Wenn Sie so gute Ideen haben, Frau Quandt, dann frage ich mich, warum Sie bei nur einem Fehler in einer Arbeit schon auf Zwei runterstufen. Ist das eine neue Verteilungslehre, oder wie verstehe ich das?«

»Herr Breuer, wie gesagt, ich muss zur nächsten Klasse.«

»Ich bin Controller, Frau Quandt, ich kenne mich mit Zahlen aus. Sie sind doch eine phantastische Lehrerin, das sehe ich sofort.«

Sie verlangsamt ihren Schritt.

»Meine Tochter erzählt von Ihrem Unterricht. Wie gut Sie erklären können. Dass Sie den Kindern Lust auf Mathe machen. Wieso machen Sie den Kindern Lust auf Mathe und frustrieren sie dann mit einer Zwei bei nur einem einzigen Fehler?«

Frau Quandt bleibt stehen, dreht sich um und hält sich an ihrer Mappe fest, als stünde sie auf einem schwankenden Steg: »Ja, Herr Breuer, heute stellen Sie mir nach mit diesen berechtigten Fragen, und morgen läuft mir eine Mutter von einem Kind aus der Parallelklasse hinterher, und die fragt mich, wie es sein kann, dass die 4a einen Notenschnitt von 1,8 in der Mathearbeit hat. Die fragt mich, was sie ihrer Tochter sagen soll, wenn es bei ihr in der Klasse so viele Fünfer und Vierer gibt, und die Frau Quandt verteilt die guten Noten wie Kamelle an Karneval!«

Die kleine Zahlenfrau zittert. Ich versuche, zu sortieren, was sie da eben gesagt hat.

»Sie meinen …?«

»Ich mache guten Unterricht? Ja, ich mache hervorragenden Unterricht! Deswegen sind meine Schüler so gut. Alle. Ich hätte eigentlich nur eine einzige Drei in der Arbeit gehabt, siebzehn Zweier und neun Einser.«

»Aber was heißt denn *hätte*? Eine Note ist eine Note …«

»Eine Note ist Politik!«, schreit Frau Quandt jetzt, und wüsste ich nicht, dass Mathematiker niemals weinen, würde ich sagen, dass ihr etwas Feuchtes in die Augen schießt. »Ach, verdammt, ich dürfte gar nicht mit Ihnen darüber reden!«

Ich atme tief durch, sehe sie an und frage Lisa, den Blick noch auf der verzweifelten Lehrerin: »Schatz, wo ist in eurer Schule das Rektorzimmer?«

»Da die Treppe runter, dann links und unten bis zum Ende des Gangs.«

»Herr Breuer …«

»Keine Sorge, Frau Quandt«, sage ich, »wir haben überhaupt nicht miteinander gesprochen. Und jetzt gehen Sie in Ihre nächste Stunde und machen Sie die Schüler neugierig auf Zahlen. Kommt, Kinder!«

»Guten Tag«, sagt die Sekretärin im Vorzimmer von Direktor Weber und wird kurzatmig, als ich ohne Zögern auf seine Tür zulaufe. »Der Direktor hat jetzt keine Zeit, da müssen Sie erst einen …« setzt sie an, doch der Rest des Satzes – »Termin machen« – tröpfelt nur noch aus ihrem Mund, als die Tür bereits offen ist und der Rektor von seinen Papieren aufsieht. Ich muss wie ein Cowboy bei ihm in der Tür stehen, eine Silhouette der Bedrohung, während der Staub vor den Jalousien tanzt.

»Sehen Sie sich das an«, sage ich und lege ihm Lisas Arbeit aufgeklappt auf den Tisch.

Der Direktor schaut an mir vorbei zu seiner Sekretärin und klagt: »Frau Meinfeld, muss das denn …?«

»Schauen Sie!«, sage ich nachdrücklich und tippe auf das Papier.

Der Mann seufzt und schaut, er weiß nicht so recht, was er tun soll. Ich koche zu sehr.

»Was sehen Sie dort?«, frage ich.

»Einen Mann, der die Höflichkeitsregeln von Terminabsprachen nicht kennt«, sagt Direktor Weber, »und eine sehr gute Mathearbeit.«

»Aha«, sage ich, »eine sehr gute Mathearbeit. Und warum steht dann da nur ›gut‹ drunter?«

Herr Weber klappt das Heft zu.

»Mal kommen diese, mal kommen jene«, seufzt er, eher allgemein ins Zimmer hinein als an mich gerichtet.

»Wie bitte?«

Jetzt richtet er sich auf, stemmt sich aus seinem Stuhl und hebt die Stimme: »Frau Quandt produziert Halbjahr für Halbjahr Noten, als wären wir hier auf dem Jahrmarkt.«

Ich glaube schon wieder nicht, was ich höre. Ich muss mir wohl mal die Ohren waschen.

»Notenschnitt 1,4, Notenschnitt 1,8 … das ist Mathe bei der Heilsarmee.«

Ich sage: »Aber Herr Weber, die Noten macht doch nicht die Lehrerin, die Noten machen ihre Schüler. Hier, meine Tochter, ein einziger Fehler nur!«

»Ja, und all die anderen Schüler auch. Die Frau erzeugt einen Einser-Schnitt!«

Ich bin verwirrt. Es ist, als hätte mir mein Chef im Möbelhaus früher gesagt: ›Ben, wir machen auch dieses Quartal wieder Gewinn, das kann doch wohl nicht wahr sein!‹

Herr Weber kommt um seinen Schreibtisch herumgelaufen und hebt seinen großen, knüppelartigen Zeigefinger: »Ist Ihnen klar, wie nachhaltig so ein guter Notenschnitt den Schulfrieden stört? Wenn eine Klasse ständig herausragend ist? Was da los ist in den anderen Klassen? Unter den Schülern? Unter den Eltern?«

Die Worte des Direktors erreichen zwar mein Gehör, aber ich mag immer noch nicht glauben, was er mir da erklären will.

Er fährt fort, den Knüppelfinger schwingend: »Eine Lehrerin muss das Notenspektrum vollständig ausschöpfen. Dazu ist es schließlich da.«

Ich wechsele mein Standbein: »Herr Weber, wollen Sie mir gerade erklären, dass diese arme Frau ihren Notenschnitt senken muss, damit die anderen Klassen nicht so blöd dastehen?«

»Ja, wollen Sie denn keine realistischen Noten haben, Herr

Breuer? Was ist eine Eins denn wert, wenn jeder andere aus der Klasse sie auch hat? Diese Frau würde am liebsten überhaupt keine Noten geben. Die würde am liebsten so lange an den Kindern herumdoktern, bis noch der letzte hoffnungslose Fall zum Gauß oder zum Euler geworden ist. Darum geht es doch hier, Herr Breuer! Frau Quandt entwertet die Noten!«

Für einen kurzen Augenblick will ich Herrn Weber sogar folgen, im Prinzip. Wir haben im Möbelhaus auch nicht alle Preise gesenkt, weil die gute Ware dann wertloser gewirkt hätte. Aber Lisa hat nun mal nur einen einzigen Fehler gemacht.

»Ein Fehler«, sage ich, »von zwanzig Aufgaben. Das ist eine Eins minus, das können Sie drehen und wenden, wie Sie wollen!«

»Ich habe hier eine Schule zu leiten, Herr Breuer, da geht es um mehr als den Einzelfall! Auch bei Frau Quandt muss es Fünfer und Sechser geben. Und eben …«, er schwimmt ein wenig, »ja, eben auch Zweier …«

Lisa und Tommy schauen sich das Duell der beiden Männer an. Immerhin haben sie heute Mittag schon etwas über die Gesellschaft gelernt. Was immer du machst, am Ende entscheidet sich alles im Streit zweier älterer Männer, die das Sagen haben. Oder haben wollen.

»Das hat ein Nachspiel«, sage ich, nehme Lisas Arbeit vom Schreibtisch und klopfe damit in meine linke Hand. »Das hat ein Nachspiel, das schwöre ich Ihnen …«

Wir verlassen das Rektorzimmer. Es qualmt in meinem Kopf. Tommy zerrt an meinem Hemd herum und quengelt: »Papa, ich hab Hunger!«

Auf dem Schulhof spielen ein paar Jungs Tischtennis.

»Hey«, sage ich, »wie steht's bei euch?«

»9:3 für ihn«, sagt der eine und zeigt auf seinen Kontrahenten.

»Das geht nicht«, sage ich, »das ist ungerecht. Guck mal, wenn du drei Punkte an ihn abgeben würdest, stünde es 6:6. Das wäre gerecht. Man muss doch auf den Schnitt achten.«

Die Jungs sehen mich an wie einen Irren.

»Papa, Hungeeeeeer!«, sagt Tommy.

»Wir hätten vor einer Stunde essen müssen«, sagt Lisa.

»Hier«, sage ich und drücke Tommy einen Fünfer in die Hand, »flitz zu dem Kiosk gegenüber und hol dir was, bis wir zu Hause sind. Muss nicht Bio sein, okay?«

»Danke, Papa!«

Tommy flitzt.

»Was machen Sie hier auf dem Schulhof?«, fragt mich eine Aufsicht. Ich kralle mir Lisa und sage: »Das ist meine Tochter!«

»Das stimmt!«, sagt sie zügig, denn wir wissen ja, wie schnell heutzutage der Elektroschocker zum Einsatz kommt.

Die Aufsichtslehrerin mustert mich von oben bis unten, und die Tischtennisjungs beginnen, darüber zu debattieren, ob zwei der neun Punkte des Führenden überhaupt zählen.

Tommy kehrt vom Kiosk zurück, den Mund voller Schokoladenspuren.

»Danke, Papa!«

Die Aufsichtslehrerin wirft mir einen Blick zu, als würde ich meinem Sohn ein kühles Bierchen zum Trinken geben.

Er hustet, weil er zu schnell gegessen hat.

»Es gibt Ernährungskurse an dieser Schule«, sagt die Aufsichtslehrerin.

»Ja, und rhythmische Gymnastik für Jungen!«, gifte ich zurück.

»Ach, Sie haben was gegen Fortschrittlichkeit?«, sagt die Frau. »Sie wollen lieber, dass die Jungs weiter schön mit Panzern spielen und die Mädchen in der Spielküche das Kochen üben?«

Das sagt die mir, einem Hausmann.

»Das war ein Netzaufschlag«, sagt einer der Tischtennisspieler.

»Gar nicht!«

Tommy hustet heftiger.

Jetzt klingt es, als würde ich ihn neben dem Bier auch schon an Tabak und Haschisch heranführen.

»Papa?«, flüstert Lisa.

»Wussten Sie, dass Talent an dieser Schule bestraft wird?«, frage ich die Aufsichtsfrau. Sie runzelt die Stirn. Tommy hustet.

»Papa …«

»Ja, in Mathe zum Beispiel. Da machen die Kids alles richtig, und zur Strafe kriegen sie nur eine Zwei. Aber Hauptsache, man hat Ernährungskurse und Tanzgymnastik, was?«

Tommy hört gar nicht mehr auf. Er keucht.

»Papa!«, sagt Lisa jetzt so laut, dass einige Kinder sich umdrehen. Sie nimmt Tommy das Papierchen des Schokoriegels aus der Hand.

»O nein!«, sagt sie.

»Was ist?«, frage ich.

»Das ist Kinder Country, Papa! *Kinder Country!* Haselnüsse! Ganz viele Haselnüsse!«

Als Lisa das sagt, zieht sich mein Magen zusammen. Mein Herz hört für einen Augenblick auf zu schlagen. Meine Ohren sausen. Das kann doch nicht …

»Rufen Sie den Notarzt, schnell!«, schreie ich die Aufsichtslehrerin an, und sie reagiert auf der Stelle.

Tommy ringt immer stärker nach Luft, hustet und würgt und bekommt einen roten Kopf. Ich halte ihn: »Atmen, Süßer, atmen! Alles wird gut!«

Die Schüler haben mitbekommen, dass etwas Aufregendes geschieht, und versammeln sich rund um uns. Die Aufsichtslehrerin sagt zu dem führenden Tischtennisjungen: »Ahmed, hol schnell Herrn Reus und sag ihm, er soll die Notfallapotheke mitbringen!«

Ich klammere mich an meinen Jungen und er sich an mich. Ich habe ihn einfach so zum Kiosk geschickt und mir nichts dabei gedacht. Verdammte Scheiße, das Zeug heißt doch *Kinder*schokolade, warum tun sie da Zutaten rein, die auch nur ein einziges Kind auf der Welt gefährden können?

»Tommy …«, jammert Lisa.

»Alles wird gut!«, beschwöre ich ihn.

Ein Mann mit Notfallköfferchen kommt herbeigelaufen. »Allergischer Anfall?«, fragt er und wartet keine Antwort ab, »das kenne ich.« Er zieht einen Filzstift aus dem Koffer der Schulapotheke und rammt ihn ohne zu zögern in Tommys Oberschenkel. Mein Sohn piepst nur kurz. Dann wird er bereits ruhiger.

»Was war das?«, frage ich.

»Ein Epi-Pen«, sagt er. »Notfall-Adrenalin bei allergischem Schocks.«

Vor dem Schulhof ertönt eine Sirene. Zwei Sanitäter laufen herbei und drängeln sich durch die Menge.

Der Mann mit der Super-Apotheke sagt zu ihnen: »Allergischer Anfall, habe ihm einen Epi reingejagt.«

»Sehr gut«, sagt der Sanitäter, fühlt Tommys Puls, hört seinen Atem ab und setzt ihm eine Sauerstoffmaske auf. »Wir fahren jetzt trotzdem ins Krankenhaus. Sankt Johannes. Sie sind der Vater? Fahren Sie bei uns mit oder folgen Sie uns?«

Ich sehe den Mann nur an, als stünde er ganz weit entfernt von mir, und sage leise: »Ja ...«

Dann steige ich mit Lisa in den Krankenwagen und halte die Hand meines Sohnes, den ich beinahe umgebracht hätte, weil ich seine Nahrung nicht kontrolliert habe.

*

»Jetzt sei nicht so traurig, Papa«, sagt Lisa im Flur des Krankenhauses, wo ich verzweifelt neben dem Kaffeeautomaten hocke. »Tommy geht's doch wieder gut.«

»Er wäre uns beinahe erstickt«, sage ich und schäme mich für das Wörtchen »uns«, »und alles nur, weil ich einmal nicht an die blöde Lebensmittelliste gedacht habe. Diese beschissene Liste.«

»Ach, Papa, Tommy ist ein großer Junge, der muss auch mal anfangen, selbst darauf zu achten.«

»Lisa, dein Bruder ist acht Jahre alt, und er soll seine Kindheit damit verbringen, die Rückseiten von Verpackungen zu lesen? Mein Gott, als ich acht war, bin ich mit Freunden durch den Wald getobt und habe unbekannte Pilze gegessen.«

Lisa legt mir die Hand auf den Arm.

Ich reibe mir die Augen. Da sitze ich, an einem Donnerstagnachmittag, gerade mal ein paar Wochen Hausmann und Vater, und mein Sohn hat Sauerstoffschläuche in der Nase. Mir wird augenblicklich klar, was nun zu tun ist.

Ich sehe Lisa an und nehme ihre Hand: »Schatz, die Mama, die darf das nicht erfahren.«

Lisas Pupillen wandern von meinem Haaransatz zu meinen Zehen und zurück.

»Mache ich gute Wok-Pommes?«

Lisa nickt.

»Und magst du es, wenn es nach dem Mittagessen eine Kissenschlacht gibt?«

Lisa kichert.

»Möchtest du, dass ich diesen Job als Hausmann weitermache?«

Lisa lächelt.

»Gut, dann muss das unter uns bleiben. Du musst mir helfen, dass auch Tommy nichts davon erwähnt.«

Lisa sagt: »*Super Mario Galaxy 2*, *Trackmania* und *Mario Kart* mit dem großen weißen Lenkrad als Zubehör!«

»Wie bitte?«

»Ich hab schon mit Tommy gesprochen, als du hier rausgegangen bist. Er sagt, wenn er es Mama nicht erzählen soll, will er für das Nintendo Wii die Spiele *Super Mario Galaxy 2*, *Trackmania* und *Mario Kart* mit dem großen weißen Lenkrad als Zubehör.«

Ich weiß gerade nicht, ob ich über diesen Ausweg erleichtert oder doch lieber schockiert sein soll, weil sich mein süßer Sohn als pragmatischer Zocker entpuppt.

»Mit dem großen weißen Lenkrad?«, flüstere ich.

»So sieht's aus«, sagt Lisa.

Ich nicke.

Im Kopf überschlage ich bereits unser Haushaltsbudget für diesen Monat und ziehe die Beträge ab, ich mache eine komplette Kalkulation im Krankenhaus neben dem Kaffeeautomaten. Ich kann nicht anders. Ich bin Controller.

»Und ich finde ja dieses neue Riesenbuch über die Tiefsee-Tiere sehr spannend. Dieses ganz große mit den gigantischen Bildern.«

»Hab schon verstanden«, sage ich.

Lisa schmunzelt.

»Tommy schläft heute bei Flo«, erklärt sie, »für eine Nacht fragt

Mama da nicht nach. Wir haben sie schon angerufen und gesagt, dass du's erlaubt hast.«

»Danke«, sage ich.

Wenn meine Kinder sich nicht um alles kümmern würden ...

Ich stehe auf, klopfe, betrete das Zimmer meines allergischen Sohnes, lächele verschämt, lege die Hände in Zehn-vor-Zwei-Stellung an ein imaginäres Steuer und sage: »Inklusive Lenkrad!«

Tommy lächelt, und wie Kinder so sind, denkt er schon jetzt, dass sich die Todesgefahr gelohnt hat.

Das Dauerfeuer

Ich liege im Bett, starre auf die Seiten meines Krimis und versuche, mir nichts anmerken zu lassen. Unser Sohn liegt im Krankenhaus, und Marie denkt, er sei bei seinem Freund Flo. Der kleine Fernseher auf der Kommode mit unserer Wäsche lässt tonlos die Bilder des Privatfernsehens tanzen. In einer Viertelstunde schwärmen dort die Hausrenovierer und Schuldnerberater aus, um heillos überforderte Familien zu retten. Marie und ich lieben es, uns diesen Quatsch im Bett anzusehen. Es ist eine Gewohnheit, für die ich ihr dankbar bin. Die meisten Frauen erlauben ihren Männern im Bett nicht mal Kekse, geschweige denn Fernsehen. Die Tür zum Bad steht offen, und Marie erzählt von der Arbeit. Sie redet viel mehr darüber, als ich das früher getan habe. Aber gut, ein neues Museumsprojekt in Zürich, das nur aus weißem Sandstein, Glas, Luft und Wasser besteht, gibt mehr zum Erzählen her als die Quartalsberichte eines Hauses für Mitnahmemöbel.

»Orientiert ist das Projekt an dem, was dieser Spanier in Granada mit dem Museum der Erinnerung gemacht hat. Hier, dieser … das hast du auch schon mal gesehen, in der *art*, dieser Alberto Campo Baeza. Dieses tolle Gebäude mit den Doppelspiral-Rampen und diesem weiten Atrium.«

Sie strahlt beim Reden, läuft durchs Schlafzimmer, wirft einen Blick auf den Fernseher, nimmt sich einen Ohrring ab und sieht aus dem Fenster in den Garten. Sie zögert einen Augenblick, dann sagt sie: »Ben, ich weiß, du hast viel zu tun, aber mit dem Garten muss demnächst unbedingt was passieren.«

Ich lasse von den Zeilen meines Buches ab, die ich ohnehin die ganze Zeit nur angesehen statt gelesen habe. Ich bin mit den Gedanken bei unserem Sohn, und sie schiebt ganz nebenher eine riesige neue Aufgabe auf meine To-do-Liste. Sie dreht den Kopf zu mir und zeigt mit der linken Hand in das verwilderte Grün: »Je länger das nicht beschnitten wird, desto schwieriger wird es. Und desto schlechter für die Pflanzen.«

Sie hat ja recht.

Unser Garten ist eine Schande, vor allem im Hinblick auf das Paradies der Heyerdahls. Der Artikel in dem Hochglanzmagazin ist erschienen, und hunderttausend Menschen können nun beim Frisör oder beim Arzt den Garten unserer Nachbarn bewundern.

»Außerdem ist es in der Firma Tradition, dass die Architekten ihre Kunden hin und wieder zu sich nach Hause einladen. Stell dir vor, das fände bei uns statt, und dann sieht der Garten so aus. Das wäre ja so, als würde ein Lungenarzt daheim ein Raucherlokal betreiben.«

»Ja, ich mach's ja!«, entgegne ich viel schroffer, als ich wollte, was natürlich nur an meinem schlechten Gewissen liegt. Marie runzelt kurz die Stirn, um daraufhin ihre Gesichtshaut umso entschlossener zu straffen: »Gut, dann eben nicht.«

Ich lege mein Buch auf den Schoß: »Ach, Schatz, so war das nicht gemeint!«

Marie eilt ins Bad, abwinkend: »Nein, ich verstehe schon. Ich überfordere dich!«

Diese kleine Anmerkung rammt mir einen rostigen Nagel ins Herz. Und in den Stolz.

Ich springe aus dem Bett, gehe ins Bad, öffne die kleine Kosmetikschublade und nehme eine Nagelschere heraus.

»Was machst du denn jetzt?«, fragt Marie, den Blick beim Abschminken im Spiegel.

»Ich fange mit dem Garten an«, sage ich und schnippe mit der Nagelschere in der Luft herum.

»Ben ...«

»Ich beginne mit der Feinarbeit. In vier Stunden ist aus der ersten Thuja ein Bonsai geworden. Warte es nur ab!«

»Ben ...«

»Nichts überfordert mich, Marie! Ich habe hier alles im Griff, eines nach dem anderen. Und jetzt gehe ich mit der Nagelschere in den Garten.«

Marie lacht, legt das Wattebällchen ab und stellt sich mir in den Weg: »Hör jetzt auf, du Irrer!«

Ich grinse, halte die Schere hoch wie ein überführter Gangster die Kanone, lege sie – die linke Hand offen nach oben gerichtet – in Zeitlupe weg und küsse meine Frau, lang und intensiv, meine gefragte Architekturheldin, die auch bald in der *art* stehen wird, Star der Szene mit Hausmann daheim. Ihre Zungenspitze umspielt auf einmal meine und schickt kleine Stromstöße durch meinen Körper, die ich im Gegensatz zu den Elektroschocks der Lehrerinnen sehr schätze und von denen ich gar nicht genug bekommen kann. Als mir das erste, unkontrollierte Hecheln entfleucht, lässt Marie von mir ab.

»Wir müssen aufhören«, sagt sie und lacht, »die Berater fangen gleich an.«

Ich sage: »Ich hole die Cracker!«

Kaum komme ich aus der Küche wieder, hat sich Marie schon in die Decken gemummelt wie ein Kind, das auf die Gutenachtgeschichte wartet. Ich kuschele mich zu ihr. Wir wissen, dass man als Ehepaar die Frage nach einem glücklichen Abend mit Spaziergängen in Bordeaux oder Kanalfahrten in Venedig beantworten sollte und nicht mit »Im Bett sitzen, Cracker essen und Doku-Soaps sehen«, aber es ist, wie es ist. Die Kamera fährt über ein verlottertes Haus. Auf der Couch sitzen verzweifelte Menschen, die keine Ordnung halten können, weil sie keinen Stauraum haben. Wir kichern. Nach der Sendung, in der sie den Verzweifelten die halbe Quadratmeterzahl ihrer Grundfläche mit Stauraum zubauen, kommt der Mann, der den Leuten in Mönchsruhe beibringt, dass man keinen neuen Opel bestellt, wenn man 70 000 Euro Schulden abbauen will. Es wundert uns selbst, dass wir das so unterhaltsam finden. Wir machen uns schon gern mal über die kolossale Doofheit mancher Kandidaten lustig, aber viel wichtiger ist, dass man bei einer Rettung dabei ist. In 45 Minuten wird ein Chaos beseitigt, das sich über Jahre hinweg gebildet hat. Der Zeitraffer ist ein Hoffnungsbringer. Er legt seine tröstende Hand auch auf unsere Schultern und sagt: Geht auch ihr geduldig jeden Schritt, auch wenn ihr den ganzen Weg noch nicht überschauen könnt. Es ist wie bei mir, wenn ich Finanzpapiere sortiere oder bei Marie, wenn aus Ideensplittern ein Gebäude wird – *alles fügt sich.* Das ist ein gutes Gefühl.

In der Werbepause schält sich Marie aus den Decken, geht ins Bad, kehrt zurück und fragt mich: »Sag mal, Tommy ist doch bei Flo, oder?«

»Ja …«, sage ich.

»Ich frage mich nur, wieso sein Nintendo neben dem Klo liegt. Er nimmt es immer mit, wenn er zu Flo geht, damit die beiden gegeneinander Fußball spielen können. Niemand ist ein so guter Fußballgegner wie Flo, davon erzählt er mir jedes Mal. Das ist überhaupt der Grund, warum er da gerne hingeht.«

Ich frage mich, ob Marie bemerkt, wie sehr ich die Schweißdrüsen auf meiner Stirn von ihrer Arbeit abhalten will.

»Flo hat jetzt eine Wii«, sage ich, »mit diesem ganz neuen Sportspiel. Die stehen heute Abend vor dem Fernseher und fuchteln herum. Da geht es auch mal ohne Fußball.«

»Echt?«, fragt Marie und starrt mir auf die Stirn, als könne sie dort die Wahrheit lesen.

»Ja, hat Tommy erzählt, er hat das neue *Wii Sports Resort,* mit Fallschirmspringen und Tischtennis und Diskuswerfen und, und, und …«

»Na toll«, sagt Marie, »dann will er das selbst auch bald haben.«

»Ja«, sage ich, »und wir können uns darauf einstellen, dass er *Mario Kart* auch noch möchte. Mit Lenkrad!«

»Was?«

»Autorennen. Mit Lenkrad. Hat Flo ebenfalls neu.«

»Ich glaub, ich muss mal mit den Eltern sprechen. Das Wettrüsten muss aufeinander abgestimmt werden.«

»Da hast du recht«, sage ich, froh, dass sie jetzt wieder auf den Fernseher achtet, wo der Schuldnerberater ein heimliches Zigarettendepot entdeckt. »Sonst stehen wir da, wenn die Jungs 18 sind, und die anderen Eltern legen mit Audi-Cabrios vor …«

Marie sagt: »… während wir für unseren Sohn eine Schleife um unsern alten Twingo binden und uns auch noch großzügig dabei vorkommen.«

Wir kichern.

Sie dreht sich zu mir, legt mir die Arme um die Hüften, knetet meine rechte Pobacke, nimmt mir mit der anderen Hand die Crackerschüssel aus den Fingern, nähert sich meinem Gesicht, beißt aufreizend auf ihre Unterlippe und sagt: »Es hat auch so seine Vorteile, wenn der hellhörige Sohn aus dem Haus ist.«

Mein Herz beschleunigt von 0 auf 100 wie der Audi, den wir eines Tages verschenken müssen. Die Schweißdrüsen auf meiner Stirn kennen jetzt kein Halten mehr, aber aus anderen Gründen als eben. Ich schalte den Fernseher aus, ziehe Marie unter die Bettdecke und gehe mit ihr den Vorteilen aushäusig schlafender Söhne nach.

*

In der Garage liegt und steht alles bereit.

Große Gartenschere.

Kleine Gartenschere.

Rosenschere.

Rasenmäher.

Trimmer.

Fugenkratzer.

Dreizack.

Schaufel.

Handschuhe.

Grünschnittsäcke.

Heute fange ich mit dem Garten an.

Tommy und Lisa sind in der Schule. Nachdem er aus dem Krankenhaus raus war, hat Tommy die Bestellung der gewünschten Nintendo-Produkte im Internet sorgsam überwacht. Marie plant im Augenblick sicher begeistert neue Muschelkuppeln, und Vinci beschäftigt sich mit der Leerung eines übertrieben gut gefüllten Katzennapfes. Im Haus laufen Waschmaschine und Spülmaschine, während in einem Topf tiefgefrorener Biospinat auftaut.

Der Garten ist eine Aufgabe, die mit jedem Blick auf das Gelände wächst. Ich weiß nicht, wo ich überhaupt anfangen soll. Erst mal mähen? Die wuchernden, bauchigen Thujen beschneiden? Die Hecke stutzen? Allein die Hecke kostet bestimmt zwei Tage. Oder soll ich doch bei den Details anfangen? Den kleinen Buchsbaumbüschen vor dem Haus zum Beispiel, die eigentlich präzise Kugelform haben sollen, aber wie zerfledderte Krapfen aussehen, die ein Kirmesbäcker frisch aus der Fritteuse gezogen hat.

Ja, mit den Kugeln fange ich an!

Wenn ich bloß mähe oder beginne, die 55 laufenden Meter Hecke zu schneiden, bemerkt Marie gar nicht, dass ich mit dem Garten angefangen habe, aber wenn die Buchsbäume neben der Haustür wieder hübsche Kugeln sind, erkennt sie meinen guten Willen und meine Fähigkeiten.

Ich ziehe die Gartenhandschuhe an, klopfe in die Hände, nehme die große Schere in die Hand und beuge mich hinunter zu den Buchsbaumkrapfen.

»Da habe ich aber Glück!«

Ich halte inne, die Schere knapp über den Blättchen. Ich drehe mich um. Der junge Mann ist pechschwarz. Nur die marineblaue Iris sticht im klaren Weiß seines Augapfels hervor. Es ist der Schornsteinfeger.

»Alle Jahre wieder«, sagt er und geht ins Haus, denn die Tür steht offen. Er geht davon aus, dass ich Zeit für ihn habe. Er fragt erst gar nicht. Warum auch? Bin ja nur Hausmann. Den Weg weisen muss ich ihm auch nicht, den kennt er anscheinend gut, wie der Wassermann. Der Schornsteinfeger geht in den ersten Stock, zur Dachbodenklappe gegenüber der Schlafzimmertür. Dreck fällt aus den Ritzen seiner rustikalen Schuhe und bleibt auf der Treppe liegen. Ich mache mir eine Notiz auf meiner To-do-Liste, die ich in der Hosentasche trage: *Treppenhaus von Schornsteinfeger-Dreck reinigen.* Die Schlafzimmertür steht offen. Die Betten sind abgezogen, denn die Wäsche läuft gerade unten in der Maschine. Es sieht aus, als seien Beweismittel beiseite geschafft worden.

»Das letzte Mal war ich im September hier, wissen Sie noch?«

Ich weiß es noch, da war ich zufällig da, krankgeschrieben.

»Sie sind doch bei diesem Möbelhaus, das zu Werbezwecken diesen großen Spülwettbewerb ausgerichtet hat. Da gab's doch einen Bericht in der *Lokalzeit*, nicht wahr? Hab ich gesehen.«

Ich nicke apathisch. Vinci huscht mit dickem Schwanz unter das Bett, da sie den Schornsteinfeger fürchtet. Der große Spülwettbewerb, eine wunderbare Schnapsidee meines ehemaligen Chefs. Hat mehr gekostet, als er gebracht hat, Fernsehen hin oder her. Aber was wusste ich schon, ich war ja nur der Controller. Wenn das Marketing sagte, es hätte Sinn …

»Das war ganz lustig«, plappert der Schornsteinfeger. »Wie kriegt man es denn hin, dass das Fernsehen vorbeikommt? Ich hab auch schon mal überlegt, dass so ein Kamerateam mal einen Tag mit mir mitgeht. Es sind doch heutzutage alle im Fernsehen.«

Ich gebe ihm den Holzstab mit dem Haken, mit dem sich die Dachbodenklappe herunterziehen lässt. »Muss man dafür bezahlen, in diese Doku-Soaps zu kommen, oder kriegt man da noch Gage raus?«, fragt der Schornsteinfeger und zieht.

Mein »Neeeeeeein!!!« geht in einem Regen aus Styropor unter, der auf uns herunterprasselt. Ich erinnere mich, wie ich bei unserer letzten Ausmistaktion am Ende so genervt war, dass ich die letzten Kartons nur noch mit einem Besen in die Höhe gehalten und die Dachbodentür ganz schnell habe zuschnappen lassen. Das ging, denn die Kartons waren leicht. Gefüllt mit zwanzig Millionen Styroporkügelchen.

Es raschelt mehr als eine Minute lang, es ist, als sei unser kompletter Dachboden bis in den Giebel nur mit Styropor gefüllt gewesen. Das Geräusch lockt sofort Vinci unterm Bett hervor, Schornsteinfeger hin oder her. Die Katze liebt Styroporkügelchen und Luftpolsterfolie, aber sie darf dieser Sucht nicht nachgehen, denn verschluckt sie eines dieser Bällchen, ist ihr Ende gekommen. Ich jage Vinci mit rudernden Armen ins Schlafzimmer zurück und schließe die Tür. Der Schornsteinfeger winkt ab und sagt im Schneesturm aus Kunststoff: »Das macht nichts!« Mit quietschenden Kügelchen unter den Kampfstiefeln klettert er unters Dach.

»Oh, ausgemistet?«, ruft er lachend aus dem Hohlraum, und ich will gerade antworten, als es an der Tür klingelt. Ich renne hinab. Der Grieche von GLS. »Paket für die Nachbarn«, sagt er. Ich schaue, unterschreibe, werfe es in die Ecke und schließe die Tür, obwohl er noch was von »Ich habe da noch was für die Leute unten an der Kirche, könnten Sie das vielleicht auch …?« zu faseln beginnt.

Ich muss wieder hoch, Styropor sammeln.

Aber wie?

Mit den Händen?

Mit dem Aufnehmer?

Mit dem Sauger?

Das ist das Verhängnis an Styroporkügelchen, man kann sie überhaupt nicht effizient aufsammeln, mit nichts, außer vielleicht mit einem riesigen Industriegerät, das Katzen und Hunde gleich mit einsaugt. Ich schnappe mir einen der aus dem Dach gefallenen Kartons und stopfe die Kügelchen Stück für Stück hinein.

Der Schornsteinfeger stapft wieder die Stufen herab. »Alles klar, jetzt muss ich nur noch im Keller gucken!«

Das Telefon klingelt, und der AB geht an.

»Hier spricht die Familie Breuer, Nachrichten nach dem Piep!«

Piep.

Schwiegermutter spricht: »Ich weiß nicht, ob das was bringt, aber ich habe den Fehler jetzt an Microsoft gemeldet. Das stand da. *Sie tragen zur Verbesserung des Produktes bei, wenn Sie den Fehler melden. Wie können wir Ihnen helfen?* › *Weiß ich nicht.* ‹ Hab ich geschrieben.«

Ich folge dem Schornsteinfeger in den Keller und murmele: »Darauf hat Microsoft noch gewartet, dass du 2011 immer noch zur Verbesserung von Windows 98 beiträgst …«

»Bitte?«

»Ach, nichts …«

»Oh, Satan, wie sieht's denn hier aus?«, fragt der Schornsteinfeger, denn aus dem Rohrverbindungsstück des neuen Wasserzählers spritzt es wieder. Ein feiner Sprühregen, der alles im Keller benetzt. Ich gehe nach oben, um das Telefon vom Flurregal zu holen und den Wassermann anzurufen, da sehe ich jemanden vor der

Haustür. Die Silhouette beugt sich zur Klingel. Ich öffne, bevor es bimmeln kann.

»Bofrost, guten Tag. Wenn Sie einen Moment ...«

Tür zu.

Gedanken an Buchsbaumhecken.

Die Garage steht offen.

Der Keller spritzt wieder.

Schwiegermutter sagt: »... dann steht da: *Sockenfehler*, äh nein, *Socket-Fehler* ..., hast du das gehört, Ben? Da sage ich schon *Sockenfehler*, da kannst du mal sehen, wie verwirrt ich bin. Aber ich merke schon, du hast keine Zeit für deine arme, verwirrte Schwiegermutter ...«

»Uaaaaaahhhhh!!!«

Ein Schrei aus dem Keller.

Ich renne wieder runter.

Vor der Stahlklappe des Schachtes steht der Schornsteinfeger und hält sich die Hand vor den Mund, als müsse er sich übergeben. Das Wasser spritzt fein aus dem Rohr. Der Keller stinkt nach Verwesung. Im Schacht liegt eine tote Taube, die sich schon weitgehend zersetzt hat.

»Deswegen kratzt unsere Katze so häufig am Schacht ...«, flüstere ich.

»Haben Sie denn kein Vogelschutzgitter auf dem Schornstein?«, fragt der Schornsteinfeger.

»Äh, wohl nicht«, antworte ich, denn ich habe dieses Haus nicht gebaut. Und Marie auch nicht.

Der Schornsteinfeger zieht einen dreckigen Notizblock aus der Seitentasche seiner Hose. »Das besorge ich. Kostet 45 Euro. Mach ich Ihnen drauf.«

»Machen Sie das ...«, sage ich.

»Wir müssen den Vogel entsorgen«, sagt er.

»Ja«, sage ich, schaue mich um und nehme ein altes T-Shirt von der Leine, das durch den neuen, feinen Wasseraustritt aus dem Rohr ohnehin schon wieder versaut ist. Wir kratzen den Kadaver aus dem Schacht und tragen ihn vorsichtig die Treppe hinauf wie bei einer

Prozession. Mein Kopf ist voll mit Vogeltod und Gestank, als ich mit dem Schornsteinfeger aus dem Haus gehe, die Tür zuziehe, die Schaufel aus meiner Ausstellung der Gartengeräte nehme und den Vogel im Garten vergrabe. Während ich das tue, summt der Schornsteinfeger *Geboren, um zu leben* von Unheilig vor sich hin. Im offenen Schlafzimmerfenster miaut Vinci klagvoll, wie sie es nur tut, wenn sie dringend ganz groß muss und keine Möglichkeit hat, zum Katzenklo zu kommen. Richtig, ich habe sie im Schlafzimmer eingesperrt, damit sie kein Styropor frisst! Ich beeile mich mit der Verscharrung, um wieder ins Haus zu kommen und die Katze über die Styroporgefahr hinweg zum Klo zu tragen, werde aber von der geschlossenen Haustür aufgehalten.

»Nein!«, sage ich.

Der Schornsteinfeger, der mir gemütlich nachgeschlichen ist, sagt: »Oh, Schlüssel drin gelassen?«

Die Schwiegermutter, die soeben das zweite Mal anruft, spricht auf dem AB: »Eben war's wieder da! Jetzt steht da: *OSV, Doppelpunkt, fünf, Bindestrich, eins,* aber nicht der mittige Bindestrich, sondern der, der unten steht. Also nicht unter der Fünf, sondern dahinter, also dazwischen, zwischen den Zahlen.«

Der Bofrostmann, der es zwischenzeitlich bei den Heyerdahls und den Dondrups versucht hat, ruft: »Ach, da sind Sie ja wieder!«

Mein Handy in der Hosentasche klingelt, und Marie sagt: »Hi, Schatz, du, wenn's dir nichts ausmacht, auf dem Schreibtisch im Atelier liegt ein Kleid, das Maxi Müller für mich kürzen soll. Bringst du das eben rüber?«

*

Der Schlüsseldienst kommt eine halbe Stunde, bevor die Kinder aus der Schule heimkehren, um ihre Nahrung zu verlangen. Vinci empfängt mich im Schlafzimmer mit empörtem Blick, möglichst weit weg von ihrem eigenen mächtigen, stinkenden Haufen, den sie in die Mitte des ungemachten Bettes direkt auf die Matratze gesetzt hat. Es dauert bis zur Ankunft der Kinder, das Styropor zu entfernen und den Schornsteinschacht mit Sagrotan auszuwaschen. Es gibt dann nur Marmeladenbrote und eine strenge Schweigepflicht gegenüber Marie. Wieder mal. Am Nachmittag repariert Herr Neurath erneut das spritzende Wasser. Er kommt an, als ich gerade zwei kleine Buchsbäume fertig gestutzt habe.

Zwei von zwanzig.

»Oh«, lacht er, »ein wenig schief geworden, was? Ja, mit dem Rundschneiden hab ich zu Hause auch immer Probleme. Ist links zu viel weg, schneidest du rechts nach und so weiter. Am Ende werden sie immer kleiner. Ha, ha!«

Gegen 17 Uhr liefere ich das Kleid bei Maxi Müller ab. Als die gute Frau die Tür schließt, steige ich in den Wagen, fahre bis zum örtlichen Friedhof, weil das der einzige Ort ist, an dem man guten Gewissens unerreichbar sein darf, setze mich auf eine Bank und atme tief ein. Auf einem graumarmorierten Grabstein sehe ich meinen Namen und eine Unterzeile: *Ben Breuer, 1970–2039, er wollte ein guter Hausmann sein, aber er schaffte es nicht.*

Ich stehe auf, verlasse die Gräber, schließe das quietschende Törchen, ziehe mein Handy und rufe meinen alten Kumpel Gregor an.

Das Outsourcing

»Du musst mal wieder ein Mann werden«, sagt Gregor und reicht mir das geöffnete Bier. Ich starre derweil auf seine A-Team-Bettwäsche. Das Klappbett steht mitten in der Einzimmerwohnung. Er klappt es niemals ein. Die Küche ist schmal, aber gut genutzt. Gregor hat eine riesige Gefriertruhe und eine ganze Armada von Blechen und Gittern für den Herd, um notfalls mehrere Fertigpizzen gleichzeitig zu backen. Die Stecktabelle mit den Fußballwappen ist auf dem neuesten Stand. Über der Tür hängt sein *Eheknast*-Fußballschal.

»Kein Bier vor vier«, sage ich und schiebe mit dem Handrücken die Flasche weg.

»Wir haben nach vier«, sagt er, »sonst müsstest du kein Bier vor 16 sagen.«

»Ha, ha …«

»Nu komm schon!« Er wackelt mit der Flasche.

»Ich kann nicht aus dem Rachen stinken, wenn meine Kinder von der Schule kommen.«

»Ich habe Rachenspülung da, diese scharfe, die in dem Werbespot die alte Muschelkruste vom Schiffsrumpf wegsprengt. Die ist wirklich gründlich. Ich kenne Leute, die putzen damit ihre Motoren.«

»Gregor, bitte, mach mir einfach einen Kaffee.«

Er geht in die Küche und kommt nur fünf Sekunden später mit einer dampfenden Tasse wieder: »Ist doch schon fertig …«

»Danke.«

Er geht zu der großen altmodischen, aus drei Einzelkomponenten bestehenden Stereoanlage mit Plattenspieler und legt *Sticky Fingers* von den Stones auf. Es knistert kurz, dann schüttelt sich Keith Richards ein kerniges Riff aus dem Handgelenk. Gregor wirft sich auf sein Bett.

»Die Beatles waren auch echte Männer, nicht nur die Stones«, sagt Gregor und zeigt auf die sich drehende Platte. »Die hatten es faustdick hinter den Ohren, aber sie haben es nicht gezeigt. Nach außen hin waren sie Muttis liebste Schwiegersöhne. Das ist okay. Aber ...« Er zögert.

Oder macht es spannend.

An der Wand tickt eine *Star Wars*-Uhr.

»... aber du, mein lieber Ben, du spielst sogar dir selber vor, dass du der gute Schwiegersohn wärst. Deswegen leidest du.«

»Wer sagt denn, dass ich leide?«

»Du sitzt um 10 Uhr vormittags bei mir, anstatt die Wäsche zu waschen oder das Tafelsilber zu putzen. Der Hausmann leidet.«

»Ich habe alles im Griff. Und ich *bin* männlich. Ich mache Buchhaltungen nebenher, und mein bester Kunde ist ein Pornofotograf, wie du weißt. Schließlich hast du ihn mir vermittelt.«

Gregor legt den Kopf schief und schaut mich einfach an, wie Robert de Niro sein Gegenüber in einem Diner am Highway. Dann nickt er spöttisch und brummt.

»Ja, gut«, sage ich, »ich gebe es zu. Ich bin überfordert. Ich leide, Gregor!«

Er wartet ab in seiner A-Team-Bettwäsche. Er weiß, dass jetzt alles von selber aus mir herauskommt.

Es fühlt sich an wie ein Klumpen im Rachen, ein Pfropf, aber dann löst er sich auf, und ich springe von dem Stuhl auf und laufe im Raum auf und ab. »Weißt du eigentlich, was ich alles gleichzeitig zu erledigen habe? Ich soll das Haus reparieren und die Wäsche machen und putzen und Pakete zu irgendwelchen Leuten bringen. Und dann der Garten, Gregor, der Garten! Marie meint, der müsse jetzt endlich mal gemacht werden, was ist, wenn berufliche Gäste kommen? Der Garten, Gregor! Du wirst wahnsinnig! Du weißt gar nicht, wo du da anfangen sollst. Was haben wir für einen Garten? Das ist der Landschaftspark Nord! Das sind keine 700 Quadratmeter, das sind gefühlte 70 000! Und dann klingelt es ständig. An der Tür, am Telefon, am Handy. Und das Essen, das gottverdammte Essen, Gregor! Unsere Kinder sind Auswahlmaschinen für die strengsten Richtlinien, die du dir vorstellen kannst. In der Schule kriegen sie miesere Noten, als sie verdienen, weil sonst der Schnitt der Parallelklasse zu schlecht ist. Die Jungen dürfen kein Fußball spielen, weil Fußball den Lehrerinnen zu brutal ist. Wir haben Tauben im Kaminschacht. Und wie die Garage aussieht ...«

Gregor hört einfach nur zu und nippt an seinem Kölsch, um zehn Uhr morgens, die Pobacken weich gebettet zwischen Colonel Hannibal Smith und Sergeant Murdock, unseren Helden aus den 80er-Jahren. Auf, unter und neben seinem Schreibtisch stehen aufgeschraubte Computer. Keith Richards spielt den Blues.

Als ich fertig bin und erst einmal Luft holen muss, sagt er: »Ben, was glaubst du, warum Jagger und Richards so viele Platten machen konnten?«

»Wie bitte?«

»Über vierzig Stück bis heute. Das ist viel Holz. Weit über 2500 Konzerte. Und sie stehen immer noch.«

»Was hat das mit mir zu tun?«

»Na, rate mal. Warum schaffen Musiker so was? Oder Top-Manager? Oder Bill Gates und Steve Jobs?«

»Worauf willst du hinaus, Greg?«

Er steht von seinem Bett auf und gestikuliert. »Na, ist doch ganz einfach! Diese Männer haben nichts anderes getan, als Gitarre zu spielen. Oder zu verhandeln. Oder zu programmieren. Nichts anderes! Nimm meinetwegen Beckenbauer. Oder Pelé. Oder Messi. Die haben immer nur Fußball gespielt. Die kümmern sich nicht mal um ihre Konten. Das machen Manager für sie. Physiotherapeuten massieren ihnen die Muskeln. Trainer sagen ihnen, wie sie sich fit zu halten haben. Es gibt Mannschaftsköche und Dienstwagen mit Mechanikerservice. Kindermädchen, falls die Frau auch arbeitet. Zeugwarte. Die müssen gar nichts machen außer dem, was sie am besten können.«

»Und das heißt?«

Gregor nimmt mir die leere Kaffeetasse ab, geht in die Küche und füllt sie neu. Beiläufig pustet er den Staub vom FC-Köln-Wappen in der Kickertabelle. Dann kommt er zurück und gibt mir die frische

Tasse: »Das heißt, dass du tun sollst, was die Fußballspieler tun. Oder Keith Richards.«

»Ich soll andere für mich arbeiten lassen?«

Der Gedanke erscheint mir so absurd, dass sich im ersten Moment alles in mir sträubt. Fremde im Haus habe ich bereits genug. Schornsteinfeger, Wasserwerker, Paketboten …

»Du bist Controller, Ben, du weißt doch, wie das läuft. Outsourcing ist das wichtigste Instrument einer effizienten Wirtschaft!«

So formuliert klingt es allerdings plausibel …

»Stell dir vor, eure Familie wäre eine Firma. In dieser Firma gibt es überhaupt keine Arbeitsteilung. Du, Ben Breuer, bist in dieser Firma die Buchhaltung, das Controlling, der Einkauf, die Cafeteria, die Kantine, die Mitarbeiterbetreuung, die Poststelle, das Hausmeisterbüro, die Gebäudeverwaltung, die Grünflächenverwaltung, die Kindertagesstätte, der Sanitätsnotdienst und sogar die Wäscherei. Du bist alles in dieser Firma! Was glaubst du, wie lange so ein Konzern überleben könnte? Das ist doch vollkommen einleuchtend, dass das nicht gehen kann, oder?«

Ich sehe ihn an.

Schaue in das glänzende Schwarz meines Kaffees.

Sehe wieder auf.

»Das ist einleuchtend …«

»Na, siehst du!«

Wir schweigen einen Moment in den Raum hinein, während Mick und Keith knarren und jaulen wie die lebenslang freien Wölfe, die sie nur sind, weil sie tausend Gehilfen haben.

Der Kloß in meinem Hals bildet sich wieder, weil ich begreife, worauf dieses Gespräch hinauslaufen soll. Und weil ich merke, dass ich das gut finde.

»Wie ich dir schon sagte: Multitasking liegt nicht in unserer Natur.«

»Du meinst also, ich sollte …«

»Ein paar Abteilungen aufmachen, ja! Besorg dir jemanden, der für dich einkauft. Oder eine Putze. Einen Waschdienst. Was weiß ich.«

»Aber Marie …«

»Marie muss das doch nicht mitbekommen. Die Kinder sind in der Schule. Du machst, was jede Firma tun würde. Was jeder Chef tun würde. Du lässt andere für dich arbeiten, und nach außen hin erntest du die Lorbeeren.«

»Und wie bezahle ich das?«

»Mit dem, was du kannst. Mit dem, was du bist! Mit Buchhaltung für Pornofotografen.«

»Dann brauche ich mehr Kunden …«

Gregor atmet tief ein. Um die Augen herum zeichnen sich seine Lachfältchen ab. Er steht auf, geht feierlich zu seinem Computerschreibtisch, klickt eine Datei auf dem Bildschirm auf, druckt sie aus und hält mir das Blatt vor die Nase. Es zeigt eine Liste von rund fünfzig Namen mit Telefonnummern.

»Hier«, sagt er, »die lassen sich alle von mir ihre EDV machen. Sind große Freunde direkter Marktwirtschaft unter freien Menschen. Und mindestens die Hälfte von ihnen kommt mit ihrer Buchhaltung überhaupt nicht mehr zurande.«

Ich lächele.

Gregor zieht eine Schublade mit FC-Köln-Aufkleber auf, holt ein altes Stück Geschenkband heraus, rollt die Kundenliste ein, knotet das Band darum und reicht sie mir. »Mein Geschenk!«, sagt er. »Und jetzt sei ein Mann!«

Er lacht.

Ich auch.

Wir haben jetzt ein Geheimnis.

Und das wird Folgen haben.

*

Eine Woche später läuft auch bei uns im Haus *Sticky Fingers*, allerdings nur als CD in der kleinen Kompaktanlage in der Küche. Die Kaffeemaschine blubbert, und auf dem Tisch habe ich die Papiere von Herrn Eckernförde ausgebreitet, meinem neuen Buchhaltungskunden neben dem Pornofotografen und seinem Bekannten, dem ich im Noteinsatz die Steuerpapiere gerettet habe. Herr Eckernförde ist 59 Jahre alt, hat einen kleinen, spitzen Mund und sehr wache Augen hinter eckigen Brillengläsern. Ich habe ihn letzten Freitag am Vormittag in einer Bäckerei getroffen, die gegenüber vom riesigen Supermarkt am Ortsrand liegt, zwischen Blume 2000 und einer Lottobude. Meine erste heimliche Aktion zum Aufbau eines einfacheren Lebens. Es hat sich gut angefühlt, verwegen, ich bekam Lust auf ein Bier, obwohl es natürlich beim Kaffee blieb. Mit Blick auf die 15 Supermarktkassen gegenüber eröffnete mir Herr Eckernförde, dass er als freier Autor für Wissenschaftsmagazine schon seit Jahren seine Steuer verschleppe. Weil er nicht einsehe, dass die Gelder ohne Mitsprache der Bürger verteilt würden. »Ein freier Mann schreibt lieber Rechnungen als Anträge«, lachte er und fügte hinzu: »Und noch besser ist es, wenn es nicht mal Rechnungen gibt!« Es reiche ihm, wenn ich seine Papiere in Ordnung brächte, aber falls mir dabei etwas Kreatives einfiele, wie er seinen ausgewiesenen Gewinn reduzieren könne, solle ich damit nicht hinter dem Berg halten.

Ich sortiere die Papiere des Steuerrebellen und überlege mir, inwiefern man eine Wasserbettmatratze als Betriebsgut absetzen könnte. Ich schreibe ihm einen Kommentar-Zettel und klebe ihn auf die Rechnung: *Bitte schnell einen Artikel über den physiologischen Einfluss der Matratzensorte auf die Wirbelsäule verfassen und verkaufen, dann können wir das Wasserbett nachträglich als Selbstversuch absetzen.*

Es klingelt.

Ein Paketbote steht vor der Tür.

Ich stehe auf, nähere mich unserem Hausportal und erkenne in den geschwungenen Fensterchen der Tür, dass es nicht irgendein Paketbote ist. Es ist der *neue* Paketbote. Es ist *mein* Paketbote.

»Hallo«, ächzt der junge Mann und kann den Karton kaum balancieren, den er zur Tarnung zugeklebt sowie mit einem Adressaufkleber und einem roten *Vorsicht zerbrechlich*-Packband ausgestattet hat.

»Kommen Sie schnell rein!«, sage ich.

»Bleiben Paketboten üblicherweise nicht draußen stehen?«, fragt er, nicht ganz zu Unrecht. Schräg gegenüber steht Edith Dondrup auf ihrer Vortreppe und tut so, als würde sie nicht zu uns herübersehen.

Ich zögere. Es ist der erste Einkauf, den der junge Mann für mich erledigt. Er hatte eine genaue Liste, aber ich muss es kontrollieren. Ich bin Controller.

»Egal, kommen Sie rein!«, sage ich.

Gemeinsam wuchten wir den Karton in die Küche auf die Anrichte. Ich schalte das Licht der Dunstabzugshaube an.

»Für die Pfifferlinge musste ich in einen normalen Supermarkt«, erklärt mir der junge Mann, dessen Namen ich schon wieder vergessen habe, weil Männer seines Alters heute alle Jan, Jens oder Jojo heißen. Ich glaube, er heißt Jens.

»Und noch was gab es nicht im Bio-Markt … warten Sie. Ach ja, die hatten nur ein paar wenige Päckchen Quark, also den 40 %-Quark. Magerquark gibt es in Bio jede Menge, aber richtigen Quark nur drei Pakete. Ich habe dann noch die restlichen zwölf Stück bei Edeka geholt, sehen Sie?«

Ich sehe das, No-Name-Quark für 49 Cent das Päckchen, von Mastkühen mit Antibiotika-Milch. Aber was will man machen. Jens hat recht, die Bio-Leute bieten Quark praktisch nur in der Magerfassung an.

»Wofür brauchen Sie eigentlich so viel Quark?«, fragt Jens, als wir gemeinsam den großen Karton auspacken.

»Selbstgemachter Kräuterquark«, erkläre ich. »Als Eiweißbombe, für Muskeln und Zähne.«

Er schaut mich an, halb neugierig, halb amüsiert.

Ich seufze. »Der Kräuterquark, den Sie fertig kaufen können, enthält billiges Jodsalz und ganz dürftige Gewürze. Normale Kräuter haben eine Pestizidbelastung, da können Sie die Zähne lieber gleich in den Düngertank eines holländischen Treibhauses rammen. Ich nehme einfach Quark, Himalaja-Salz, Bio-Kräuter, Petersilie, echte Zwiebeln, ein paar Bio-Gewürze, einen Hauch Chili, einmal kräftig umrühren und zack – geiler Quark für eine Woche!«

Der junge Mann kichert: »Geiler Quark?«

»Ja, nun …«

»Haben Sie sich das ausgedacht oder Ihre Frau?«

Ich denke an die Liste der erlaubten und verbotenen Nahrungsmittel, die am Kühlschrank hängt, und schweige einfach. Der junge Mann nickt.

»Was ist das denn?«

Jens hält eine Packung Milka-Schokolade in der Hand.

»Einfach so«, sagt er, »ich hatte noch 1,20 Euro von dem veranschlagten Geld übrig, und da dachte ich mir, für die Kinder ...«

Mein Ohr rauscht.

Mein Nasenflügel zuckt.

Ich nehme ihm die Packung aus der Hand und zerre ihn zu unserer Nahrungsmittelliste.

»Hier, sehen Sie das? Können Sie lesen? Was steht da bei Allergien?«

»Himbeer, Erdnuss, Haselnuss ...«

»Aha!«

»Aber das ist doch nur Vollmilchschokolade ohne alles.«

»Ja? Ist das so? Schauen Sie noch mal genau hin!«

Ich klinge schärfer, als ich müsste. Es ist sein erster Einsatz für mich. Der Junge studiert Soziologie. Was soll ich da erwarten, am Anfang? Aber ich muss an Tommy denken und seinen Erstickungsanfall. Das Krankenhaus. Mein erstes wirklich großes Geheimnis.

Jens liest die Inhaltsstoffe auf der Verpackung und sagt: »Oh!«

»Ja, oh!«, sage ich.

Jens lässt die Schultern sinken und die Arme fallen. Ich wedele mit der Tafel Schokolade vor ihm herum wie ein Schiedsrichter mit der roten Karte.

»Die lila Kuh ist eine Mörderin!«, sage ich und pfeffere die Schokolade in die Ecke. »Zumindest wenn man Allergien hat. Sie enthält immer Haselnussmasse, in jedem Produkt. Wahrscheinlich zur Bevölkerungsregulierung.«

Jens stiert betroffen auf die Nahrungsmittelliste.

»Tut mir leid«, flüstert er.

»Ist ja noch mal gut gegangen«, sage ich, spreize Zeige- und Mittelfinger zum V und deute damit auf meine Augen. »Aber das nächste Mal bei allem immer genau gucken! Gucken! Nicht denken, nicht unterstellen, gucken!«

»Ja, Herr Breuer.«

Wir packen den Rest des Großeinkaufs aus, und ich erkläre, wo was hin muss, damit er das Auspacken beim nächsten Mal eigenständig übernehmen kann. Dann gebe ich ihm wie vereinbart 15 % des Einkaufsvolumens als Provision. An der Tür sage ich: »Ach, eins noch … äh … *Jens* …«

»Ich heiße Jan.«

Ich lächle.

»Was wollten Sie denn sagen, Herr Breuer?«

»Ach, nix, hat sich schon erledigt.«

Ich öffne die Tür und schiebe Jan mit dem leeren Karton hinaus. Edith hat sich derweil in ihrem üblichen geisterhaften Schleichtempo zum Rande unseres Gartens vorgearbeitet und tut so, als würde sie den wildwuchernden Lavendel bewundern.

»Oh!«, sagt sie, »hallo, Ben!«

»Hallo«, brummele ich.

»Das ist aber ein besonderer Service, wenn der Paketdienst mit auspackt und den Karton wieder mitnimmt.«

»Ja«, sagt Jan, »das gibt es nur bei uns!« Er zeigt auf die hintere rechte Scheibe seines Golfs. Ein Ausdruck klebt darin mit einem Falken-Logo und der Aufschrift *Hawk Delivery*. Der Junge mag die lila Kuh unterschätzen, aber er ist clever.

»Wir sind eine ganz junge Firma«, sagt er, »und wenn der Kunde will, nehmen wir die Verpackung wieder mit!«

»Das ist ja toll«, sagt Edith und scheint zu glauben, was Jan sagt. Sie zieht ein klobiges altes Handy aus ihrer Tasche und beginnt die Nummer einzutippen, die Jan unter das Logo gedruckt hat. Sie tippt so langsam, als müsste sie jede Taste so lange suchen wie Gewässer mit Q bei Stadt-Land-Fluss.

»So, jetzt habe ich Ihre Nummer«, sagt sie, »vielleicht greife ich mal auf Sie zurück.«

»Das würde mich freuen«, sagt Jan, steigt in seinen Wagen und rollt davon.

Edith und ich stehen uns noch einen Augenblick gegenüber. Dann zeigt sie unseren Holzgiebel hinauf und sagt: »Bei Hagebau haben sie gerade wetterfeste Farbe im Angebot. Hab ich im Prospekt gesehen.« Sie dreht sich um und geht, so langsam, aber entschlossen, wie sie herangeschwebt ist.

Ich schließe die Tür, lehne mich dagegen, atme tief durch, gehe wieder in die Küche zu den Papieren von Herrn Eckernförde und esse die Tafel Milka, während ich seine Buchhaltung mache.

Der Kochschüler

Wo bleibt der denn? Es ist schon fast 12 Uhr, und Jan ist immer noch nicht mit den Einkäufen da. Ich habe bereits alles geschnippelt, was man für ein großes Wokgemüse schnippeln kann. Zwiebeln, Paprika, Möhren. Alles Asiatische fehlt noch, also alles, was der Sache den Pfiff gibt. Mungobohnen, Bambussprossen, Mu-Err-Pilze, Glasnudeln, Reis und die Zutaten für diese hellrote, süßsaure Soße, die ich wegen Lisas Allergie statt Erdnusssoße mache. Man kann sie natürlich fertig kaufen, aber ich muss sie selbst zubereiten, denn es gibt sie – im Gegensatz zur Sojasoße, die Jan mitbringen soll – nicht in Bio. Die Schälchen mit dem Gemüse stehen auf der Anrichte, denn der Küchentisch ist immer noch von den Buchhaltungspapieren meiner Kunden und meinem Laptop belegt, auf dem ich gerade im Internet surfe und nach einer Haushaltshilfe google. Der Wäschekorb ist voll, und die Blätter der Wohnzimmerpflanzen sind grau. Marie stand gestern Abend, während sie von ihrem Tag erzählte, neben dem Wohnzimmerregal und zog beiläufig mit dem Zeigefinger die Staublinie nach, die sich um den kleinen Buddha, die Holzkatze und die Figur der Venus von Willendorf schlängelt. Es sind die einzigen Deko-Figuren, die in unserer Bibliothek stehen, aber ich hebe sie beim Staubwischen niemals hoch. Der Text, den ich jetzt auf dem Bildschirm vor mir sehe, klingt nach einer Frau, die das tut. Figuren hochheben beim Wischen. Blätter von Zimmerpflanzen entstauben. Sogar Wäsche waschen. Da steht, kurz und bündig:

Bin in deinem Haushalt immer für dich da. Alles nach Wunsch. Zeiten flexibel. Gertrud: 015 432 / 723 888.

Gertrud klingt gut. So hieß meine Großtante. Die konnte putzen, kochen und waschen wie sonst nur die Frauen aus Heimatfilmen.

Ich nehme das Telefon zur Hand, stehe auf, während es tutet, und gehe in den Flur, um durch das Milchglas der Haustür nachzusehen, ob Jans Auto mit den Bambussprossen endlich um die Ecke biegt.

»Die Gertrud hier, hallo?«

»Ja, guten Tag, Breuer. Ich habe Ihre Anzeige im Internet gefunden und bin, ähem, interessiert.«

»Das ist schön.«

»Ja. Sie haben geschrieben, Sie machen im Prinzip alles?«

»Ja, ich mache alles.«

»Gut, gut. Es ist nur so, es müsste sich zeitlich auf den Vormittag beschränken, also von acht Uhr, wenn die Kinder in der Schule sind, bis ungefähr zwölf.« Ich schaue instinktiv auf die Uhr und wieder auf die Straße. Edith Dondrup steht im Bademantel in der Tür, als warte sie auf etwas. Rolf Heyerdahl hat augenscheinlich einen Tag frei und öffnet mit nacktem, muskulösem Oberkörper seine Garage, um sein rotes Cabrio zu pflegen.

»Meinen Sie, Sie schaffen das alles zwischen acht und zwölf Uhr vormittags?«

»In vier Stunden kann man sehr viel machen.«

»Ja, es ist nämlich so: Meine Frau darf nichts davon wissen, dass Sie hier arbeiten. Und die Nachbarn auch nicht. Deswegen wäre es gut, wenn wir uns vorher darauf einigen könnten, wer Sie offiziell sind. Verstehen Sie?«

»Da bin ich für alles offen. Ich kann gut schauspielern.« Sie lacht. Sie ist sympathisch und unkompliziert. Sie klingt jünger als meine Großtante, aber das täuscht am Telefon ja häufig. Rolf fährt den blitzenden Oldtimer aus seiner Garage, steigt aus, schaltet ein kleines Radio ein, öffnet die Motorhaube und legt sich Werkzeug zurecht.

»Ich schlage vor«, sage ich, »dass Sie meine Lehrerin sind.«

»Oh, ach so«, erwidert Gertrud.

»Eine Elternlehrerin, verstehen Sie? Das ist heute weit verbreitet. Die Eltern der Schulkinder lernen bei ehemaligen Lehrkräften den Stoff ihrer Kinder parallel zu den Kindern selbst, damit sie besser bei den Hausaufgaben helfen können.«

»Ja, klar, ich verstehe Sie schon. Wir verstehen uns. Ich bereite mich drauf vor.«

»Gut. Und mit den Finanzen, das klären wir dann persönlich, ja?«

»Wir werden uns schon einig.«

»Schön.«

»Können Sie morgen das erste Mal kommen?« Ich nenne ihr meine Adresse.

»Um acht Uhr bin ich bei Ihnen, Herr Breuer!«

»Prima. Bis dann.«

Ich weiß, ich sollte den Stundenlohn vorher aushandeln, aber sie klingt gut, und ich will, dass es hier vorangeht. Rolfs Radio spielt Chuck Berry, passend zu seinem Oldtimer. Er nimmt eine Ratsche aus dem Werkzeugkasten, wirft sie in die Luft und fängt sie nach vier Umdrehungen richtig rum wieder auf. Edith kommt derweil die zwei Stufen ihrer Vortreppe herunter und winkt einem heranfahrenden Wagen. Es ist Jan. Was will sie denn von dem? Jan hält an, steigt aus, begrüßt sie freundlich und übergibt ihr eine riesige Palette mit Stiefmütterchen, frisch aus dem Gartengroßhandel. Sie bedankt sich und bezahlt. Auch Rolf tritt jetzt mit seiner Ratsche in der Hand auf den Vorplatz. Ich öffne die Haustür.

»Morgen, Ben!«, sagt Rolf, noch ehe ich ganz draußen bin. Er muss gesehen haben, wie ich mich hinter dem Milchglas herumgedrückt habe. Er zeigt mit der Ratsche auf Jan, der nun bei uns vorfährt und als erstes nicht die Wokgemüse-Einkäufe, sondern mehrere Kunststoffkanister Motoröl aus dem Kofferraum wuchtet.

»So, Herr Heyerdahl. Fünfmal das ganz besondere Tröpfchen für das alte Schätzchen.«

»Großartig!«, sagt Rolf und schaut mich an. »Ben, diese junge Firma ist eine Wucht! Ich weiß, dir bringt *Hawk Delivery* nur ganz normale Bestellungen aus dem Internet, aber wusstest du, dass die auf Wunsch auch einen Stopp beim Restaurationsservice für Oldtimer machen? Ganz unbürokratisch, einfach so? Das ist phantastisch! Mit der Post hätte ich auf dieses Öl eine Woche gewartet.«

»Ja, phantastisch«, sage ich und funkele Jan an. Der zieht die

Augenbrauen hoch und legt den Kopf schief. Ich gehe zu seinem Wagen und wuchte den Karton mit den Lebensmitteln heraus, der mit *amazon*-Aufdrucken getarnt ist.

»Sie müssen das nicht selber tragen, Herr Breuer«, sagt Jan.

»Weiß ich«, sage ich und mache ein lautes Zisch- und Fauchgeräusch, um Vinci wieder ins Haus zu drängen, die bereits zwei Pfoten vor die Tür gesetzt hat. Jan kassiert Rolf ab, kommt mir nach und schließt die Tür.

»Ihre Nachbarn haben mich von sich aus angesprochen«, sagt er, während ich schon die Zutaten aus dem Karton rupfe. »Ich kann doch kein Geschäft auslassen, wenn es sich ergibt. Ich wurde sogar schon unten im Ort angesprochen.«

»Du bist *mein* Angestellter!«, sage ich und knalle das Glas mit den Bambussprossen auf die Anrichte. Die Ofenklappenschraube ist noch locker, fällt mir gerade ein.

»Falsch, ich bin selbständig«, sagt Jan. »*Hawk Delivery Service*, das ist meine Firma.«

»Das ist deine Tarnung!«

»Also, wenn ich mit einer Tarnung Geld verdienen kann, dann ...«

»Jetzt pack mit mir aus!«, sage ich und füge mit einem Blick auf die Uhr hinzu: »Und bleib hier. Koch mit mir. Sonst schaffe ich das nicht, bis die Kinder heimkommen.«

»Ich soll mit Ihnen kochen?«

»Ja. Schon mal Wokgemüse gemacht? Mit Glasnudeln?«

»Öh ... ja ...«

»Also nein. Egal. Wok auf die Platte, Kokosfett rein, da oben rechts im Schrank, Gemüse ist schon geschnitten, viel wenden, Bewegung in den Gussstahl bringen. Ich versuche in der Zeit, diese Süßsauersoße selbst zu machen.«

»Jawohl, Herr Rach!«

»Pass auf, was du sagst, sonst kriege ich Augenringe und werde pampig!«

Eine Viertelstunde später brutzelt alles, was wir irgendwie im Haus hatten, als eine große Masse im Wok, und ich bin immer noch nicht mit der Soße fertig. So eine Soße ist evolutionär gar nicht dafür angelegt, selbstgemacht zu werden. Sogar der Chinese selbst füllt sie im Restaurant nur aus Fertigflaschen in Keramikschälchen um!

»Wir sind zu langsam!«, sage ich und schaue zur Tür, Schweißperlen auf der Stirn.

»Soll ich abhauen?«

»Nein, hiergeblieben. Ohne dich schaffe ich's gar nicht.«

Es klingelt.

Wahrscheinlich Rolf oder ein echter Paketbote. Gehetzt öffne ich und starre in die Luft, da die Klingelnden bei mir auf Bauchhöhe enden. Es sind Lisa und Tommy.

»Hallo, Papa, Sport fällt schon wieder aus!«, sagt Lisa, und Tommy fügt hinzu: »Wieder keine Kot-Gymnastik!« Sie lassen ihre Rucksäcke auf den Boden plumpsen.

»Wer ist das denn?«

»Das ist, äh …«, ich denke kurz nach, »das ist Jan. Er lernt bei mir!«

Jan stutzt. Ich kann sehen, wie seine neue Rolle als Update in seiner Hirnsoftware aufgespielt wird.

»Ja, er ist ein angehender Koch, und da ich so gut kochen kann, gebe ich ihm vor seiner Prüfung ein wenig Nachhilfe. Wenn ich eh schon jeden Tag etwas zubereite, alles per Hand und alles in Bio-Qualität, dann kann ich auch einem jungen Auszubildenden helfen, oder?«

Ich knuffe Jan in die Schulter.

»Euer Papa ist einer der Besten. Er macht sogar die Süßsauersoße selber.«

»Und er kann Pommes im Wok!«, ruft Tommy und hüpft grinsend auf der Stelle.

Jan sieht mich erstaunt an: »Sie können Pommes im Wok?«

»Meine Spezialität!«, sage ich. »Wollen wir dann gemeinsam zu Ende kochen?«, frage ich in die Runde.

»Ja!«, ruft Tommy.

»Okay«, sagt Lisa.

»Sehr gerne, Herr Breuer«, sagt Jan, stellt sich wieder an den Wok und kichert ganz leise, das Gesicht verborgen im asiatischen Dampf.

*

»Du umschiffst die Venus«, sagt Marie im Schimmer ihrer Nachttischlampe. Sie trägt ihr rotes Seidennachthemd mit dezentem chinesischen Drachenmuster. Sie ist erst vor einer halben Stunde nach Hause gekommen. Jetzt haben wir halb elf.

»Ich weiß«, brumme ich neben ihr, die Decke bis zum Hals und einen Krimi auf der Brust.

Sie dreht sich leicht zu mir. Die Seide raschelt.

»Also, wegen mir musst du da keine Rücksicht nehmen, Schatz. Bloß, weil ich lange arbeite ...«

Ich lasse den Krimi auf die Seiten plumpsen. »Ach Marie, wirklich, ich habe so viel anderes zu tun, da kann es doch nicht so entscheidend sein, ob ...«

»Gut, dann nicht!«, sagt sie spitz, und erst in dem Augenblick, als sie ihre Hand wieder unter meiner Decke hervorzieht, bemerke ich, dass sie überhaupt dorthingewandert war. Mein Hirn stellt ein paar Weichen um, dann schnellt das Blut aus ihm heraus nach unten.

»Ach so, du meinst ...«

Marie sieht das Glitzern in meinen Augen.

»Ja, sicher meine ich! Was denkst du denn, was ich meine?«

»Die Venus, Marie! Die kleine Skulptur auf dem Bücherregal. Ich putze drum herum!«

Marie muss sich ein paar Sekunden sammeln. Ihr innerer Blick wandert durch unser Haus, die Treppe hinab, an der großen antiken Truhe vorbei zum Bücherregal. Sie erinnert sich erst jetzt daran, dass wir diese Figur überhaupt haben. Dann lächelt sie, haut mir ein Kissen vor die Brust und beginnt, mich mit Daumen und Zeigefinger zu pitschen.

»Hey, hör auf!«, sage ich und meine natürlich das Gegenteil.

»Du denkst eher ans Putzen als an Sex«, sagt sie, und ich weiß gar nicht, wie sie das meint. Ich weiß nur, dass sie jetzt meinen linken

Arm nimmt, sich wie eine süße Comicfigur mit der Zunge über die Lippen fährt, laut »Mjam, Mjam!« sagt und mir dann ins Fleisch beißt. Das ist ihr Liebesbiss. Ich kreische ein wenig, sie sagt: »Pssst, die Kinder!«, ich bleibe tapfer still, mein Blut komplett aus dem Hirn gewichen, und sie hebt beide Arme in die Luft, strahlt und nuschelt, meinen Arm zwischen den Zähnen: »Freihändig!«

Ich lache und atme tief ein.

Der Biss ist das Einzige, das in der nächsten Stunde freihändig bleibt.

Als Marie aus der Dusche kommt, lese ich wieder.

Ich lese als glücklicher Mann.

»Sag mal, kann es sein, dass Tommy mit einem Schlag mehrere neue Spiele bekommen hat?«

Ich halte das Buch etwas höher, damit es mein Gesicht verdeckt, weil meine Wangen rot werden, wenn ich lüge. Oder halb lüge.

»Du weißt doch, Flo hat die jetzt auch. Ich habe sie wirklich günstig bekommen, und Tommy war fleißig in letzter Zeit. Der eBay-Mensch hatte einen Top-Preis.«

»Immer ganz der Controller. Du würdest auch 500 Gläser Senf kaufen, wenn der Rabatt stimmt, oder?«

»Aber sicher.«

»Dir ist aber schon klar, dass die Spiele immer gleich viel Zeit fressen, auch wenn sie im Einkauf günstiger waren.«

»Ich achte schon darauf, dass er nicht übertreibt, Süße.«

Sie legt sich wieder zu mir, kuschelt sich ein und füßelt unter der Decke. Ihr Blick ist allerdings an die Decke gerichtet, als würde sie nachdenken. »Außerdem hat Tommy mir was Merkwürdiges erzählt vorhin.«

»Ja? Was denn?«

»Dass du heute einem jungen Mann Nachhilfe gegeben hast. Im Kochen.«

Ich wünschte, der Krimi würde zum Guinnessbuch anwachsen.

»Ja, das ist eine, das wollte ich sowieso noch, also …«

»Ben?«

»Das ist ein Bekannter von Gregor, sein kleiner Cousin oder so. Der hat bald Aufnahmeprüfung, und da hat Gregor gemeint, weil ich so viel koche und auch gerade Bio und mit viel Aufwand, da könnte ich doch einfach …«

»Soso, du hältst das also für zu viel Aufwand, keine Schimmelpilze zu essen. Aromen aus Altpapier. Dioxine. Asbest.«

»Nein, Marie, nein! Im Gegenteil! Deswegen lernt Jan …«

»Jan?«

»Ja, so heißt er. Deswegen lernt er ja bei mir quasi auch die Königsklasse, damit er in der normalen Küche erst recht klarkommt.«

»Aha, unsere Küche ist also unnormal.«

»Marie …«

»Nein, ich verstehe schon. Normal ist Analogkäse.«

»Das ist jetzt unfair!«

»Warum erzählst du mir nicht einfach, dass du einem angehenden Koch-Azubi Nachhilfe gibst. Das ist doch putzig!«

»Du findest das putzig?«

»Ja, sicher. Wenn er die Prüfung schafft, hast du den Beweis für das, was ich schon lange weiß.«

»Was denn?«

»Dass du ein guter Koch bist.«

Ich lächele, so von innen. »Jetzt bist du putzig!«

Marie mustert mich, als prüfe sie, ob ich zum Beißen noch gut bin.

Ich werde verwegen und flüstere: »Ich könnte noch mal um die Venus herumwischen. Ganz sachte und vorsichtig.«

Marie rollt mit den Augen. Dann sagt sie: »Es geht hier nicht um Sex. Erzähl mir, was du den Tag über machst. Lass mich teilhaben. Bloß, weil ich arbeite, heißt das doch nicht, dass ich das nicht wissen will. Okay?«

»Äh … okay.«

»Gute Nacht«, sagt Marie und dreht sich in ihre Schlafstellung.

103

Die perfekte Putzfrau

»Also, noch mal, Ben. Ich habe einen Cousin, der macht bald seine Aufnahmeprüfung zur Kochausbildung, und er bekommt bei dir Nachhilfe. Richtig?«

»So sieht's aus, Greg.«

»Und in echt ist er dein Lieferant.«

»Ja.«

»Und heißt Jan.«

»Genau.«

»Und gleich kommt das erste Mal deine Putzfrau.«

»So sieht's aus.«

»Ben, du bist doch abgebrühter, als ich dachte. Meinen Respekt!«

»Ich folge nur deinem Rat, alter Freund.«

»Und dein eigentlicher Job?«

»Drei Buchhaltungen bisher, inklusive Finanzberatung. Ricky, ein Kumpel von Ricky und der Herr Eckernförde von deiner Liste.«

»Ach, der gute alte Eckernförde.«

»Ja, charmanter Typ.«

»Ist ein gutes Gefühl, wieder das zu machen, was man kann, oder? Gleich wischt die Putzfrau, während du am Schreibtisch sitzt. Genieß es.«

Ich lächele am Telefon. »O ja ...«

»Na dann, viel Spaß noch, und erzähl mal, wie sie war.«

»Mach ich.«

Ich gieße mir eine Tasse ein und schlendere ins Wohnzimmer, weil ich heute Morgen Zeit habe. Putzen wird gleich jemand anderes. Ein Profi. Eine Frau, die in vier Stunden mehr schafft, als ich in den letzten vier Wochen geschafft habe. Mein Blick fällt durch die Pflanzen, die im gläsernen Erker stehen, nach draußen. Späht man durch die Palmenblätter, kann man die ganze Straße bis zur Biegung überbli-

104

cken. Eine Frau nähert sich auf der Höhe von Dondrups Haus, und ich verschlucke mich an meinem Kaffee. Es ist eine jener Frauen, die bei Männern auf der Stelle eine Mischung aus Erregung, Irritation und schlechtem Gewissen über diese Gefühle auslösen, und das alles in einer Nanosekunde, bevor irgendein bewusstes Denken einsetzen kann. Sie hat lange braune Haare, Beine bis zum Hausnummernschild und eine perfekt geformte Sanduhrfigur mit schmaler Taille, echten Hüften und Knackarsch. Im Grunde kann man sagen, dass Lara Croft unsere Straße herunterstolziert, gemischt mit einem Hauch Nicole Kidman. Ich habe diese Frau noch niemals in unserer Nachbarschaft gesehen und frage mich, wer in letzter Zeit zugezogen sein könnte. Vor allem frage ich mich, warum sie nun in Richtung unserer Haustür sieht, und gehe wie ein Spanner hinter den Palmen in Deckung. Nach ein paar klackernden Schritten ihrer High Heels auf unseren Stufen klingelt es an der Tür.

Was will sie? Lara Kidman an unserer Haustür? Ist sie eine Vertreterin? Könnte ich nein sagen, wenn sie mir zwölf Abos oder einen Chevrolet verkaufen will?

Es klingelt erneut.

Vinci wetzt in den Keller, denn Vinci mag keine Fremden.

Ich krieche aus meinem Versteck, sammele mich, gehe in den Flur und öffne die Tür.

»Hallo, ich bin Gertrud.«

Ich bin froh, dass ich in diesem Moment keinen Spiegel habe, um mein unfassbar dummes Gesicht zu sehen.

»Sie sind …«

»Ihre Haushaltshilfe, von acht bis zwölf Uhr!«

Sie lacht. Jetzt hat sie sogar Grübchen, aber gleichzeitig sieht sie mich an, als teilten wir einen Humor.

»Ja, dann, äh, kommen Sie mal rein.«

Sie betritt das Haus. Kurz bevor ich die Tür schließe, sehe ich den Schatten von Ediths Bademantel am Fenster im Haus gegenüber.

»Keine Sorge«, sagt Gertrud, »ich putze nicht in diesem Aufzug. Ich habe meine Arbeitskleidung dabei.«

»Entschuldigen Sie«, purzelt es aus mir heraus, »aber wie kann es sein, dass Sie Gertrud heißen? Ich muss das jetzt einfach fragen. Ich …«

Sie lächelt und streichelt mir zu meiner Überraschung ganz sachte über die Wange. Ihre Hand ist so schnell, als sei ein Kolibri vorbeigehuscht.

»Kein Problem, das fragen viele. Meine Eltern sind Spätaussiedler, und sie wollten meine Großmutter ehren. Deswegen haben sie mir diesen altmodischen Namen gegeben. Sie können mich auch anders nennen, wenn Ihnen das nicht gefällt. Ich könnte verstehen, wenn Sie so ein Name aus dem Konzept bringt.«

»Äh, nein.« Sie kann doch heißen, wie sie heißt. Sie ist keine Datei in Windows, die ich nach Belieben umbenenne.

»Gut. Wo kann ich mich umziehen?«

»Oben, im Bad, wenn Sie wollen. Erste Tür links.«

»Alles klar!«

Sie tanzt die Treppe hinauf, und ich starre ihr dabei auf den Hintern, bis ich den Kopf wegdrehe und mir mit den Fingern die Augen reibe. Meine Putzfrau ist eine sexbombige Aussiedlertochter. Das muss ich jetzt einfach mal so hinnehmen.

»So, jetzt bin ich Ihre Haushaltshilfe«, sagt Gertrud, als sie die Treppe wieder herabsteigt. Ein paar altmodische Aussiedlervorstellungen haben ihr ihre Eltern zusätzlich zu ihrem Namen vermacht, sie trägt ein klassisches Hausfrauen-Outfit wie aus einem Fünfzigerjahre-Spot, als Werbung noch Reklame hieß. Allerdings mit kurzem Röckchen. Auf dem Kopf steckt ein roter Haarreif.

»Die Reinigungsmittel sind unten«, sage ich.

»Ja, Herr Breuer«, sagt Gertrud und schaut auf einmal unterwürfig auf den Boden, als sie an mir vorbei die Treppe hinab in den Keller geht. Dazu hat sie ihre Stimme ins Mädchenhafte verstellt. Ich folge ihr.

»Ja, also, bitte wischen und saugen Sie im ganzen Haus, also Böden und Möbel und alles. Und bitte auch so Kleinkram hochheben dabei, aber das muss ich Ihnen wahrscheinlich gar nicht sagen. Falls

Sie es heute schon schaffen, stauben Sie auch die Pflanzen ab. Wenn nicht, dann einfach beim nächsten Mal.«

»Alles, wie Sie wünschen, Herr Breuer«, sagt Gertrud und beugt sich langsam nach unten, um die Putzeimer aufzuheben. Verlegen starre ich auf ihre Pobacken und Beine. Die Eimer in der Hand und zurück auf Augenhöhe, spricht sie wieder in einer normalen Tonlage: »Sorry, aber bevor ich anfange, müssen wir uns doch kurz über meine Rolle unterhalten.«

Was kommt denn jetzt?

»Ich bin Ihre Haushaltshilfe, haben Sie gesagt.«

»Ja.«

»Aber Sie haben auch gesagt, ich wäre Ihre Lehrerin.«

»Ja, wenn uns andere zufällig zusehen, dann sind Sie meine Lehrerin.«

Ein Schmunzeln breitet sich in ihrem Gesicht aus wie die sanften Kreiswellen, wenn man einen Kiesel in stilles Wasser geworfen hat. Sie zeigt verschwörerisch mit dem Finger auf mich und sagt: »Ich verstehe …« Dann senkt sie augenblicklich wieder den Kopf, moduliert ihre Stimme erneut ins Mädchenhafte und fügt hinzu: »Ich beginne dann mit dem Putzen, Herr Breuer.«

Ein verrücktes Huhn ist das. Vielleicht übt sie für ein Casting bei dieser *X-Factor*-Show.

Seit einer Stunde sitze ich nun in der Küche vor den Papieren von Herrn Eckernförde und weiß, dass selbst dann, wenn ich hier mal fünf Minuten nicht weiterkomme, in genau diesen fünf Minuten trotzdem das Haus sauberer wird. Andere für sich arbeiten zu wissen, ist ein tolles Gefühl. In der Firma hatte ich das nie, schließlich reagierte niemand auf meine Formblätter und Fragen. Gertrud betritt die Küche und tauscht das Wasser im Eimer über der Spüle aus. Sie wirft mir einen scheuen Blick zu: »Wollen Sie nicht ein wenig zusehen, wie ich arbeite, Herr Breuer? Prüfen, ob ich alles richtig mache?«

»Das ist nicht nötig, ich vertraue Ihnen.«

»Das habe ich doch noch gar nicht verdient«, flüstert sie und senkt den Blick schamvoll in die Spülkeramik. Ich habe eine Idee.

»Gut«, sage ich, »ich schaue eine Sache nach. Wenn die gut ist, wird alles gut sein.«

»Jawohl, Herr Breuer.«

Ich gehe ins Wohnzimmer und prüfe den Staubbrandverlauf beim Buddha und der Venus. Es gibt keinen Verlauf, denn aller Staub wurde entfernt. Gertrud steht in drei Meter Abstand hinter mir, den Eimer neben sich auf dem Boden, und hat die Hände wie eine Klosterschülerin vor der Scham gefaltet.

»Sie haben die Figuren hochgehoben«, sage ich.

»Ja.«

»Das ist gut.«

»Das freut mich, Herr Breuer.« Sie dreht verlegen die Augen nach links oben.

»Aber den Buddha, den müssen Sie wieder so hinstellen, dass er nach Nordosten guckt.«

»Das tut mir leid, Herr Breuer. Wenn Sie mich dafür …«

Es klingelt an der Tür.

Wir sehen uns an. Ich hebe den Finger: »Denken Sie dran, falls jemand stutzt: Lehrerin!«

»Okay«, sagt sie und saust erst mal nach oben, während ich die Haustür öffne. Es ist der Grieche von GLS.

»So, Herr Breuer, ich habe hier Pakete für Heyerdahl, Majewski, Tronsdorf und Huber.«

»Wen?«

»Unten, vom Straßenanfang. Die mit dem großen Teich und dem Kunstsand. Die Tronsdorfs. Die Hubers sind die mit der rustikalen Haustür, und der Majewski geht immer in Ballonseide mit dem Hund spazieren. Die kennen Sie doch.«

»Und die sind alle nicht da?«

»Die sind alle nicht da.«

»Und ich soll jetzt für die alle …«

Meine Widerrede gegen die Überflutung mit Nachbarspaketen wird jäh unterbrochen von einer Frauenstimme, wie ich sie in diesem Haus noch nie gehört habe. Sie muss Gertrud gehören, denn außer ihr ist ja gerade keine Frau da.

»Ben!«, ruft sie, »habe ich dir erlaubt, die Tür aufzumachen und
mit fremden Männern zu reden?«

Ich werde auf der Stelle knallrot und bekomme Atemnot, vor allem, weil ich nicht weiß, was hier gerade geschieht. Der Grieche bekommt große Augen und zieht seinen Kopf zurück wie Katzen in
Zeichentrickfilmen, wenn sie erstaunt und etwas verängstigt sind.
Hätte er Segelohren, würde er sie anlegen.

Gertrud schreitet mit einer schmalen schwarzen Brille auf der
Nase, einem grauen Bundfaltenrock, einer Bluse, die ihre Brüste be-
tont, und einem Rohrstock in der Hand den Flur entlang und sagt:
»Wir sind mit den Hausaufgaben noch nicht fertig, Ben!«

Ich will dem Griechen irgendetwas Erklärendes sagen, aber es
fühlt sich an, als hätten sich in meinem Mund Holzspäne gebildet.

Gertrud lässt den Rohrstock so laut und überraschend gegen die
Wand knallen, dass der Grieche und ich zusammenzucken. »Ben, du
kommst jetzt sofort hierher!«

Der Grieche sagt: »Gut, ich nehme alles wieder mit und überlasse
Sie Ihrem, äh, Privatleben.«

»Ja, das wäre …«, setze ich an, aber Gertrud unterbricht mich mit
einem Rohrstockklaps auf die Schulter. »Du willst den Mann doch
nicht unverrichteter Dinge ziehen lassen, Ben?«

Ich stammele: »Nein, natürlich nicht …«

»Also los! Unterschreib!«

Ich unterzeichne auf dem Gerät, das der Grieche mir nun hin-
hält, während seine Augen zwischen mir und meiner Domina hin
und her huschen. Ich bilde lautlos Worte mit den Lippen und
schneide Grimassen, die ihm signalisieren sollen, dass alles ganz anders ist, als er denkt, und dass er bitte niemals mit irgendwem darüber reden soll. Er spitzt den Mund und nickt sachte mit gesenkten
Augenlidern, was »okay, habe verstanden« heißen kann oder auch
»okay, armer Irrer, ist schon gut«. Schwungvoll steckt er den Touch-
pen wieder in sein Gerät und geht zu seinem Wagen. Gertrud schiebt
die Tür zu, baut sich vor mir auf, sieht mich über ihren Brillenrand
hinweg an und sagt: »Welche Strafe hat mein ungehorsamer Schüler
nun verdient?«

Jetzt, wo keiner mehr zusieht, ist die Trance gebrochen, ich mache ein paar Schritte in Richtung Küche, sehe meine Papiere und meinen Laptop, drehe mich um und schlage die Hand vor die Stirn: »Was zur Hölle? Wie können Sie? Was …«

Und erst jetzt, unter Schock vor Scham, beim Blick auf Gertruds blitzschnell gewechseltes Outfit und ihre forcierte Schauspielkunst, wird mir klar, was den ganzen Morgen über passiert ist.

»Nein«, hauche ich und werde weiß im Gesicht.

Gertrud scheint zu begreifen, dass ich nun erst alles begreife. Ihre Mundwinkel zittern. Sie muss sich das Lachen verkneifen. »Herr Breuer, kann es sein, dass Sie dachten, ich sei tatsächlich …«

»… eine Haushaltshilfe, ja!!!«, klage ich und weiß nicht, ob ich nun auch einen Lachkrampf kriegen oder mich im Becher des Stabmixers verkriechen soll. Ich schleppe mich zum Küchentisch und setze mich, halb versteckt hinter dem Klappmonitor meines Laptops, der mir den Schlamassel überhaupt erst eingebrockt hat.

»Und ich frage mich die ganze Zeit, warum Sie so wenig auf meine Spielangebote eingehen«, sagt Gertrud und nimmt sich ganz gelassen einen Kaffee aus der Thermoskanne.

»Aber Sie haben doch als Haushaltshilfe inseriert. Sie haben tatsächlich geputzt. Richtig gut geputzt!«

»Haushaltshilfe ist meine Paraderolle, deswegen inseriere ich auch so. Als Sie dann sagten, nach außen hin soll ich Ihre Lehrerin sein, dachte ich: Na gut, der Mann steht halt auf schnelle Rollenwechsel. Mal dominant, mal devot, kein Problem. Und klar putze ich auch wirklich. Wenn ich etwas falsch gemacht hätte, hätten Sie mir einen Klaps versetzen dürfen. Oder auch mehr mit mir anstellen …«

Jetzt werde ich wieder knallrot. Die Evolution hat niemals einen größeren Vollidioten hervorgebracht.

Gertrud sagt: »Ihnen ist aber schon klar, dass dieser Vormittag trotzdem 1000 Euro kostet?«

Ich verschlucke mich.

»Sie haben gesagt, dass Geld im Grunde keine Rolle spielt.«

Ich will ihr widersprechen und sagen, dass ich da ja noch nicht wusste, wen ich engagierte, aber ich lasse es, denn wie peinlich wäre es, jetzt noch zu feilschen?

»Augenblick«, sage ich, lasse sie in der Küche stehen und gehe hoch zum Tresor im Kleiderschrank. Kaum habe ich den Schrank geöffnet, kommt Vinci herbeigestürmt und huscht hinein. Katzen nutzen jede Chance. Vinci könnte fünf Kilometer entfernt im Wald unterwegs sein, sie würde hören, wenn jemand den Schrank aufmacht. Schnurrend setzt sie sich in die Gemütlichkeits-Sweatshirts, die auf dem Schrankboden gefaltet liegen, und beginnt, mit den Pfoten auf ihnen zu stampfen. Da hocke ich nun, in meinem Kleiderschrank, die Katze neben mir, und breche die eiserne Reserve an, um eine Prostituierte zu bezahlen, die ich vormittags in unser Haus gelockt habe.

»Okay, dann hoffe ich, dass das alles unter uns bleibt«, sage ich an der Haustür und spähe durch das Glas, ob irgendein Nachbar in der Nähe ist. Gertrud hat sich umgezogen und trägt wieder das Sexbomben-Outfit, in dem sie heute Morgen die Straße heruntergekommen ist.

»Herr Breuer, keine Branche legt mehr Wert auf Verschwiegenheit als meine.«

Ich frage mich, ob ich sie bitten kann, irgendwie hintenrum zu verschwinden, aber wenn sie sich aus unserer Hecke schält, fällt das auch auf, zumal sie dort nicht durchkäme, ohne ihre Sachen zu ruinieren.

»Wo stehen Sie überhaupt?«

»Ich stehe nirgendwo, ich bin mit dem Taxi gekommen. Ich habe noch einen Kunden in diesem Viertel heute Mittag.«

Sieh einer an.

»Ich husche dann«, sagt sie. Ich öffne die Tür, und kaum ist sie die zwei Stufen hinunter, tritt der junge Maik Heyerdahl aus der Garage und hält augenblicklich Maulaffen feil. Er trägt Arbeitshandschuhe und hat einen Öllappen in der Hand, auf den nun aus seinen Mundwinkeln der Sabber tropft.

»Ja, Frau Lehmann«, sage ich laut, »es tut mir leid, dass mich Ihr

Angebot nicht interessiert, aber wie gesagt, danke für die Erläuterungen. Wenn wir doch noch mal an einer neuen Lebensversicherung interessiert sind, melden wir uns!«

Ich klopfe mir verlegen auf die Beine. Gertrud sagt: »Kein Problem, Herr Breuer. Sie wissen ja, wie Sie mich erreichen können.«

Da geht sie hin.

Meine Heimsuchung.

Maik starrt ihr nach, bis sie um die Ecke gebogen ist. Dann sieht er mich an.

»Und du?«, sage ich, »hast du frei?«

»Ja ...«

In der Garage der Heyerdahls säuselt ein Radio.

Ein Schwarm Spatzen huscht in die Hecke.

»Sie haben aber eine heiße Versicherungsfrau«, sagt Maik.

»Ja, da könnte man fast verunsichert werden«, entgegne ich und lache aufdringlich, wie ein Besessener kurz vor dem Nervenzusammenbruch.

»Ich mach dann mal am Rasenmähermotor weiter.«

»Ja, tu das!«, sage ich, will mein Sakko straffziehen und greife ins Leere, weil ich ja nur ein T-Shirt trage. Rückwärts purzele ich ins Haus, schlage die Tür zu und lehne mich mit dem Rücken dagegen. Irgendwoher miaut es quengelnd. Ich nehme das Telefon zur Hand und wähle die Nummer von Gregor.

Eine halbe Stunde später hört mein alter Freund mit dem Lachen auf.

»Sag mal, kann es überhaupt irgendwas Bekloppteres geben?«

»Ja, ja ...«

»Hat jemals einer in der Geschichte des Universums, von der Erde bis zum Gamma-Quadranten, in sämtlichen denkbaren Parallelwelten ...«

»Ist ja gut jetzt!«

Gregor fängt sich. »Wie bist du überhaupt darauf gekommen, dass sie eine Putze sein könnte?«

»Weil sie so inseriert hat. Als Haushaltshilfe.«

112

»Aber wo denn?«

»Ja wie, wo denn? Ich habe nach *Haushaltshilfe* gegoogelt.«

Gregor lacht wie ein Zirkusdirektor. »Ben, dir ist aber schon klar, dass das Internet kein großes Lexikon ist, das der Google-Magier von seinem kontinentgroßen Schreibtisch aus ins Netz gestellt hat? Dass das alles *einzelne* Anbieter sind, zu denen du da hingeleitet wirst?«

Das ist mir eigentlich schon klar.

Eigentlich …

»Wie lautet denn der Link, unter dem du Gertrud gefunden hast?« Gregor kann den Namen *Gertrud* kaum aussprechen, ohne wieder loszuprusten.

»Warte, ich schaue nach …«

Im Browserverlauf suche ich nach der Seite. Ich finde die Anzeige und schaue mir zum ersten Mal genau an, was das eigentlich für ein Anbieter ist. Gut, dass Ben meine Gesichtsfarbe durch das Telefon nicht sehen kann.

»Und? Ben? Wie heißt der Link?«

Ich schaue zum Herd. Da ist auch noch eine Schraube locker.

Irgendwo miaut es.

»Ben? Wie lautet der Link.«

»Ja, gut, er lautet *www.zartundhart.de*. Und da dann die Kleinanzeigen. Jetzt zufrieden?«

Gregor kann nicht an sich halten. Es scheppert. Er muss vor lauter Lachen einen der Computer auf seinem Schreibtisch umgeschmissen haben.

»Aber es ist wirklich sauber hier«, sage ich. »Für schlappe tausend Euro.«

Gregor sagt: »Da brauchst du wohl mehr Finanzkunden, um das wieder reinzuholen?«

»Sag mir einfach, wen ich von deiner Liste am besten anrufen kann.«

»Und eine Putzfrau? Eine echte? Willst du die auch immer noch?«

Ich überlege.

Ja, ich will.

Wenn ich jetzt noch vier, fünf weitere Kunden annehme, um die

1000 Euro wieder in den Tresor zurücklegen zu können, muss erst recht jemand anderes das Haus pflegen.

»Ich hätte da nämlich einen, der will seine Putzfrau abgeben. Frau Growinski. Klein, eckig, deutsch-polnisch. Garantiert keine Prostituierte. Soll ich sie dir mal schicken?«

Wir schachern hier um Arbeitskräfte wie die Viehzüchter ums Rind.

»Ja, mach das. Morgen Vormittag, wenn sie Zeit hat.«

»Aber ohne Rohrstock.«

»Ja, bitte ohne Rohrstock.«

Es miaut wieder. Und kratzt. Und poltert. Als spränge Vinci von innen gegen die Wände einer Zelle.

»Ach du Scheiße! Greg, ich muss auflegen!«

Ich renne die Treppe rauf ins Schlafzimmer und reiße den Schrank auf. Vinci schießt heraus. Ich hatte sie eingeschlossen. Es war zwar nur eine Stunde, aber man muss wissen, dass eine Katze, sobald sie weiß, dass sie eingesperrt ist, automatisch Verdauung bekommt. Sie kann zehn Stunden lang zwischen Couch, Katzenbaum und Garten pendeln, ohne an Klogang überhaupt zu denken, aber zehn Minuten in einem Schrank, und sie wird auf der Stelle inkontinent.

»Miääh!«, faucht Vinci mich an und verlässt das Zimmer. Zurück lässt sie viele braune Häufchen auf den Gemütlichkeits-Sweatshirts und ein paar braune Streifen am Tresor, an dessen Ecke sie sich den Arsch abgewischt hat.

Ich seufze und hole das Putzzeug.

Der Reflex Man

»Kennst du das archäologische Museum in Córdoba? Ein flacher, weißer Bau, der so wirkt, als sei er halb im Boden versenkt worden. Totale Strenge, und gleichzeitig eine seltsame, filigrane Leichtigkeit. Man kann den Blick nicht davon abwenden. Von so etwas kann ich mich heute inspirieren lassen, Ben. Unser Entwurf spielt in dieser Liga. Letzte Woche, im Gespräch mit den Statikern, hab ich mehr im Spaß erwähnt, dass die Wasserläufe im Hauptgebäude ja auch nach oben fließen könnten, und die fingen sofort an, die dafür nötigen Pumpkräfte zu berechnen. Stell dir das mal vor! Weißt du, was der Steinhoff mir damals gesagt hätte, wenn er Wasser, das nach oben fließt, im Ausschuss hätte vorstellen müssen?«

Marie gestikuliert, als säße sie in einer Dokumentation über moderne Architektur bei arte oder 3sat und nicht am Teakholztisch auf unserer Terrasse. Es ist Sonntag, und ich spiele mit Tommy und Lisa auf dem Rasen, während sie gedanklich bei der Arbeit ist. Nicht, weil ein doofer Chef sie treibt, sondern weil sie nach all den Jahren, in denen sie Hallenbäder und Schulanbauten entwerfen musste, so glücklich ist wie niemals zuvor. Glücklich, gefordert und getrieben. Vor ihr liegen Zeichenbögen, Fotos und Architekturmagazine.

Vinci balanciert mit ihren kleinen Pfoten auf dem Steinrand des Teiches und versucht erfolglos, Fische aus dem kühlen Nass zu zupfen. Wenn wir alle draußen sind, darf sie auch draußen sein. Sie ist ein Gartenfreigänger unter Aufsicht. Alles andere ist uns zu gefährlich, da in dieser Gegend immer wieder die Katzen verschwinden. Ich spiele mit Lisa und Tommy unser eigenes Spiel, das die Kinder erfunden haben. Sie stehen auf der einen Seite des Teichs und werfen mir darüber hinweg kleine Bälle zu, die ich mit artistischer Theatralik fange und dann so zurückwerfe, dass sich die beiden weder über- noch unterfordert fühlen. Das ist schwer. Ich muss Wurfkraft und

115

Winkel genau bemessen, um erfolgreich auf dem schmalen Grat zwischen »Boah, Papa, nicht so feste!« und »Boah, Papa, das ist doch Pipi!« zu wandeln. Kein Mensch begreift, was für eine Kunst das ist. Fliegt der Ball hingegen in meine Richtung, muss ich ab und an auch mal danebenfassen und mich ärgern. Selbst dann, wenn ich ihn mit ein wenig Mühe noch gekriegt hätte. So wie jetzt.

»Nein!!!«, schreie ich, als sei mein Fehler so fatal wie ein Torwartpatzer im WM-Finale. Meine Kinder lachen, und weil ich es liebe, wenn meine Kinder lachen, füge ich hinzu: »Reflex Man hat versagt!« Das ist ein Running Gag, der sich in den letzten Wochen entwickelt hat. Wir haben uns Namen gegeben wie Comicfiguren. Wir sind Mutanten des Ballspiels. Ich bin *Reflex Man*, Lisa ist *Supergirl* und Tommy ist der *Bone Crusher*. Marie findet das problematisch. Ich nicht. Mit acht kommt man in das Bone-Crusher-Alter. Über den Reflex Man, der sich stolz so nennt, aber ständig danebengreift, rollen sich meine Kinder ab. Das ist das Schöne, wenn sie noch so jung sind. Sie lieben Wiederholungen. Hat man einmal etwas gefunden, das sie wirklich amüsiert, muss man sich bis zu zwei Monate lang keine neuen Attraktionen mehr ausdenken. Fünf bis sechs solcher Spiele und Running Gags parallel reichen für ein ganzes Jahr aus.

»Ich finde übrigens phantastisch, wie sauber unser Haus aussieht«, sagt Marie. Sie lächelt.

Ich werde rot und schnaufe schnell, damit sie denkt, das käme von der Anstrengung als Reflex Man. In Wirklichkeit kommt es daher, dass die perfekte Sauberkeit im Haus nicht von mir, sondern von einer Prostituierten erzeugt wurde, für umgerechnet 250 Euro Stundenlohn.

»Du hast sogar den Buddha und die Venus hochgehoben, um darunter Staub zu wischen.«

Ich lächele, lege den Kopf schief und winke ab, als sei das nichts.

Marie schaut wieder in die Magazine und notiert etwas.

»Ach, Mist«, sagt sie.

»Was ist?«, frage ich und werfe den Ball über den Teich zu Tommy.

»Ich müsste mal was im Internet nachsehen und bin zu faul, ins Atelier zu gehen.«

»Mein Laptop steht in der Küche. Nimm den. Ich hole ihn eben.«
Der Ball fliegt zu mir zurück und landet in den Weinranken an
der Hauswand.

»Papaaaaa, machst du jetzt mal weiter?«

»Sofort, Schatz, ich hol nur eben was zu trinken aus der Küche!«

»Ich will Saft!«

»Ich will Limo!«

»Kommt alles!«, rufe ich.

»Wirf aber eben noch zurück!«

Ich zupfe den Ball aus den Ranken, drehe mich um, hole wie ein
Baseball-Pitcher aus und rufe: »Achtung, jetzt wirft der Reflex Man!«

Zwanzig Minuten später – es steht 8:5 für Supergirl und Bone
Crusher, und der Terrassentisch ist um drei Flaschen, vier Gläser und
einen surrenden Computer reicher geworden – lacht Marie hinter
dem Bildschirm auf. »Was ist denn das?«

»Achtung, Reflex Man!«, höre ich Tommy rufen und bekomme
eine halbe Sekunde darauf den kleinen Ball genau aufs Auge. Ich
krümme mich, doch die Kinder spüren, dass nichts passiert ist, und
beginnen augenblicklich, sich kaputtzulachen. Lisa kichert kako-
phonisch, und Tommy wirft sich auf den Rasen, wälzt sich hin und
her und hält sich den Bauch wie eine Zeichentrickfigur, die einen
Lachanfall verkörpern soll. Ich gehe zum Tisch. Marie kichert und
klickt auf den Tasten herum.

»Was ist?«, frage ich und denke mir, dass meine Frau eigentlich
nicht automatisch alles auf meinem Laptop anschauen müsste. Der
Internet-Verlauf mit meiner Putzhilfe-Suche ist zwar gelöscht, aber
es geht ums Prinzip.

Marie liest laut vor, langsam und erstaunt, fasziniert wie ein Verhal-
tensforscher. »*Feucht gewischt/23. 04. Maschine Nummer 67/03. 05.,
Buchsbaum beschnitten/10. 05. Wäsche komplett/12. 05.*« Sie hat
meine Datei gefunden. Meinen Ordner, in dem ich festhalte, was ich
im Haus geschafft habe. Munter klickt sie durch Hochglanzfotos
von auf die Leine gehängter Wäsche und den bislang einzigen, mühsam gestutzten Büschen.

»Was ist das?«, fragt sie und sieht mich an wie Lisa, wenn sie den Reflex Man necken will. Ich bin aber nicht der Reflex Man. Ich bin der Hausmann. Und ja, ich halte alles, was ich geleistet habe, für mich selber fest. Um bei der Stange zu bleiben.

»Nichts«, sage ich und klappe verärgert den Laptop zu.

»Hey«, sagt Marie.

»Hast du erledigt, was du wolltest?«

»Ja, aber ...«

»Na also!«

Lisa und Tommy bemerken, dass sich ein Streit anbahnt, denn sie quengeln und lachen nicht mehr, sondern schleichen in Katzenzeitlupe über den Rasen. Die echte Katze sitzt derweil am Rand des Teiches und bricht einer Libelle das Genick.

Marie ignoriert meine Verärgerung und sagt: »Du machst Fotos von erfolgreich absolvierter Hausarbeit?«

So, wie sie es sagt, klingt es wie: »Du hörst Florian Silbereisen???« Das ärgert mich noch mehr.

Ich schüttele den Kopf, schnaufe und weiß gar nicht, wo ich anfangen soll. »Ja, als Motivation«, sage ich. »Du hast überhaupt keine Ahnung, wie das für mich ist, oder?«

Meine Kinder auf dem Rasen verlangsamen noch mehr.

»Was? Haushalt und Kinder? Nein, davon habe ich keine Ahnung, ich habe das ja nur zehn Jahre parallel zu meinem Beruf gemacht!«

Ich presse die Lippen zu einem Strich zusammen, hebe den Ball auf und schüttele einfach nur den Kopf.

»Ben, bitte. Nicht das Schweigen und Schütteln.«

Sie hasst das Schweigen und Schütteln. Es ist mein schlimmstes Verhalten nach dem Schweigen und Schnaufen. Und dem Schlucken.

»Ben!«

»Ja, was denn? Wenn du das so lächerlich findest, bitte. Aber ich brauche das, in Ordnung? Hausarbeit, das ist so, als hätten wir damals im Möbelhaus einen Schrank verkauft und er wäre einen Tag später wieder zurückgebracht worden. Sie ist nie fertig. Immer nur im Moment. Dann kann ich doch den wenigstens festhalten.«

»Buchhaltung ist auch nie fertig. Immer nur im Quartal«, sagt Marie, und ihre Lippen deuten ein Schmollen an.

Das stimmt so auch nicht, aber ihr Schmollen finde ich süß.

Das spüren die Kinder, telepathisch.

»Eines wundert mich allerdings.«

»Was denn?«

Sie klappt den Laptop wieder auf. Ihre Pupillen huschen hin und her.

»Du hast hier jede Wäsche abgelichtet, aber den aktuellen Zustand des Hauses, diesen wunderbaren Hausputz bis unter die Venus, den hast du nicht festgehalten.«

Weil er nicht von mir erzeugt wurde.

Weil das Gertrud war.

Die Domina und Gespielin mit den vielen Kostümen.

»Der … da war ich so im Fluss, dass ich ans Knipsen gar nicht mehr gedacht habe.«

»Aha«, sagt Marie.

Tommy kommt zu mir, hängt sich an mein Bein, schmiegt den Kopf an den Oberschenkel und sagt: »Ich bin froh, dass du zu Hause bist, Papa. Du bist doch der Reflex Man!«

An dieser Stelle spüre ich, wie Marie schluckt.

Ja, ich bin zu Hause.

Nicht sie.

Das Kind hängt jetzt an *meinem* Bein.

Lisa sagt, gespielt gelangweilt, als wäre dieser nur knapp abgewendete Streit lediglich Zeitverzögerung gewesen, um beim Extrem-Ballwurf meinen Punktestand zu halten: »Kommt ihr Männer jetzt?«

»Klar kommen wir«, sage ich.

»Komm mal her, Ben«, sagt Marie, als ich gerade auf den Rasen sprinten will.

Ich gehe zu ihr.

Sie streichelt mir die Wange, küsst mich und sieht mir tief in die Augen. Wenn Marie mir so tief in die Augen sieht, weiß ich, dass ich alles für sie tun würde.

»Ich weiß wirklich zu schätzen, was du hier leistest«, sagt sie, und ich schmelze dahin, denn mehr will ich doch gar nicht hören. Es kommt aber mehr.

»... aber wir müssen zusehen, dass der Garten noch irgendwie in Ordnung kommt.«

Zack!

Da ist er wieder, der kleine Schlag direkt nach dem Lob.

Ich drehe mein Gesicht aus ihrer Handfläche. Sie schaut zur Seite, ein wenig genervt. »Ja, Ben, Entschuldigung, das ist immer noch eine Wildnis hier, trotz« – sie klickt auf eine Fotodatei – »Buchsbaum 1 und Buchsbaum 2.«

»Eine Wildnis, in der Kinder und Katzen zumindest ganz glücklich sind.«

»Ja, Ben, das finde ich auch wirklich gut, aber ...«

»Aber was? Die Nachbarn? Die Heyerdahls? Zu denen Hochglanzmagazine kommen, um ihren Garten zu knipsen? Wollen wir uns mit denen messen?«

»Zu uns kommen vielleicht bald die Züricher Auftraggeber.«

Ich erstarre. Habe ich das eben wirklich gehört?

Marie spricht weiter: »Bei Gideon waren sie schon zu Gast. Und irgendwann bin auch ich damit dran.«

»Wann gedenken die Schweizer denn, ihr strenges Auge auf unseren Garten zu richten?«

»Ich weiß noch nicht, wann das sein wird, aber auf jeden Fall diesen Sommer.«

Ich schaue auf den Ball in meiner Hand, auf Vinci, der die Libellenflügel aus den Mundwinkeln hängen, und auf meine Kinder, die auf den Reflex Man warten.

»Gut«, sage ich und meine »schlecht«, lasse den Ball fallen und stapfe zur Garage.

»Ben, es ist Sonntag ...«

»Wenn jeden Moment die Schweizer kommen, muss ich anfangen!«, rufe ich, schon halb vor dem Tor. Ich öffne es, zerre den motorbetriebenen Rasenmäher heraus, schiebe ihn auf das Gras und rupfe am Anlasserseil.

120

»O ja, mähen!«, ruft Tommy, denn das mag er. Er liebt es, ab und zu das Gerät zu schieben und das duftende Gras aus dem Auffangkorb zu räumen. Früher habe ich gemäht, wenn ich wirklich Lust und Zeit hatte, und das hat Marie immer genügt. Da war es aber auch noch unser Privatgarten, keine Visitenkarte für Züricher Museumsdirektoren.

Der Motor stottert, der Mäher springt nicht an.

»Ben, das ist jetzt albern.«

Ich funkele Marie an, dieses Mal wirklich böse, und sie hebt die Hände, zieht einen imaginären Reißverschluss über ihre Lippen und nimmt wieder ihren Bleistift zur Hand. Ich schraube den Tankdeckel ab. Noch genug Benzin drin. Ich versuche es erneut, doch er röhrt nur und gluckert nutzlos.

»Na? Probleme mit der Maschine?«, sagt Maik, der plötzlich auf unserem Rasen steht. »Hallo, Frau Breuer, hallo Lisa, hallo Tommy!«

»Hi, Maik!«

»Lange nicht mehr gelaufen?«

»Zwei, drei Monate«, gebe ich zu.

»Dann hilft der Haarspray-Trick«, sagt Maik, läuft zur Heyerdahlschen Garage, kehrt mit einer alten, verkratzten Dose Taft zurück, hockt sich vor die Rillen in der Motorverkleidung und sagt: »Machen Sie mal an.«

Ich ziehe an der Kordel, während Maik sprüht, um den Funken besser zu entzünden. Wolken von Haarspray breiten sich im Garten aus. Meine Kinder husten, Vinci rennt ins Haus, und Marie wedelt wortlos die feuchten Partikel weg, die sich wie Kristalle auf ihre Skizzenblätter senken. Der Motor springt trotzdem nicht an.

»Stopp! Stopp!«, sagt Maik. Er legt die Sprühdose zur Seite, zieht das Zündkabel ab und holt die Zündkerze aus dem Mäher. Ich hätte nicht mal gewusst, dass sie dort sitzt. Maik kneift die Augen zusammen und betrachtet sie.

»Die ist platt!«, sagt er.

»Oh«, sage ich.

Marie schüttelt sachte den Kopf.

»Wir haben auch keine mehr«, sagt Maik, was impliziert, dass die

Heyerdahls ansonsten natürlich jedes Teil der Welt vorrätig haben, für alle Fahrzeugtypen.

»Tja«, sagt Maik, »da hätten Sie der heißen Versicherungsbraut mal lieber eine Mäherversicherung abgekauft, was?«

Maries Ohren richten sich auf und ziehen wie an Fäden den ganzen Kopf hinterher.

Ich werde schon wieder rot.

Ich muss dringend Seminare in kühlem Schwindeln belegen.

»Was für eine heiße Versicherungsbraut?«, fragt Marie und lächelt gespielt heiter.

»Ach, die war letzte Woche hier«, sage ich. »So eine Tussi von der *Urgo*, dieser neuen Versicherung. Die ist übrigens gar nicht neu, Marie, wusstest du das? Machen für zwanzig Milliarden Werbekampagnen und sind am Ende doch bloß die Hamburg-Mannheimer, war dir das klar? Mir war das nicht klar.«

Marie fixiert mich: »Und die senden heiße Bräute aus?«

»Aber hallo!«, lacht Maik, und ich würde ihm am liebsten vor die Kniescheibe treten.

»Ja«, sage ich, »so wollen sie wahrscheinlich die Kunden rumkriegen.«

»Und die wollte …«

»… uns eine Lebensversicherung verkaufen, ja. Aber ich habe natürlich gesagt, ich kaufe nichts vor der Tür.«

»Na ja, *vor* der Tür …«, setzt Maik an, aber ich nehme den Ball, werfe ihn und treffe aus Versehen seinen Solarplexus statt den Fangarm meines Sohnes.

»Oh, sorry, Maik.«

»Kein Problem«, keucht er und krümmt sich, »ich muss eh wieder rüber.«

Als er weg ist, fragt Marie: »Warum erzählst du mir denn nicht, wenn hier unter der Woche heiße Versicherungsbräute vorbeikommen?«

»Ach, Marie, das ist doch nicht wichtig. Es kommen auch Bofrost und die GEZ und der Zirkus und die Bundesanstalt zur Kontrolle gentechnisch veränderter Zierpflanzen in Privatgärten und …«

»Ben!«

»Ja, gut, es …«, wie komme ich jetzt da raus? Natürlich denkt Marie nicht, dass ich eine fremde Versicherungsfrau auf dem Küchentisch nehme, und hoffentlich denkt sie auch nicht, dass die Versicherungsfrau gar keine Versicherungsfrau war, aber sie merkt, dass ich ihr schon wieder etwas verheimlicht habe, und daher muss ich in gespielter Zerknirschung ein falsches Geheimnis offenbaren, um mich wegen des echten aus der Schlinge zu ziehen.

»Also gut, Marie«, sage ich und wackele mit dem Kopf, »es war so: Du weißt doch, dass ich bei solchen Leuten an der Tür ungeschickt bin. Ich werfe sie nicht sofort vor die Stufen. Und, na ja, manchmal lasse ich sie sogar rein.«

Marie macht schmale Augen.

»Die Frau hat mich bequatscht, ich habe sie reden lassen und dann …«

»Und dann? Was ist dann passiert, Ben?«

»Dann … ähem … dann habe ich sie«, ich schlucke schwer, »unser WC benutzen lassen.«

Die Farbe weicht aus Maries schönem Gesicht. Nichts hasst sie mehr, als wenn fremde Menschen ihren Hintern auf unserer Brille niederlassen.

»Ich habe danach eine ganze Flasche Sagrotan benutzt!«, sage ich. »Ich habe siebzehn Gebissreiniger in der Schüssel aufgelöst! Ich habe das ganze Gäste-WC gewischt, bis in das Gewinde der Befestigungsschrauben am Klokörper selbst!«

Tommy kichert und prustet dann los. Das Wort *Klokörper* findet er wohl lustig. Oder ihn amüsiert, wie sich der Reflex Man windet.

Ein Lächeln zwingt sich nun auch in Maries Gesicht. Sie will es verscheuchen, aber es gelingt ihr nicht. Es nistet sich bei ihr ein. Sie sagt: »Mann, Mann, Mann, Ben, echt! Das nächste Mal sagst du solchen Leuten, sie sollen gefälligst auf eine öffentliche Toilette gehen. Fünf Minuten rauf zur Autobahnauffahrt, da haben sie wunderbare Sanifair-Kabinen auf dem Rasthof, mit Duftspray in der Luft und selbstreinigenden Drehbrillen. Da können sie ihre Wurst ganz sanft zu Panflötenmusik rausgleiten lassen.«

Jetzt kriegt Tommy sich gar nicht mehr ein. Lisa gibbelt ebenfalls, und Marie hält sich die Hand vor den Mund.

Zehn Minuten lachen wir, bis der Bauch weh tut und die Tränen kommen.

Aber ganz hinten in meinem Kopf, da stehen die Züricher in kerzengerader Haltung am Horizont, beobachten unseren ungepflegten Garten und zwirbeln ihre Bartspitzen.

Der Mopp

Ich habe drei weitere Kunden aus Gregors Liste akquiriert, die dringend Hilfe bei ihren Finanzen brauchen. Die Kartons mit ihren Papieren, die sie wie lästiges Unkraut in die Kisten stopfen, stehen auf, unter und neben dem Tisch. Es wird Tage dauern, bis ich das Gröbste gesichtet habe. Das ist in Ordnung, ich habe die Zeit, denn gleich kommt die neue Haushaltshilfe Frau Growinski, und die ist garantiert keine Prostituierte. Das Telefon klingelt.

»Breuer?«

»Ja, guten Tag, Herr Breuer, Meinfeld hier, Conrad-Ferdinand-Meyer-Grundschule, Vorzimmer von Rektor Weber. Herr Breuer, ich möchte Ihnen mitteilen, dass kommenden Donnerstag ein außerordentlicher Sprechtag angesetzt wurde, bei dem die Eltern der 4a und der 4b sowie die Lehrer zusammenkommen, um die Sache mit den Mathenoten zu klären.«

Ich ziehe mein Kinn ein, so dass meine Unterlippe auf Spannung gerät und die Hälfte der Zahnreihe preisgibt. »Was gibt's denn da zu klären? Die Kinder, die eine glatte Eins schreiben, bekommen eine glatte Eins, fertig.«

»Was da genau passiert, darüber kann ich Ihnen keine Auskunft geben. Mir ist nur aufgetragen worden, die entsprechenden Teilnehmer telefonisch zu benachrichtigen, damit wir sichergehen können, dass auch alle zu dem Treffen kommen.«

»Das ist ja schön, Frau Meinfeld, aber wie ich Ihrem Chef schon sagte: Einsen sind Einsen. Die Physiker dieser Welt treffen sich auch nicht mehr in Harvard, um in Ruhe nachzuhaken, ob die Welt wirklich eine Kugel ist.«

Die Türklingel bimmelt.

»So, und jetzt klingelt's bei mir.«

»Herr Breuer, sagen Sie mir nur …«

»Ja, natürlich, ich komme. Wann?«

»19 Uhr, Aula.«

Die Türklingel bimmelt erneut. Die Silhouette vor dem Milchglas tippelt unruhig mit den Füßen.

»Alles klar, Frau Meinfeld. Bis dann.«

Ich lege auf und öffne.

»Ahhhhhhh, ich bin Frau Growinski!«, tönt es durch den sich öffnenden Türschlitz. Die Ansage flutet in den Hausflur wie eine lauter werdende Sirene. Die kleine Dame strahlt und klopft mit dem Stiel eines Mopps, den sie selbst mitgebracht hat, dreimal auf die Vortreppe. »Ich putze, Sie glücklich! Ahoi!«

Sie klopft noch mal.

Rums. Rums. Rums.

Ich sage: »Sie bringen Ihren eigenen Mopp mit?« Der Mopp ist von einer teuren Marke. Auf dem Stiel hat sie Aufkleber platziert, Wappen von Städten und Firmen.

»Hab ich schon geputzt dort!«, sagt sie, kommt rein und schiebt sich mit den Zehenspitzen die Schuhe vom jeweils anderen Fuß. »Putzen führt Growinski herum!«

Sie stellt den Mopp ab und strahlt.

»Oh, haben Sie voll den Tisch? Dumme Papiere! Ich sage immer zu mein Mann: Wenn Gott hätte gewollt, dass wir machen von allem Papiere, er hätte nicht versteckt Goldklumpen in Fluss, sondern Quittungsblöcke.«

»Ich kann Sie aber nicht in Gold bezahlen.«

»Macht nichts. Scheine gehen auch. Frau Growinski sammelt Scheine, und dann geht sie ins Schmuckgeschäft und verwandelt Papier in echte Schatz.«

Wir stehen einen Augenblick beisammen und lassen diese Weisheit sacken. Vinci streift die Hälfte ihres Haarkleids an meiner Hose ab, um das Ausmaß ihres Hungerns zu betonen. Sie hatte seit zwei Stunden nichts zu fressen. Ich hole Nassfutter aus dem Kühlschrank und ein Keramikfutterschälchen aus der Schublade. Vinci streckt sich, legt die Vorderpfoten oben auf die Anrichte, ist nun in voller Dehnung fast so groß wie Frau Growinski, zittert mit dem Schwanz

und macht das Geräusch der hungrigen Ungeduld. Es klingt wie
»Mick – Mick – Meck!«

»Okay«, sage ich, während ich der Katze das Schälchen hinstelle,
»die Putzsachen sind in der Waschküche unten. Bitte feucht Staub
und Böden wischen, saugen, und wenn Sie's heute schaffen, die
Pflanzen abstauben. Alles hochheben …«

Die energische Polin mit dem Hang zum Goldstandard hebt ihren
Mopp wie eine Streitaxt: »Nicht erklären. Frau Growinski weiß, was
sie tut!«

»Gut.«

Sie dreht sich um und schaut nach der Treppe. Ich zeige auf den
Küchentisch. »Ich mache dann hier weiter mit den verfluchten Papieren.«

»Ahoi!«, sagt Frau Growinski.

Ich nehme mir erneut den Schuhkarton vor und zucke zusammen, als Frau Growinski wieder durch die Tür kommt, den Eimer
mit Putzmitteln auf der Spüle abstellt, die Flaschen herausholt, zwei
Kappen aus der einen in den Eimer kippt und heißes Wasser einlau-
fen lässt. Ich lächele. Frau Growinski beobachtet mich. Ich ziehe eine
Restaurantrechnung ohne Bewirtungsnachweis aus dem Schuhkar-
ton. Frau Growinski nimmt den Eimer von der Spüle und einen
Lappen in die Hand, um ins Wohnzimmer zu gehen und mit den
Regalen anzufangen. In der Tür bleibt sie stehen und sagt: »Wollen
Sie Wahrheit hören?«

Ich nehme es erst nur halb wahr, da ich in die Quittungen vertieft
bin.

»Wollen Sie Wahrheit hören?«

Ich sehe auf: »Bitte, was?«

Frau Growinski stellt den Eimer wieder ab.

»Frau Growinski hat gar keine Mann.«

Was soll das denn jetzt?

»Mein Mann ist …«, sie sucht nach einem passenden Wort, »aus-
geflogen. Mit Schlampe aus Bremen. Mein Mann hat sie auf Mon-
tage kennengelernt. Frau Growinski sitzt mit Sohn alleine hier. Sohn
ist Taugenichts. Mofafahrer. Liegt Frau Growinski auf der Tasche.«

Sie strahlt nicht mehr. Sie macht ein Regengesicht.

»Das tut mir leid«, sage ich und stehe auf. Was macht man in so einem Augenblick? Umarmt man die Bedienstete? Die Fremde? Muss man überhaupt zuhören? Das war in Zeiten der Sklaverei alles viel klarer geregelt.

Ich frage: »Wollen Sie ein Wasser? Oder einen Kaffee?«

Frau Growinski bekommt feuchte Augen, so rührt sie meine Freundlichkeit. »Kaffee ist gut«, schluchzt sie.

Ich hole Filter und Pulver aus dem Schrank. Frau Growinski setzt sich an den Küchentisch und legt den feuchten Lappen auf meinen Papieren ab. Ich will protestieren, aber irgendwas hält mich davon ab. Sie sagt: »Mein Sohn neulich nachts war unterwegs mit Freunde, alles Idiotenfreunde. Haben getrunken, viel. Waren unterwegs mit Mofas. Sohn Rest des Weges alleine nach Hause. Fährt Schlangenlinien. Kann nicht bremsen. Fährt voll in Stacheldrahtzaun. Draht überall um ihn herumgewickelt. Sohn gefangen. Große Schmerzen. Sohn liegt in Draht, Sohn schreit, niemand hört. Auch ich nicht, Haus noch meilenweit entfernt.«

Die Vorstellung, in Stacheldraht eingewickelt zu sein, durchzieht meinen Körper. Es fühlt sich an, wie wenn man jemandem dabei zusieht, wie er sich die Fingerkuppe abschneidet. Ich muss etwas Tröstendes sagen.

»Wie hätten Sie das auch hören können?«, sage ich.

Die Kaffeemaschine beginnt zu blubbern.

»Mutter muss hören, wenn Sohn im Graben liegt. Mutter muss hören selbst dann, wenn der Graben in Schottland oder Krakau!«

Das würde Marie allerdings auch sagen.

»Und was ist dann passiert?«, frage ich und nehme beiläufig den Lappen von den Abrechnungen. Frau Growinski registriert es kaum.

»Männer haben Sohn gefunden und angerufen. Sohn unterkühlt und Knochen gebrochen. Sechs Wochen Krankenhaus. Krankenversicherung hat Zicken gemacht. Sagt, sie zahlen nicht volle Behandlung für Suffkopp.«

Ich tische Kaffee auf, das ganze Service, mit Zuckerdöschen und

Kondensmilch. Ein paar Kekse und Knusperrollen finde ich auch noch, Bio-Dinkelknusperrollen.

Frau Growinski rührt ein wenig Milch in ihren Kaffee, tunkt eine Dinkelrolle hinein und erzählt weiter. Erzählt von ihrer Migration aus Polen und von ihrem Mann, der ihr verbot, richtig Deutsch zu lernen, weil dies den Frauen angeblich nicht erlaubt sei. Er war fünfzehn Jahre älter, und sie glaubte ihm alles. Sie hatte sich mit ihm verheiraten lassen, obwohl sie einen anderen liebte, einen jungen Mann von neunzehn Jahren. Doch ihre Brüder wachten streng über ihre Ehre, und immer musste sie verschleiert gehen, so katholisch waren sie. Die ersten paar Jahre ließ ihr Mann sie nicht mal aus dem Haus. Erst später, als sie das Putzen anfing und Kolleginnen kennenlernte, wurde ihr klar, dass Frauen in diesem Land Rechte haben. Sie erzählt davon, wie sie als Erwachsene plötzlich die Röteln bekam und wie ihr Sohn einmal im Knast landete, weil er einen bettelnden Zirkusreisenden mit der Mofakette verdroschen hat. Sie erzählt von den Aufklebern auf ihrem Mopp. Fast eineinhalb Stunden vergehen, bis sie sagt: »So, nun muss Frau Growinski putzen! Wird schließlich bezahlt!«

Ich reibe mir die Augen, schaue auf meine Papiere, schaue auf die Uhr. Die Papiere haben braune Ringe von den Kaffeetassen und sind voller Krümel.

»Ja«, sage ich, »ich muss dann auch mal weitermachen.«

Frau Growinski geht ins Wohnzimmer, steckt sich Kopfhörerstöpsel in die Ohren und beginnt, beim Wischen zu summen. Oder beim Summen zu wischen, je nachdem, was man als Hauptsache betrachtet. Sie summt nämlich sehr laut. Und sie summt Modern Talking.

Ich klappe meinen Laptop auf, um eine neue Excel-Tabelle anzulegen, und merke erst nach zwanzig Sekunden, dass ich selber angefangen habe, *Cheri Cheri Lady* zu pfeifen. Ich lege die Stirn in meine Hand und versuche, an etwas anderes zu denken, als das Telefon klingelt. Ich lasse es ein paarmal klingeln, um mir wenigstens zu vergegenwärtigen, was ich gerade tun wollte, damit ich gleich damit beginnen kann. Dann nehme ich ab.

»Breuer?«

»Ben, ich weiß, du hast keine Zeit, aber ich muss dich eben was fragen«, sagt meine Schwiegermutter.

Computer. Nicht schon wieder!

»Dieses DSDS, das kann man doch nicht mehr gucken, oder? Sag mal ehrlich, Ben? Alleine dieser Merowinger da, dieser Manteuffel, dieser Michailowitsch, na, wie heißt der noch? Na jedenfalls, so was Asoziales hast du noch nicht gesehen! Gut, er kann ganz ordentlich singen, aber was heißt das überhaupt? Ordentlich? Früher, da musste man herausragend singen, um ein Star zu sein, oder zumindest sehr eigenständig. Denk mal an Elvis oder Frank Sinatra oder auch Mick Jagger. Der Mick, der hätte doch bei dem Bohlen gar keine Chance, aber der ist eben unverwechselbar. Das siehst du doch auch so, Ben?«

»Mutter!«

»Ja?«

Ich weiß gar nicht, wo ich anfangen soll.

»In unserem Haushalt gibt es keinen Dieter Bohlen!«

Frau Growinski greift um die Ecke, schnappt sich ihren Mopp, klopft dreimal damit auf den Boden und singt *Geronimo's Cadillac*.

»Aha«, sagt die Schwiegermutter.

»Ich … wir … Mutter …«

»Ja, ich verstehe schon, du hast keine Zeit.«

»Ich muss arbeiten, Mutter. Ich bin Hausmann.«

»Und ich bin Hausfrau. Du musst lernen, auch mal loszulassen. Ich wollte auch nur fünf Minuten darüber reden, ob du das genauso siehst. Dieser andere, dieser Mizuogh, dieser Mesut, dieser Märzmann, der ist doch zum Beispiel wirklich gut.«

»Mutter, wie gesagt, wir mögen das nicht. Wir gucken überhaupt kein Privatfernsehen.« Das stimmt natürlich nicht, aber das behaupten wir nach außen hin immer. Die Leidenschaft für Hausrenovierungs- und Schuldnerberatungs-Soaps bleibt unser stilles Geheimnis. Offiziell sind wir ein Kulturhaushalt.

»Deswegen rede ich ja darüber!«, sagt die Schwiegermutter. »Ich wollte dir auch nur sagen, dass man das gar nicht mehr gucken kann. Ich verfolge das jede Woche, dass man das gar nicht mehr gucken kann. Außerdem, Ben, was soll ich den ganzen Tag machen? Mah-

Jongg fange ich gar nicht erst neu an, solange meine Punkte noch verschwunden sind. Hast du in der Zwischenzeit mal den Gregor gefragt, woran das liegen könnte mit meinem Computer?«

»Mutter?«, frage ich, »warum guckst du eigentlich keine Reisereportagen? Oder Tiersendungen?«

Frau Growinski pfeift *You're My Heart, You're My Soul* und stampft mit dem Mopp auf.

Rums. Rums. Rums.

Ich sage: »Mütter machen so was. Sie gucken Tiersendungen. Oder den Presseclub. Meinetwegen gucken Mütter *Sturm der Liebe.* Aber DSDS? Wie ist denn so was überhaupt möglich?«

»Ich …«, setzt Mutter an.

Es klingelt an der Tür.

»Mutter, es klingelt, ich muss jetzt Schluss machen.«

»Aber …«

»Ja, der Merowinger ist eine asoziale Sau, und der Mesut Özil ist super, du hast recht! Bis später!«

Ich lege auf und öffne die Tür.

Edith Dondrup.

»Hallo, Ben.«

»Hallo.«

Sie späht mit einer unmerklichen Verlängerung ihres Hühnerhalses über meine Schulter ins Haus. Sie wäre bei der Stasi so erfüllt und glücklich gewesen. Im Wohnzimmer pfeift es.

»Fernseher an«, sage ich.

»So, so«, sagt Edith. Sie sieht mich an, als wolle sie, dass ich weiß, was sie alles weiß, und als möge ich doch bitte ihren stillen Rat annehmen und den Quatsch lassen, den ich so treibe, während meine Frau nicht zu Hause ist.

»Hier«, sagt Edith, »eine Zündkerze für euren Rasenmäher. Maik sagte uns, dass dir eine fehlt, und der Erhard hatte noch eine.«

»Danke«, sage ich.

Frau Growinski kommt um die Ecke geschossen, ohne Mopp und ohne Eimer. Sie summt und sagt: »Ich bin sehr froh, dass mein Mann weg und ich bei euch!«

Edith spitzt die Lippen.

Ich werde rot.

»Besten Dank für die Zündkerze«, sage ich und schiebe Edith aus der Tür. Ich drehe mich um, schließe halb die Augen und seufze, doch Frau Growinski begreift nicht, was ich durchmache. Ich beschließe, einen Blick ins Wohnzimmer zu werfen, um zu prüfen, wie gut meine neue Haushaltshilfe arbeitet. Drei Schritte mache ich, dann tritt das Bild, das sich vor mir auftut, in mein Bewusstsein. Frau Growinski hat alles, was sonst an einem bestimmten Platz steht, in der Mitte zusammengeschoben. Die große Palme, den großen Ficus, das Didgeridoo auf seinem Holzständer, die antike Kiste, den Wohnzimmertisch und sämtliche Katzenkörbchen. Die beiden Sofas bilden eine durchgehende Fläche, an der Tommy seinen Spaß hätte. Der Buddha und die Venus liegen zusammen mit Katzenbällchen und einigen Büchern auf einem wackeligen Haufen. Auf dem Boden spielen die Wollmäuse miteinander Fangen.

Ich atme tief ein.

»Sie haben noch keinen Zentimeter geputzt«, sage ich.

»Wenn du Zimmer vorbereitest, geht am Ende alles schneller!«

»Ja, aber wissen Sie auch noch, wo alles wieder hinmuss?«

Frau Growinski hebt die linke Braue. Entweder heißt das, sie weiß es, oder es heißt, dass das Zurückräumen des Inventars grundsätzlich Aufgabe des Hausherrn ist.

Ich winke ab, schüttele den Kopf und sage: »Machen Sie weiter.« Sie strahlt.

»Gern!«, sagt sie und rammt den Mopp dreimal auf den Boden. Rums. Rums. Rums.

»Ahoi!«

Ich gehe in die Küche zurück und denke darüber nach, was ich eigentlich gerade tun wollte. Es dauert zwanzig Sekunden, bis es wieder auftaucht in dem Nebel aus rumsenden Wischmopps, Erzählungen aus tausend polnischen Nächten, Türklingeln und der Schwiegermutter am Telefon. Ich habe Buchhaltung gemacht. Um Geld zu verdienen. Um die Haushaltshilfe bezahlen zu können, die ich brauche, damit ich in Ruhe Buchhaltung machen kann. Ich gieße mir neuen Kaffee ein, nehme behutsam ein Blatt zur Hand, schaue mir an, welche Positionen es enthält, senke es ab, lege die Finger auf die Tastatur, schaue meinem Excel tief in die Augen und …

»Sag ich mein Sohn: Sohn, du musst aufpassen mit manche deutsche Mädchen! Manche deutsche Mädchen dich nur wollen im Bett und nicht achten auf Schutz. Nicht alle deutsche Mädchen. Nur Mädchen mit kurze, rote Rock und große Ohrringe wie Armreif und diese Glanz, wie heißt das, auf den Lippen, nur diese Mädchen. Mein Sohn hat nicht viel im Kopf, aber sieht gut aus.«

Frau Growinski steht mit dem Mopp in der Küchentür. Sie macht wohl Pause. Hat ja auch gerade eben gearbeitet, eine Minute. Sie scheint zu bemerken, dass mich die Unterbrechung stört, legt den Kopf an den Türrahmen, stößt sich davon ab und setzt sich an den Küchentisch.

»Ich weiß, ich weiß …« Wenigstens entschuldigt sie sich für die Störung. »… ich sollte mir nicht so viel Sorgen machen um erwachsenes Kind. Aber das ist eben Problem. Er ist wie Kind. Dabei war er schon Papa! Hat Mädchen gehabt, aus Frankfurt, wirklich nettes Mädchen, keine Reifenohren, kein Lippenglanz, keine Rock wie schmale Tesaband.«

Frau Growinski bekommt einen neuen Gesichtsausdruck, als sie von diesem Mädchen redet. Eine Traurigkeit, die ich noch nicht an ihr kenne, einen Blick in die Leere, an mir vorbei aus dem Fenster. Sie atmet schwer. Sie sagt: »Dieses Mädchen …«

Sie schluchzt leise.

Sie bemerkt, dass in dem Stöpsel, der über ihre Schulter baumelt, immer noch Modern Talking plärren, und schaltet den iPod wütend aus, als sei diese Musik eine Beleidigung, wenn es um die wirklich wichtigen Dinge im Leben geht. Und was sie mir jetzt erzählt, ist wichtig. Sie sagt: »Dieses Mädchen ohne Glanz, sie hätte mein Sohn retten können. Tat gut, dieses Mädchen. Aber Eltern wollten nicht, dass sie liebt Junge von polnische Pack. Haben sie gesagt genau so, ›polnische Pack‹. Sie haben Mädchen ins Krankenhaus gebracht. Kind weggemacht. Mein Enkel.«

Jetzt weint sie.

O mein Gott, sie weint.

Und ich auch.

Ich merke es erst, als das Wasser schon meine Wange hinunterläuft.

»Oh, nicht, Sie hören auf mit Weinen …«, sagt Frau Growinski und streichelt mir über die Wange, als es am Fenster klopft. Ich drehe mich um und blicke in die Augen meines Sohnes, die Tränen auf den Wangen, gestreichelt von einer polnischen Aussiedlerin. Tommy zeigt auf die Tür und rennt ums Haus. Ich stehe vom Küchentisch auf, schaufele mir über der Spüle etwas Wasser ins Gesicht und öffne die Haustür.

»Hab frei!«, ruft Tommy und hüpft mir in die Arme. Er zeigt auf Frau Growinski: »Wer ist das, Papa? Und warum weinst du?«

Ich räuspere mich. Frau Growinski trocknet sich die Tränen mit einem Küchentuch ab. »Das ist, äh …«, ich ziehe die Wohnzimmertür zu, damit Tommy nicht sieht, dass dort gearbeitet wird, »das ist Frau Growinski. Sie hat mir diesen Mopp verkauft.« Ich zeige auf den mit Stickern übersäten Mopp, den man jetzt ohnehin nicht mehr verstecken kann. Zugleich schneide ich der guten Frau Grimassen, die sie hoffentlich richtig deutet.

»Der ist aber cool!«, sagt Tommy und streicht mit den Fingerspitzen über die Aufkleber.

»Ist unser bester Stock!«, sagt Frau Growinski, die das Spiel scheinbar begriffen hat. Sie nimmt ihn und führt Tommy ihr Ritual vor.

Rums. Rums. Rums.

»Ahoi!«

Er kichert: »Noch mal!«

»Aber sicher!«, sagt Frau Growinski.

Ich nutze die Chance, schleiche mich ins Wohnzimmer, sperre von innen die Tür ab und räume, so schnell ich kann, die Dinge wieder an ihren Platz. Jetzt ist alles noch dreckiger als vorher, denn das Geschiebe hat sämtlichen Dreck aus den Ecken geholt. Den Putzeimer schütte ich draußen auf der Terrasse aus und stelle ihn neben das Haus. In der Küche rumst es, und gemeinsam rufen Tommy und

Frau Growinski »Ahoi!«, den Schlachtruf unglücklicher Reinigungskräfte. Nach einer Viertelstunde habe ich das Wohnzimmer fertig und kehre in die Küche zurück. Frau Growinski zeigt Tommy gerade, wie man aus einem Blatt Papier einen Schwan faltet. Schade nur, dass der Schwan eine Abrechnung meines Kunden ist.

»So«, sage ich und klatsche in die Hände, »dann bezahle ich mal diesen schönen Mopp und sage bis zum nächsten Mal.« Ich zwinkere Frau Growinski zu. Sie steht auf.

»Was kriegen Sie?«, flüstere ich.

Sie schaut auf die Uhr: »Also, drei Stunden, macht 45 Euro.«

Ich nehme meine Geldbörse und denke darüber nach, dass in den drei Stunden eines Wimbledonmatchs gerade einmal zwanzig Minuten effektiv Tennis gespielt werden. Frau Growinski hält die Hand auf. Ich lege die Scheine hinein. Nur der Wischmopp hört mein Seufzen.

An der Tür flüstert Frau Growinski: »Nächste Woche wieder?«

Ich wispere zurück: »Ich melde mich …«

»Was ist mit Wischmopp? Ich brauche Mopp!«

»Leihen Sie ihn mir bis zum nächsten Mal«, sage ich und gebe ihr noch zehn Euro.

»Ah«, sagt sie, »wie damals mein Mann mit Mercedes. Hatte nicht gekauft, hatte geleast!«

»Ja, genau, Wischmopp-Leasing.«

Ich schiebe noch einen Zwanziger nach. Dienstleistung war noch nie so teuer wie heute. Sie seufzt und gibt sich zufrieden.

Tommy ruft aus der Küche »Ahoi!« und stampft mit dem Mopp auf die Fliesen.

Rums. Rums. Rums.

»Ahoi!«, ruft Frau Growinski.

Das Telefon klingelt.

»Ich hab Hunger, Papa!«, ruft mein Sohn.

Der AB geht ran.

»Nur eben noch kurz eine Frage …«, sagt meine Schwiegermutter.

Der Nazi

Es ist kurz nach sieben Uhr abends, draußen strahlt noch die Sonne, aber hier, in den Fluren der Conrad-Ferdinand-Meyer-Grundschule, jagen mich die Schatten. Ich bin spät dran und folge den ausgedruckten Wegbeschreibungen, die Sekretärin Meinfeld sicher persönlich aufgehängt hat. Ein Lichtkegel dringt aus der Aula in den dunklen Flur. Wie Wellen im Watt plätschern Stimmen heraus. Ich betrete den Raum und schaue in einen großen Sitzkreis. Rund vierzig Köpfe drehen sich daraus zu mir herum, nur einer davon ist männlich. Der von Direktor Weber. Es sind ausschließlich Mütter gekommen, und Lehrer gibt es an der Schule bekanntlich sowieso nicht.

»Sie sind spät dran«, sagt der Direktor und zeigt auf den letzten freien Stuhl. Er steht links von ihm im Halbkreis der 4a-Eltern, bei denen auch Lisas Mathelehrerin Frau Quandt sitzt. Gegenüber sitzen die Mütter der 4b mit ihrer Mathelehrerin Frau Nieswandt, die ich noch nicht persönlich kennengelernt habe. Sie ist als Sportlehrerin auch für die Tanzgymnastik verantwortlich.

Daheim passt Maik auf die Kinder auf, denn Marie arbeitet schon seit Tagen weit über den Abend hinaus und krabbelt häufig erst zur blauen Stunde in die Federn.

»Mein Sohn«, beginnt eine Mutter mit praktischer Kurzhaarfrisur, »ist hochbegabt in Mathematik, so viel weiß ich. Er ist ein schlauer Junge, und zu Hause rechnet er alles richtig. Er hat einen Chemiebaukasten. Er hat schon mit vier Jahren den Kölner Dom aus Lego nachgebaut. Und Sie wollen mir sagen, dass er in seiner Klasse bloß Zwei minus steht, während die Klasse von Frau Quandt einen Einserschnitt hat?«

»Also, ich weiß jetzt nichts Konkretes über Ihren Fall«, entgegnet eine Mutter aus der Fraktion, zu der auch ich gehöre, »aber die Frage ist doch, woran wir den Schnitt orientieren. Gucken wir auf die Schwächsten und sehen zu, dass wir die Guten ein wenig bremsen, oder wollen wir die Schwächeren hochziehen, indem wir uns an den Guten orientieren?«

»Mein Sohn *ist* gut!«

»Es geht hier nicht nur um Ihren Sohn, Frau Bielenbach«, sagt Frau Quandt.

»Richtig, aber die anderen in seiner Klasse haben doch auch nur Zweien oder Dreien, im Gegensatz zu den ganzen Genies von Frau Quandt da drüben!«

Unsere Seite beginnt zu murren wie verärgerte Fans in einem Fußballstadion. Rektor Weber hebt schlichtend die Hände: »Ich denke, dass sich erst mal die entsprechenden Lehrerinnen dazu äußern sollten.«

Frau Quandt will gerade ansetzen, zu erklären, warum ihr Unterricht so gut ist, dass er einen Einserschnitt erzeugt, da zeigt des Direktors Hand auf die Lehrerin der Parallelklasse. »Zuerst Frau Nieswandt, bitte!«

»Ja«, räuspert sich Frau Nieswandt, »ich möchte erst mal sagen, dass ich das nicht gut finde, was Sie gerade geäußert haben.« Sie wendet sich an die Mutter aus unserer Fraktion. Ihre Augenwinkel ziehen sich nach unten, was ihrer Miene einen so betroffenen Ausdruck verleiht, als stünde sie mitten in einem Slum in Bombay. Sie sagt: »Sie haben gerade die Frage gestellt, ob wir uns an den Schwächsten oder an den Stärksten orientieren sollten.«

»Ja?«

»Das darf doch gar keine Frage sein«, sagt Frau Nieswandt. »Selbstverständlich orientieren wir uns an den Schwächeren, um sie mitzunehmen. Wir haben doch in Deutschland gelernt, was passiert, wenn wir anfangen, wieder zu sagen, dass nur der Starke überlebt, und die anderen können mal sehen, wo sie bleiben.«

Die Mutter aus unserer Fraktion wirft die Arme in die Luft: »Oh, mein Gott, bitte!«

Der Rektor ermahnt die Mutter: »Frau Borstenfeld, wir sitzen hier zusammen, damit jeder seinen Beitrag leisten kann.«

Lisas Lehrerin Frau Quandt sagt: »Wir müssen einfach eine Einigung erzielen, welches Programm wir wollen.«

Frau Nieswandt sagt: »Ja, und am Ende lautet das Programm wieder Elite für alle, oder was?«

»Mein Sohn ist jedenfalls gut«, sagt Frau Bielenbach.

»Aber es geht doch um Gerechtigkeit«, sagt Frau Nieswandt.

»Es geht um eine sinnvolle Schulpolitik«, sagt der Rektor.

»AHOI!«, brülle ich aus heiterem Himmel und merke es selbst erst, als es schon geschehen ist. Der Schlachtruf steht wie ein Monolith im Raum, und alle Blicke sind auf mich gerichtet. Jetzt muss ich weitermachen und etwas sagen. Das tue ich gern, denn was hier abläuft, ist tatsächlich nicht zu fassen.

Ich stehe auf und stelle mich wie ein Fernsehanwalt in den Kreis. Einige Leute machen »Oh«. Frau Nieswandt sieht mich misstrauisch an.

»Ich kann nicht glauben, was hier passiert«, sage ich.

Ich mache eine Pause.

Keiner spricht.

Ich sage: »Stellen Sie sich mal die Fußballbundesliga vor, ja? Die Meisterschaft endet am 34. Spieltag, und die Tabelle steht fest. Meister sind die Bayern, Vize sind die Schalker, abgestiegen sind Freiburg, St. Pauli und Hoffenheim. So. Und jetzt«, ich hebe den Zeigefinger und drehe mich im Kreis, »jetzt gehen Sie alle hin, machen ein Plenum und fangen an, darüber zu debattieren, ob das gerecht ist. Ob nicht doch lieber die Schalker Meister sein sollten. Oder ob es nicht gerechter wäre, wenn niemand Meister wird. Oder gar absteigt. Was ist das überhaupt? Abstieg? Wie zur Hölle können wir das einer Stadt, einer Region antun? Und was für einen Druck üben wir auf die jungen Menschen auf dem Rasen aus, wenn sie sich alle an den Bayern orientieren müssen oder weltweit sogar an Real Madrid? Die zerbrechen doch! Das ist ja der reinste Darwinismus!«

Frau Bielenbach schmunzelt. Sie weiß nicht so recht, was sie von meiner Rede halten soll, immerhin gehöre ich offiziell zur Gegenseite. Der Rektor wird gleich sprechen, also schiebe ich schnell nach, eine Hand an der Stirn: »Was machen wir denn hier? Diskutieren wir

138

hier wirklich darüber, welche Noten am Ende unter den Arbeiten stehen sollen, noch bevor unsere Kinder die Arbeiten überhaupt geschrieben haben? Das ist so, als würden wir sagen: ›Spielt mal eure Bundesliga, am Ende werten wir die Partien eh alle 2:2.‹«

»Herr Breuer«, unterbricht mich der Direktor, »Zynismus können wir hier nicht gebrauchen. Und Fußballmetaphern schon gar nicht.« Einige der Mütter nicken. Mir wird heiß hinter den Ohren, und ich mache ein paar Schritte auf den Rektor zu: »*Ich* bin zynisch? Ich bin zynisch, weil ich sage, dass Arbeiten danach beurteilt werden müssen, wie gut oder schlecht sie sind? Wonach denn sonst bitte???«

»Frau Quandt pusht den Notenschnitt!«

»Frau Quandt hat meiner Tochter eine Zwei bei nur einem Fehler gegeben, weil sie Angst hat vor dem Zorn der unfähigen Parallelklasse!«

»Wie bitte?«

»Das ist ja wohl die Höhe!«

»Herr Breuer, Sie können nicht …«

»Ich kann alles, ich bin Controller!!! Was ist denn das hier für ein Irrenhaus? Diese Frau Nieswandt da«, ich deute mit zitterndem Zeigefinger auf die betroffene Lehrerin, »unterrichtet an dieser Schule auch Sport, wussten Sie das, Sie alle? Und wissen Sie, was diese Frau seit Monaten macht? Tanzgymnastik! Weil es bei allen anderen Sportarten Gewinner und Verlierer gibt, und wie könnten wir den zarten Seelen unserer Kinder bloß das Verlieren zumuten? Ich weiß nicht, ob Sie schon bemerkt haben, dass hier auch Jungen an der Schule sind, die Ballspiele brauchen, weil es zu ihrer Natur gehört?«

Ein Raunen geht durch die Runde.

Augen weiten sich.

Ich mache weiter: »Sie zwingen meinen Sohn und die Söhne aller Anwesenden seit Monaten zu so einem Schwulettenballett, und in Mathe geben Sie ihnen absichtlich schlechtere Noten, weil es den Dooferen gegenüber sonst ungerecht wäre! Was sollen die Kinder denn daraus lernen? Dass sie später ihr Geld, von dem sie als schlaue Menschen mehr verdienen, wie Robin Hood freiwillig an faule, heulende polnische Putzfrauen abgeben sollen, weil alles andere ja so *ungerecht* wäre???«

Jetzt ist es still im Raum.

Die Mütter haben den Teufel gesehen. Rektor Weber sagt, ganz langsam, als spräche er mit einem Gemeingefährlichen: »Herr Breuer, ich denke, es ist besser, wenn Sie die Runde jetzt verlassen. Ich entscheide mich für meine anderen Gäste und verabschiede mich von Ihnen.«

»Was?«

Nicht mal Frau Bielenbach mit dem talentierten Sohn traut sich noch, zu mir zu halten. Frau Quandt meidet meinen Blick.

»Gehen Sie. Gehen Sie und überlegen Sie sich in Ruhe, was Sie Ihren Kindern über die Welt vermitteln wollen. Über gleichgeschlechtliche Liebe zum Beispiel oder über die Freundschaft zu unserem Nachbarland Polen …«

»Ach du meine Güte«, unterbreche ich den Rektor, doch der hebt seinerseits die Stimme und übertönt mich mit den Worten: »… zu unserem Nachbarland Polen, von dem wir froh sein können, dass es nach 60 Jahren wieder Beziehungen auf Augenhöhe mit uns aufgenommen hat, Herr Breuer« – bei *auf Augenhöhe* hebt der Rektor sein Kinn –, »denken Sie mal in aller Ruhe darüber nach, bevor Sie weiter vom Recht des Stärkeren reden.«

Frau Nieswandt schaut auf den Boden, schürzt die Lippen, als würde sie in ihrem Kopf Billy Idol hören, sagt leise »Jawohl!« und beginnt zu applaudieren. Die anderen Eltern fallen in den Beifall ein, nur Frau Quandt und Frau Bielenbach klatschen lediglich ein-, zweimal in die Hände, um nicht auch als Nazis zu gelten.

Ich komme mir vor, als würde ich träumen.

»Auf Wiedersehen, Herr Breuer.«

Ich weiß nichts mehr zu sagen und trete auf den Flur hinaus.

Wie in Trance schleiche ich den dunklen Gang hinab, Fuß vor Fuß, als müsste ich nach dieser Demütigung erst wieder lernen, wie man aufrecht geht. Ich zucke zusammen, als mein Telefon klingelt.

»Ja, Breuer?«

»Hallo, Schatz«, sagt Marie, »es wird jetzt leider ernst.«

Allerdings, denke ich.

»Die Schweizer wollen tatsächlich zu Besuch kommen, und wir sind in drei Wochen dran.«

»Tatsächlich?«, sage ich. Wir sind also in drei Wochen dran.

Marie sagt: »Ja, und ich weiß, du hast viel zu tun, aber den Garten müssen wir bis dahin geregelt kriegen. Das war auch der Vorschlag meiner Kollegen, dass wir das alles schön im Garten machen, mit Barbecue und Kölsch ...«

Ich sage: »Marie, weißt du überhaupt, wo ich gerade bin?«

»Das ist mir egal. Ich weiß, wo ich bin. Ich bin im Büro, um acht Uhr abends, wie die ganzen letzten Wochen, und ich bitte dich nur darum, dass ...«

»Ach, *nur*«, sage ich, »*nur*? Denkst du, ich sitze den ganzen Tag herum und spiele gegen mich selbst Monopoly, während draußen der Garten verrottet? Oder was?«

»Ben, wie redest du eigentlich mit mir? Ich habe zehn Jahre lang das Haus in Schuss gehalten, und jetzt habe ich das erste Mal ein echtes, ernstzunehmendes Projekt und ...«

»Du hast immer noch nicht gesagt, ob du weißt, wo ich bin.«

»Beim Elternabend, das weiß ich. Das ist ganz harte Arbeit, da gibt's Kaffee und Mohnkuchen und brutale Diskussionen.«

Ich sage nichts mehr, schnaufe nur noch.

»Jetzt schnaufst du, aha! Das ist ja wohl das Allerletzte. Das verächtliche Schnaufen.«

»Ist gut, Marie.«

»Ist gut, Marie«, äfft sie mich nach.

»Ja, ist wirklich gut. Ich mache den Garten fertig. Keine Sorge.«

»Das klingt ja euphorisch.«

»Es muss nicht euphorisch werden, es muss nur fertig werden, nicht?«

Jetzt schnauft auch sie und legt auf.

Hinter der Tür der Aula besprechen sie weiter die gerechte Notenverteilung.

Und ich? Ich gehe zu dem einzigen Menschen, auf den ich jetzt Bock habe.

Der Steinschlag

»Boah, ich sag dir! Das andere sag ich dir morgen!«

Gregor rollt mit den Augen, als ich diese Phrase dresche, und schaut kurz zu Ricky, als wolle er sagen: ›Da siehst du, was die Hausarbeit aus meinem Kumpel gemacht hat.‹

»Ja, ich weiß«, sage ich, »der Spruch war abgelaufener als deine stinkenden Wohlfühlschuhe.«

Gregor gibt mir trotzdem ein Kölsch und schraubt dann weiter am Rechner des Pornofotografen. Der Computer steht aufgeschraubt, aber in Betrieb auf dem Schreibtisch und würgt kleine, dunkelgraue Staubflocken aus. Auf dem Regal über dem Schreibtisch steht eine Spielzeugfigur von Meister Yoda aus *Star Wars*. All diese Dinge hat Gregor nicht aus alten Kindheitskisten geklaubt. Er hat sie sich nach der Scheidung wieder neu gekauft. Für den Chipstütenhalter, den er sich eigens hat schmieden lassen, hat er 150 Euro bezahlt.

Ricky schaut aus dem Fenster, während Ben schraubt. Ich sitze auf dem ausgeklappten Schrankbett. Eine Schüssel Flips klemmt im Tütenhalter. Auf dem kleinen Fernseher läuft lautlos die Meisterschaft im Holzkraftsport, gesponsert von der Motorsägenmarke Stihl. Zwei Männer sägen Scheiben von riesigen Stämmen ab. Danach schlagen sie mit der Axt Kerben in aufrechtstehende Stämme, stecken ein Trittbrett in sie hinein und klettern Kerbe für Kerbe den toten Baum hinauf. Bei Gregor läuft immer ein Sportsender im Hintergrund, wie in einer Kneipe oder in einem Elektrofachmarkt. Seine Bude ist jetzt genau der richtige Ort für mich.

Ich imitiere meine Frau: »Ben, kannst du mal hier. Ben, kannst du mal da!« Ich nehme einen kräftigen Zug am Bier. »Und am besten ist immer das *wir*. *Wir* müssen schauen, dass wir den Garten fertig kriegen. Warum sagt sie nicht einfach: ›Ben, du faule Sau, beweg deinen Arsch in den Grünschnitt, aber dalli?‹«

Gregor sagt: »Ricky, mal ehrlich, deine Festplatte ist zu voll. Und du, Ben, du hast immer noch zu viel Arbeit.«

Gregor klickt mit der rechten Maustaste etwas an und nimmt einen Schluck Bier. Im Fernseher ist ein Profi-Holzsportler an der Spitze des Baumstamms angekommen und jubelt. Sie blenden die Zeitlupe seiner letzten Kerbe ein.

»Und dann diese Eltern in der Schule, ist das zu glauben? Und Marie ruft ständig zwischendurch an. Bring mal das Kleid zu Maxi Müller. Zieh bitte noch Bargeld. Verwandel unseren Garten in die Parklandschaft der Heyerdahls.« Ich greife nach ein paar Flips. Zwei landen neben dem Kopfkissen und kullern in den Schrank. Macht nichts. Da liegen auch schon Leergut und eine Menge zerknüllter Socken drin. Greg wird es aufräumen, sobald sich das Bett nicht mehr sauber einklappen lässt. Als 42-jähriger geschiedener Junggeselle wartet Greg mit dem Aufräumen grundsätzlich, bis es nicht mehr geht. Nur Computer pflegt er in Echtzeit.

Er ruckt vor dem Monitor gespielt mit dem Kopf nach hinten: »Wow, das kann doch nicht dein Ernst sein, Ricky! Du hast alle deine Fotoarbeiten auf C: gespeichert?«

»Ja, wo denn sonst?«

Gregor reibt sich die Schläfen: »Du musst Partitionen machen! Daten und Fotos auf die eine, Spiele auf die andere, und auf C: nur die nötigsten Systemprogramme. C: ist der Antrieb des Rechners; das ist so, als würdest du deine Koffer statt in den Kofferraum in den Motor stopfen und dich dann wundern, dass der Wagen ständig absäuft.«

»Partitionen?«

»Ja. Du hast 176 GB auf C: belegt! Da ist alles verstopft! Rede ich denn hier gegen Wände? Bin ich denn nur von Idioten umgeben? Du musst Daten auslagern! Und du, Ben, du musst Arbeiten auslagern!«

»Das mache ich doch schon. Und was habe ich davon? Habe ich euch etwa nicht von Frau Growinski erzählt, ahoi?«

Gregor winkt ab: »Selbst Bastian Schweinsteiger hat zwischendurch mal ein Spiel fast ohne Ballkontakt. Das kann vorkommen.

Du brauchst Geduld und Beständigkeit, Ben! Und noch viel mehr heimliche Hilfe.«

Die Holzsportler gehen zur Siegerehrung über. Das Logo der Motorsägenfirma wird groß eingeblendet, und ich frage mich, warum noch niemand den Slogan *Sägen mit Stihl* erfunden hat.

»Wir reden hier nicht von ein bisschen Rasenmähen, was jeder Schuljunge übernehmen könnte«, sage ich. »Wir reden hier von einer professionell überarbeiteten Gartenanlage. So gut, dass ein Schweizer Kunstmuseumsleiter beeindruckt ist! Und das dann auch noch heimlich? Wann denn? Nachts im Dunkeln, oder was?«

»Ich wüsste da jemanden, der das könnte«, sagt Ricky. Gregor und ich sehen ihn erstaunt an. »Einer meiner Bekannten aus der Branche.«

Mit Branche meint er nicht den Gartenbau.

»Pedro. Hat Landschaftsgärtner gelernt und ist ein Meister an der Schere. Heute lebt er hauptberuflich von seinem anderen Werkzeug, aber so nebenbei kann er das immer noch. Er ist ein Virtuose. Dem traue ich sogar zu, nachts zu gestalten.«

»Einen ganzen Garten?«, frage ich, »mit allen Details?«

»Pedro verteilt seinen Samen in jeder Lebenslage.«

Ich verziehe das Gesicht. Gregor und Ricky lachen wie die Bauarbeiter. Gregor verschluckt sich, die Finger weiter fest auf der Maus. Im Fernseher werden die Sägen eingepackt. Nun sind die Golfer dran. Perfekt geschnittener, sattgrüner Rasen. Gepflegte Bepflanzungen.

»Soll ich Pedro mal anrufen?«, fragt Ricky und hält sein Smartphone in die Luft. Sein Bildschirmschoner dürfte im deutschen Fernsehen nicht vor 23 Uhr laufen.

Ich schaue kurz zu Gregor, als brauchte ich eine Entscheidungshilfe. Er nickt bloß, den Blick auf dem Monitor, und murmelt: »So, dann machen wir H: und I: und J: als Partitionen.«

Ich überlege.

Eine Prostituierte hat das Haus geputzt.

Eine Putzfrau hat mir ihre Seele ausgeschüttet und meine Wange gestreichelt.

Ein Pornodarsteller soll nun unseren Garten machen.

Ich kratze mich hinter dem Ohr und sage: »Kann ich seine Nummer haben?«

Im Fernseher fliegt die Kamera über das Green des ersten Loches.

Gregor sagt: »Das reicht jetzt mit der Gartenpflege«, und schaltet den Fernseher aus.

*

Pornogärtner, was soll der Unsinn?

Ich mache das jetzt alleine!

Das sage ich mir am nächsten Morgen, als draußen die Sonne scheint und ich mir auf dem Laptop noch mal die Leistungen der letzten Wochen anschaue. Ich war fleißig, mit und ohne Hilfe! Heute Morgen, als Marie um sechs schon wieder losfuhr, obwohl sie gestern erst um zwei Uhr nachts ins Bett gekrochen ist, bin ich mit aufgestanden. Ich habe in der Schriftart *SimSun* eine Aufstellung aller einzelnen Arbeitsschritte gemacht, die im Garten anfallen, bis er zu einem ansehnlichen Privatpark wird. Die Liste ist lang, aber zu schaffen. Und wenn der Rasen erst mal gemäht ist, sieht die Welt schon anders aus. Ich trete vor die Tür, öffne die Garage, schraube die frische Zündkerze in den Mäher, wie Maik es mir gezeigt hat, und zerre an der Kordel. Das Gerät springt auf der Stelle an, schreit kurz auf und pendelt sich dann auf ein gleichmäßiges Grollen ein. Ich pfeife und schiebe es auf den Rasen. Mit einem herrlich raschelnden Geräusch frisst es die ersten paar Meter Wildwiese, aus der wieder ein Rasen werden soll. Wenn Löwenzahn, Sauerampfer, Disteln und Margeriten zwischen die Schneideblätter geraten, mischen sich lautere »Pfliiiiiing«-Geräusche zwischen das gleichmäßige Röhren und Rascheln. Nicht mal eine Minute, und ich habe die erste Bahn gemäht. Rechts und links von ihr erhebt sich kniehoch der Wildwuchs.

Tut das gut!

Wie Rasieren nach 14 Tagen!

Und wie es duftet!

Ich fasse neuen Mut.

Ich schaffe das, alles!

Ich drehe um und mähe die nächste Bahn. Ein schmaler Rand bleibt zwischen den Bahnen stehen, nur kleine Büschel und ein paar einzelne Margeriten, die sich reaktionsschnell weggedreht haben und wieder aufrichten konnten. Zwei Bahnen durch dieses Gestrüpp, und der Auffangkorb ist voll. Ich werde ihn vorn in die braune Tonne leeren müssen. Oder auf der freien Wiese gegenüber verteilen, die den Dondrups gehört. Das dürfen alle Nachbarn, solange sie das Schnittgut gleichmäßig ausbringen wie einen natürlichen Dünger. Schichtet man es hingegen auf einen Haufen, verlieren die Dondrups die Beherrschung.

Der Mäher kommt am Rande des Gartens zum Stehen, ich nehme den vollen Auffangkorb ab, richte mich auf und blicke in die Linse einer Fernsehkamera.

»Fleißig, fleißig«, scherzt ein großgewachsener Typ, der neben dem Kameramann steht und wohl der Chef des kleinen Drehteams ist. Ein Junge von knapp zwanzig Jahren mit großen Kopfhörern auf den Ohren hält ein Stabmikro mit Wuschelwolle. Auf dem Transporter, mit dem sie gekommen sind, steht *RTL Living*.

»Äh, Chef, das ist aber nicht der Garten, den wir filmen sollen, oder?«

»Natürlich nicht, aber das ist doch eine schöne Einspielung, wenn wir zeigen, wie die Nachbarn sich abquälen. Rüdiger, merk dir mal, dass wir im Archiv gucken, ob wir noch ein paar gute Bilder von Brachland haben. Die stellen wir dann dagegen, samt dieser Wildnis hier. Und dann blenden wir über zu den Heyerdahls.«

»Ich könnte auch noch Tschernobyl einspielen.«

»Ah, da sind Sie ja!«, ruft Rolf und eilt mit ausladenden Schritten auf die Fernsehmacher zu, für die mein Garten sich also zwischen Baugelände und Atomsperrzone bewegt.

»Na, jetzt sogar im Fernsehen?«, frage ich Rolf.

»Spartensender«, sagt er bescheiden.

»Ich muss ja wohl bitten«, lacht der Regisseur und schüttelt ihm die Hand.

»Und?«, fragt Rolf. »Gehst du es jetzt endlich an?«

Ich zucke mit den Schultern, als wäre es alles nichts. Es ist ja auch nichts, wenn man an Rolfs Garten denkt. Die Weinranken, die Wasserläufe, die Seerosen, die Terrasse über dem Teich oder »die orangen Farbtupfer durch die chinesische Zier-Physalis«, auf die der Regisseur seinen Kameramann soeben aufmerksam gemacht hat.

»Wir sehen uns dann in Ruhe um und planen die Kamerapositionen«, sagt der Regisseur.

»Ja, gehen Sie nur, ich komme sofort«, sagt Rolf und bleibt bei mir stehen. »Du, Ben, wir sind in 14 Tagen mal eine Woche im Urlaub, Surfen.«

Das praktizieren sie auch noch, seit Jahren. Damit ihr Sixpack bleibt.

»Bist du da? Kannst du die Post reinlegen und den Garten sprengen?«

›Gerne würde ich deinen Garten sprengen‹, denke ich und sage: »Kein Problem!«

Rolf nickt, er hat nichts anderes erwartet. Er hebt die Hand, zeigt auf meine zwei gemähten Bahnen und sagt: »Du musst überlappend mähen, sonst bleibt dir immer was stehen. Auf dem Rückweg musst du den Rand der Bahn unter die Mitte des Mähers bringen. Dann kriegst du alles sofort weg.«

Ich drehe mich um. Er hat sicher recht.

»Gut, ich geh dann mal zu *RTL Living* ...«

Er betont den Sendernamen, als sei er nur eine kleine, unbedeutende Spielerei, aber er kann den Stolz in seinen Augen nicht verbergen. Farbtupfer durch Physalis, die prallsten Seerosen in NRW. Und ich? Zwei Bahnen mit Irokesenschnitt dazwischen in militärischer Sperrzone. Ich arbeite halt erst mal grob. Und wer grob arbeitet, der braucht ... ja, genau, der braucht Musik! Ich gehe ins Haus und krame nach meinem alten Walkman. Ich habe nie gelernt, einen iPod zu bedienen, und Discmans waren mir immer zu klobig. Ich habe Kassetten aufbewahrt, was meine Kinder überaus lustig finden. »Nur 16 Lieder passen da drauf?«, hat Lisa gelacht und ausgerechnet, dass ein iPod also 8500 Kassetten beinhaltet. Ich bin halt ein alberner, altmodischer Papa.

Mick Jagger ist gerade bei *Angie* angelangt, als mir auffällt, dass sich zwischen unseren Häusern Menschen angesammelt haben. Edith steht dort und zahlreiche andere Nachbarn, sogar aus den weiter entfernten Ecken des Ortes sind Bewohner herbeigeströmt. Ich sehe Maxi Müller und Nachwuchs, den Platzwart des Fußballvereins und zwei Kassiererinnen aus dem Supermarkt. Sie schauen dem Fernsehteam beim Drehen zu und tuscheln miteinander. Sie zeigen zu mir rüber. Ich stelle den Motor aus und nehme die Kopfhörer ab. Sie hören auf zu tuscheln, aber ein paar kichern und können sich kaum beherrschen.

»Was ist denn so lustig?«, rufe ich, obwohl ich es natürlich weiß. Da drüben filmt *RTL Living* einen Wirklichkeit gewordenen Gartenkatalog, und hier pflüge ich mit dem kleinen Mäher durch die Wildnis wie ein Verrückter, der Kornkreise ins Maisfeld mäht. Edith schaut mich mit diesem subtilen Blick zwischen Fürsorge und Verachtung an. Sie sagt etwas zu den Umstehenden. Während sie über mich redet, fixiert sie mich weiter, wie man es mit einem Tier im Zoo macht, wenn man vor dem Gehege steht. Maxi Müller zuckt zusammen und hält sich die Hand vor den Mund, weil sie kichern muss. Über den Rabatten tanzt der Pelz des Stabmikros wie ein Frettchen in der Luft.

»Pffft!«, mache ich, werfe energisch den Mäher wieder an und ramme mir die alten Kopfhörer auf den Schädel. Ich schiebe das Gerät ein paar Meter in Richtung Gartenrand. Es knallt und scheppert. Die Schneideblätter haben einen Stein erwischt, der sich im tiefen Gras verborgen hatte. Eine halbe Sekunde später geht Edith zu Boden und hält sich das Gesicht.

Die Menge drängt sich um sie. Ich schalte den Motor aus und begreife erst jetzt, was passiert ist. Die Schneideblätter haben den Stein treffsicher ins Auge meiner Stasi-Nachbarin katapultiert. Ich reiße mir die Kopfhörer ab, ziehe den Walkman vom Hosenbund und laufe zu ihr. Das Filmteam hat alles mitbekommen und die Nahaufnahmen der Seerosen geistesgegenwärtig für ein paar Schnappschüsse unterbrochen, die womöglich die Kollegen von *Der Nachbarschaftskrieg* gebrauchen können.

»Uhhhh, uhhhh«, jammert Edith, die Hände fest vorm Gesicht.

»Schnell!«, sage ich, »Rolf, ruf einen Krankenwagen!«

»Nein, nein!«, klagt Edith, »es geht schon.« Sie nimmt nun doch die Hände herunter. Der Stein hat sie knapp neben dem Auge getroffen. Eine Schramme zieht sich über die Haut, und das Auge selbst ist angeschwollen, als hätte ich meine Nachbarin mit zornigen Faustschlägen traktiert.

»Wir brauchen was zum Kühlen«, sage ich und fuchtele hilflos mit den Händen vor ihrem Gesicht herum. »Das tut mir leid, Edith, das war nicht geplant! Da ist mir ein Stein in den Mäher gekommen.«

Sie wedelt mit den Händen: »Nimm deine Finger aus meinem Gesicht! Ein Stein! Was hat auch ein Stein in deinem Rasen zu suchen!«

»Ja, ich konnte den nicht sehen ...«

»Natürlich konntest du den nicht sehen. Bei dem Urwald da drüben könnte ein Obelisk im Gestrüpp liegen, und du würdest ihn nicht sehen!«

Die Angel mit dem Fellmikro tanzt über uns. »Der war gut«, flüstert der Regisseur. Ein paar der Umstehenden lachen.

»Ja, meine Güte!«, sage ich, und Mitleid und Bedauern sind mit einem Mal verflogen, »tut mir leid, dass ich dem Ort so eine Schande bin, weil ich in meinem Leben auch was anderes zu tun habe, als täglich zu mähen und meinen Giebel neu zu streichen. Und das, obwohl die bei Hagebau jetzt wetterfeste Farbe im Angebot haben! Nicht wahr, Edith?«

O nein, was mache ich denn? Ich brülle eine Frau an, die vor mir am Boden liegt und der ich bereits ein Veilchen verpasst habe. Und das vor TV-Kameras!

»Nein«, blafft Edith zurück und richtet sich mühsam auf, »du hast natürlich keine Zeit zum Mähen. Du musst ja jeden Vormittag eine neue Liebhaberin empfangen oder wie immer man das nennen soll, wenn der Mann dafür sogar bezahlt!«

Jetzt ist es totenstill.

Rolfs Augen werden so groß wie seine Seerosen, wenn sie sich am Morgen öffnen.

Maxi Müller hält ihrem Kind die Ohren zu.

Der Regisseur macht eine Geste, als treibe er per Hand eine Filmrolle an. Weiterdrehen, weiterdrehen!

Ediths Mann Erhard, dem TV-Teams vor der Tür gleichgültig sind, der aber am Fenster irgendetwas bemerkt haben muss, kommt herbeigelaufen, wirft kurz einen Blick auf seine Frau am Boden und sagt in seiner üblichen tiefen Stimme, die wie ein Gewitter in Norwegen klingt: »Was ist denn hier los?«

»Ben Breuer hat deine Frau mit einem Stein niedergeschlagen!«, ruft jemand, den ich überhaupt nicht kenne.

»Das stimmt nicht!«, sage ich.

»Was hast du getan?«, brummt Erhard.

Der Regisseur dreht immer schneller an der Rolle. Gleich bekommt er einen Orgasmus.

»Es war der Rasen, der Mäher, der Stein, es war …«

»Ich bin 25 Jahre älter als du«, sagt Erhard, und kaum, dass sein »du« verklungen ist, hat er mir mit seiner bratpfannengroßen Hand eine geschallert. Ich fasse es selbst nicht. Mein Nachbar gibt mir eine Ohrfeige wie einem dummen kleinen Jungen, der mit dem Moped durch sein Blumenbeet gefahren ist. Ich überlege einen Augenblick, aufzuspringen und ihn mit einem Bodycheck über Rolfs Gartenzaun zu katapultieren, aber die Filmkameras sind an, und wie Erhard gesagt hat: Er ist 25 Jahre älter. Es genügt schon, dass ich seine Frau niedergestreckt habe. Einen Mann von fast siebzig Jahren über den Zaun zu werfen, kann ich mir nicht auch noch erlauben.

Meine Wange brennt.

Meine Seele brennt.

Mein Stolz liegt begraben in meinem Brachland-Garten.

Ich stehe auf, gehe langsam und schweigend in meinen Garten, hebe den Walkman auf, betrete das Haus und schließe die Tür. Ich denke an den Steinschlag und an Rolfs Worte, dass die Familie Heyerdahl in 14 Tagen zum Surfen fährt.

Ich überlege kurz, nehme mir einen Notizblock und male ein paar Gewehre und Rauchwölkchen.

Dann rufe ich diesen Pedro an.

Der Nachtgärtner

»Nein, ich brauche die Buchung definitiv in 14 Tagen. Nicht früher, nicht später.«

Die Frau am anderen Ende der Telefonleitung lamentiert. Ich habe mich im Badezimmer eingeschlossen, damit Tommy und Lisa das Gespräch nicht mitbekommen. Sie machen Hausaufgaben. Vinci hockt in der Wanne und zupft an dem Wasserschlauch, der vom Hahn zur Handbrause führt. Das macht sie auch gern wieder nachts, zwischen drei und vier Uhr, seit ich das Wasser im Hahn nicht mehr durchlaufen lasse. Vinci hebt den Schlauch kurz an und lässt ihn dann gegen die Keramik zurückfallen. Das Geräusch, das sich dadurch ergibt, ist nervtötend.

Palunk!

Palunk!

Palunk!

»Ich bin Assistenzarzt«, lüge ich die Buchungsmitarbeiterin des Freizeitparks an, »ich habe seit drei Jahren keinen Urlaub gehabt. Ich habe letzte Woche auf der A57 ein Baby entbunden. Bitte, ich kann meiner Familie diese Freude nur an diesem einen Wochenende machen. Meinen eigenen Kindern, die ich kaum sehe.«

Palunk!

Palunk!

Palunk!

»Wir hätten da noch ein Appartement mit einem Doppelbett und einem Zustellbett. Dann müssten Sie Ihren Kleinsten irgendwie mit ins Doppelbett nehmen oder eine Matratze mitbringen, oder …«

»Ja, das ist doch gut!«, sage ich, »machen wir das!«

Alles ist gut, solange ich nur meine Familie an genau *dem* Wochenende in den Erlebnispark locken kann, an dem die Heyerdahls auf ihrem Surftrip sind. Ich muss Marie dazu bekommen, an diesem

Wochenende freizunehmen, und das wird sie, wenn der Kurzurlaub bereits gebucht ist. Ich kenne sie. Sie wird sich ärgern, dass ich es einfach so beschlossen habe, aber sie wird mitmachen, allein der Kinder wegen. Der Plan ist, dass Gregor mich gleich am ersten Abend, an dem wir im Park sind, anruft und so tut, als sei ihm etwas Schlimmes zugestoßen. Elternteil verstorben, Autounfall verursacht, so etwas. Ich werde so tun, als müsste Gregor allein zurechtkommen, und mich sträuben, Marie mit den Kindern allein zu lassen. Marie wird mich überreden, doch zu fahren. Ich werde, wenn sie mit den Kindern heimkommt, behaupten, Gregor hätte viel Zuspruch und Ablenkung benötigt, und daher hätte ich gemeinsam mit ihm in 30 Stunden ununterbrochener Arbeit den Garten fertig gemacht. In Wirklichkeit sitzt Gregor währenddessen daheim, Pedro macht den Garten, und ich trage allenfalls im Dunkel der Nacht ein wenig Grünschnitt zur Tonne.

»Na schön. Dann bräuchte ich jetzt noch Ihren Namen …«

Palunk!

»Hörst du jetzt auf, du Zicke!«, fauche ich.

»Wie bitte?«

»Was? Nicht Sie, meine Katze.«

»Ach so …«

»Ja …«

»So redet man aber nicht mit den Kleinen. Auch nicht mit der Katze. Sie wissen, dass wir ein Familienpark sind?«

Warum halten mich in letzter Zeit eigentlich alle wahlweise für einen Schläger, einen Nazi oder einen Choleriker?

»Buchen Sie das jetzt bitte ein? Der Name ist Breuer.«

»Wie Sie meinen …«

Palunk!

Palunk!

Palunk!

»Ein Wochenende, Breuer, zwei Erwachsene, zwei Kinder. Ist gebucht.«

»Danke.«

»Wiederhören, Herr Breuer.«

Sie legt auf.

Palunk!

»Boah …« Ich gehe zur Wanne und drehe den Hahn auf, dünner Strahl, wie gewünscht. »Aber das bleibt nicht den ganzen Tag an!«, sage ich. Vinci setzt sich kurz daneben, trinkt keinen einzigen Schluck und springt aus der Wanne. Sie schlurft zum Klo unter dem Waschbecken und scharrt sich eine Kuhle frei.

Ich wähle Pedros Nummer. Gestern habe ich ihn das erste Mal gesprochen. Beim Telefonieren musste ich die ganze Zeit an sein Geschlechtsteil denken, denn Ricky und Gregor konnten es nicht lassen, mir ein paar Fotos und Videos des Mannes in Aktion zu zeigen, frisch abgelegt auf den Partitionen I: und J:. Das hätte nicht sein müssen. Man sollte einen Mann nicht über Pornos kennenlernen.

»Ja, Breuer hier, ich wollte nur sagen, dass alles klar ist. Ich habe das Wochenende in 14 Tagen gebucht. Sie schneiden dann, wenn wir und die Nachbarn weg sind.«

»Gut«, sagt Pedro, »dann müssen wir uns nur noch einmal treffen, um alles im Detail zu besprechen. Immerhin soll der Garten ja fantástico werden.«

Vinci hat die Kuhle im Katzensand fertig und stellt sich mit den Vorderpfoten auf den Rand, um sich das Geschäft aus den Rippen zu drücken. In der Wanne fließt leise das Wasser.

»Kommen Sie doch einfach morgen zwischen 8 und 12 Uhr vorbei, wenn es Ihnen passt.«

Pedro zögert. »Wie? Nein! ¡Qué va! Ich soll die ganze Anlage im Dunkeln machen? Dann muss ich auch die Besprechung im Dunkeln machen!«

Es klingt logisch, aber es klingt auch absurd.

Vinci presst. Könnte man Gestank sehen, würde sich gerade eine große Wolke um ihren Hintern ausbreiten. Ich schnaufe.

Pedro sagt: »Das Wichtigste im Leben ist eine Vorstellung von den Dingen. Der Garten bei Nacht? Etwas völlig anderes als der Garten bei Tag! Ich muss das Gelände nachts begreifen, dann kann ich auch nachts Ihre Wünsche umsetzen!«

»Boah, du stinkst!«

»¿Cómo?«

»Nicht Sie, meine Katze!«

»Beleidigen Sie die Katze nicht! Katzen sind unsere besten Freunde!«

Vinci scharrt ihr Geschäft zu.

Ich drehe das Wasser an der Wanne zu.

»Also gut, Pedro, dann kommen Sie so gegen drei Uhr heute Nacht, in Ordnung? Da liegt meine Frau im Tiefschlaf, sie schläft nämlich nur noch vier Stunden, und die nutzt sie voll aus.«

»¡Estupendo! Drei Uhr nachts, Zeit für die Leidenschaft.«

Er lacht.

Er ahnt ja nicht, was ich jetzt wieder für Bilder im Kopf habe.

Vinci springt in die Wanne, da das Wasser wieder aus ist.

Palunk!

Palunk!

Palunk!

Miiiiääh!!!!!!

Ich höre Schritte vor der Badezimmertür und eine Mädchenstimme, die den empörten Tonfall glamouröser Frauen in Seifenopern nachstellt. Lisa sagt: »Papa, also wirklich, jetzt gib der Katze, was sie will, und komm wieder aus dem Bad raus! So kann ja keiner arbeiten!«

*

Um ein Uhr liege ich neben Marie im Bett. Den selbstgebastelten Gutschein habe ich unter dem Kissen versteckt. Marie liest seit zehn Minuten an einer Buchseite. Wir haben uns seit dem Streit am Telefon nicht ausgesprochen, aber wir liegen auch nicht mehr im Clinch deswegen. Wir reden nicht darüber, weil uns beiden die Kraft dazu fehlt. Aber was ich jetzt vorhabe, wird sie als große Versöhnung auffassen. Nur ich weiß, dass es ein strategisches Manöver ist, um den Weg für Nachtgärtner Pedro frei zu machen.

Ich will gerade die Stimme heben und den Gutschein unter dem Kissen hervorziehen, da sagt meine Frau, die schmalen Augen weiter auf der Romanseite: »Die Maxi Müller hat mir heute eine Mail ge-schrieben.«

Ihr Tonfall klingt nicht gut.

»Aha …«

»Sie hat da ein paar merkwürdige Sachen behauptet. Richtig gro-teskes Zeug …«

»So? Was denn?«

»… dass du unsere Nachbarin mit einem Stein niedergeschlagen hättest. Und dass die beobachtet haben will, wie du Damenbesuch empfängst.«

Ich rutsche das Kissen hoch: »Die Maxi Müller soll sich um ihren eigenen Scheiß kümmern!«

»Ben!« Marie liegt nicht mehr, sondern sitzt, und ihre Augen sind wach und klar. Das ging so schnell wie die Bewegungen von Vampi-ren in diesen modernen Filmen. »Brüll hier nicht so rum und *unter-steh* dich, jetzt abzulenken!«

Ich schnaufe und schweige.

»Und untersteh dich erst recht, jetzt das Schweigen und Schnau-fen anzufangen!«

»Ja, ja …«, sage ich und frage mich im Stillen, wie es sein kann, dass sie mir in so einem giftigen Tonfall sagen darf, dass ich mich im Ton vergreife.

»Maxi Müller!«, sagt Marie.

»Ja, gut«, sage ich, »mir ist beim Mähen ein Stein ins Schneidblatt gekommen, und der ist Edith ins Gesicht geschleudert. Ich habe Tommy tausendmal gesagt, dass man keine Steine in die Wiese wirft.«

»Schieb es nicht auf die Kinder!«

»Jedenfalls war Edith stinksauer, und da hat sie in die Runde ge-bellt, ich würde hier Frauen empfangen. Mein Gott, sie hat ein blaues Auge wegen mir!«

Marie denkt nach.

Sie vertraut mir, eigentlich.

Früher vertraute sie mir, *Punkt.*

Jetzt vertraut sie mir *eigentlich*, und sobald dieses kleine Wort in eine Ehe gerät, wird es problematisch.

Sie sagt: »Nachbarn können boshaft sein, aber sie gehen bei ihren Verleumdungen meistens von einem wahren Kern aus.«

»Ja, und wie soll dieser wahre Kern aussehen? Dass ich mir jeden Vormittag Prostituierte kommen lasse, weil meine Frau nie mehr zu Hause ist?«

»Ach, da liegt der Hase im Pfeffer! Sag es doch gleich! Wenn es dir von Anfang an so lästig war, dass ich endlich meine Chance kriege, warum hast du dann nicht gleich gesagt, dass du das nicht kannst?«

O nein.

Das wollte ich nicht.

Nicht auch noch eine Grundsatzdebatte.

Ich *will* doch Hausmann sein, nur muss man mich auch lassen und nicht immer alles für selbstverständlich nehmen.

Marie springt aus dem Bett und läuft im Nachthemd auf dem Teppich auf und ab. Mist, sie darf doch nicht vor lauter Adrenalin wieder wach werden, in zwei Stunden kommt Pedro vorbei! Aber sie gerät richtig in Fahrt: »Erst tust du so emanzipiert! ›Nein, Marie, kein Problem, ich komme damit klar, seht her, liebe Geburtstagsgäste, Marie und ich tauschen die Rollen. Schaut, wie leicht mir das fällt als moderner Mann!‹«

»Es fällt mir auch leicht. Es ist nur viel zu tun …«

»Ja, und deswegen brauchst du hin und wieder Erleichterung durch weibliche Hand!«

»Boah, Marie, ehrlich jetzt!«

»Ja, was soll ich denn denken? Erst redet Maik von einer heißen Versicherungstussi, dann quatscht Edith von Damenbesuch am Vormittag. Haben die sich alle gegen dich verschworen, oder was?«

»Marie!«

»Was?«

»Wir brauchen mal eine Pause. Wir alle beide!«

Sie schaut aus dem Fenster, die Arme verschränkt.

»Wir sind beide überanstrengt«, sage ich.

Sie nickt, immer noch den Blick auf die Scheibe statt zu mir gerichtet.

»Und deshalb«, sage ich und ziehe die bunte Karte unter dem Kissen hervor, auf der ich die Buchungsbestätigung und Bilder aus dem Prospekt aufgeklebt habe, »habe ich uns in zwei Wochen ganz spontan einen Wochenendurlaub verordnet. Als Familie!«

Sie nimmt den Gutschein entgegen.

Liest.

Verzieht ein wenig die Lippen.

Wedelt mit der Karte: »Warum fragst du mich nicht?«

»Weil nur noch diese Tage frei waren. Und weil du immer nein gesagt hättest, bis zur Vollendung von Zürich. Weil du nur noch die Arbeit siehst. Aber wenn du gut sein willst als Architektin, dann brauchst selbst du mal eine Pause, und zwar nicht erst, wenn das Projekt steht.«

Sie wackelt mit dem Kopf.

»Du weißt, dass ich recht habe.«

Sie seufzt.

»Pass auf, du kannst meinetwegen die nächsten zehn Tage durcharbeiten. Ich werde keinen Ton sagen. Aber bitte, schaufel dir dieses eine Wochenende frei!«

Sie reibt sich im Mundwinkel, knetet ihre Nasenspitze und setzt sich aufs Bett, die Prittstift-Montage in der Hand.

Sie sagt: »Okay.«

Trocken und sachlich, als wäre dieses Wochenende nur eine weitere sinnvolle Idee in ihrem Projektplan.

Ich weiß nicht warum, aber ich hatte mehr erwartet. Ihren süßen Blick. Ihre Kleinmädchenrolle. Womöglich Versöhnungssex.

Ich lege mich ins Bett, nehme ein eigenes Buch, beginne zu lesen und bin erst beim dritten Satz, als meine vielbeschäftigte Frau leise rasselnd wegdämmert.

*

Ich liege auf einer großen, sattgrünen Rasenfläche. Sie erstreckt sich in alle Richtungen bis zum Horizont. Das Gras ist kurz geschnitten wie auf einem Golfplatz. Nur die Stelle, an der ich liege, ist ein weiches Bett aus Gänseblümchen. Um mich herum strecken sie ihre weißgelben Köpfchen in die Luft. Unter mir drücke ich sie sanft zu Boden. Ich bin nackt. Von rechts schieben sich, begleitet von einem sanften Windhauch, schwarze Stiefel ins Bild, und dann, nach und nach, lange Beine, ein kurzer Rock, eine strenge Lehrerinnenbluse und blondes, sonnengoldenes Haar. Gertrud hockt sich neben mich.

»Du böser Junge hast deinen Rasen nicht gepflegt«, sagt sie, und am Horizont tauchen nun aus allen Richtungen Nachbarn auf, große und kleine, Rentner und Kinder, Maik und Rolf Heyerdahl, Maxi Müller, Erhard Dondrup mit geballter Faust und Edith mit ihrem blauen Auge. Sie schweben förmlich über das Gras, und sie lachen lautlos.

»Seht ihn euch an, den bösen Jungen in seinem verwilderten Garten!«, sagt Gertrud zu der Menge, und ihre Hand greift in meinen Schritt. Kaum dass sie dort etwas anrichten kann, wird sie sanft von einer viel zarteren weggeschoben. Einer, die nicht knetet wie die Metzgersfrau im Hackfleisch, sondern die virtuos ihre Fingerkuppen tanzen lässt, als liebkose sie die Blüten der Gänseblümchen.

»Ich übernehme dann jetzt«, sagt Marie, und ich schaue auf die linke Seite meines Blumenbettes. Die Nachbarn verschwinden, und mit jeder zarten Berührung wächst der kurze Rasen um uns herum wieder zur Wiese heran. Halme erheben sich, lange Stängel richten sich auf, Blütentrichter wenden sich gen Sonne, ich sage »Jaaaaaaa!«, lasse mich gehen und kralle mich ins satte Grün …

Ich wache auf, weil es in meiner Schlafhose vibriert.

Als ich in meine Hosentasche greife, um den lautlosen Weckeralarm meines Handys auszuschalten, werde ich selbst im Dunkeln knallrot.

O nein.

Das ist mir nicht mehr passiert, seit ich fünfzehn war!

Marie dreht sich ein wenig, und ich stehe schnell auf, damit sie nicht aus Versehen meine Feuchtgebiete berührt. Ich torkele schlaftrunken ins Bad, ziehe die Hose herunter und tupfe mit Klopapier und Kosmetiktüchern an dem Malheur herum. 2:59 Uhr. Pedro dürfte jeden Moment draußen stehen. Ich ziehe die Schlafhose aus und streife meine Jeans über, die ich mir auf dem Hocker neben dem

Becken zurechtgelegt habe. Schnell gehe ich die Treppe hinunter und merke erst im Erdgeschoss, dass ich instinktiv die Schlafhose mitgenommen habe, weil sie ja jetzt in die Wäsche muss. Alles, was in die Wäsche muss, nehme ich automatisch mit nach unten. Als Hausmann darf man keinen Weg umsonst machen. Vinci rast an mir vorbei in die Küche zum Napf. Es ist ihr egal, ob es neun Uhr morgens oder drei Uhr nachts ist – sobald das letzte Fressen länger als sieben Minuten zurückliegt, rast sie, wenn sich jemand der Küche nähert, eng an ihm vorbei, um ihre apokalyptische Hungersnot zu demonstrieren. Sie beginnt zu maunzen. Der Napf ist leer. Die Nachfüllbeutel befinden sich in einer Kiste überm Schuhregal in der kleinen Kammer neben der Küche. Ich lege die Schlafhose zwischen die Schuhe, rupfe die Tüte Trockenfutter aus der Kiste und fülle zügig den Napf, da sie sonst noch das ganze Haus weckt.

Geschafft.

Wo war ich?

Pedro!

Ich nehme meine Jacke vom Haken und trete hinaus in die laue Sommernacht. Ein paar Zikaden zirpen. Aus der Ferne rauscht die Autobahn wie ein Meer hinter den Deichen. Es ist niemand zu sehen. Ich betrete die Wiese auf einer der Bahnen, die ich bereits hineingemäht habe. Der Teich plätschert leise vor sich hin.

Ich warte einen Augenblick, dann sehe ich zwei augengroße weiße Flecken in der dichtgewachsenen Hecke.

Ich erschrecke und habe Mühe, nicht aufzuschreien.

Pedro steigt aus dem Gehölz.

»¡Buenas noches! Da bin ich!« Er knipst eine Grubenlampe an, die er an einem elastischen Stirnband trägt, und leuchtet mich damit an: »¡Madre mía! Sehen Sie scheiße aus.«

»Es ist drei Uhr nachts«, sage ich. »Und drehen Sie die Lampe vom Fenster weg. Meine Frau schläft oben.«

»Vale. Fangen wir an. Erklären Sie mir, was ich in zwei Wochen nachts zu tun habe.«

Ich schleiche mit Pedro durch den Garten und beschreibe ihm im schmalen Lichtkegel der Stirnlampe seine Aufgaben. Er schreibt nichts auf, aber er wiederholt alles, was ich sage, um es sich einzuprägen. Nach jedem größeren Gartenabschnitt unterbricht er mich und fasst das Gesagte noch einmal in eigenen Worten zusammen. So eine gedankliche Genauigkeit, so eine Aufmerksamkeit – das habe ich selten erlebt!

»Was ist?«, fragt er, da er bemerkt, wie meine Gedanken abschweifen.

Ich kann ihm schlecht erzählen, dass ich bloß darüber nachdenke, wie ich ihn zuerst eingeschätzt habe, den spanischen Hengst aus der Pornoproduktion, deshalb sage ich: »Ich frage mich nur gerade … ob wir … das Ganze nicht an Ort und Stelle ausprobieren sollten.«

»¿Cómo? Wir besprechen doch gerade alles.«

»Ja … aber … ich muss doch wissen, ob Sie es auch wirklich in die Praxis umsetzen können. Im Dunkeln. Nicht, dass ich es Ihnen nicht zutraue. Ich weiß, Sie sind richtig gut, wenn erst mal das Licht aus ist. Also, ich meine, ich wollte nicht …«

Er tätschelt mir die Schulter: »Ist schon gut.«

»Ja, ich meine ja nur, wenn Sie vielleicht an einer Stelle Probe schneiden, damit ich sehe …«

»Kein Problem, das machen wir!«, sagt er und geht zu der finstersten Ecke überhaupt, dem Stückchen Gelände hinter dem großen Teichbusch, in dem sich die beiden Hecken im rechten Winkel treffen. Unsere Hecken sind mächtig, in doppelter Reihe: Nach innen hin wölbt sich Thuja, nach außen beschützt die harte, dichte Hainbuche unser Land.

Pedro zückt die Schere, ein mächtiges Teil. Er sagt: »Sie sehen diese zerfranste Ecke hier, wo die Zweige von beiden Hecken sich schon fast verknoten?«

Ich nicke.

»Muy bien. Und jetzt passen Sie auf. Ich bringe diese zwei Meter mal zwei Meter hier«, er deutet den Bereich mit der Schere in der Hand an, »in zehn Minuten perfekt in Form. Wie eine Rasur. Im Dunkeln.«

Ich stelle mich an den Teichbusch und spüre die Zweige am Hintern. Pedro beginnt. Der schmale Lichtkegel huscht über das Blatt-

160

werk, als durchquere eine Polizeisuchstaffel unseren Garten. Die Schere quietscht bei jedem Schnitt. Ich schaue zum Fenster hinauf und zerreibe nervös schmale Zweige des Teichbusches zwischen Daumen und Zeigefinger. Nach zwei Minuten beginnt Pedro, sachte zu summen. Ich überlege mir gerade, ob ich ihn ermahnen sollte, da geht auch schon im Schlafzimmer das Licht an.

»Die Lampe aus!«, rufe ich und schubse Pedro mit einem festen Stoß tief in die Hecke. Ich überlege nicht dabei, ich gebe einfach nur vollen Druck. Es knackt und reißt, als sich das Fleisch des Spaniers durch die kratzigen Zweige der Hainbuche drückt. Er schimpft. Ich zische: »Psssst, wenn meine Frau Sie hört, haben Sie keinen Job mehr!«, und drücke den Spanier noch tiefer in das Blattwerk hinein.

»Ben?«

Ich drehe mich um.

Marie steht im hellerleuchteten Schlafzimmerfenster und versucht, in ihrem Garten etwas zu sehen. Was sie schemenhaft erkennt, ist ihr Mann, halb in der Hecke.

»Was machst du denn mitten in der Nacht in der Hecke?«

»Ich ...«

»Pinkelst du?«

Ich antworte nicht, und Marie schlägt die Hand vor die Stirn.

»O nein, Ben, ehrlich!«

»Aber Marie ...«

Sie schließt das Fenster.

In der Hecke stöhnt der Spanier.

»Tut mir leid!«

»¡Joder! Wollen Sie mich umbringen? Ist das hier ein Survival-Training, oder was?«

»Meine Frau darf halt nichts mitkriegen. Ich muss jetzt schnell ins Haus.«

»Ja, ja, lassen Sie mich liegen. Ich komm schon klar.«

»Ich zahle Ihnen einen Schmerzensaufschlag. Rechnen Sie's auf die Nachtzulage drauf.«

Eine Minute später eile ich die Treppe hinauf. Meine Hände und Oberarme jucken wie die Hölle und haben Pusteln bekommen, weil ich den Spanier zu lange in die Hecke gedrückt habe. Ich jucke mich wie ein Wilder und betrete das Bad, um warmes Wasser über die geröteten Hügelchen laufen zu lassen. Auf dem geschlossenen Toilettendeckel sitzt Marie, die Arme verschränkt und mittlerweile glockenwach.

»Ich fasse das nicht! Ben!«

Ich bin mir nicht sicher, was sie meint. Hat sie Pedro gesehen? Denkt sie, ich treffe nachts eine meiner zahlreichen Gespielinnen in unserer eigenen Hecke?

»Ben, ich weiß, dass wir wegen meinem Stress im Moment nicht oft zum Sex gekommen sind, aber wenn du dir selbst etwas Erleichterung verschaffen möchtest, dann reib dein Stöckchen doch bitte im Haus!«

»Aber Marie …«

Sie läuft vor der Fensterbank auf und ab, auf der die Klolektüre liegt. Daneben stehen zwei kleine weiße Gebissabdrücke vom Kiefernorthopäden. Marie spricht zu einem imaginären Publikum: »Da schleicht sich mein Mann nachts in den Garten und drückt sich verschämt in die Hecke. Wie stellst du mich denn durch so eine Aktion dar? Bin ich so eine Tyrannin? Habe ich dir je verboten, es dir selbst zu machen, so dass du mitten in der Nacht deinen Saft in die Thuja pumpen musst?«

»Marie, ich habe doch nicht …«

»Ach nein?«, sagt sie.

Ich schaue sie stumm an wie ein Hund.

»Gib mir mal deine Hände!«, befiehlt sie und schnappt sich schon eine. Sie schnüffelt daran. »Bah! Ich werd bekloppt! Ben!!!«

Ich nehme auch eine Nase. Igitt. Ich hätte vorhin Wasser statt nur Klopapier verwenden sollen.

»Ben, das ist wirklich eklig.«

»Aber …«

»Geh duschen, wirf die Jeans in den Schredder und komm wieder ins Bett. Ich muss jetzt schlafen, ich habe in der Schweiz ein Museum zu bauen.« Sie verlässt das Bad, wirft sich auf die Matratze, schnappt sich die Decke und dreht sich so fest ein, dass nicht mal ein Entpackungskünstler die Hülle heute Nacht noch öffnen könnte. Nur eine Haarspitze schaut noch raus. Die Decke beult sich rhythmisch zum Schütteln ihres Kopfes aus.

Ich setze mich auf den Klodeckel, schreibe eine SMS an Pedro, dass ich mich melden werde, und stelle mich dann so lange unter die Dusche, bis meine Schande abgewaschen ist.

Die Familienschlägerei

Heute Nacht lege ich los!, simst Pedro, während Marie und die Kinder das Gepäck für unseren Kurzurlaub ins Auto laden. Der Nachtgärtner und ich haben uns in den letzten vierzehn Tagen viele SMS gesendet, da wir es nicht mehr wagten, noch ein nächtliches Meeting an der Thuja abzuhalten. Den harten Schubser in die Hecke schlägt er tatsächlich später der Rechnung auf. Oder besser gesagt der Gesamtsumme, denn offizielle Rechnungen erhalte oder schreibe ich in meinem Leben keine mehr, die verwalte ich nur noch für die Buchhaltung anderer. Die Heyerdahls sind wie geplant in Urlaub gefahren, und Gregor weiß Bescheid, wann er mich heute Nacht anzurufen hat.

»Kommst du?«, ruft Marie, ich trällere »Jahaa!« und tippe noch schnell ein *Alles klar!* an Pedro zurück. Ich steige in den Wagen und frage ab, ob auch alle Breuers an Bord sind.

»Tommy Breuer, auch genannt Bone Crusher?«

»Ist an Bord!«, ruft Tommy von hinten.

»Lisa Breuer, auch bekannt als Supergirl?«

»Anwesend!«

»Vinci Breuer, auch genannt Cat Woman?«

»Hier hinten zwischen uns im Körbchen!«

»Marie Breuer, Meister-Architektin, nennen wir sie … Hyper Constructor Mary?«

Marie schmunzelt und sagt ein wenig unsicher, als habe sie vergessen, wie Freizeit noch gleich ging: »Auf dem Copilotensessel.«

»Dann starten wir mal die Motoren!«

»Moment!«, ruft Tommy, »einer fehlt noch!« Er holt Luft, und gemeinsam mit seiner Schwester skandiert er: »Auf dem Fahrersitz, schnell wie der Blitz, Ben Breuer, berühmt als deeeeeeer Reflex Maaaaaaaan!«

Sie gibbeln.

Ich lache, drehe den Zündschlüssel herum, rolle aus der Straße und betrachte unser Haus im Rückspiegel. Der Garten ist eine Baustelle mit gemähtem Rasen und einigen wenigen fertiggeschnittenen Büschen. Die habe ich in den letzten Tagen selbst gemacht. Bald kommen die Züricher, und da Marie nicht weiß, dass die ganze Sache an diesem Wochenende von Pedro vollendet wird, musste ich so tun, als stünde Gartenpflege nun auf meinem täglichen Stundenplan.

Marie bemerkt, dass ich in den Rückspiegel schaue, legt ihre Hand auf meine und sagt: »Wenn dir das mit dem Garten zu viel wird, Ben, dann bezahlen wir dafür eben einen professionellen Landschaftsservice.«

»Nein«, sage ich und glaube sogar selbst daran, »ich schaffe das schon alles.«

»Wie du meinst.«

»Ach Ben, das ist schön«, sagt Marie nach einer Stunde Fahrt mit dem Blick auf Weiden und Wiesen. Ich fahre die ganze Strecke absichtlich über Land. Land kann Menschen daran erinnern, dass es im Leben mehr gibt als den Beruf. Die Autobahn kann das nicht. Die Autobahn sagt immer, dass du zu spät kommst. Die Gegend ist malerisch. Auf der sonnigen Fläche liegen Fachwerkhöfe, am Horizont beginnt dunkler Wald, dazwischen ziehen Schafherden, wie mit Aquarell hingetupft. Marie lässt jede Minute ein wenig mehr an Körperspannung los. Ihr Kiefer ist lockerer, der Atem ruhiger. Sie hat ihre Schuhe ausgezogen, ihren süßen nackten Fuß vorn an der rechten Lüftung abgestützt und singt die Songs ihres Lieblingssängers von CD mit. Der gute Mann heißt Stiff, und im 6er-CD-Wechsler des Audis liegen sechs Alben von ihm, da Marie das Auto tagtäglich fährt. Sie pfeift die Melodien in einer Präzision mit, die nur entsteht, wenn man etwas häufig genug hört. Es geht ihr gut.

»Kann es sein, dass sich da doch jemand auf zwei freie Tage freut?«, sage ich. Marie wirft mir einen Blick zu und tut so, als hätte ich nichts gesagt. Ich habe gebucht, ohne sie zu fragen. Sie seufzt und streichelt mir kurz über die Wange.

Tommy sagt von der Rückbank: »So hat die Frau neulich Papa auch gestreichelt!«

Mein Kopf wirbelt herum, ehe ich es selbst bemerke, und ist schon wieder nach vorn gerichtet, als ich im Rückspiegel sehe, wie Tommy sich die Hände vor den Mund hält.

»Was?« Marie zieht ihre Hand weg und nimmt den Fuß von der Lüftung. »Welche Frau?«

Unsere Kinder erstarren auf der Rückbank.

»Marie, ich habe …«

»Welche Frau?«, fragt Marie nun unseren Sohn und lehnt sich nach hinten.

Tommy stottert: »Da war so eine Frau, mit einem roten Stock, mit Aufklebern. Den hat sie Papa verkauft. Damit kann man auf den Boden klopfen. Sie hat immer drei Mal geklopft und dann ›Ahoi!‹ gerufen. Dann ist sie gegangen.«

»Marie, das war …«

»Ruhe, Ben! Tommy, Schatz, war die Frau später noch mal da?«

»Nein, Mama.«

»Marie!«, sage ich laut und entschlossen. Sie setzt sich gerade hin und hört zu. »Das war so eine Zigeunerin, vom Zirkus! Die hat obskure Souvenirs verkauft, ein alter Wischmopp als Wanderstab, total dilettantisch, aber eine kluge Idee. Es ist schließlich erwiesen, dass die Leute eher spenden, wenn sie vorher ungefragt etwas geschenkt bekommen. Das kennst du doch von den Fußmaler-Weihnachtskarten. Die Zirkusfrau wollte Spenden für die Tiere und hatte diesen Souvenirstock dabei. Ich habe …«, an dieser Stelle zögere ich absichtlich, damit Marie denkt, ich gäbe gequält die Wahrheit zu, wo ich in Wirklichkeit wieder lüge, »… ja gut, ich habe die Frau ins Haus gelassen und ihr sogar einen Kaffee angeboten. Sie sah fertig aus. Ich hab ihr ein paar Euro für ihre Tiere gegeben, und sie hat mir über der Kaffeetasse ihr Herz ausgeschüttet. Mann verloren, Kind krank. So was. Wahrscheinlich alles erfunden, aber sie hat tatsächlich geweint, und da habe ich sie einmal an der Wange gestreichelt.«

»Tommy sagt, sie hat dich gestreichelt.«

»Ja, sie hat mich kurz zurückgestreichelt. Aus Dankbarkeit oder

166

so. Was soll ich machen? Der heulenden Frau die Hand wegschlagen?«

Marie wippt mit dem Bein auf und ab und macht mehrere Knoten in die Kordel einer Umhängegeldbörse, die in der Mittelkonsole lag. Es arbeitet in ihr, aber sie scheint mir zu glauben. Sie sagt: »Und dann hast du sie auf unserem Klo kacken lassen?«

Tommy kichert und wiederholt: »Kacken!«

Vinci miaut.

»Nein«, sage ich, »ich habe sie nicht kacken lassen!«

»Trösten ist auch nicht besser«, sagt Marie.

Ich sage nichts.

»Hast du eigentlich den ganzen Tag daheim die Türe aufstehen, Ben? Ist da neuerdings ein zwanzig Meter hoher Mast auf dem Dach, der bis zur Autobahn leuchtet und die Hilfsbedürftigen zu unserem Anwesen lockt?«

»Marie …«

»Ja, anders kann ich mir das kaum noch erklären, dass jeden Tag zwischen Morgen und Mittag halb Deutschland bei uns im Haus sein Geschäft verrichtet. Und Seelsorge bekommt.«

»Ich lasse die Tür ab sofort zu. Für jeden.«

»Das habe ich auch wieder nicht gesagt.«

Sie tippt mit den Fingern auf dem Fensterrahmen. »Aber einfach mal weniger großes Geschäft und Trösten, das wäre schon ganz schön.«

Ich hebe die Hand: »Ehrenwort!«

Marie gibt sich zufrieden.

Wir haben Ferien.

Sie dreht die Anlage auf.

Stiff erhebt seine Stimme über die Landschaft.

Nach dem zweiten Refrain singt Marie mit.

*

Der Ferienpark passt gut zu unserer Situation. Es ist ein Park der Illusionen, mit klassischen Fahrgeschäften und Geisterbahnen, aber ebenso mit Häusern voller optischer Täuschungen, an denen Stühle an der Decke kleben. Manche Felsen, die man im Außenbereich anfasst, sind aus Stein, andere wiederum aus Pappmaché. Schauspieler laufen als Besucher verkleidet herum und treiben Scherze mit dem Publikum. Ich sitze mit Lisa im Wagen einer ganz realen Achterbahn, hinter Tommy und Marie, denen ein junger Mann gerade die Sicherheitsbügel schließt. Ich betrachte die Kulissenfelsen des künstlichen Gebirges, durch das die Schienen führen. Ich stelle mir vor, wie sich die Kulisse einen Spaltbreit öffnet, zwei große Hände das Pappmaché aufreißen und ein böser Clown zu Marie herüberruft: »Hey, Ehefrau! Wollen Sie die Wahrheit hören? Hier drin, in diesem Berg aus Pappe, da steckt ein kleiner Reaktor, und alle, die mit der Achterbahn fahren, sind jetzt Testpersonen für Strahlenschäden! Und, ach ja, Ihr Gatte, der verheimlicht Ihnen auch eine Menge. Prostituierte mit Rohrstöcken und Minirock, faule polnische Haushaltshilfen, Privateinkäufer, Nachtgärtner und Allergieanfälle mit Krankenhausfolge!« Der Clown lacht dämonisch und entblößt ein Maul voll scharfer Zähne.

»Papa, hast du Angst?«, fragt Lisa, und die Bahn fährt langsam an.

»Was? Nein, Kleines. Achterbahn ist toll!«

»Aber du bist so still.«

Ich tippe ihr auf die kleine Nase: »Und ihr Frauen denkt zu viel!«

Wir fahren den steilen Berg hinauf. Lisa nimmt meine Hand. Tommy versucht vor uns, auf und ab zu kippeln, was wegen des engen Überrollbügels nicht geht. Er hat rote Wangen. Marie schaut sich kurz zu uns um, um sich zu vergewissern, dass es der Familie gutgeht. Ich bin womöglich doch ein guter Familienvater, denn ohne mich würden wir jetzt nicht die Spitze des Berges erreichen und den steilen Abgrund vor uns sehen. Ich lasse das Adrenalin wirken, werfe noch einen schnellen Blick über den Park und schaue dann wieder nach vorn, als wir in die Tiefe rasen und alle mit dem Kreischen beginnen. Ist das gut! Die Fliehkraft drückt mit einem Mal alle unnötigen Grübeleien aus mir heraus und lässt meine Drüsen Hormone ausspucken, die wochenlang zwischen alter Wäsche und ungespültem Geschirr verborgen lagen. Ich schreie enthemmt und beobachte, wie der Fahrtwind langsam einen Riesenfaden Rotz aus dem rechten Nasenloch meines Sohnes löst. Millimeter für Millimeter arbeitet sich der Klumpen nach draußen, und Millimeter für Millimeter verdünnt sich der Faden, der ihn noch hält. Ein Anblick, so meditativ wie erbaulich. Vor allem, weil ich den Wissensvorsprung genieße, den ich vor den Menschen im Wagen hinter uns habe. Die sind viel zu beschäftigt mit Schreien und haben zudem die Augen geschlossen. Ich warte noch zwei Sekunden, und genau in dem Moment, wo der beige Schleimwurm sich löst, neige ich geschickt den Kopf zur Seite und lasse das bronchiale Meisterwerk nach hinten durchsausen. Das Kreischen verstummt für eine Sekunde und macht dann einem entsetzten Quieken Platz. Den Rest der Fahrt kriege ich trotz hammerharter Kurven und G-Kräfte das breite Grinsen nicht mehr aus dem Gesicht.

»Oh, Marie, was hab ich Rücken!«, klage ich am Abend in dem kleinen Restaurant, das bei meiner Recherche den Ausschlag dafür gegeben hat, *diesen* Freizeitpark und keinen anderen zu buchen. Ich kenne schließlich meine kulinarisch strenge Frau und meine von ihr komplett verzogenen Bio-Kinder. Das Restaurant, das sich so in keinem anderen Freizeitpark der Republik finden lässt, heißt *Viviens Veggi Villa* und ist von außen wie ein Lehmhaus gestaltet. Auf dem Dach sind Tiere aus Pappmaché angebracht, die sich an den Pfoten, Klauen und Federn halten und vor Freude im Kreis tanzen, weil sie hier nicht gegessen werden. Es riecht nach Kichererbsen und frisch geraspelten Möhren. Auf unserem Tisch steht ein großer Korb mit kleinen, langen Bio-Baguettes und einem Schälchen selbstgemachter Knoblauchbutter, in der die Stückchen kleben.

»Stell dich nicht so an«, sagt Marie.

»Nicht so anstellen? Marie! Achterbahn *und* Wildwasser *und* Kettenkarussell *und* Scooter *und* Kletterwand. Da merkt man, dass man zu einer Zeit jung war, als Mutter noch Trockenshampoo benutzte.«

»Also mir geht's gut«, sagt Marie. »Vielleicht muss ich mir einen Jüngeren suchen?«

Ich strecke ihr die Zunge raus.

Vivien, die Besitzerin des kleinen Vegetarierlokals, die auch selbst bedient, stellt Tommy und Lisa ihre riesigen Halbliterlimonaden aus frischen Orangen vor die Nase. Tommy klatscht in die Hände und schaut durch das Glas in den Raum, so dass sich seine Augen groß und rund darauf abbilden. Plötzlich verändern sie ihren freudigen Ausdruck. Ich frage mich, warum, und sehe einen Jungen, der mit seinen Eltern das Lokal betritt.

»Mama, guck mal, da ist der Nazi!«

Die Leute horchen auf. Marie schaut sich im Raum um wie jemand, der nach einem Brandherd sucht. Zielgenau richtet sich der Zeigefinger des Jungen auf unseren Tisch, denn der Brandherd, das bin ich.

Tommy steht vom Tisch auf, nimmt eines der Bio-Baguettes, geht auf die Familie zu und beginnt ohne Vorwarnung, mit der Dinkelstange auf den Schädel des Jungen einzudreschen.

»Hey!«, ruft Marie und springt auf.

»Mein Papa ist kein Nazi, du Doofmann!«

Der Junge versucht, sich unter den gnadenlosen Dinkelschlägen wegzuducken. Brotfetzen verteilen sich über die Garderobe und den Schirmständer.

»Hör auf, Tommy!«, sage ich und packe ihn.

»Der darf dich nicht Nazi nennen!«, brüllt Tommy, und ich bin stolz auf ihn, was ich freilich zwischen den empörten Eltern und der überraschten Marie nicht zeigen darf.

»Siehst du, auch der Sohn ist gewalttätig«, sagt die Mutter, die ich jetzt als eine der stummen Frauen aus dem Diskussionskreis in der Schule erkenne. Sie gehört zur Parallelklasse.

»Was heißt denn hier auch?«, fragt Marie. »Mein Mann ist doch nicht gewalttätig!«

Die Frau zeigt auf mich: »Ihr Mann hat beim Elternabend schwulenfeindliche und rassistische Sprüche geklopft! Nur die Stärksten dürften überleben, nicht die Homosexuellen, die Gymnastik machen, und nicht die Osteuropäer!«

Jetzt geht das empörte Raunen, das ich in der Schule hörte, auch durch das vegetarische Lokal. Alle Blicke sind auf uns gerichtet.

»Ben!« Marie schaut mich an, und ich werde schon wieder sauer, da sie anscheinend im Ansatz glaubt, was die fremde Frau behauptet.

»Das habe ich so niemals gesagt mit den Polen!«, sage ich.

»Aber mit den Schwulen schon, oder was?«, fragt Marie.

»Marie, was gehen dich denn die Schwulen an, wo eben dein Sohn angegriffen wurde?«

»Welcher Sohn hat denn auf welchen mit dem Dinkelbrot eingeprügelt?«, mischt sich nun auch der Vater der Gegenpartei ein, ein hagerer Typ mit Mausgebiss.

»Oh, wie brutal, mein Sohn hat einen Dinkelknüppel benutzt!«, frotzele ich und weiß schon wieder nicht, was über mich kommt. »Geh doch nach Hause heulen, du Tanzgymnast!«

»Ben!«, sagt Marie.

»Jawoll, Papa! Schwuler Tanzgymnast!«, ruft Tommy.

Lisa, die am Tisch sitzen geblieben ist, hat das Gesicht hinter den Händen verborgen.

»Die Schulleitung hat bereits einen ganz genauen Blick auf Ihre Kinder«, sagt die Frau des Tanzgymnasten. »Um auszubügeln, was daheim an Meinungsverbrechen angerichtet wird! Dafür sorgt die Elternschaft!«

»Wie bitte?«

»Ben, was ist denn überhaupt hier los?«

»Los ist, dass deine Tochter schlechtere Noten kriegt, als sie müsste, weil ihre Schule die Noten umverteilt wie Robin Hood die Reichtümer. Und dass dein Sohn, der an der Wii phantastisch boxt und im Garten den Reflex Man zum Keuchen bringt, in der Schule systematisch seine Männlichkeit weggezüchtet bekommt!«

»Ja, Männlichkeit, Heil der Männlichkeit!«, spottet der väterliche Hungerhaken der Gegenseite und macht Stechschritte auf der Stelle.

Marie wirkt immer noch, als müsse sie überlegen, welcher Partei sie glauben soll.

Tommy nutzt den Moment der Unaufmerksamkeit, um ein letztes Mal Dinkelteig in das Gesicht des anderen Jungen zu dreschen. Er hatte die Deckung unten, diese Chance muss man nutzen, das hat mein Sohn beim virtuellen Boxen gelernt.

Die Mutter des Jungen schubst Tommy blitzschnell zurück, so dass mein Sohn mit dem Hinterkopf gegen die Kante der Garderobe knallt. Er beginnt augenblicklich zu weinen, und nun muss Marie nicht mehr überlegen. Sie zieht einen Schirm aus dem Ständer und stößt ihn einmal kurz in die Magengrube der gegnerischen Mutter. Die schreit und hält sich den Bauch. Ihr Hungerhaken unterbricht seine Stechschritte, wagt es aber nicht, die Hand gegen meine Frau zu erheben. Marie keift: »Pack noch einmal meinen Sohn an, und ich spieß dich mit diesem Schirm auf und brate dich hinten in der Küche als erstes Fleischgericht, das diese Veggibude je serviert hat!«

»Aber …«, keucht der Hagere und hat mit einem Mal eine Tomate auf dem Auge kleben. Geworfen wurde sie von Lisa, vom Tisch aus.

»Fabienne, wir gehen!«, sagt er und zieht seine angestochene Frau und seinen Sohn, in dessen lockigem Haar die Dinkelkrümel kleben, aus dem Lokal.

»Und Sie gehen besser auch«, sagt Vivien und räumt die Bio-Limonaden vom Tisch ab.

»Wenn das so ist«, sagt Marie. »Kommt, Kinder!«

Zwei Stunden später sitzen wir in unserem Appartement auf den Betten. Wir haben eine große Familienpizza verputzt, die ich bei *Pete's Pizza Power* besorgt habe. Marie hat es ohne große Diskussion erlaubt; ich musste in dem quietschbunten Fastfood-Tempel lediglich fragen, ob die Paprika frisch sind, der Teig mit Olivenöl angemacht wurde, der Käse keine zusätzliche Stärke zur Verlängerung enthält und das verwendete Salz jodfrei ist. Bio-Limo gibt es auch, nur eben aus der Flasche statt aus dem Glas.

»Du solltest mal bei uns im Büro vorbeikommen«, sagt Marie.

Der Vorschlag überrascht mich, aber er gefällt mir. Die Stimmung ist ohnehin gut, seit wir gemeinsam als Familie eine andere Sippe mit Baguette, Tomaten und Stichwaffen in die Flucht geschlagen haben. Solche archaischen Riten verbinden.

»Ich fände es schön, wenn du siehst, womit ich den Tag verbringe, während du dich um alles kümmerst. Und für das Barbecue mit den

Zürichern bei uns zu Hause kann es auch nicht schaden, wenn du das Modell schon mal selbst vor Augen gehabt hast.«

Ich lächele und kratze ein letztes Stück Käse aus dem Karton.

»Ich finde toll, wie du das machst, Ben. Die Sache mit der Schule, das musst du klären. Das geht so nicht. Aber ansonsten, so ganz generell …«

Lisa strahlt, und Tommy bekommt rote Wangen. Sie lieben es, wenn ihre Eltern nett zueinander sind. Sie spüren, dass mir ganz warm wird. Nur diese paar Worte, mehr braucht Marie gar nicht zu sagen. Nur diese Worte und eine Einladung in ihre Welt. Und ich? Ich weiß, dass in ein paar Stunden das Handy klingelt und mich hier wegholt. Weg von den Achterbahnen und Kulissenfelsen, weg aus diesem Appartement. Dabei will ich nicht weg, sondern für immer bleiben, in einer Zeitschleife mit meiner Familie, an genau diesem Ort.

*

Um ein Uhr in der Nacht klingelt das Telefon.

Marie schreckt auf, doch ich gehe schnell genug ran, dass die Kinder weiterschlafen, ohne es zu bemerken.

»Ja?«, sage ich und bemühe mich um ein verschlafenes Kratzen in der Stimme. In Wirklichkeit habe ich die ganze Zeit wach gelegen.

»Ben?«

Das ist nicht Gregor, der da spricht, wie es geplant war.

Das ist Rolf Heyerdahl!

»Rolf???«

Ich stehe auf und gehe ins Bad. Marie folgt mir. Wir schließen die Tür. Rolf ist irgendwo draußen, ich höre Wind im Hörer und Geraschel. Was ruft der mich aus seinem Surf-Urlaub an, mitten in der Nacht?

»Ben, ich stehe hier gerade in deinem Garten, und wir haben einen Einbrecher gestellt.«

Das hat er jetzt nicht gesagt.

Schlafe ich vielleicht doch?

Ich nehme mir eine Nagelschere vom Regal über dem Waschbecken und steche mir damit in die Hand. Marie schnappt sie mir weg und sagt verstört: »Ben!«

Rolf sagt: »Ja, wir sind früher aus dem Urlaub wiedergekommen. Kein Wind, nur Regen, alles Scheiße, da kann kein Mensch surfen. Wir sind gerade eben hier angekommen, als wir bei euch im Garten Licht sahen. Wir dachten: Licht? Mitten in der Nacht? Ich hab mir eine Schaufel geschnappt, und jetzt …« – ich höre im Hintergrund ein paar hastige Bewegungen, Schuhe auf Gras, das Quietschen einer Schere, ein abgehacktes »Ey!« –, »jetzt stehen wir hier mit einem Typen mit Licht auf der Stirn, der behauptet, dein Gärtner zu sein.«

Marie hebt die Arme und flüstert: »Was ist denn?«

Ich winke ab und presse den Hörer fester an meine Ohrmuschel.

»Ich meine, gut, der Mann hält eine riesige Schere in der Hand. Hey, Freundchen! Pass auf, Maik!«

Ich höre einen Ausfallschritt und ein Scheppern. Ficht der Nachbarssohn gerade gegen Pedro? Schere gegen Schaufel?

»Wir rufen jetzt die Polizei, ja? Wir halten ihn solange fest!«

Pedro ruft aus dem Hintergrund: »Herr Breuer! ¡Madre de Dios! Sagen Sie diesen Verrückten die Wahrheit!«

Was mache ich jetzt? Meine bauchmuskelbepackten Nachbarn haben den Gärtner umstellt! Aber wenn ich zugebe, dass er der Gärtner ist, dann fliegt alles auf. Meine Unfähigkeit, meine Inkompetenz als Hausmann, meine Lügen! Und wer ist er schon, mal ehrlich? Ein kleiner Pornodarsteller, den ich vor kurzem noch gar nicht kannte. Marie greift nach dem Telefon und macht mir unmissverständlich klar, dass sie sofort wissen will, was da los ist.

»Ben, entweder du hast einen Typen engagiert, der mitten in der Nacht deinen Garten schneidet, oder aber wir rufen jetzt die Bullen«, sagt Rolf.

»¡Ya no aguanto más!«, klagt Pedro.

»Nein, keine Polizei!«, sage ich.

»Aber der Mann wollte bei euch einbrechen!«

»Hat er es geschafft?«

»Nein, aber …«

»War er überhaupt in der Nähe der Terrassentür?«

»Noch nicht …«

»Dann lass ihn laufen. Ich habe keinen Bock auf den Papierkram.«

»Wie du meinst …«

Ich höre Rolf und Maik schreien und schimpfen. Sie klappern mit ihren Schaufeln, ich höre stolpernde Schritte und panisches Japsen. Sie jagen Pedro wie einen Hund vom Hof. Langsam verschwinden seine spanischen Flüche in der Nacht.

»Ist erledigt, der kommt nicht wieder«, sagt Rolf und hustet. »Wir sollten über eine offizielle Nachbarschaftswache nachdenken.«

»Ja, meinetwegen. Jetzt geht erst mal ins Bett.«

»Ihr auch. Wir passen hier auf.«

»Ich weiß.«

Ich lege auf.

Maries Stimme überschlägt sich: »Warum hast du nicht laut gestellt? Was heißt keine Polizei?«

Es klopft an der Badezimmertür, und unsere Kinder kommen herein, die Äuglein so klein wie Bleistiftspitzen. »Was ist denn los, Mama?«

Marie sieht zu mir.

Ich sage: »Irgendein Idiot hat sich an unserem Garten herumgetrieben, und Rolf und Maik haben ihn verjagt.«

Marie zieht die Augenbrauen zusammen: »*An* unserem Garten oder *in* unserem Garten?«

»Ja, okay, er war wohl schon halb drin.«

Marie stöhnt.

»Die Heyerdahls haben ihn jedenfalls erwischt und verjagt.«

»Und warum keine Polizei, Ben?«

»Weil er doch noch nichts gemacht hat, Schatz! Glaub mir, wir hatten diese Probleme damals im Möbelhaus sogar noch, als die Tür bereits aufgebrochen wurde, die Täter aber nicht dazu kamen, etwas mitzunehmen. Das gibt nur endlose Papiere ohne Ergebnis.«

Marie ist nicht überzeugt.

Tommy und Lisa wissen nicht so recht, was sie von alldem halten sollen.

»Das Wichtigste ist doch, dass solche Leute Angst bekommen. Oder? Marie? Supergirl? Bone Crusher? Rolf und Maik sind mit der Schaufel auf ihn los, ich meine, hey, es sind die Heyerdahls! So wie wir heute im Lokal, da haben wir die Feinde doch auch selbst in die Flucht geschlagen, oder?«

Jetzt zuckt Maries Mundwinkel. Das Bild unserer Nachbarn, wie sie mit nacktem Oberkörper den Eindringling in die Flucht schlagen, amüsiert sie doch. Und mal eine andere Frau mit einem Regenschirm zu stechen, das hat ihr auch Spaß gemacht.

»Gehen wir wieder ins Bett«, sage ich, und die Kinder lassen es sich nicht zweimal sagen. Um diese Zeit sind sie so schläfrig wie Katzen. Marie und ich kriechen auch in die Federn. Vinci hüpft zu uns, klettert zwei Runden über die Decken und rollt sich dann schnurrend zwischen uns ein.

Kurz bevor ich das Licht ausknipse, sagt Marie: »Na ja. Wenn beim Barbecue mit den Zürichern irgendwelche Typen aus dem Busch springen und unsere Nachbarn sie zurückschlagen, sagen wir einfach, das ist die Show-Einlage.«

Ich lache, simse Gregor unter der Bettdecke die Nachricht *Aktion abgeblasen!* Und schalte das Telefon aus. Mir wird bewusst, dass ich einen ganzen Tag mit meiner Familie gewonnen habe, zwischen Achterbahn, Kulissenfelsen und Pizza. Es dauert kaum eine Minute, bis ich zufrieden einschlafe. Wir sind so stark zusammen – was kann uns schon passieren?

Die Ballsucht

Pedro ist stinksauer. Womöglich entschuldigen? Ich lese die SMS von Gregor am frühen Montagnachmittag auf dem Beifahrersitz unseres Audis. Marie hatte nach der Rückkehr aus dem Ferienpark noch den halben Tag frei, und ich habe ihr Angebot angenommen, sie für die andere Hälfte in das Architekturbüro zu begleiten. Aber was heißt schon Hälfte? Nach zweieinhalb freien Tagen wird sie von nun an bis zur Vollendung des Projektes pausenlos durcharbeiten. Umso besser, dass ich ihr Projekt und ihre Kollegen kennenlerne.

»Gideon war immer schon ein Schöngeist«, erzählt Marie mir von dem einen ihrer beiden Partner und Chefs, die sie schon seit der Schulzeit kennt. Sie haben Karriere gemacht, während Marie nach dem Studium als Halbtagsarchitektin und Hausfrau auf der Stelle trat. »Er hat schon in der Schule Bach gehört statt Boston. Einmal kam er in einem Anzug an, einfach so, ohne Anlass. Er hatte Lust, sich gut anzuziehen. Du kannst dir vorstellen, was da los war.«

Kann ich. Ich habe mit fünfzehn zu den Jungs gehört, die solche Schnösel in Regentonnen werfen.

»Stefan wiederum ist ganz anders. Er war immer schon das Mathegenie, aber nicht so mit Brille und Detektivclub. Einfach handfest. Hat Fußball gespielt und als Erster ein größeres Motorrad gefahren. Eine Honda, laut wie die Hölle. Konnte auch alles bauen, wie MacGyver.«

»Hört sich nach einem guten Team an«, sage ich. Marie blinkt und überholt einen LKW. Im CD-Player läuft wieder Stiff.

Ben? Was ist jetzt? Ich tippe schnell eine SMS zurück: *Ja, Greg. Kümmer mich drum.*

»Ach Ben, es macht so viel Freude, an diesem Projekt zu arbeiten«, sagt Marie, die am Steuer unseres großen Wagens sehr sexy aussieht. Sie greift zum Lautstärkeregler und dreht auf: »Hör mal, hier zum Beispiel.«

Stiffs Song schlägt einen Haken, mit einer raffinierten Brücke zwischen Strophe und Refrain. Krummer Rhythmus, tolle Basslinie. Meine Stones sind bedeutend schlichter gestrickt, aber ich weiß zu schätzen, was Maries Liebling da treibt.

»So wie dieser Mann Musik arrangiert, so wollen wir Architektur machen. Das Verspielte ist hochvirtuos, aber es blitzt nur kurz auf. Er gibt nicht damit an. Er vergisst nie das Gesamtbild vor lauter Spielerei. Alle Schnörkel dienen dem Gebäude.«

Sie zieht nach rechts. Der Wagen vor uns hat einen Real-Madrid-Aufkleber auf der Heckscheibe. Ich denke kurz daran, dass ich nachher noch Pedro simsen muss.

»Neulich habe ich davon geträumt, dass er bei uns im Garten spielt. Nur er alleine mit einer Akustikgitarre.«

»Wer?«

»Na, er!« Marie zeigt auf den CD-Player.

»Stiff? Der Weltstar?«

»Ja, ich weiß, es war ja auch bloß ein Traum, Ben. Er allein, unplugged, und die Spatzen sitzen in der Thuja. Der Garten ist fertig, alle Freunde sind da, du stehst am Grill …«

»Ich habe gelesen, dass man Elton John mieten kann. Für ein Privatkonzert nimmt er drei Millionen Dollar.«

»Für Elton John würde ich keine drei Millionen Dollar zahlen.«

»Aber für ihn schon?«

»Wenn ich sie hätte …« Sie lacht.

Eine halbe Stunde später betreten wir das Architekturbüro *Gideon & Stefan*. Glas, Raum, Weite und eine famose Aussicht auf den Rhein.

»Warum steht da nicht *Gideon, Stefan & Marie* an der Tür?«, frage ich. »Und warum überhaupt nur die Vornamen?«

»Weil die sich besser anhören als *Blameyer & Kaczynski*«, sagt Marie. »Ich könnte auch auf dem Schild stehen. Müsste nur Teilhaberin werden. Mindestens eine Million Kapitaleinlage.« Sie schmunzelt und imitiert den Tonfall eines Schnorrers auf der Straße: »Ey, hasse ma'ne Mio?«

Ein großer, graumelierter Mann im Anzug kommt mit ausgebreiteten Armen auf uns zu. Das muss wohl Gideon sein.

»Marie! Frisch erholt vom Familienausflug?« Er fasst sie an beiden Schultern und gibt ihr links und rechts einen Kuss auf die Wange. »Und das ist der berühmte Hausmann?«

Ich lächele gequält und sage: »Boston statt Bach.«

»Wie bitte?«, fragt Gideon.

Kollege Stefan schlendert locker durch den Raum, einen Keks kauend und einen Kaffeebecher mit dem Wappen des SC Freiburg in der Hand. Er hebt den Becher und brummt seine Begrüßung, weil der Mund so voll ist. Ihn mag ich. Lieber mit vollem Mund nicken als mit leerem joviale Kommentare abgeben.

Marie bemerkt, dass ich nach einer Regentonne für Gideon suche, und sagt: »Komm, ich zeig dir das geplante Museum.«

Sie schiebt mich in Richtung des berühmten Präsentationsraumes, von dem sie schon nach ihrem ersten Tag so geschwärmt hat. Er ist tatsächlich größer als ihr ganzes Atelier daheim. Zurzeit steht nur ein großer Tisch darin, oder besser gesagt eine gigantische Fläche aus sechs zusammengeschobenen Exemplaren. Darauf haben sie das Museumsmodell aufgebaut, inklusive Grünflächen und Parkplätzen drum herum. Das Modell hat kein Dach, so dass man jedes Detail im Inneren sehen kann. Die Auf- und Abgänge wie Meeresschnecken, ohne Stufen, gleichzeitig elegant und praktisch, weil barrierefrei. Die Wasserläufe, die an mehreren Stellen ins Gebäude hinein- und wieder herausfließen, verbinden das Museum mit dem Außenbereich. Alles ist im Modell bedacht, selbst kleine Blumenbeete haben sie angelegt und winzige avantgardistische Mülleimer in Kugelform aufgestellt. Die Mülleimer haben keinen Ständer, sie liegen direkt auf dem Boden auf. Ich stütze mein Kinn in Denkerpose auf und zeige mit dem Finger auf die Kugelmülleimer.

»Was ist?«, fragt Marie.

»Ich stelle mir gerade vor, man lackiert diese Mülleimer wie Fußbälle, platziert sie zufällig in der Wiese und wartet, was passiert. Am Besten baut man noch Tore an den Rand, so als reine Stangenskulptur.«

Marie verdreht die Augen.

Ich male mit den Fingern eine Schlagzeile in die Luft: »*Der neue Kult der Schweiz – das Museum der gebrochenen Zehen.*«

Sie geht zur Tür.

Ich folge ihr und halte sie an der Schulter fest. »Jetzt warte doch.« Sie dreht sich um. Spätestens jetzt erwartet sie einen ernsten Kommentar, aber einen muss ich noch bringen. Ich ziehe die Augenbrauen hoch und sage: »Das wäre doch eine Hammerinstallation. Der Titel wäre *Ballsucht.*«

»Ben, du bist unmöglich!«

Ich halte sie fest und drehe sie um, so dass wir wieder gemeinsam auf das Modell schauen. Es ist wie die liebevollste Märklin-Landschaft, vor der ich jemals gestanden habe. Man kann es sich vorstellen, man riecht die gute Luft und das Wasser, man sieht die Sonne ihre Licht- und Schattenspiele in den Atrien treiben.

Ich sage, nun ganz ernsthaft: »Marie, das ist … phantastisch!«

Die Sonne kehrt in ihr Gesicht zurück. Ihr folgt der Stolz und ein bisschen Verlegenheit.

»Das ist«, schiebe ich nach, »Poesie in Formen.«

»Jetzt ist es aber gut«, sagt sie.

»Nein, ehrlich, Marie. Ein Hollywoodfilm hat rund 150 000 Einzelbilder, und ich vergesse sie alle sofort. Dann gucke ich den nächsten Film. Aber *dieses* Standbild da, so ganz ohne Schnitt, das könnte ich mir noch eine Woche lang ansehen!«

Sie schweigt einen Augenblick und sagt dann ganz behutsam: »Ben, du kannst dir gar nicht vorstellen, wie viel Freude das macht.«

Ich stelle mir vor, wie wir eines Tages auf der Wiese vor dem Museum spielen. Der Bone Crusher, Supergirl und der Reflex Man. Ich warte noch einen Augenblick und gehe dann nach nebenan zu den Männern. Ich sage laut und deutlich, so dass Marie es in der Tür zum Ausstellungsraum nicht überhören kann: »Stefan? Gideon? Ich freue mich übrigens schon darauf, Sie und die Züricher bei uns im heimischen Garten verwöhnen zu dürfen.«

»Das freut uns. Vortrefflich!«, sagt Gideon, und für das *vortrefflich* werfe ich ihn vor meinem geistigen Auge schon wieder in die Regentonne.

»Was gibt's denn?«, fragt Stefan.

»Barbecue mit Gemüse und auf Wunsch auch mit Fisch und Fleisch, alles von bester Qualität und von glücklichen Tieren, das beste Kölsch der Welt und …«, ich muss unbedingt noch etwas Besonderes sagen, etwas, das so herausragend originell ist wie ihr Gebäudemodell nebenan: »Pommes aus dem Wok!«

Gideon macht einen langen Hals, und Stefan kratzt sich mit dem Daumen an der Augenbraue. »Pommes aus dem Wok? Wie geht das denn?«

»Das kann nur ich, in ganz NRW. In ganz Deutschland. Ach was, wahrscheinlich auf der ganzen Welt.«

Marie verbeißt sich ein Lachen und lässt mir diese Marketinglüge durchgehen.

»Da bin ich sehr gespannt!«, sagt Stefan, und Gideon zeigt mit seinem langen, dirigierstabartigen Finger auf mich: »Wenn Sie das schaffen, Herr Breuer, dann werden die Züricher so beeindruckt sein, da könnten wir im Museum die Toiletten vergessen, und sie würden uns immer noch aus der Hand fressen.«

»Ja, oder aus dem Wok!«, sage ich.

Alle lachen.

Da habe ich was gesagt.

Aber egal, ich meine es auch so. Meine Frau hat es verdient, dass ich mich reinknie. Bei dem, was sie da baut, werde ich es doch wohl schaffen, unseren Garten in ein ansehnliches Areal zu verwandeln, und zwar selbst! Nachtgärtner, was für ein Schwachsinn!

»Stefan«, sage ich, »sehen Sie doch mal bitte nach, wann von hier aus die Züge fahren.«

»Wieso?«

»Ich muss sofort nach Hause, und wir sind in einem Wagen gekommen.«

Maries Mundwinkel gehen nach unten.

Ich drehe mich schnell um und imitiere den naiv-dramatischen Tonfall verliebter Männer in Fünfzigerjahre-Filmen: »Marie, ich will dir einen Garten machen! Auf der Stelle! Ich kann damit nicht mehr warten!«

Ihre Mundwinkel sind wieder oben.

»Stefan«, sagt sie, »wirf den Browser an!«

Dann küsst sie mich, lang und voller Hingabe, vor ihren Kollegen.

Meine Marie, Star-Architektin, und ich, Hausmann und Gärtner. Und der Einzige, der das kann, Pommes im Wok.

Es ist viel zu tun.

Das Maisfeld

Die Leiter wackelt, und ich falle fast in den Teich. Ich lasse die Schere los und kralle mich mit der Hand in die Spitze der Thuja. Die Schere plumpst in das Dickicht. Ich schimpfe: »Boah, Greg, würdest du jetzt wohl die Leiter festhalten?«

Gregor, der an seinem Handy herumgespielt hat, greift nach den Beinen der Leiter und grummelt. Ich steige hinab und werfe ihm einen bösen Blick zu.

»Mann, Mann, Mann«, sage ich, »wenn du lieber gar nichts tun willst, hättest du gar nicht erst vorbeikommen brauchen.«

Ich krieche in die Hecke und nestele nach der Schere.

»Wollte ich ja auch nicht«, sagt Gregor. »Blöde Schweizer. Was musst du dich hier abquälen für ein paar Schnösel? Hättest du nur nicht Pedro vergrault.«

»Ja, ja«, stöhne ich, denn in dem Gebüsch ist es dunkel und moderig.

»Hast du dich denn wenigstens schon bei ihm entschuldigt?«

»Was? Ja. Nein, muss ich noch ...«

»Ben ...«

»Ja, Greg, wir haben jetzt Wichtigeres zu tun.«

»Aber der Mann ist Spanier, der will dir in die Augen sehen, wenn du sagst, dass es dir leid tut. Frag Ricky. Der Mann ist stinksauer, in seiner Ehre verletzt. Dem musst du die Hand geben und ihn um Verzeihung bitten. Das ist kein EU-Beamter, der sich mit einer schriftlichen Eingabe zufrieden gibt.«

»Ich mache es noch.« Ich finde die Schere und greife nach ihr. Ein Käfer krabbelt über meine Hand.

»Na ja«, sagt Gregor, während ich wieder aus dem Busch hervorkomme und wir erst mal auf ein Bier zur Terrasse gehen. »Immerhin hast du in der Schule Männlichkeit bewiesen.«

»Ja, toll«, sage ich und lege die Schere ab, »und jetzt gelte ich als Nazi, weil ich gerechte Noten und Ballspiele fordere.«

Gregor nimmt sich das Bier und fläzt sich so gemütlich in eine Gartenliege, als wolle er die nächsten zwei Stunden nicht mehr aufstehen. »Weißt du, was jetzt dazu fehlt?«, sagt er, »ein paar Nachos mit Chilisoße. Oder ein deftiges Brot. Hast du grobe Leberwurst im Haus?«

»Was soll das?«, frage ich.

»Was?«

»Na, das!«

»Pause. Das bedeutet Bier. Und Essen. Wenn möglich.«

»Guck doch mal, was wir zu tun haben! Pause bedeutet ein Schlückchen im Stehen, und dann weiter!«

»Locker bleiben, Ben!«

»Locker bleiben? Sieh dich doch mal um, Greg! Die Hecke, die Weide, die ganzen Bodendecker. Und der Teich! Wenn wir Pech haben, müssen wir da alle Steine abdecken und die komplette Folie darunter neu machen. Das kann allein zwei Tage dauern. Wir haben jetzt noch zwei Stunden, dann kommen die Kinder und ich muss erst mal kochen. Ich hab nicht den ganzen Tag Zeit!«

Gregor sieht mich an wie eine Frau, die in einem französischen Landhaus hysterisch herumkreischt, weil sie den Hausherrn, der eine Bettdecke über den Kopf geworfen hat, für einen Geist hält. Er trägt ein uraltes T-Shirt von Iron Maiden, *The X-Factor*-Tournee 1994. Es war ihre mieseste Zeit, aber er hielt ihnen die Treue, wie dem FC. Er betont das stets stolz. Das Konzert fand statt, kurz bevor die »Knechtschaft« begann, wie es sein Eheknast-Fußballschal so deutlich unterstreicht. Er nimmt einen tiefen Schluck, zeigt mit der Flasche auf mich und sagt: »Was ist eigentlich mit den Vätern?«

»Was soll mit denen sein?«

»Es muss doch Väter geben. Also, richtige Väter, nicht so Tanzgymnasten. Kannst du dir vorstellen, dass die das alle richtig finden, dass ihre Jungs auf der Weiberschule da nicht eine Sekunde lang einen Ball berühren?«

Ich spitze die Lippen und kratze mit der Zunge an der Rückseite meiner unteren Schneidezähne herum. Im Kopf überschlage ich immer noch die Arbeitszeit der Aufgaben im Garten. Ich rechne immerfort. Ich kann nicht anders. Ich bin Controller.

»Na gut«, sagt Gregor, stellt die Bierflasche ab und stemmt sich mit den Handflächen auf seinen Knien in die Höhe, »dann hole ich mir jetzt erst mal mein Leberwurstbrot.« Er öffnet die Terrassentür, und Vinci schießt wie ein Fellpfeil durch seine Beine in den Garten. Sie begreift erst jetzt, dass der nette Türöffner nicht ihr Herrchen war, erschreckt sich, legt die Ohren an und will ins Haus zurück. Da der Fremde aber eben gemütlich in das traute Heim eindringt, um dort aus der Küche Wurstbrote zu stehlen, dreht sie sich kopflos um, legt die Ohren an und rennt in blindem Aktionismus durch die Hecke hindurch nach draußen.

»Katze vom Gelände!!!«, brülle ich, stürze wie ein Rammbock durch die Hecke und sehe nur noch das Nachschwingen von ein paar dicken Blättern im landwirtschaftlich bestellten Maisfeld, das sich hinter dem Fußgängerweg endlos Richtung Horizont erstreckt.

»Komm schon!«, rufe ich in den Garten hinein, und Gregor kommt gemächlich außen herumgelaufen, um sich nicht wie ich Hemd und Haut an Zweigen anzuritzen.

»Mach hin!«, schreie ich und betrete bereits das Feld. »Erst lässt du wegen deinem scheiß Leberwurstbrot die Katze entkommen, und jetzt trödelst du auch noch!«

Gregors Ruhe macht mich wahnsinnig. Er ist genervt, weil er noch nie begriffen hat, wozu Haustiere gut sind. Und er weiß nicht, was »Katze im Maisfeld« bedeuten kann. Es kann bedeuten, die Katze für immer verloren zu haben. Wenn Vinci vor lauter Panik erst mal einen Kilometer kopflos gerannt ist, findet sie den Weg von selbst nicht mehr hinaus.

»Ich gehe links, du gehst rechts«, sage ich. »Und immer rufen!«

Gregor zuckt mit den Schultern und schiebt die großen Stängel beiseite.

»Viiiiiiinci!«, rufe ich laut.

»Vinci«, brummt er behaglich, als sei das Ganze ein Spiel. Er schiebt lästige Blätter weg und schnauft. Eine Spinne verfängt sich in seiner linken Augenbraue. Eine andere versucht, in sein Nasenloch zu klettern.

»Verfluchter Mais«, höre ich ihn schimpfen, »ist doch eh nur noch für die Viecher. Oder für den Tank!«

Die Stängel haben raue, reißende Härchen. Alles kratzt und beißt.

Gregor taucht neben mir auf: »Schon mal darüber nachgedacht, wie das Leben ohne Katze wäre?«

»Du sollst auf deine Seite des Feldes, verfickt nochmal!« Ich brülle. Es ist seine Schuld, dass wir hier durchs Feld kraxeln müssen, und er macht auch noch solche Bemerkungen. Das Schlimmste ist, dass ich mir im Moment trotzdem plötzlich vorstelle, wie ein Badezimmer ohne frischen Schiss im Katzenklo duften könnte. Wie still ein Haus wäre ohne das mäkelige »Miiiäääähhhhhh!«, das störrische Scharren oder das endlose »Palunk! Palunk! Palunk!« nach chinesischer Folterart.

»Du bist ein Idiot!«, sage ich.

»Ich spreche nur aus, was andere denken«, sagt er.

»Viiiiiiinci!«

Ich bekomme kalte, feuchte Hände.

Ich habe einen Kloß im Hals.

Ich kenne Menschen, die nehmen es einfach hin, wenn die Katze verschwindet. Die lassen ihr Tier immer frei laufen und halten es für einen Akt der Natur, wenn sie von einer ihrer Wanderungen nicht wiederkehrt. Dann holen sie »eine Neue«, als sei das Tier eine Teekanne gewesen oder eine Fototapete. Aber hier um uns herum gibt es nicht nur Natur. Hier gibt es Autos und Traktoren und bösartige Jugendliche und Jäger, die sogar gesetzlich das Recht haben, zu schießen, wenn ein Tier weiter als einen Kilometer von seinem Haus entfernt herumschwirrt. Hier gibt es keine natürliche Ordnung, sondern eine menschliche, und ich weiß, dass ich mit der Suche, die wir begonnen haben, nicht aufhören kann, bis ich Vinci gefunden habe. Das würde ich mir niemals verzeihen. Ich würde ja auch kein Kind im Stich lassen und sagen: »Ach, der Tommy? Der ist verschwunden, keine Ahnung, wo der ist.« Suchen bis zum Ende kann also auch heißen Suchen *ohne* Ende.

»Ich möchte, dass die Katze meine Pullover vollscheißt«, sage ich, Mais verdrängend.

»Bitte?«

»Das ist Lebensglück, Gregor! Das verstehst du einfach nicht.«

»Vollgeschissene Pullover sind Lebensglück?«

»Ja. Und nachts nicht schlafen können, weil die Katze den Duschschlauch gegen die Keramik rammt. Sich Sorgen machen um die Kinder, die gegen alles außer Wasser allergisch sind. Sich mit der Frau streiten. Verstopfung kriegen. Die Nachbarin mit einem Stein niederschlagen. Das ist Lebensglück!«

»Wenn du meinst.«

Ich halte an, mitten im Maisfeld, während der Suche.

»Stopp! Gregor! Stopp! Was war das eben für ein Tonfall?«

»Ach Ben, jetzt ist doch gut. Lass uns suchen.«

»Nein, es ist nicht gut, Greg. Das war eben ein verächtlicher Tonfall. Herablassend.«

»Das war nicht … Ben, meine Güte, sei doch keine Frau jetzt.«

Ich lache abschätzig und drehe mich ein wenig zur Seite: »Das ist mal wieder ein typischer Spruch von dir.« Ich reiße die Arme hoch. Wer jetzt mit einem Flugzeug das Feld überquert, sieht zwei Hände daraus hervorragen und zwei kleine Köpfe in Aufruhr. »Du hockst da mit 42 in deiner dämlichen Junggesellenbude und denkst, du hast gewonnen! Trägst Tournee-Shirts von Iron Maiden und lässt dir einen Fußballschal drucken, auf dem *Eheknast* steht. Pennst in A-Team-Bettwäsche und klaubst Chips aus dem Stahlgussständer. Du glaubst, du hast es besser als wir ausgebeuteten Familienmänner, die immer nur tun, was Frauen und Kinder fordern und denen ihr Leben nicht mehr gehört.«

Gregor stemmt den linken Arm in die Hüfte und reißt mit dem rechten einen Maiskolben ab.

»Ja, das denke ich auch, du Pantoffelheld!«

»Wie hast du mich eben genannt?«

»Du hast mich schon richtig verstanden, Ben! Sag doch mal, ganz ehrlich. Wie würdest du denn einen so schönen, sonnigen Tag verbringen, wenn du keine Familie hättest? Würdest du dir da den

Arsch im Garten aufreißen mit deinem …«, er sucht nach Worten, »… Pflanzen-Rokoko? Würdest du durch ein siebzehn Hektar großes Maisfeld latschen, um eine Katze zu suchen? Schwachsinn! Du würdest am Baggersee sitzen, mit einer Kiste Bier und der Bundesliga im Radio. Oder an deinem eigenen Teich, schön eine Wurst auf der Hand, ganz normale Wurst, kein Fleischkunstwerk aus dem Bioladen für 39,90. *Das* würdest du machen!«

»Ich *habe* aber eine Familie!«, brülle ich.

»Ja, und was hast du davon? Du liest Lebensmittelverpackungen, verdammte Scheiße! Wie ein Maulwurf!« Gregor hält sich den Maiskolben vor die Nase, kneift die Augen zusammen und tut so, als müsse er darauf winzigste Notizen entziffern. »Du bist ein Mann und liest Lebensmittelverpackungen!«

»Und du bist ein Mann, der seine Frau sitzengelassen hat und am helllichten Tag Holzfällersport guckt.«

»Aber sicher! Besser alleine Holzfällerwettbewerbe gucken, als sich verheiratet einen Ast abzuarbeiten!«

»Du bist ein Kind, Greg!«

»Und du bist ein Sklave, Ben, ein Untoter! Du bist gerade noch so lebendig wie eine Tonne Altpapier, und zwar nur gefüllt mit alten Lebensmittelprospekten.«

Ich fasse es nicht. Da steht dieser Typ und versucht, mir mein Leben madig zu machen, während Vinci mit jeder Sekunde mehr Land gewinnt.

Ich sage: »Raus aus meinem Feld.«

Gregor lacht: »Aus *deinem* Feld?«

Mein Blick wirft Flammen.

Er hebt die Handflächen: »Gut, wie du meinst.« Er macht ein paar Schritte rückwärts, so dass sich Maisblätter von hinten über seine Ohren schieben, dreht sich langsam um und verschwindet samt dem Monster auf seinem Heavy-Metal-T-Shirt zwischen den Stängeln.

Eine Stunde später bin ich bis zum Rand des Maisfeldes gelangt, an den die Landstraße anschließt.

Keine Vinci.

Nur warmer Asphalt und der Wind in den Ähren.

Was sage ich den Kindern?

Wenn ich sie nicht finde.

Wenn ich nichts tun kann.

Wenn ich versage.

Wie immer.

Mir kommen die Tränen, und ich höre, wie sich ein Kleinwagen nähert. Ich stelle mich an den Feldrand. Der Kleinwagen hält an. In der Heckscheibe klebt ein Schild: *Hawk Delivery.* Der Motor geht aus, das Fenster wird runtergelassen.

»Jan!«, sage ich.

»Herr Breuer«, sagt Jan.

»Wo bist du gewesen?«, frage ich und wische mir durchs Auge. »Ich habe dir Mails gesendet, angerufen. Plötzlich warst du weg. Ich hätte Lieferungen gebraucht.«

»Erstens war ich nicht weg«, sagt Jan forsch, »sondern habe *Hawk Delivery* ausgebaut Ich habe schon 25 Kunden. Ich habe mein Studium geschmissen! Scheiß auf Soziologie, Geld verdienen macht Spaß! Und, Herr Breuer, Sie wissen doch, in der abgabenfreien Zone muss ich keine Verträge einhalten.« Er lacht. Aus einem künftigen Universitätsbeamten ist ein Jungunternehmer ohne Steuermoral geworden. Da habe ich ja was angerichtet.

»Aber von wegen Lieferung«, sagt er und greift hinter den Beifahrersitz. »Ich hätte hier was für Sie!«

Es faucht in seinen Armen.

»Vinci!!!«, rufe ich.

»Ist mir eben fast vor die Karre gelaufen. Hab sie eingefangen!«

»Wie hast du das denn geschafft?«

Jan greift wieder hinter sich, in eine geöffnete Kühltasche. Er zieht etwas aus einer kleinen Tüte, die ohnehin schon aufgerissen ist. Es ist glitschig.

»Leberlieferung. Frisch aus der Kühltheke. Da kann ich jetzt noch mal hinfahren. Aber nun, was macht man nicht alles als guter Bote, nicht wahr?«

»Oh, komm her!«

Ich beuge mich in den Wagen und drücke den jungen Mann. Vinci springt auf den Beifahrersitz.

»Steigen Sie ein, ich bringe Sie nach Hause.«

Ich steige in den Wagen, zu Bote, Leber und Katze. Ich denke an Gregor, der mir wohl nicht mehr mit dem Garten helfen wird. Ich nehme Vinci auf den Schoß, drehe sie auf den Rücken, greife beherzt in ihr puscheliges Bauchfell und freue mich, dass es im Bad bald wieder laut »Palunk!« macht.

Das Barbecue

Der Terrassentisch sieht aus wie ein Stillleben. Die alten Steingutteller und die rustikalen Servietten, das Baguettebrot in den Körben und die roten Dips mit den Maisstückchen in den kleinen Schüsseln. In den Weingläsern spiegelt sich die feine Komposition unseres Gartens. Der gestutzte Teichbusch, aus dessen Bauch der Wasserlauf plätschert. Die Hainbuchen und Thujen, die wieder eine schlanke Hecke bilden. Der Rosenbusch an der Hausecke, zu dessen Füßen wir genau wie die Heyerdahls chinesische Physalis gepflanzt haben. Kleine, orange Lampions, wie ein Sankt-Martins-Umzug, der aus dem Boden wächst.

»Das habt ihr gut gemacht«, flüstere ich Tommy und Lisa zu. Sie kraulen die Katze, die sich schnurrend im satten Grün wälzt, als wolle sie sich einfärben.

»Das hat Maik gut gemacht«, sagt Lisa bescheiden, und ich halte den Finger vor den Mund und mache »Pssst!«, da Marie sich gerade im Wohnzimmer der Terrassentür nähert.

»Das haben *wir* gut gemacht«, sage ich, damit Lisas Gerechtigkeitssinn befriedigt ist. Nachbar Maik hat sicher viel geholfen, da hat sie schon recht, aber auch er ist noch nicht volljährig und zählt somit trotz seiner Muskeln noch als Kind. Ich habe mir in dieser Sache ausschließlich von Kindern helfen lassen und es trotzdem pünktlich zum Besuch der Schweizer Museumsdirektoren geschafft. Darauf bin ich stolz.

Am Rande der Terrasse steht der Grill neben einem Tisch mit einem Camping-Gasherd, auf dem der Wok auf seinen Einsatz wartet. Das Grillgut liegt unter Folien auf einem alten Aufklapp-Teetisch, den ich in der Garage wiedergefunden habe und den Marie besonders mag, da er einst ihrer Großtante gehörte. Die geschnittenen Kartoffelstäbchen warten gespannt auf ihren Einsatz im heißen Kokosfett. Der Rasen ist kurz genug, um gepflegt auszusehen, aber lang genug nachgewachsen, dass einzelne Gänseblümchen blühen.

»Ben, das ist phantastisch«, sagt Marie, ein Glas Wasser in der Hand und den Blick zwischen Buchsbaum, Bambus und Barbecue.

»Alles für uns«, sage ich, gehe zu ihr rüber auf die Terrasse, hake meine Daumen in die Hosentaschen ein und lehne mich auf den Fersen zurück wie ein stolzer Bauleiter. Es hat Nerven, Kalorien und Bandscheiben gekostet, diesen Landschaftspark herzurichten, aber ich muss zugeben, dass es das allein für diesen Augenblick stiller Kontemplation wert war.

»Hallo zusammen!«, unterbricht ein Rotschopf den Moment und winkt mit schwieligen Händen. Es ist Maik. Er saust auf seinem neuen Moped an unserem Garten vorbei. Der Motor singt. Das Moped war die Bezahlung für seine Hilfe. Er hat eine Menge Drecksarbeit geleistet. Er war ein Werkzeug, aber ich war das Gehirn. Ich habe die Anweisungen gegeben. Auf der Grundlage des SMS-Verkehrs mit Pedro habe ich auf großen Bögen aus Maries Heimatelier einen systematischen Gartenrestaurierungsplan geschrieben und gezeichnet. Die Kinder mussten nur noch tun, was ich ihnen sagte. 120 Stunden hat Maik als geleistete Arbeitszeit aufgeschrieben, da tat es kein Videospiel als Entlohnung, da musste es schon ein echtes Rennspielzeug sein. Ich folge Maiks Motorengeheul hinter der Hecke, als mein Blick auf einer Stelle kleben bleibt.

»Was ist denn das?«, denke ich laut, und Marie schaut in die Richtung, in die ich blicke, ebenso wie ihr Kollege Stefan, der gerade mit einem kleinen Bier in der Hand aus dem Haus kommt. Sein Partner Gideon holt die Züricher vom Flughafen ab.

»Was denn, Ben?«

»Na da oben, in der Hecke. Das steht noch ein Zweig raus.«

Ich hätte nie gedacht, dass ich je so einen Satz sagen würde. Aber es ist eine Tatsache: Mitten aus der geraden Schnittlinie erhebt sich ein krummer Zweig von etwa 50 Zentimetern Länge. Er muss sich unter der motorisierten Heckenschere weggeduckt und erst heute wieder aus seiner Deckung aufgerichtet haben. Dreist wackelt er im Wind. Er provoziert mich.

Ich schiebe den Teakholzstuhl ruckartig nach hinten, so dass das laute Knarren unsere Katze im Gras zusammenzucken lässt. Platt presst sie sich ans Grün. Die Kinder schauen zu mir herüber. Ich zeige zornig auf den zickigen Zweig. »Der muss weg!«

Stefan hebt leicht die Augenbrauen.

Marie sagt: »Ach, Ben …«

Ich drehe mich zu ihr: »Ja wie, *ach, Ben*? Erst soll ich alles perfekt machen und dann akzeptieren, dass hier noch ein halber Meter Zweig raussteht?«

Ich stapfe zur Garage, um die Leiter zu holen. Marie und die Kinder folgen mir.

»Ben, willst du jetzt wirklich noch mal anfangen?«

Ich öffne die Garage, stecke mir die kleine Rosenschere in die Tasche und wuchte die dreiteilige Aluleiter von der Aufhängung an der Wand. Ich sage: »Marie, lass es dir von einem Hausmann gesagt sein. Wenn Besuch in diesen Garten kommt, und da steht auch nur *ein* Zweig über, dann sieht der Besuch nicht den schönen Schnitt der Büsche oder das leuchtende Orange der Physalis, nein, er sieht auf der Stelle und nur diesen einen abstehenden Zweig!«

»Aber …«

Ich trage die Leiter in den Garten und klappe sie vor der Hecke auf. Sie sinkt in den weichen Grasboden ein. Ich überlege, ob ich zur Absicherung ein Holzbrett drunterlegen soll.

»Es ist doch alles gut, Ben«, klagt Marie, und ich bemerke die Sorge in ihren Augen. Stefan steht unschlüssig zwischen der Leiter, dem Teich und der Terrasse. Meine Kinder sehen mir zu wie einem Motorradfahrer, der gleich in die Todesspirale fährt.

»Ach, jetzt verstehe ich!«, sage ich und deute nach und nach mit dem Zeigefinger auf alle Umstehenden. »Ihr glaubt, wenn ich diesen einen Zweig noch eben kappe, geschieht die Katastrophe, die bislang wie durch ein Wunder ausgeblieben ist? Ich stürze mit der Leiter rückwärts in den Teich, bleibe mit den Füßen zwischen den Sprossen stecken, rausche mit Kopf und Schulter auf den Grund und katapultiere die Leiter auf die Terrasse, wo sie erst den Grill zerschmettert und dann den schweren Wok vom Tisch fegt?«

193

Tommy lacht.

Marie macht ein Gesicht, als wolle sie sagen: ›Ist das denn so undenkbar?‹

»Klar«, sage ich, steige während des Sprechens absichtlich beiläufig auf die Leiter, um meine Familie zu ärgern, und fuchtele mit der Schere herum, »ich katapultiere wahrscheinlich auch noch ein Dutzend Goldfische aus dem Wasser, die dann von den Dornen am Rosenbusch aufgespießt werden.«

Tommy kriegt sich gar nicht mehr ein. Lisa schaut skeptisch auf ihren Vater, der auf einer hohen Leiter mit einer Schere herumalbert. Ich komme oben an und kralle mich mit der linken Hand in die Zweige der Hecke. Ganz schön wackelig. Ich lasse wieder los, balanciere mich nur mit den Beinen aus und greife nach dem frechen Zweig, um ihn zu mir heranzuziehen. Als ich ihn habe, schaue ich nach unten in die leicht panischen Gesichter. »Wisst ihr was?«, sage ich, den Übeltäter in der einen Hand und die Schere in der anderen, »ihr habt zu viele romantische Komödien über ungeschickte Männer gesehen. Deswegen denkt ihr jetzt, dass ich nach all dem, was ich geschafft habe, schlussendlich von der Leiter fallen muss. Ihr seht doch die Szene schon vor euch, wie mich die Schweizer in ihrem Auto ins Krankenhaus fahren müssen, weil unseres nicht anspringt. Anstatt gemütlich zu essen, hocken die feinen Herren auf der Rückbank, einen vor Schmerz schreienden Trottel zwischen sich, der immer noch den gekappten Zweig in der Hand hält und ihnen damit in die Nasenlöcher sticht. So stellt ihr euch das doch vor! Uuuuups!«

Ich tue so, als würde ich das Gleichgewicht verlieren. Alle zucken zusammen und kriegen tellergroße Augen. Stefan macht einen Schritt nach vorn und hebt die Arme. Ich stehe wieder sicher und lache: »Reingelegt!«

Marie klatscht mit den Handflächen auf ihre Hüften: »Ach, Ben, ehrlich!«

»Es gibt heute keine Katastrophen mehr, Schatz!«, sage ich souverän. Dann ziehe ich den Zweig noch ein wenig höher, um ihn schön tief kappen zu können, stehe ganz locker freihändig auf der

Leiter, als sei sie eine Verlängerung meiner Beine, und lasse die Schere mit einem schönen, saftigen Schnitt mein Gartenwerk vollenden.

*

»Herr Breuer, das ist unglaublich!«, sagt Herr Breitenstein und beißt von einer Wok-Pommes ab. Herr Breitenstein ist der größere der beiden Züricher Auftraggeber, für die Marie das Museum entwirft, ein attraktiver Mann mit vollem schwarzen Haar. Das Knuspergeräusch seiner wokfrittierten Biopommes klingt so voll und satt, als sei es in einem Tonstudio aufgenommen worden. Sein Partner – der kleine und nahezu haarlose Dr. Wintergrund – zeigt seine Begeisterung eher durch stillschweigendes Essen. Mit dem Garten und dem Barbecue habe ich die beiden Männer bereits erobert, doch für die gepflegte Konversation habe ich mir auch noch etwas ausgedacht. Ich habe recherchiert, was diese Leute sonst noch so bauen lassen. Ich sage, einen Bissen zu Ende kauend, als fiele es mir gerade spontan ein: »Was Sie da in die Brienzer Berge gebaut haben, finde ich übrigens phantastisch.«

Dr. Wintergrund hebt kurz den Kopf über seinem Teller, den er konzentriert wie ein Nagetier bearbeitet. Herr Breitenstein ist ganz Ohr. Ich fahre fort: »Allein die Idee, auf 660 000 m² uralte Bauernhäuser wieder so aufzubauen, wie sie woanders mal gestanden haben. Das Leben zu simulieren, wie es vor 300 Jahren war … mit diesem Blick auf die Berge, mit den Tieren, mit den Handwerksvorführungen. Das ist wie eine Zeitmaschine. Grandios.«

Marie sieht mich an und kaut dabei seit einer Minute auf einem Stück Paprika. Ich habe ihr nicht erzählt, dass ich im Bilde bin. Ich mache sie stolz.

»Das war ein Mammutprojekt«, sagt Herr Breitenstein. »Ich betrachte es bis heute nicht als vollendet. Das ist aber auch gut so. Wenn wir irgendwo einen historischen Hof finden, der aufgegeben wird, bauen wir ihn ab und oben in den Bergen wieder auf.«

Ich zeige mit einem Stück Gurke auf der Gabel in die Richtung, in der ich die Schweiz vermute, und sage: »Am besten gefallen mir die Uhrmacherhäuser. Sie machen einem deutlich, dass diese Leute trotz der Landwirtschaft immer noch mehr Zeit hatten als wir. Tagsüber betrieben sie einen Hof und nachts bastelten sie an hochklassigen Uhren. Und warum?«

Herr Breitenstein zuckt mit den Schultern. Er strahlt wie eine Mischung aus Mario Adorf und Antonio Banderas.

Ich sage: »Weil sie keine iPhones hatten. Und keine Computer.«

Herr Breitenstein lacht, und Dr. Wintergrund nickt still über seinem Nahrungsberg. Ich weiß, dass beide Männer Wert auf Entschleunigung legen. Das Museum, das sie sich gerade von Marie, Stefan und Gideon bauen lassen, ist zwar hochmodern, aber seine stufenlosen Wendelwege und Wasserläufe laden ebenso zum Durchatmen und Innehalten ein wie der gigantische Freilichtpark mit den uralten Originalhäusern aus drei Jahrhunderten, den sie vor Jahren in die Berge gesetzt haben.

»Ich meine, nichts gegen gute Software, um Gottes willen«, sage ich, »aber gute Architektur, gute Musik, gute Gärten … das entsteht doch alles auf dem Blatt, oder? Mit Stift und Papier. Mehr braucht man nicht, als das hier«, ich tippe an meine Schläfe, »und Stift und Papier.«

»Genau!«, sagt Dr. Wintergrund und legt seine Serviette ab. Es ist das erste Mal, dass der kleine, mümmelnde Mann heute überhaupt etwas sagt.

Marie strahlt. Ich habe ihre Auftraggeber vollständig um den Finger gewickelt.

»Trinken wir auf Grips, Stift und Papier!«, sage ich erneut und hebe das Glas.

Auf dem Rasen rascheln Schritte.

»Grips, Stift, Papier und Arbeitssklaven!«, tönt eine Stimme, aus welcher der Sarkasmus wie zähflüssiges Kunstblut tropft.

Es ist Pedro.

Ach du Scheiße.

Der Spanier betritt den Garten und schreitet zwischen der Hecke, dem Teich und der Terrasse umher wie ein Kojote, der seine

Beute schon halb erlegt weiß. »Schön haben Sie das hingekriegt, Herr Breuer«, sagt er, geht in die Hocke und tippt mit dem Zeigefinger die chinesischen Lampions an. Marie, Stefan, Gideon und die Kinder starren auf den Fremden, als sei er wie ein Zombie aus der Krume gekrochen. Pedro lacht böse und zeigt auf die Züricher und die Architekten am Teakholztisch: »Und die glauben Ihnen, dass Sie das alles allein geschafft haben?«

Wie dieser Satz in mein Fleisch schneidet.

»Ben, was soll das?«, fragt Marie. »Wer ist das? Was redet der Mann da?«

»Der Mann verlässt jetzt ganz schnell dieses Gelände«, sage ich mit einer Stimme wie ein Mähdrescher, die ich selbst nicht an mir kenne. Ich gehe auf Pedro zu, als wollte ich ihn überrollen. Da der Spanier und ich uns zu nahe an der Terrassentür aufhalten, als dass Vinci ins Haus huschen könnte, hat sich die Katze tief in den Teichbusch verkrochen.

Pedro steht auf und wirkt auf einmal gar nicht mehr leicht zu überrollen. Er sagt: »Ja, genau, der Mann verlässt das Gelände. Man will ihn nur hier, wenn man ihn braucht, den blöden Spanier. Ansonsten schubst man ihn in den Busch oder jagt ihn wie einen Hund vom Grundstück.«

Marie wackelt mit dem Kopf und zeigt mit den Handflächen zu mir, als stehe sie noch auf meiner Seite und frage sich, was das für ein Irrer ist. Ihr Stirnrunzeln verrät allerdings, dass in ihr wieder Misstrauen und Unbehagen aufkommen.

»Komm jetzt, ab!«, blaffe ich Pedro an und klinge dabei wie einer dieser rassistischen Rentner, die alle Menschen, die nicht deutsch sind, automatisch abfällig duzen.

»Ben!«, sagt Marie, und das heißt alles gleichzeitig: Ben, erklär das! Ben, wirf ihn raus! Ben, bis eben war doch alles gut!

Pedro wendet sich an sie: »Schöne Frau. Erinnern Sie sich an die Nacht, als Ihr Mann im Garten an der Hecke stand?«

Jetzt sind Maries Ohren bei dem Spanier. Der kleine Dr. Wintergrund und der große Herr Breitenstein lächeln verlegen.

»Da war ich auch hier. Da drüben, tief in der Thuja. So macht das

Ihr Mann. Holt den Spanier raus, steckt den Spanier weg. Wie einen Kugelschreiber.«

»Ben? Was soll das? Was hat der Herr hier mitten in der Nacht gemacht?«

»Der Herr, der Herr …«, motze ich, als habe der Pornostier diesen Titel nicht verdient.

»Ich habe gegärtnert, gute Frau«, sagt Pedro, »jedenfalls habe ich es versucht. Nachts, mit einer Lampe auf dem Kopf. Sie sollten es nicht mitkriegen.«

»Ben!«, sagt Marie, und meine Kinder sehen mich an, als wüchsen mir Gurken aus den Ohren.

»Und dann, als Sie in den Ferien waren, sollte ich das hier alles in zwei Nächten fertig machen. Aber súbito!«

»Deswegen hast du einfach das Zimmer in dem Erlebnispark gebucht, ohne vorher zu fragen«, sagt Marie. »Du fragst sonst immer.«

»Ich frage sonst immer«, äffe ich sie nach und merke, dass ich auf keinem guten Weg bin. Ich weiß aber auch nicht, wie ich jetzt umdrehen könnte. Ich schimpfe: »Ich habe diesen Garten, so wie er jetzt ist, ganz allein gemacht.«

»Nicht allein, Papa«, sagt Tommy, »wir haben doch geholfen. Und Maik … und …«

»Halt die Klappe!«, sage ich in einem Tonfall, in dem ich noch nie mit meinem Sohn gesprochen habe. Er fängt an zu weinen und läuft in Maries Arme. Lisa wirft mir einen Blick zu, wie ihn Krankenschwestern den Soldaten der Militärjunta zuwerfen.

Pedro sagt: »Das stimmt, Frau Breuer. Den Garten, wie er jetzt ist, habe ich nicht gemacht, denn kaum hatte ich angefangen, haben mich wildgewordene Männer mit Schaufeln weggejagt.« Er kneift wütend die Augen zusammen und bellt die Worte: »Wie einen streunenden Hund! ¡Una vergüenza!«

Hinter Maries Stirn arbeitet es. Ihre Pupillen huschen hin und her. Sie sagt: »Das war der sogenannte Einbrecher, den die Heyerdahls erwischt haben.«

Pedro ist erfreut, dass sie begreift und er mich reinreiten kann.

»Und danach?«, sagt er, »kein Wort der Entschuldigung. Nicht mal eine SMS. ¡Una vergüenza!«

Es kocht unter meiner Schädeldecke.

Meine Frau ist verwirrt.

Mein Sohn weint.

Der schöne Garten und die Pommes im Wok sind entwertet wie eine Rolex, die sich am Flughafen als Fälschung entpuppt. Ich stelle mich ganz nah vor den Iberer und sage, aggressiv wie ein Kirmesschläger: »Ja, heul doch!«

Gideon verzieht seine schmalen Lippen, als offenbare Maries Mann nun endlich sein wahres Gesicht, und auch die Züricher sehen mich bereits anders an. Und alles nur, weil Pedro ausgerechnet heute in meinen perfekten Tag treten muss!

Ich drehe mich zum Tisch und sage: »Dieser Kerl dreht Pornos! Er ist gar kein Gärtner! Er dreht Pornos, Marie! Der hat keine Ehre, die man verletzen könnte.«

»Das glaube ich jetzt nicht«, sagt Pedro.

»Runter von meinem Grundstück, du Paella-Fresser!«, brülle ich und frage mich, was da für ein Autopilot in mir angesprungen ist. Aber was macht er auch hier, ausgerechnet jetzt? Warum zerstört er diesen Tag, auf den ich wochenlang hingearbeitet habe? Hat *er* die ganzen Monate Wäsche gewaschen und Bio-Pommes gemacht? Hat *er* die Katze im Maisfeld gesucht? Was will er überhaupt hier? Warum glaubt er, sich in meine Familie einmischen zu müssen?

»Was ist denn in dich gefahren?«, sagt Marie und springt auf, doch kaum hat sie ausgesprochen, schaut sie zum Gartentor, durch das jetzt Frau Growinski hereinspaziert kommt. Sie hat heute sehr viel roten Lippenstift aufgelegt. So kommt es mir jedenfalls vor. Erstaunt blickt sie in die Runde, auf den prall gedeckten Tisch, auf das Fett, das immer noch auf dem Gasherd im Wok brodelt, und auf den zornigen Spanier.

»Oh, was ist das? Eine Party?«, sagt sie in ihrem schönsten polnischen Singsang, in dem beide Silben von *Par-ty* gleich stark betont sind, hart wie Tennisbälle beim Aufschlag.

»Was wollen *Sie* denn hier?«, zische ich.

»Bin ich in Nähe, will ich meinen Mopp mitnehmen!«, sagt sie und stemmt die Hände in die Hüften.

»Und wer ist das jetzt?«, fragt Marie im Tonfall einer Nachmittags-Talkshow.

»Das ist die Frau, die Papa gestreichelt hat!«, sagt Tommy, und ich weiß nicht, ob ich da gerade ein Funkeln der Rache in seinen Augen sehe, dafür, dass ich ihn eben so angemotzt habe. Ich zeige mit dem Finger auf ihn, lege den Kopf schief und schnaufe.

Marie sagt: »Ach, die Frau vom Zirkus? Tommy, ist das die Frau vom Zirkus?«

»Welcher Zirkus?«, fragt Frau Growinski.

»Na, dieser Zirkus hier«, grummelt Dr. Wintergrund deutlich genug, dass alle es hören können, wischt sich über den Mund und legt seine Serviette mitten auf den Teller.

»Ich habe Frau Growinski nur getröstet«, sage ich.

»Mag sein«, sagt Marie, »aber sie scheint mir nicht vom Zirkus. Oder kommt der Zirkus jetzt hier jede Woche vorbei?«

»Was soll Scheiße mit Zirkus?«, sagt Frau Growinski.

»Was für ein Volldepp«, sagt Pedro und schüttelt den Kopf über mich. Vinci sieht eine kleine Lücke zur Tür und rast los, um den aggressiven Schwingungen im Garten zu entkommen. Es sieht aus, als spucke der Teichbusch die Katze wie einen Kirschkern mit Pfoten ins Haus.

Mir reicht's jetzt.

Ich reiße die Hände in die Luft und sage: »Ja, gut, bevor hier wieder alle denken, ich würde fremdgehen: Frau Growinski ist meine Putzfrau!«

Lisa senkt den Kopf, Tommy ist verwirrt, unsere Besucher wissen gar nicht mehr, wo sie hinschauen sollen, und Pedro triumphiert: »Noch ein Arbeitssklave«, sagt er.

Marie sagt: »Du holst dir eine Putzfrau?«

Ich sage: »Ja, Marie, ich habe mir Hilfe geholt. Stell dir das mal vor!« Ich erinnere mich daran, was Gregor vor einiger Zeit zu mir gesagt hat. Gregor, den ich aus dem Maisfeld geworfen habe und der seither nicht mehr mit mir redet. Ich sage: »Ich bin in dieser Firma

200

alles gleichzeitig, Marie! Ich bin die Buchhaltung, ich bin der Einkauf, ich bin der Koch, ich bin die Poststelle, ich bin der Hausmeister, ich bin der Gärtner, ich bin die Wäscherei, ich bin der Mann, der mit Lehrern und Eltern diskutiert. Stell dir vor, da habe ich mir Hilfe geholt!«

Marie steigen die Tränen in die Augen, und sie schaut durch alle hindurch auf einen großen Stein neben dem Teichweg. Das ist nicht gut. Sie ringt um Fassung. Sie zieht die Nase hoch, entschuldigt sich bei unseren Gästen und geht schnell ins Haus. Was habe ich nur angerichtet? Pedros Augen verfolgen das Geschehen kalt wie zwei schwarze Oliven. Frau Growinski staunt mit ihrem elend naiven Blick Luftlöcher in die Gegend. Was haben *die* nur angerichtet? Ich sage mit vor Zorn zitternder Stimme: »Sie sind gefeuert. Beide. Immer, auf Lebenszeit! Überall!« Ich folge Marie ins Haus.

Sie steht in der Küche und hat die Katze im Arm. Sie hat den Kopf zwischen die Schultern gezogen und presst das Tier wie eine Wärmflasche an ihre Brust. Außenstehende könnten das niedlich finden, aber es ist die vorwurfsvollste Haltung, die es bei Marie überhaupt gibt.

»Marie …«, setze ich an, ganz weich in der Stimme.

»Ich habe nichts dagegen, dass du dir Hilfe holst, wenn du wirklich nicht mehr kannst, obwohl ich das ziemlich enttäuschend finde.«

Ich schaue auf die Spüle, um sie nicht ansehen zu müssen, schnaufe und ziehe die rechte Wange ein wenig hoch.

»Aber dass du mir nichts davon erzählst, Ben, das ist so … so …«

»Ja, entschuldige, Marie«, sage ich in diesem Tonfall, in dem man sich nicht entschuldigt, sondern sich darüber empört, dass man sich auch noch entschuldigen soll, »aber was soll ich denn machen? Soll ich *auch noch zugeben*, dass ich zu dämlich bin, das Haus schnell genug zu putzen? Oder den Garten zu pflegen?«

»Du sollst ehrlich mit mir sein! Wir sind verheiratet, Ben!«

Jetzt sieht sie mich mit diesen grünen Mädchenaugen an, verletzt statt vorwurfsvoll. Verletzt ist gar nicht gut. Der Zustand »verletzt« unterläuft sofort alle meine Abwehrbarrikaden.

»Marie«, mir entfährt fast ein Schluchzer, und ich schleiche auf sie zu wie auf ein verwundetes Reh.

Sie drückt die Katze noch fester, hält sie wie einen Poller aus Fell vor sich und sagt: »Stopp!«

Ich bleibe sofort stehen.

Ich will nur, dass alles wieder gut wird.

Sie sagt: »Hast du noch irgendwelche Geheimnisse?«

Ich winde mich.

»Noch irgendwelche heimlichen Angestellten?«

Ich sage: »Jan. Er ist mittlerweile Paketbote für alle hier in der Gegend. Ich hab ihn hergeholt, damit er für mich einkauft.«

Marie schürzt die Lippen. Sie krault Vinci so fest, als sei die Katze ein Knetball.

»Und diese heiße Braut von der Versicherung, von der Maik gesprochen hat«, sage ich. »Das war eine Prostituierte für Rollenspiele. Dominant und devot.«

Marie hält den Atem an.

»Nein, Marie, ich wusste das nicht. Ich *dachte*, sie sei eine Putzfrau. Ich habe sie im Internet gefunden, unter dem Suchbegriff Haushaltshilfe. Sie hieß Gertrud. Das waren alles Codeworte. Was weiß ich von Codeworten, Marie! Das war so! Da kannst du Gregor fragen.«

Hinter dem Fell zucken ihre Mundwinkel.

Sie sagt: »Siehst du, das ist es, was ich meine. Dadurch, dass du mir nichts erzählst, verpasse ich auch noch richtig gute Lacher.«

Ich atme auf. Ich glaube, die Situation rettet sich gerade.

»Und wie hast du das alles bezahlt?«, fragt sie.

»Finanzbuchhaltung. Extrajobs für Privatkunden. Das, was ich eben kann.«

»Du sollst auf die Kinder aufpassen, Du sollst den Haushalt machen. Du sollst keine überflüssige Extra-Finanzbuchhaltung machen. Ich bringe genug Geld mit nach Hause. Bin ich nicht gut genug dafür, oder was?«

Das fasse ich jetzt nicht. Marie lässt die Katze los und rennt an Tommy vorbei, der in der Tür aufgetaucht ist.

Aufgeregt ruft er: »Ich war im Krankenwagen. Mit Sirene. Und im Krankenhaus. Mit Spritzen. Und ich will nicht, dass ihr schreit!«

Ich erstarre. Marie auch. Sie sagt: »Tommy, was für ein Krankenhaus?«

»Na, als ich aus Versehen Kinder Country gegessen habe«, sagt er kleinlaut und sieht ängstlich zu mir.

Marie schließt die Augen, als müsse sie einen Tornado in sich beschwichtigen. Sie sagt: »Geh schon mal wieder raus zu den anderen und iss noch was Leckeres. Wir kommen gleich nach.«

Tommy geht. Seine kleinen Schultern hängen.

Marie schließt die Küchentür.

Sie muss mich nichts fragen.

Ich sage: »Marie …«

»Was ist da passiert, Ben?«

»Es war gar nicht so dramatisch. Krankenhaus, das klingt gleich so dramatisch.«

Marie schlägt mit der flachen Hand auf die Anrichte. Vinci zuckt zusammen und drückt sich unterm Küchentisch gegen die Fußleiste.

Ich bekomme Herzrasen und feuchte Hände. Ich sage: »Tommy hat aus Versehen ein Kinder Country gegessen. Am Kiosk an der Schule. Es war Stress, ich hatte gerade mit dem Rektor gekämpft wegen der Noten. In dem Scheißzeug ist Haselnuss, und wir mussten, nun ja, einen Krankenwagen rufen.«

Marie schüttelt nur noch den Kopf. Ihre Augen zeigen nicht mal mehr einen Vorwurf, nur noch graue Leere. Als sei da, wo ich stehe, nur noch ein Schatten.

»Er musste nur zur Beobachtung dableiben. Es ist alles …«

»Jetzt red es nicht auch noch klein, Ben! Dein Sohn hatte einen allergischen Anfall. Das hätte tödlich enden können. Mit anaphylaktischen Schocks ist nicht zu spaßen!« Sie knurrt, sie zittert, es ist so viel Wut in ihr, das habe ich noch nie erlebt. Sie geht zur Wand neben dem Kalender und schlägt auf die Nahrungslisten: »Glaubst du eigentlich, ich schreibe diesen Scheiß aus Spaß auf? Glaubst du, mir macht das Freude? Das ist lebensnotwendig, Ben! Wenigstens diese ersten vier Zeilen hier, Allergien! Wenigstens die! Wenn du ansonsten ständig geschludert hättest und gesagt hättest: ›Gut, heute nehme ich wieder nur Käfigeier oder wieder nur Industriemilch‹ – okay. Aber wenigstens die Zeilen, von denen das Leben deiner Kinder abhängt! Stattdessen machst du Pommes im Wok, na großartig! Die hätten wir dann ja den Gästen auf Tommys Beerdigung reichen können!«

Ich will ihr so viel erwidern. Ich habe so viel richtig gemacht in den letzten Monaten, aber was nützt das, wenn ich an diesem einen Punkt so versagt habe? Das ist das Leben des verheirateten Vaters: Tausende Stunden des Bemühens und *ein* Fehler, der alles zunichtemachen kann. Ich denke an Gregor in seiner Bude, der sich nur um sich selbst kümmern muss. Ich drifte ab.

Marie sagt, gefasst wie eine Trauerrednerin: »Es wird so laufen, Ben. Wir gehen jetzt da raus und machen gute Miene, bis die Gäste wieder gehen. Du entschuldigst dich bei diesem Pedro und der Polin. Du spielst mit den Kindern und der Katze, bis sie müde sind. Morgen früh, wenn die Kinder in der Schule sind, packst du deine Sachen. Den Kindern sagen wir, dass du einen einmaligen Job bekommen hast, weit weg, in Afrika. Dass du das unbedingt machen willst, weil du sonst unglücklich bist, und dass wir auch dahinkommen, später.«

Ich fasse nicht, was sie da sagt, aber ich nehme es hin wie ein Urteil.

Ich habe alles Recht verspielt, Einwände zu erheben.

»Du bleibst in Afrika, bis ich dir sage, wie ich mich entschieden habe.«

»Wie, entschieden habe?«

»Wie es mit uns weitergeht.«

Jetzt schnaufe ich doch: »Wie es mit uns weitergeht? Was soll denn die Scheiße?«

»Die Kinder sollen glauben, dass du nur auf Reisen bist. Du rufst sie an, hier und da, und tust so, als hättest du eine aufregende Zeit am anderen Ende der Welt.«

»Ach, und das kann Madame Marie einfach so beschließen?«, sage ich.

204

Maries Blick zerschneidet mich. Sie sagt: »Du hättest fast meinen Sohn getötet und hast mir nicht einmal was davon gesagt.«

Das lässt sie so stehen, öffnet die Küchentür, lässt Vinci entkommen und geht hinaus.

Ich stehe verloren im eigenen Haus, die Arme lang, ausgesetzt. Ich atme noch. Ich gehe zum kleinen Flurregal, trinke einen kräftigen Schluck aus einer kleinen Schnapsflasche und gehe ebenfalls hinaus. Was ich heute noch zu tun habe, wurde mir ja bereits gesagt.

Das Asyl

Marie ist auf der Arbeit. Sie ist nicht mal hier, um sich anzuschauen, wie ich gehe. Den Koffer habe ich vor die Tür gestellt, rechts hinter die Mülltonnen, so konnten ihn die Kinder beim Heimkommen von der Schule nicht sehen. Jetzt sitzen sie mit mir und zwei Erdmännchen vor meinem Laptop und schauen sich bildschirmfüllende Impressionen von Namibia an. Die Erdmännchen sind Stofftiere. Sie saßen beim örtlichen Spiel- und Schreibwarengeschäft im Regal neben den Kartenquartetten und haben mich mit ihren großen Augen angestarrt. Tommy und Lisa kraulen sie hinter den Ohren, während sie mit offenem Mund die Fotos anschauen. Affen im Regenwald und Leoparden in der Steppe, in der sich auf zwanzig Quadratkilometern ein einziger Baum erhebt, als hätte Gott beim Vorbeigehen aus Versehen einen einzelnen Samen fallen lassen.

»Nicht hinter den Ohren kraulen«, sage ich, »das mögen Erdmännchen gar nicht.«

Tommy sieht mich skeptisch an.

»Wirklich wahr«, behaupte ich. »Erdmännchen muss man den Bauch massieren.« Ich drehe das längliche Tier um, und Tommy lacht, weil es komisch aussieht, wenn es auf dem Rücken liegt. Als sänge es ein Klagelied. Meine Kinder hören mir gespannt zu. Sie wissen noch nicht, dass es auf unbestimmte Zeit das letzte Mal sein wird. »In Namibia gibt es Hotels ohne Dach«, erzähle ich ihnen, »und ohne Wände. Und ohne Türen und ohne Fenster und ohne Boden.«

Tommy sagt: »Also ohne alles, Papa?«

Lisa sagt, ein Leuchten in den Augen: »Dann schläft man draußen?«

»Genau«, sage ich, »da stehen einfach Betten in der Wüste. Man schiebt sie zusammen wie eine große Liegewiese, wenn man will, und dann schaut man in den klarsten Sternenhimmel, den ihr euch überhaupt vorstellen könnt.«

»Das klingt toll!«, sagt Lisa.

Ich habe diese Dinge in einem Roman nachgeschlagen. Im Schreibwarenladen gab es bei den Büchern keinen Afrika-Reiseführer, dafür aber diese Komödie mit einem Erdmännchen vorne drauf, in dem die Charaktere nach Namibia reisen.

»Würdet ihr das auch gern mal machen?«, frage ich. »Unter freiem Himmel schlafen? Leoparden gucken? Kleine Äffchen streicheln? Nicht im Zoo, sondern in Namibia, wo sie zu Hause sind?«

»Jaaaaa!!!«, rufen meine Kinder.

Ich muss mich zusammenreißen, da es mir die Kehle zuschnürt und mir das Wasser hinter die Augen schießt.

»Werdet ihr!«, sage ich, und sie schauen mich skeptisch an. »Ehrlich. Ich mache das alles klar für euch mit den Betten, wenn ich dort bin. Vorher muss ich allerdings eine Zeitlang arbeiten.«

Tommys und Lisas Pupillen sausen von links nach rechts und von oben nach unten. Sie versuchen, diesen Satz zu verarbeiten.

»Wie? *Wenn du da bist?*«

Ich nehme Tommy auf den Schoß und fasse Lisas linke Hand. »Ihr Süßen«, sage ich. »Ihr wisst doch, dass ich eigentlich einen Beruf habe, oder?«

»Ja, im Möbelhaus.«

»Genau. Und das ist ja … das gibt's ja nicht mehr. Aber jetzt gibt es ein Hotel in Namibia, ganz groß, das braucht dringend jemanden, der guckt, dass alles klappt. Mit dem Geld und so. Sonst gibt's das auch bald nicht mehr. Und, na ja, da haben die mich gefragt.«

Lisa lässt meine Hand los: »Warum fragen die da ausgerechnet dich? Haben die keinen Schwarzen, der das machen kann?«

»Schwarzer sagt man nicht, Süße. Und die fragen mich, weil ich gut bin, mein Schatz. Und weil diese Leute … das sind entfernte Bekannte von Onkel Gregor und … was soll ich sagen? Die bezahlen mich ganz toll, und es ist ja nicht für immer. Wenn ich das mache, dann könnt ihr mit Mama nachkommen, und ehe ihr euch verseht, liegen wir alle unter dem Sternenhimmel in den Betten.«

Tommy sagt: »Au ja! Sternenhimmel!«

Lisa funkelt ihn an. Sie sagt: »Was heißt hier nicht für ewig?«

»Bis die wieder auf den Beinen sind mit ihrem Geld«, sage ich.

»Und wann kommen wir dich besuchen?«

»Wenn Mama ihr Museum in der Schweiz fertig hat.« Lisa dreht sich weg, und ich hebe die Hand: »Das ist bald, Schatz! Sie muss es ja nicht selber bauen. Das weißt du doch.«

Lisa nimmt sich einen Karton Bio-Orangensaft aus dem Kühlschrank und gießt ein großes Glas voll. Auf dem Glas sind Schäfchen aufgedruckt, die zueinander sagen: *Ohne Dich ist alles doof!*

»Und wann fliegst du?«

Ich seufze und kratze mit meiner Zunge auf der Rückseite meiner Schneidezähne herum. »Ich koche euch jetzt was Schönes, und dann muss ich los. Mein Flieger geht um 19 Uhr. Heute.«

Tommy springt von meinem Schoß und umklammert meine Oberschenkel: »Nein! Nicht schon heute, Papa!«

»*Deswegen* steht hinter den Mülltonnen ein Koffer herum«, sagt Lisa und trinkt, so dass ihr Kopf hinter dem 0,5-Liter-Glas fast verschwindet. Sie setzt ab und schaut auf die Uhr: »Jetzt haben wir's eins. Um fünf musst du spätestens fahren. Das sind vier Stunden. Wir wollen Pommes im Wok, eine Runde Wii Boxen, zwei Runden Wii Tennis und vier Runden Ballwurf mit dem Reflex Man im Garten. Und das Monopoly, das wir dir zum Geburtstag geschenkt haben!«

Ich schaue sie an, ziehe sie an mich ran, drücke sie und sage: »Ich hab euch so lieb!«

Dann hole ich den Wok aus dem Schrank.

*

Mein Namibia ist ein Mietshaus in Riehl mit 50 Briefkästen im Hausflur und einem Gewächs aus Prospekten und Lokalzeitungen darunter, die niemand wegräumt. Eine Bananenschale liegt darauf, schwarz wie die Nacht. Mein Hotel ist Gregors Bude, falls er mir Asyl gewährt. Ich habe sein Land, seine Kultur und seine Lebensweise beschimpft, und jetzt komme ich als Flüchtling gekrochen und verlange von ihm, mich aufzunehmen. Ich steige in den 1972 gebauten Aufzug und wuchte meinen Koffer hinein. An der Wand des Stahlkastens hat jemand mit Edding die Mannschaftsaufstellung des 1. FC Köln aufgemalt. *Rensing, Ehret, Geromel, Petit, Mohamad, Podolski.* Gregor und ich haben früher Fußballmanager gespielt. Wir sind am Wochenende ins Müngersdorfer Stadion gegangen und haben untereinander gewettet. Nicht darauf, ob der FC gewinnt oder verliert, das wäre ein Frevel gewesen, sondern darauf, welche Spieler der Trainer heute einsetzt und welche nicht, wer ein Tor schießt oder wer eine gelbe Karte bekommt. Es war ein durchaus komplexes System, aber gleichzeitig konnten wir in der Fankurve Bier aus Plastikbechern saufen, die Arme recken und Slogans brüllen. »Ihr seid Schalker, asoziale Schalker, ihr schlaft unter Brücken oder in der Bahnhofsmission!« So was konnte man damals einfach grölen, ohne von Frauen oder Lehrerinnen getadelt zu werden. Es war eine Welt für sich. Einmal sind wir dem FC sogar bis nach Unterhaching nachgefahren. Gregor hatte ein Riesentransparent vorbereitet, das der größte Knüller in der Fankurve war. Ohne Schimpfworte, ohne Geschrei. Eine elegante Beleidigung für den Gastgeber. Auf dem Ding stand einfach nur: *Hurra! Wir haben es gefunden!*

Der Aufzug hält mit einem Ruck im fünften Stock und stemmt stöhnend seine Türen auseinander. Auf dem Weg zur Tür frage ich mich, ob es nicht doch besser wäre, ich ginge in ein günstiges Hotel. Aber jetzt bin ich hier. Es waren gute Zeiten damals. Sie endeten, als unsere Frauen in unser Leben traten. Ich stelle den Koffer ab und klopfe an die Tür.

Drinnen röhren laut ein paar Motorsägen aus dem Fernsehlautsprecher. Ein Moderator sagt: »Ingo Heidemann tut sich schwer in dieser Runde. Seine Paradedisziplinen sind Single Buck und Hot Saw, da kann er die verlorenen Punkte nachher vielleicht wieder aufholen.«

Ich klopfe fester.

Der Fernseher wird leiser gestellt.

»Ich kaufe nichts!«, ruft Gregor.

»Ich bin's, Ben!«

»Kenn ich nicht.«

Ich trete auf der Stelle. Meine Sohlen quietschen auf dem grauen Linoleum.

»Komm schon, Greg!«

Er stellt den Fernseher wieder lauter, allerdings nur um drei Balken.

Ich muss etwas tun.

Ich beginne, die Titelmelodie von *Star Wars* zu summen. Dann sage ich mit tiefer Stimme den Text auf: »Es war einmal vor langer Zeit, in einer weit, weit entfernten Galaxie ...«

Gregor stellt den Fernseher einen Balken leiser.

Er will mehr.

Er möchte, dass ich seiner Kultur Respekt erweise und mich integrationswillig zeige, bevor ich sein Land betrete.

Ich puste die verbrauchte Treppenhausluft aus und singe das Thema des A-Teams. »Da-da-da-daaaaaa-da-da-daaaaaa!«

Noch ein Balken leiser.

»Ach, Greg, komm schon, ich mach mich ja hier zum Affen!«

Wieder ein Balken lauter.

»Boah!«

Ich überlege. Dann stelle ich mich breitbeinig hin und nehme eine Luftgitarre in die Hand, um das richtige Gefühl zu bekommen. Ich räuspere mich und fange an, mit Kopfstimme, als hätte man mir die Hoden amputiert, den Text von Iron Maidens *Powerslave* zu kreischen: »Tell me why I had to be a powerslave / I don't wanna die, I'm a god, why can't I live on?«

Der Fernseher wird stumm geschaltet, und es nähern sich Schritte der Tür. Ich unterbreche meine Katzenmusik, doch als ich aufhöre, hält Gregor drinnen an.

»Meine Güte«, flüstere ich und kreische weiter: »When the life giver dies, all around is laid waste / And in my last hour / I'm a slave to the power of death!«

Gregor öffnet die Tür und sieht mich vor sich auf dem Flur, die Luftgitarre in der Hand, die Schnauze wie ein Werwolf gen Decke gerichtet. Er guckt ungerührt. Ich sehe ihn an und wirbele meine nicht vorhandene Mähne, Kopf auf, Kopf ab, wie ein Irrer.

Er schaut sich an, wie ich headbange.

Schaut auf den Koffer neben meinen Füßen.

Wieder auf mich.

Mein Blick huscht an ihm vorbei in die kleine Bude. Im Fernseher sägen die Holzsportler. Auf dem Schreibtisch surrt ein Computer. In der Küche läuft leise das Radio. Überall stehen Teller mit Essensresten. Neben dem Rechner ist eine Flasche Bier zur Arbeit geöffnet.

»Steht hier vor meiner Tür der Mann, der mich aus dem Maisfeld geworfen hat, weil er mein Leben so verachtet? Weil er es so würdelos findet?«

»Greg, ich weiß …«

»Wie konnte dieser Mann überhaupt bis in den fünften Stock kommen, ohne vom Ekel über meine Lebensweise überwältigt zu werden?«

Ich lächele vorsichtig, aber Gregor nicht. Er zeigt auf seine Hose und sein T-Shirt und sagt: »Oh, Verzeihung, wie sehe ich denn aus? Unmöglich so was! Soll ich mich umziehen? Einen Anzug vielleicht, damit der Herr sich nicht den würdelosen Asozialen ansehen muss?«

»Ich hab nie gesagt, du seiest asozial …«

»Hört her, ein gepflegter Konjunktiv!«

»… ich habe nur gesagt, du bist kindisch.«

»Und jetzt muss der erwachsene, reife Herr mit seinem Koffer bei einem Kind klingeln?«

Er wechselt das Standbein.

Hin.

Her.

Hin.

Her.

Der Holzsport wird von Werbung für ein Moto-Cross-Event unterbrochen.

Ich sage: »Du bist Namibia.«

»Was?«

»Ich fliege heute nach Afrika. Das sollen jedenfalls die Kinder glauben ...« Meine Stimme bricht, und zwar ungeplant.

Gregor schaut wieder auf meinen Koffer und macht einen Fischmund. Sein linkes Augenlid zuckt.

»Sie hat dich tatsächlich rausgeworfen?«

Ich schaue ihm in die Augen. Sein Lid hört auf zu zucken.

»Ich hab alles versaut, Gregor. Ich hab alles falsch gemacht.«

Er schluckt und denkt nach. Ich sehe, wie sein Kehlkopf auf und ab wandert wie der Pleuel in einer alten Maschine.

»Sag mir auf der Stelle sechs Kölner Spieler. In drei Sekunden!«

Ich schieße die Namen heraus.

Gregor kratzt sich am Kopf und sagt: »Na ja, stimmt, die stehen ja im Aufzug.«

»Kevin Pezzoni, Martin Lanig, Christopher Schorch. Die stehen nicht im Aufzug.«

Gregor packt mich an der Schulter und zieht mich hinein. Er holt meinen Koffer nach, knallt die Tür zu und sagt: »So, mein lieber Freund! Es gibt drei Bedingungen. Erstens: Du trinkst, wenn ich trinke, und zwar mindestens genauso viel. Besser mehr, denn du hast Nachholbedarf. Zweitens: Geduscht wird frühestens nach zwei Tagen. Drittens: Du sagst nie mehr, und ich betone, *nie mehr*, dass irgendetwas deine Schuld ist oder dass *du* alles falsch gemacht hast. Nie mehr! Hast du das verstanden?«

Ich nicke.

Gregor schüttelt den Kopf: »Marie, Marie, Marie ...« Er drückt mich in den Sessel, geht in die Küche, holt ein Bier aus dem Kühlschrank, beißt es mit den Zähnen auf und reicht es mir. Er nimmt seine angefangene Flasche vom Schreibtisch neben dem Rechner und hält sie mir zum Anstoßen hin.

»Ach ja, es gibt natürlich noch eine vierte Bedingung.«

Ich sehe ihn an und ziehe die Augenbrauen hoch.

»Du schuldest mir ganze 100 Kästen Reissdorf«, sagt er. »Darf ich dich an unsere Wette erinnern?«

»O nein!«, sage ich.

212

»O doch!«, sagt er. »Aber ich habe eh nicht genug Platz, die alle auf einen Schlag zu kaufen. Also entspann dich.«

Im Fernseher geht der Holzsportwettbewerb weiter. Sonor singen die Sägen.

»Meinst du, du kannst die Regeln einhalten?«, fragt Gregor.

»Ja!«, antworte ich schnell. »O ja, mein Freund!«

Er klopft mir auf die Schulter. »Dann lass mich noch eben diesen Rechner fertig machen, und danach weiß ich schon ganz genau, was wir tun!«

Ich lehne mich in den Sessel zurück, schaue den muskulösen Sportholzfällern zu, trinke das Bier und muss mir eingestehen, dass ich mich darauf freue, was das wohl sein wird.

Zwei Stunden später stapft Gregor mit mir durch den großen Supermarkt, den man von seiner Mietburg aus zu Fuß erreichen kann.

»So«, sagt er, »mein verkümmerter Mann. Willkommen im Paradies. Hier gibt es keine Verbotszonen mehr für dich. Heute ist dein erster Tag in Freiheit, und das heißt, du kannst dir alles nehmen, was du willst. Alles!«

Ich schmunzele.

Ich schiebe den Wagen in den Gang mit Brot, Brötchen und Toast und packe ein paar Finnkorn für den Toaster ein. Im Regal hinter uns stehen die Marmeladen. Ich wähle Erdbeer und Waldfrucht. Ich will gerade auf den Kaffee zufahren, als Gregor mich festhält.

»Stopp!«

»Was ist?«

»Das kann doch nicht dein Ernst sein.«

Er zeigt auf den Wagen.

Ich schaue hinein.

Mir dämmert, was er meint.

Finnkorn-Vollkorn-Bio-Toastbrötchen und zwei Bio-Marmeladen. Ich sage ihm besser nicht, dass ich gerade eben fair gehandeltes Kaffeepulver einpacken wollte.

»Die haben dich geschafft, was?«, sagt Gregor und tätschelt mich wie einen Leoparden, der ausgewildert werden soll und nicht mal

einen kleinen Vogel fangen kann. Er trägt seinen Eheknast-Befrei-
ungsschal, den er extra für diese Einkaufstour von der Wand genommen hat. Er nimmt die Sachen wieder aus dem Wagen, stellt sie
beliebig zwischen den Kaffee und klaubt die Produkte der Freiheit
aus den Regalen. Zwei Tüten einfachen Buttertoast, genannt *Super
Sandwich*, weiß wie Schnee und weich wie ein Daunenkissen. Er
hebt die Brauen und wartet auf meine Reaktion. Ich nicke. Aus dem
Marmeladenregal nimmt er Kirschmarmelade, die statt Kirschen
nur Aroma enthält und wie rotes Moltofill aussieht, ein 750 ml-Glas
Nutella und eine halbe Palette Erdnussbutter. Ich stelle mir vor,
wie ein Weißbrot mit Erdnussbutter und Kirschmarmelade darauf
schmeckt oder wie es sich anfühlt, den weichen Teig mit Nutella zu
zermanschen. Es ist ewig her, aber die Synapsen sind wieder ange-
knipst worden. Ich nicke und bedeute ihm, dass er alles in den Wagen werfen soll.

Zwischen den Kühltheken taue ich auf.
    Der Leopard erinnert sich daran, wie die Jagd funktioniert.
    Ich nehme Tiefkühlbaguette mit Champignon-Matsch darauf
und Schlemmer-Fischfilets in Aluschalen, Backofen-Pommes und
Back-Camembert. Ab und zu mache ich noch ein paar Fehler und
greife instinktiv zur Bio-Fertigpizza, aber Gregor passt auf, nimmt
meine Hand und lenkt sie sanft zu Wagner, Dr. Oetker und der
billigen Eigenmarke der Supermarktkette. Wir kaufen Cornflakes,
bei denen nur aus Versehen ein Hauch von Getreide an den Zu-
ckerklumpen hängt. Wir kaufen Ketchup mit Benzoesäure und
sogenannte Feinkost, die eigentlich Grobkost heißen müsste, ge-
trocknete Tomatenabfälle, die man in ausgelassenem Motoröl er-
tränkt hat. Wir kaufen Schokoladenpudding und Fertig-Eis mit
Geschmacksverstärkern. Wir sind freie Männer. Wir folgen wieder unserer Natur. Im Regal mit den Limonaden entdecke ich die
winzigen Plastikfläschchen zum Aufdrehen, in denen 200 Milliliter
Zuckersaft drin sind. Die gab es schon, als ich noch zur Schule
ging.
    »Wow!«, sage ich, »die gibt's noch?«

Gregor grinst.

»Rot oder gelb?«, frage ich.

Gregor wählt rot.

Ich nehme gelb.

Er öffnet sie.

»Du kannst doch nicht …«

Er legt den Kopf schief. Natürlich können wir. Ich öffne meine Chemiebrause, und wir stoßen mit einem leisen »Plopp!« an. Der Zuckerschock macht mich übermütig, ich hebe den Blick, bekomme eine Idee und sage: »Weißt du was? Wir gehen jetzt zur Fleischtheke.«

Gregor macht »Hm?«, freudig gespannt auf das, was ich vorhabe.

»Guten Tag, was darf es denn sein?«, fragt die flinke Fleischfachfrau.

»Dieser Schinken da«, sage ich, »was ist das?«

»Das ist Vorderschinken.«

»Und der Fleischanteil?«

»Wie, der Fleischanteil? Es ist Schinken.«

»Genau, und der muss in Deutschland per Gesetz 90 bis 95 % Fleisch enthalten.«

Gregor zischt: »Fängst du jetzt wieder an?«

Ich beruhige ihn: »Wart's ab.«

»Unser Schinken ist Schinken. Da ist alles Fleisch.«

»Das ist schlecht«, sage ich, und die Frau guckt wie ein Trabi.

»Ich will einen Fleischanteil von unter 50 %«, sage ich. »Ein Schinkenersatzprodukt. So einen Lappen, wo nur Gelee dran ist. Gelee und Würze.«

Gregor verschluckt sich vor Lachen an seinem Zahnkillersaft.

»So was verkaufen wir hier nicht.«

»Ja wie, so was verkaufen Sie nicht? Die halbe Welt regt sich darüber auf, dass es keinen echten Schinken mehr gibt, und jetzt kommt mal einer und *will* keinen echten Schinken, und dann wird er mit purem Fleisch abgespeist.«

Die Verkäuferin schüttelt den Kopf, geht zu ihrer Chefin, zeigt mit dem Daumen auf mich und tuschelt etwas. Ihre Chefin, eine hagere Frau mit viel Haut und wenig Knochen, kommt zu uns und sieht mich streng an.

»Sie haben einen speziellen Wunsch?«

»Ja. Ich will Formschinken. Pseudoschinken. Analogschinken.«

»Das haben wir nicht, mein Herr. Das finden Sie in der Kühltheke, eingeschweißt in Plastik. Da, wo *Delikatesse* draufsteht. Oder in der Metro, für den Restaurantbedarf.«

»Und Sie? Sie haben nur echten Schinken?« Empört werfe ich den Kopf zurück.

Gregor reibt sich mit dem Daumen im Auge. Ein Rentnerpaar und eine Frau mit Kinderwagen schauen uns inzwischen zu.

»Da tanzt der Papst im Kettenhemd«, sage ich laut und schwenke dabei mein Zuckerwasserfläschchen. »Wissen Sie eigentlich, was ich hinter mir habe? Ich will keinen Schinken. Ich will Gelee, ich will Salz, ich will Bindemittel, ich will Verdickungsmittel, ich will Milcheiweiß, ich will Fleischkleber.«

»Und wir wollen, dass Sie jetzt gehen«, sagt die hagere Chefin, »Sie sind ja betrunken.«

Ich sehe sie einen Augenblick an, als würde ich gleich einen Teleskopstab aus der Jackentasche ziehen und damit die Glastheke zertrümmern. Dann lache ich, halte das Kinderfläschchen in die Luft und sage: »Ich bin nicht betrunken, ich habe nur einen Zuckerschock.«

Auf dem Weg zu den Kassen gibt Gregor mir die Fünf, wie damals in der Schule, wenn wir die Religionsreferendarin zur Verzweiflung gebracht hatten.

»Und jetzt in den Getränkemarkt, Reissdorf-Kästen kaufen!«, sagt er.

Daheim probieren wir die ganze Nacht die Einkäufe aus wie Kinder die Geschenke an Weihnachten. Bei den Champignon-Baguette schauen wir Moto-Cross, zur Pizza Salami gibt es das WM-Finale von 1974 auf Video, die Pizza Tonno futtern wir beim Thai-Boxen, und für die Schlemmerfilets, die 45 Minuten lang im Ofen heiß werden müssen, legen wir *Episode 1* von *Star Wars* bereit. Zu jedem

Happen trinken wir einen Schluck von dem Wettschuldenbier; auf dem Tisch haben wir Corn Pops und Chips bereitgestellt, die wir uns willkürlich durcheinander in den Rachen stopfen, Zucker hier, Chili da. Gregor sitzt in seiner übergroßen Boxershorts im Sessel, ich habe meine alte Jogginghose an, die Marie mir selbst im Haus zu tragen immer verboten hat. Ich überschlage im Kopf die Lage. Pro Sekunde fügen wir unseren Körpern gerade im Schnitt 100 Kalorien und 20 Milligramm Alkohol zu. Es ist eine wunderbare Kombination.

»Wir haben uns früher viel zu wenig geprügelt«, sage ich, als einer der Kickboxer seinen Gegner dreimal hintereinander mit dem großen Zeh am Ohr trifft. Gregor antwortet, die Flasche Bier in der einen und ein weiches Stück Pizza in der anderen Hand: »Weißt du noch, der Hülsenbeck? Den hättest du mal nackt in die Brennnesseln schmeißen müssen.«

Ich lache: »Ja, und den Weide.«

In der Küche klingelt die Backofenuhr.

»Das Schlemmerfilet ist fertig!«, rufe ich wie ein kleiner Junge.

»Es ist ein Leben wie für die Götter«, sagt Gregor.

Fünf Minuten später haben wir jeder ein Tablett mit zwei heißen Aluschalen auf dem Schoß und warten darauf, dass Qui-Gon Jinn, Obi-Wan Kenobi und Jar Jar Binks mit ihrem kleinen U-Boot durch die Tiefsee im Kern des Planeten Naboo tauchen. Die Lautsprecher des Fernsehers sind bis zum Anschlag aufgedreht. Gegen die alten Klassiker aus den Siebzigern sind die neuen Filme natürlich so gehaltvoll wie das Zuckerwasser aus den Drehverschlussfläschchen, aber genau deshalb passen sie ja auch zu diesem Abend.

»Hooooo!«, ruft Gregor, als der erste Riesenfisch seine klebrige Zunge ans Heck des U-Boots andockt. Der Fisch nimmt das U-Boot zwischen die Zähne, als eine 200 Meter große Mischung aus Muräne und Godzilla aus der Deckung kommt und ihn seinerseits als Happen für zwischendurch behandelt. Ich gröle »Alaaaaaf!« und ramme meine Gabel in den Fettfisch, dass es nur so spritzt. Gregor hebt die Hand, drückt auf Pause, bevor Qui-Gon Jinn seinen nächsten Satz sagen kann, und schaut mich an. Er zählt leise mit den Fingern bis drei, fährt den Film wieder ab, und gemeinsam mit Jinn sprechen wir laut und synchron: »Es gibt immer noch einen größeren Fisch!«

Dann stoßen wir an, Aluschale an Aluschale und Bierflasche an Bierflasche.

Gegen zwei Uhr nachts hängen wir wie Lappen in den Polstern. Der DVD-Player schweigt, dafür rieselt das Nachtprogramm von Kabel eins aus der Kiste. Gerade läuft ein alter Actionreißer mit Michael Dudikoff. Ich kann nichts mehr weiter in mich reinstopfen, da die Füllung in meinem Inneren bereits bis zum Ausgang der Speiseröhre hinaufreicht. Der Tisch, der Boden, die Sessel und unsere Hosen sind voller Krümel, Klumpen und Müll. Ich nippe an meinem letzten Bier.

»Dudikoff hat gesagt, er dreht einen Film und dann vergisst er ihn sofort wieder«, lalle ich.

»Gute Einstellung«, brummt Gregor.

Maschinengewehre rattern. Von den alten Häuserwänden im Libanon fällt der Putz ab.

»Du, Ben«, sagt Gregor und lässt den Kopf mit einem Ruck in meine Richtung fallen, als habe er keinen Halsmuskel mehr, »hast du schon mal versucht, dir beim Scheißen einen runterzuholen?«

Ich setze die Flasche ab und spucke einen Biernebel in die Luft vor mir.

Gregor sagt: »Es scheint unmöglich, einen Steifen zu kriegen, während der Schließmuskel arbeitet. Das ist doch interessant!«

Ich sehe ihn an: »Du hast das ausprobiert?«

Er winkt ab. Er merkt wohl, dass er das Gespräch später bereuen könnte.

Ich setze mich etwas auf: »Wie oft?«

»Ja, komm, lass gut sein«, sagt er.

Ich kichere: »Jetzt weiß ich ja, was du machst, wenn du lange nicht vom Klo kommst.«

»Die meiste Zeit lese ich den *Kicker*«, sagt er.

»Ja, ja …«, sage ich.

Michael Dudikoff stürmt mit seinen Soldaten aus der Deckung

218

und ballert fünfzehn Mann von den Hausdächern. Hölzern fallen die Stuntmen auf die unsichtbaren Bodenmatten.

»Du, Greg?«, sage ich und halte mit zitternden Fingern die letzte Flasche über den Tisch.

»Ja?«

»Danke.«

Er schürzt die Lippen, schließt die Augen, hält seine Flasche hin und brummt gemütlich.

Die Obdachlosen

Als ich die Augen aufschlage, ist es 10:35 Uhr. Wann hat es das zuletzt gegeben? Schön ist es trotzdem nicht, denn ich hänge wie ein Fragezeichen in einem Sessel, und mir ist speiübel. Gregor hat mir wohl gestern noch eine Decke übergeworfen. Er selbst liegt in seinem Bett, auf dem Bauch. Sein Hintern wölbt die alte Boxershorts zum Bergmassiv auf. Die Haare auf seinem Rücken sind leicht gekräuselt; man könnte Playmobil-Figuren darin verstecken. Er schnarcht wie die Motorsägen der Holzsportmeister. Ich schäle mich aus dem Sessel, gehe pinkeln, suche mir in der Küche eine Aspirin und werfe die Kaffeemaschine an. Ich denke an Tommy und Lisa. Sie sind noch eineinhalb Stunden in der Schule. Es beißt in meiner Brust. Nach gestern fühle ich mich, als hätte ich sie zwei Jahre nicht gesehen. Vor dem Aufwachen habe ich von Namibia geträumt. Hinter einem Affenbrotbaum ist ein Erdmännchen aufgetaucht und hat mich vorwurfsvoll angeguckt. In der Pfote hatte es ein Foto meiner Kinder.

Ich nehme mein Handy aus dem Restfett einer stinkenden Fischschale, wische es mit einem Küchentuch ab und wähle Lisas Nummer. Die beiden müssten jetzt gerade große Pause haben.

Es tutet.

»Lisa Breuer?«

Der Fisch in meinem Bauch macht einen Ruck.

»Schatz? Ich bin's!«

»Papa!!! Bist du gut angekommen?«

Angekommen?

Ja, genau, Namibia.

Ich spreche lauter und halte Kopf wie Hörer neben die gurgelnde Kaffeemaschine, damit die Verbindung schlechter wirkt.

»Ja, Süße, alles ist gut gelaufen. Der Flug war super.«

»Hast du schon einen Leoparden gesehen?«

220

Ich überlege.

»Ich war bislang nur in der Stadt, Schatz. Und in der Wüste. Ich habe viel roten Sand gesehen. Roten Sand, Sauergras und Springböcke. Meistens nur die Spuren von Springböcken. Und Gnus.« Ich muss noch was Spektakuläres sagen: »In der Stadt hüpfen Affen herum. Die laufen einfach so durch die Straßen und klauen den Frauen die Taschen.«

»Echt?«

»Ja ...«, lüge ich und rufe schnell hinterher: »Wie geht's euch?«

»Ganz gut. Wir schreiben diese Woche wieder eine Mathearbeit!«

»Wirklich?«

»Ja. Ich hab mir überlegt, damit es keine Diskussionen gibt wegen der Note, mache ich dieses Mal einfach überhaupt keine Fehler.«

»Das ist eine gute Überlegung«, sage ich.

Gregor grunzt.

»Willst du auch Tommy haben? Der tobt hier gerade mit den Jungs herum.«

»Ja, klar ...«, sage ich, doch noch bevor das »klar« ausklingt, ruft Lisa ihn schon herbei.

»Da, Papa ist dran. Aus Namibia.«

»Papa! Papa! Hast du schon Panther gesehen? Pumas? Pelikane?«

»Pelikane? Wieso Pelikane?«

»Papa, ich muss jetzt wieder rein!«

»Mach's gut, meine Maus!«

»Ich bin keine Maus!«

»Hau rein, Bone Crusher!«

»Hab dich lieb!«

»Ich dich auch, mein Süßer!«

Es raschelt, und Lisa ist wieder dran.

»Ich drück dir die Daumen für die Mathearbeit!«, rufe ich laut, da die Kaffeemaschine gerade zum finalen Gurgelsturm ansetzt.

»Danke, Papa! Grüß mir die Beos und Affen!«

Es tutet.

Die Kinder sind weg.

»Moin«, murmelt Gregor, schlurft in die Küche, kratzt sich im

Schritt und trinkt den Rest aus einer Reissdorf-Flasche aus, bevor er sich den heißen Kaffee eingießt.

»Du solltest aufpassen, dass deine Kinder nicht dieses Programm haben, das orten kann, wo dein Telefon sich gerade befindet.«

»Was?«

»Ja, das gibt es. Fürs Handy. Kostet 3,99 Euro. Du gibst eine Telefonnummer ein und siehst auf einer Karte, wo der andere gerade ist. Und bei dir steht dann da nicht Namibia.«

Ich schalte mein Handy aus und gieße mir ebenfalls Kaffee ein.

»Greg, ich will meine Kinder sehen.«

»Du bist in Namibia.«

»Ich habe ja auch gesagt, ich will meine Kinder *sehen*. Nicht, dass meine Kinder *mich* sehen sollen.«

Gregor schnauft.

Ich sage: »Wo ist meine Hose? Ich gehe sofort zur Schule.«

Er hält mich fest: »Ben!«

»Was? Ich verstecke mich im Gebüsch.«

»Und dann? Du wirst wieder schockgefrostet! Hast du mir doch erzählt!«

»Elektrogeschockt!«

»Ja, wie auch immer. Es ist zu riskant.«

»Mir egal!«, sage ich und reiße mich los.

Gregor greift nach und sieht mich an: »Dir ist es wirklich ernst damit, ja?«

Ich nicke.

»Gut, dann machen wir es richtig«, sagt er.

*

Eine Stunde später sitzen Gregor und ich auf einer Holzbank vor dem Schulhof und saufen. Das tun wir nicht zum Spaß, das ist Teil unserer Tarnung. Gregor hat uns lange filzige Bärte aus alten Karnevalsbeständen angeklebt. Wir tragen übergroße Jacken, gegen die selbst Columbos faltiger Trenchcoat eng sitzt. Wir haben uns Hüte tief ins Gesicht gezogen.

»Da sind sie«, sagt Gregor und zeigt mit dem Reissdorf in der Hand auf den Schulhof. Tommy spielt Rundlauf mit ein paar Jungs an der Betontischtennisplatte. Sein Ball trifft auf der anderen Seite auf die Kante und springt nach unten weg. Punkt für ihn. Einer draußen. Er lacht. Der andere zieht ihm eine Nase. Lisa plaudert mit Freundinnen und streicht sich die Haare aus dem Gesicht.

Ich seufze.

Um als Penner glaubwürdig zu wirken, habe ich ein reifes Stück Harzer Handkäse aus Gregors Kühlschrank genommen und ein wenig davon unter meine Achseln gerieben. Bei Gregor war das gar nicht erst nötig.

Zwei Männer verlassen den Schulhof und reden aufgeregt miteinander. Sie sehen nicht wie Lehrer aus.

»Ist das zu fassen?«, schimpft der eine und wirft einen Blick zurück auf das Gebäude. »Der Rektor sitzt da wie der Hahn im Korb und kann sich nicht gegen seine Sportlehrerinnen durchsetzen!«

»Der glaubt doch sogar, was seine Pädagoginnen über die schlimmen Auswirkungen von *Ellbogensport* faseln.«

»Haben wir unsere Söhne auf eine Waldorfschule geschickt und es nicht gemerkt, oder was?«

»Als Flo mir davon erzählt hat, mit der Tanzgymnastik, ich habe es erst nicht geglaubt.«

Die Männer gehen strammen Schrittes an uns vorbei. Sie würdigen uns keines Blickes. Oder doch, schon, aber der Blick ist eben keine Würdigung. Ich will mehr wissen. Also sage ich: »Wollt ihr einen Euro?«

Die Männer bleiben stehen. Flos Vater schneidet eine Grimasse: »Wie bitte?«

»Oder ein Bier? Frisch? Ist doch schon nach elf!«

Der andere Mann schiebt Flos Vater am Arm weiter, doch der sagt: »Nee, warte mal!« Er kommt auf uns zu. Ich ziehe eine saubere Flasche aus dem alten Rucksack und halte sie ihm hin. Er legt den Kopf schief und nimmt sie. Der andere Vater sieht ihn irritiert an.

»Na komm schon, was soll's? Wir haben heute frei. Die Frauen verbieten unseren Söhnen den Fußball, und jetzt sitzen sie auch noch wie Richterinnen in unseren Köpfen und verbieten uns von innen das Bier? Das lassen wir uns nicht bieten.«

Er öffnet mit dem satten »Plopp!« die Flasche.

»Gute Einstellung!«, sage ich und halte dem anderen Mann auch eine Flasche hin. Er kämpft mit sich. Seine innere Gattin ist stark. Er verliert und winkt beschämt ab.

Ich stoße mit Flos Vater an und sage: »Entschuldigung, ich habe gerade mitgehört. Ist das wahr? Die Jungen da drinnen dürfen keine Ballspiele machen?«

Flos Vater beißt an, nicht zuletzt, weil das Vormittagsbier seine Wirkung tut. »Es gibt nur Frauen in dem Schuppen! Die machen da Tanzgymnastik. Allenfalls mal Geräteturnen. Aber, ich zitiere, ›nichts, was hartes Konkurrenzdenken fördert‹. Das käme nach der Grundschule schon noch früh genug. Das sagen die uns da drin, die Vollpfosten!«

»Unglaublich«, sage ich.

»Ja, nicht wahr? Dabei weiß doch jeder, wie wichtig es ist, sich als Junge mit anderen zu messen. Schubsen, foulen, Konsequenzen tragen. Wenn die nicht rechtzeitig lernen, ihre Aggressionen in die richtigen Bahnen zu lenken, dann kloppen die sich später ohne Regeln.«

»Wie recht Sie haben«, brumme ich.

Dem anderen Vater ist das Gespräch immer noch unangenehm. Wahrscheinlich hat seine innere Gattin auch was gegen saufende Obdachlose. Aber immerhin hat er sich auch beim Rektor beschwert.

Gregor sagt: »Mein Vater war ein Hippie. Ich bin in einer Kommune aufgewachsen und habe meinen Namen getanzt. Fußball war Faschismus. Jetzt sehen Sie, wo ich gelandet bin.«

Die Väter nicken, der Nüchterne betroffen, der Beschwipste zornig.

Flos Vater klopft mir auf die Schulter, nachdem er kurz gezögert hat, da der Harzer Duft meinen Achseln entsteigt: »Sie sind ein guter Mann.« Er reicht mir das halbausgetrunkene Bier.

»Nehmen Sie's mit«, sage ich.

Er nickt. Sie gehen.

Gregor macht das nächste Bier auf. Sein drittes heute, vor zwölf Uhr mittags. Die Rolle gefällt ihm.

»Mannomann«, sagt er.

Eine Frau steht vor uns, die Augen wie Giftpfeile.

»Bitte trinken Sie Ihr Bier woanders. Was sind Sie denn für ein Vorbild für unsere Kinder auf dem Hof! Und überhaupt, ich werde sehr nervös, wenn Männer kleine Kinder beobachten, ich denke, das verstehen Sie.«

Ich kenne sie.

Es ist die Frau, die mich im Auto elektrogeschockt hat. Sie erkennt mich nicht. Sie rümpft die Nase.

»Jetzt machen Sie mal keinen Aufstand«, sagt Gregor, ein wenig zu gut in seiner Rolle.

»Wie bitte?«

»Mein Freund meint es nicht so«, sage ich.

Die Frau zieht ihr Gerät aus der Tasche, hält es in die Luft und drückt einmal auf den Abzug. Blau zuckt der Blitz zwischen den Fühlern.

»Als Frau des Hausmeisters achte ich auf unsere Kinder. Ich weiß, dass Sie ein schweres Leben hatten, anderenfalls hätten Sie schon längst die 20 000 Volt intus, die Sie verdienen.«

»Ist gut, wir gehen schon!«, sage ich, stehe auf und ziehe Gregor wie einen nassen Sack nach oben.

Die Stromfrau verfolgt jede Bewegung wie eine Dompteurin. »Los, los!«, treibt sie uns an.

Behäbig schlurfen wir davon.

Kurz bevor sie sich entspannen kann, dreht sich Gregor noch einmal um, tippt sich mit dem Finger an die Schläfe und fragt: »Heißt das, wenn jemand ein gutes Leben hatte, wird er von Ihnen zur Strafe sofort gebraten?«

Der Hausmeistergattin zuckt das linke Augenlid: »Verschwinden Sie jetzt!«

»Wollt's nur wissen«, sagt Gregor.

Dann sind wir weg.

Die Ortung

Ich starre auf das Wappen des 1. FC Köln in der Stecktabelle, während ich Herrn Eckernförde am Telefon erkläre, warum ich seine Vorstellungen nicht umsetzen kann. Gregor hat mir den Küchentisch als Arbeitsfläche freigeräumt. Er selbst schraubt nebenan an einem Rechner.

»Ich sage Ihnen auch gerne, was man absetzen kann, aber was Sie sich da vorstellen, das geht nur mit echter Steuerhinterziehung.«

Der Wissenschaftsjournalist ist ein anstrengender Mann. Vor mir liegt eine Quittung über zwanzig Gläser Kapern aus einer Rabattaktion, die er mit den Worten *für ein Experiment* beschriftet hat, weil er auch sie von der Steuer absetzen will. Ich frage mich, ob sich ein Sachbearbeiter im Finanzamt ein Kapernlabor vorstellen kann. Gregor steht nebenan auf. Die Rollen seines alten Schreibtischstuhls quietschen. Er kommt in die Küche, gießt sich Kaffee ein und signalisiert mir mit einer Geste, dass ich einfach auflegen soll. Ich sage: »Herr Eckernförde, ich lege jetzt auf und mache die Papiere erst mal fertig. Dann sehen wir weiter. Ja. Nein. Auf – Ja. Auf Wie – Ja. Auf Wiedersehen, Herr Eckernförde!«

Ich drücke auf den roten Knopf meines Handys und puste Luft aus.

Gregor sagt: »Von mir hat er verlangt, dass ich ihm eine USB-Schnittstelle für Windows 95 programmiere.«

Ich schmunzele.

Mein Handy klingelt. »Herr Eckernförde, bei aller Liebe ...«

»Hier ist nicht Herr Eckernförde, wer immer das auch ist«, sagt Marie am anderen Ende der Leitung. Der Geißbock im Kölner Wappen spitzt seine Ohren. Ich spüre einen Windhauch Hoffnung, den Maries Tonfall gleich wieder abflauen lässt. Sie klingt wie trockenes Weißmehl, das mit Zitrone beträufelt wurde.

»Deine Kinder haben dich soeben geortet.«

»Wie bitte?«

Gregor, der eben schon wieder gehen wollte, lehnt sich an die Anrichte und umschließt die heiße Tasse mit beiden Händen.

»Lisa hat mein Handy genommen und deine Nummer in das Programm eingegeben, das Telefone aufspürt.«

»Du hast ein Überwachungsprogramm auf deinem Telefon?«

Gregor löst eine Hand von der Tasse und macht eine »Ich hab's dir doch gesagt!«-Geste.

»Um meine Kinder finden zu können«, sagt Marie, »wenn sie mal wieder mit einem Allergieschock auf der Straße liegen.«

»Boah!«, sage ich.

»Jedenfalls sind sie verwirrt. Sie fragen mich, wie dein Telefon in Riehl sein kann, wo du doch in Namibia bist. Ich habe ihnen gesagt, dass dein Handy bei Gregor liegt, weil du es nach Afrika gar nicht mitgenommen hast, aber da sagten sie, du hättest sie doch schließlich damit angerufen, einen Tag nach deiner Landung.«

»Ja. Und? Darf ich mit meinen Kindern jetzt nicht mal mehr telefonieren, oder was?«

»Nicht, wenn dadurch unsere Geschichte auffliegt und sie sich fragen müssen, ob sie von ihren Eltern belogen werden.«

»Dann gib Lisa doch nicht dein Handy, Marie!«

»Das hilft nichts, sie hat das Ortungsprogramm jetzt schon selbst.«

Gregor zeigt auf sein Telefon unter der Stecktabelle. »Dann rufe ich das nächste Mal vom Festnetz aus an. Gregor sagt, das kann nicht geortet werden und die Nummer lässt sich unterdrücken.«

»Ja, aber du kannst dich verplappern. Eine S-Bahn kann vorbeifahren. Gregor kann den Fernseher anhaben und der Kommentator ›Tor durch Podolski!‹ schreien. Die Verbindung kann verdächtig gut sein. Das ist mir alles zu riskant, Ben.«

»Heißt das, du verbietest mir, unsere Kinder anzurufen?«

»Du kannst ihnen mailen. Das ist sowieso realistischer aus einem Land, wo man fast nirgendwo Mobilfunknetz hat.«

»Das glaube ich jetzt nicht!«

»Hast du eine Vorstellung davon, wie ich mich winden musste,

um den Kindern zu erklären, warum dein Handy in Riehl aufge-
blinkt ist? Ich habe stundenlang im Netz nach Gründen gesucht.
Falsch geschaltete Satelliten, doppelt vergebene Nummer. Hast du
auch nur eine vage Idee, wie hartnäckig unsere Kinder sind? Am
Ende musste ich einen Bekannten von Gideon, der Programmierer
ist, bitten, unseren Kindern in halbwegs frei erfundenem Fachchine-
sisch zu erklären, warum diese Ortungssoftware für den Hausgebrauch Fehler hat. Ob sie nicht auch glauben, wirklich fehlerfreie
Spionagehandys gäbe es nur für echte Agenten und nicht für
3,99 Euro als App für jedermann?«

Ich bin stolz auf meine Kinder, als ich das höre. Und ich freue
mich, dass sie Marie damit ein paar Stunden lang von ihrer eigent-
lichen Arbeit abgehalten haben. Dann weiß sie mal, wie das ist. Ich
muss daran denken, dass daheim noch die Ofenklappenschraube locker sitzt. Ich kann nicht anders. Ich bin Controller. Was nicht erledigt ist, bleibt ein Leben lang in meinem Kopf kleben, ob ich will
oder nicht. Ich weiß heute noch, wer sich von mir in der Grund-
schulzeit Spielzeugautos und Comic-Hefte geliehen und niemals zu-
rückgegeben hat. Mein blauer Matchbox-Golf GTI liegt bei Martin
Reuter, und das Spiderman-Taschenbuch #12 hat Heiko Bellmann.

»Wenn du den Kindern mailst«, sagt Marie, »kannst du übrigens
Lisa gratulieren. Sie hat eine glatte Eins in Mathe geschrieben.«

»Weil sie keinen Fehler hatte oder weil –« Es knackt in der Leitung.

»Marie?« Es tutet.

Ich halte das Handy hoch und sehe Gregor an: »Sie hat aufgelegt.
Ist das denn zu fassen? Sie verbietet mir, meine Kinder anzurufen,
und sie legt einfach auf.«

»Ich sag's ja. Pantoffelheld.«

»Scheiße!«, brülle ich und schlage mit der Faust so heftig gegen die
Wand, dass die Stecktabelle eine Reißzwecke verliert und nur noch
an einer Ecke baumelt. Gregor eilt hin und macht sie kopfschüttelnd
wieder fest. Er sagt: »So, Feierabend für heute. Es ist sowieso Sonntag, da müssen wir auch bei Schwarzarbeit nicht durchmalochen.«

»Ich will aber arbeiten«, sage ich, »ich muss mich ablenken.«

»Genau davon rede ich. Wir hatten erst *einen* echten Männertag zusammen, und wenn das so bleibt, findest du nie mehr zu dir selbst zurück. Glaub mir das.«

Er klappt die Ordner auf dem Tisch zu und zieht an meinem Ärmel. »Komm! Zack, zack! Wir gehen jetzt raus.«

»Wohin denn?«

»Wird dir guttun. Vertrau mir!«

Ich stehe zögernd auf. Gregor zieht schon im Flur die Schuhe an: »Und nimm ein Bier mit. Als Wegzehrung.«

Der Rasen gibt jedes Mal, wenn er von Stollen aufgerissen wird, eine herrliche Portion frischen Duft frei. Sie mischt sich mit dem Schweiß der Männer, die sich schubsen, stoßen und foulen, und dem Qualm der Zigarre, die der Mann im grauen Mantel neben uns raucht. Wir nennen ihn seit vierzig Minuten den »Häuptling«. Er ist der größte und lauteste der kleinen Männergruppe, die wahrscheinlich jeden Sonntag das Spiel des örtlichen Amateurvereins verfolgt. Einer von ihnen trägt sogar einen Mannschaftsschal.

»Schiri, da war überhaupt nix!«, schimpft der Häuptling jetzt, als der Unparteiische einen Freistoß gegen die Heimmannschaft gibt. Es steht 1:1. Knappe 100 Zuschauer sind gekommen, und für den rustikalen Kick, den es zu sehen gibt, sieht das Stadion sehr gepflegt aus. Rund um das Spielfeld läuft eine saubere Tartanbahn für die Leichtathletik. Hinter den Toren gibt es Weitsprungsandkästen. Hinter dem Wall Richtung der Kabinen spielen Jugendliche auf einem Basketballplatz. Der Freistoß wird getreten und abgefälscht, ein Verteidiger flankt den Ball blindwütig hoch nach vorn.

»Hoho!«, ruft der Häuptling, »wenn der runterkommt, ist Schnee dran!« Der Ball kommt runter und fällt dem türkischen Stürmer der Heimmannschaft vor die Füße, von dem mir Herr Neurath von den Wasserwerken während der Kellerflut erzählt hat.

»Geh, Mehmet!«, brüllt der Häuptling, und ich sage laut, während wir dem rennenden Anatolier hinterhersehen: »Ist schon ein Guter. Aber den Bodo Bockel im Tor, den hätten sie nicht gehen lassen dürfen.«

Der Häuptling schaut mich grunzlig an, da ich als Neuling am Platz nichts zu sagen habe, nickt dann aber gönnerhaft. Er zieht an der Zigarre und sagt: »Der Bockel, das war der beste Torwart, den wir hier je hatten. Eine überragende Spielintelligenz.« Er lacht bronchial, bis es ihn schüttelt. »Im Leben war er aber nicht der Hellste. Der hat noch gehupt, wenn er gegen einen Baum gefahren ist.«

Ich muss lachen. Gregor hat recht, ein Nachmittag auf dem Lokalsportplatz tut gut.

In der Halbzeitpause gehen wir zum Stand für das leibliche Wohl, den ein paar Damen bewirtschaften. Die Bude zeigt mit der Theke genau auf das Spielfeld. Die Damen haben's gut, denke ich, die ganze Zeit Freibier und den besten Blick im Stadion.

»Hallo, gute Frau«, sagt Gregor, »was haben Sie denn zu bieten?«

»Limo, Bier, Kaffee, Butterkuchen, Apfelkuchen, Bockwurst.«

»Nehmen wir!«

Die Frau runzelt die Stirn. Gregor zeigt auf einen kleinen, runden Stehtisch und fährt den Rand mit den Fingern nach: »Ja, ich meine *alles*. Passt doch auf den Tisch, oder?«

Ich schmunzele.

»Wir müssen weiter deinen Magen trainieren«, sagt er.

Zwei Männer gehen durch die Menge und verteilen Werbezettel. Nicht mal hier hat man seine Ruhe. Einer legt das A5-Blättchen vorsichtig zwischen unsere üppig bestückte Tafel. Gregor will es gerade wegwerfen, als ich »Stopp!« sage und es nehme, da ich den Mann erkenne, der es hingelegt hat. Es ist Flos Vater, der sich neulich vormittags in der Schule über den mangelnden Fußball beschwerte und von uns als Obdachlosen zur Belohnung ein Bier bekam. Auf dem Blatt steht *School kick!* Es geht um ein Turnier für Jungs von 7 – 10 Jahren, mit Mannschaften aus Tommys Schule. Die Teams haben sich sogar schon Namen gegeben. Ich überfliege sie, und mir schießen Tränen in die Augen, als ich lese, dass ein Team tatsächlich *The Bone Crushers* heißt. Das Spektakel ist nächsten Samstag. Ich kralle meine Hand in den Arm von Flos Vater.

»Warten Sie!«, sage ich.

Er taxiert mich.

»Was ist das?«

»Ein Turnier für die Kurzen.«

»Welche Kurzen?«

»Von der Conrad-Ferdinand-Meyer-Schule. Haben keinen Fußball dort im Sportunterricht. Kann man sich das vorstellen?« Gregor beißt in die Bockwurst.

»Und wer richtet das aus?«

»Wir. Die Väter. Wo der Staat versagt, muss der Bürger selbst ran, oder?« Er lehnt sich ein wenig nach hinten, runzelt die Stirn und sagt: »Kann es sein, dass ich Sie kenne?« Ich bekomme rote Wangen, weil ich befürchte, dass er mich als den Obdachlosen identifiziert. Oder als Tommys Vater, der eigentlich nicht in Deutschland sein dürfte. »Kann es sein, dass Sie mal bei uns ein Kind vom Geburtstag abgeholt haben?« Tommy ist ständig bei Flo zu Hause, aber privaten Kontakt halten nur die Mütter. Wir Väter haben uns in all den Jahren nie gesehen. Ich winke ab: »Ich stehe am Sonntag auf dem Bezirksligaplatz und esse Sahne mit Senf. Wirkt das, als sei ich verheiratet?«

Flos Vater lacht.

Ich sage: »Und das Turnier findet hier statt?«

»Ja. Den Platz kann man mieten. Wissen Sie«, sagt er, legt den Kopf schief und kneift ein wenig die Augen zusammen, »was mich an der Sache ärgert ist, dass ich nicht selbst drauf gekommen bin.«

»Nicht?«

»Nein. Ein anderer Vater hat uns drauf gestoßen. Uns alle. Er hat eine Mailingliste aller Papas aus der Conrad-Ferdinand-Meyer-Schule gemacht und sie angeschrieben, ohne dass unsere Frauen mitlesen konnten. Er hat uns aufgewiegelt, uns aus der Seele gesprochen. Und dann schlug er ein Privatturnier vor. Zur Freude der Kinder und womöglich auch als Druckmittel, wenn die Schule es mitbekommt. Der Witz ist: Wir wissen bis heute nicht, wer der Mann ist.«

Ich tunke ein Stück Wurst in die Kuchensahne. Ich weiß auch nicht, welcher Vater ein Verbündeter im Geiste sein könnte. Ich war in der Schule allein unter Müttern.

»Nun denn«, sagt Flos Vater, klopft auf den Tisch und geht, um weiter die Flyer zu streuen, damit die Bone Crushers und all die anderen Teams bei ihrem Spektakel Publikum haben.

Gregor trinkt einen Schluck Bier und sieht zum Spielfeld.

»Das verwirrt mich jetzt«, sage ich.

Er lächelt, die Flasche am Hals. Die Spieler kehren aus den Kabinen langsam wieder auf den Platz zurück.

»Was?«, fragt er, »dass manche handeln, während andere sich nur aufregen?«

»Ja, aber wer denn?«, sage ich. »Die nehmen sich ja noch nicht mal die Zeit, zum Sprechtag zu kommen, und dann setzen sie sich hin und suchen mühselig die Mailadressen aller Väter heraus?«

Gregor nimmt die Flasche vom Mund, stellt sie ab und zieht die Augenbrauen hoch. Er verschränkt die Arme und beginnt, mit dem Oberkörper zu wippen.

»Geht's?«, frage ich.

Gregor stellt die Flasche auf seine flache Hand, balanciert sie in Kopfhöhe und macht Ausfallschritte, damit sie kerzengerade stehen bleibt. Die Spieler sind wieder auf dem Platz und nehmen ihre Positionen ein. Gregor hüpft auf einem Bein. Ich will gerade etwas sagen, da singt er mit krächzender Stimme: »Ach wie gut, dass niemand weiß …«

Der Schiedsrichter pfeift an.

Ich sage: »Du???«

Gregor grinst.

»Du warst der anonyme Rundmailer, der alle aufgewiegelt hat wie die Tunesier?«

Gregor spitzt die Lippen, als wolle er pfeifen und streicht ein imaginäres Haar nach hinten.

»Aber wie?«, stammele ich »wie bist du denn an die Adressen gekommen?«

»Ich bin IT-Fachmann, Ben«, sagt er, »fragst du deinen Zahnarzt auch ganz erstaunt, wie er an deine Kronen gekommen ist? Oh, Doktor Floss, das ist ja erstaunlich, Sie kennen sich ja mit Zähnen aus!«

»Aber wann hast du …?«

»Die Idee hatte ich schon damals auf der Terrasse, bevor ich mir das Leberwurstbrot holen wollte. Ich hätte sie ja erwähnt, aber dann ist deine Katze weggelaufen, und du hast mich beschimpft und wie einen Todfeind aus dem Feld geworfen. Also habe ich's alleine gemacht.«

»Während du sauer auf mich warst?«

Er steckt seine restliche Wurst in den Mund und wischt sich kraftvoll mit der Serviette die Lippen ab. »Was heißt schon sauer? Bin ich eine Frau, oder was?«

Der Typ ist einfach eine Wucht.

Ich will ihn umarmen, aber der Ball kommt vom Spielfeld geflogen und fegt uns mit einem Mal eine Kuchenschale vom Tisch.

»Mehmet, lass den Leuten ihr Essen stehen!«, ruft der Häuptling, und Mehmet entschuldigt sich, während sein Gegner darauf wartet, dass ihm jemand den Ball wieder reinwirft. »Nix passiert!«, sagt Gregor und sammelt das Leder auf. Als das Spiel weitergeht, halte ich den Flyer hoch und tippe mit dem Finger darauf: »Ich muss dabei sein, Greg! Ich muss sehen, wie mein Sohn die Bone Crushers anführt.«

Gregor sagt: »Du kannst nicht dabei sein. Du bist in Namibia.«

»Sag mir nicht, was ich nicht tun kann. Du hast das Ganze doch als anonymer Ideenspender angeleiert. Und jetzt sagst du wie meine Frau, ich muss um jeden Preis in Namibia bleiben?«

»Ich will dich nicht entmannen, Ben, wirklich. Nichts liegt mir ferner, als Marie recht zu geben. Aber willst du, dass alles auffliegt? Stell dir vor, Tommy begreift gerade in dem Moment, wo er aufs Tor zuläuft, dass sein Papa immer noch in Deutschland ist. Und dann geht es los, in dem kleinen Köpfchen. Ratter, ratter. Während des Spiels.«

Ich zerreibe Sahne zwischen den Fingerspitzen.

Schaue zur Imbissbude.

Schaue über den Platz.

»Du hast ja recht«, sage ich.

»Sicher«, sagt er.

»Ich will noch 'ne Wurst«, sage ich, nehme eine meiner Schalen und gehe zur Bude. »Verzeihung«, sage ich, als die Frau den Senf auf die Schale spritzt, »an dem Tag hier« – ich zeige auf das Flugblatt des Kinderturniers –, »kann man da bei Ihnen auch Wurst kaufen?«

»Nein. Die Bude hier machen wir nur auf, wenn die Vereinsmannschaft spielt.«

»Aha«, sage ich, »danke«, und trage meine Wurst wieder zum Tisch.

Das Turnier

Wir haben Trikots gemacht, mailt mir mein Sohn. Im Anhang ist ein Foto seiner Bone Crushers mit ihm als Kapitän und Flo als Torwart. Die Trikots sehen gut aus, ein schöner, grimmiger Schriftzug. Ich frage mich, ob Marie den gestaltet hat. Sie mochte den brachialen Namen zwar nie, aber sie kann so was. Aber ob sie sich gerade die Zeit nimmt? Tommy diktiert seine Mails Lisa, die sich schon darauf freut, wenn er eines Tages selber fehlerfrei tippen kann. Seit Sonntag sind zwischen mir und den Kindern viele Mails hin und her gegangen.

Von: Tommy Breuer (bonecrusher@gmx.de)
An: Ben Breuer (reflexman@freenet.de)

Hallo Papa!
Was machen die Tiere? Wir spielen jetzt doch Fußball. Nicht in der Schule. Auf dem Sportplatz. Die Trikots hat Flos Papa gemacht. Meine Mannschaft heißt *The Bone Crushers*! Ich wünsche mir, du könntest dabei sein.
PS: Ich auch! (Lisa)
PS: Das Lenkrad für die Wii ist der Hammer! (Tommy)

Von: Ben Breuer (reflexman@freenet.de)
An: Tommy Breuer (bonecrusher@gmx.de); Lisa Breuer (supergirl@gmx.net)

Hallo Tommy!
Die Tiere sind super. Habe tatsächlich am Sonntag einen Leoparden gesehen! Bewegt sich wie Vinci in groß. Man will hin und ihn

streicheln! Es ist ein wildes Land. Wenn man sich morgens verabredet, kommen die Leute abends und finden das nicht schlimm. Die Telefonleitungen brechen ständig zusammen. Manchmal geht auch der Strom aus. Dann macht man eben etwas anderes. So sehen die das hier. Ich wünschte mir auch, ich könnte mir dein Spiel ansehen! Aber Namibia ist leider zu weit weg für einen Fußballausflug. Ich bin mir sicher, dass die *Bone Crushers* ihre Gegner das Fürchten lehren werden!
An Lisa: Ich habe gehört, du hast eine glatte Eins in Mathe geschrieben?
Euer Papa

Von: Lisa Breuer (supergirl@gmx.net)
An: Ben Breuer (reflexman@freenet.de)

Hallo Papa!
Ja, die Arbeit war glatt Eins. Aber ich freue mich nicht. Ich habe dieses Mal sogar drei Fehler gemacht, aber trotzdem ist es glatt Eins, weil jetzt alle mehr Fehler machen dürfen. Dann hat die 4b auch bessere Noten. Frau Nieswandt sagt, im Zweifel ist es besser, wenn alle reich sind als alle arm. Daheim haben wir jetzt eine Haushälterin, die Frau Bombeck. Sie kommt jeden Tag. Sie ist nett und sie macht richtig gut sauber, aber sie kann keine Pommes im Wok! Ist es wahr, dass es in Afrika abends eiskalt ist?
Lisa

Von: Ben Breuer (reflexman@freenet.de)
An: Lisa Breuer (supergirl@gmx.net)

Hallo Schatz!
Ja, nachts ist es hier so kalt wie in Norwegen! Tagsüber Sauna. Wie diese Heiß-Kalt-Becken im Freizeitbad. Haushälterinnen gibt es hier nicht. Neulich habe ich die älteste Pflanze der Welt besichtigt.

Sie heißt Welwitschia Mirabilis und ist über 1000 Jahre alt. Sie braucht kein Wasser. Pommes im Wok mache ich euch als Allererstes, wenn ich wieder da bin. Oder wenn ihr herkommt, direkt über dem Feuer. Wegen der Noten: Gib Frau Nieswandt mal 100 000 Mark aus dem Monopoly und sag ihr, dass sie jetzt reich ist, auch wenn das nur Spielgeld ist!
Gehen Mama und du mit zu Tommys Turnier?
Dein Papa

Von: Lisa Breuer (supergirl@gmx.net)
An: Ben Breuer (reflexman@freenet.de)

Hallo Papa!
Ich gehe mit! Mama kann nicht, die muss arbeiten. Die Maxi Müller geht mit uns. Meinst du das ernst mit dem Spielgeld?
Lisa

Diese Mail mit der Maxi-Müller-Info gab den Ausschlag, dass ich den Plan, den ich letzten Sonntag in meinem Hinterkopf abgelegt habe, nun in die Tat umsetze. Ich habe mich heute Morgen um sieben Uhr aus der Wohnung geschlichen, als Gregor noch das Bettuch vollgesabbert hat. Auf dem Sportplatz habe ich mit dem kleinen Brecheisen aus seiner Werkzeugkiste die Tür der Imbissbude aufgebrochen und ein Guckloch in den Pressspan der Außenwand gebohrt. Um acht ist eine Schulklasse zur Leichtathletik gekommen, ihre Runden um den Platz auf der Tartanbahn konnte ich verfolgen, ohne auch nur einen Läufer aus dem Blick zu verlieren. Ich habe mir eine Tüte Milch und ein paar Bananen mitgebracht, um hier drin nicht zu verhungern. Und jetzt – die Schalen liegen neben mir auf dem Boden, und der Tetrapak ist auch schon leer – laufen tatsächlich die Fußballmannschaften auf. Die vielen Väter, wenigen Mütter und zahllosen Geschwister und Freunde haben selbst Proviant mitgebracht. Der Rektor ist nicht zu sehen, auch keine Lehrerinnen. Das große Spielfeld ist geteilt, damit die aus jeweils sieben Jungs bestehenden Teams nicht bis nach Honolulu laufen müssen, um mal einen Torschuss abzugeben. Flos Vater sitzt an einem Klapptisch und macht die Turnierleitung. An einem großen Flipchart ist der Spielplan aufgehängt, mit Freifeldern zum Eintragen der Ergebnisse. Der gute Mann hat ein Megaphon mitgebracht und ruft die erste Partie aus: »Unser erstes Spiel am heutigen Tage: Die Killer Bees gegen die Bone Crushers!« Lisa, Maxi Müller und ihr Sohn, der zum Mitspielen noch etwas zu klein ist, halten ein Transparent in die Luft, auf dem ein Knochenbrecher-Schriftzug abgedruckt ist. Sie schreien und jubeln.

Ich bekomme eine Gänsehaut.

Stolz führen Tommy und Flo ihre Mannschaft auf den Rasen. Flos Papa steht auf, streift sich eine gelbe Weste über und betritt das Feld mit einer Trillerpfeife in der Hand, um nun auch den Schiedsrichter zu geben. Endlich spielt mein Sohn Fußball und wird zum Mann, und er weiß nicht, dass sein Vater ihm zusieht. Verdammt.

Die Bone Crushers bekommen in der zweiten Minute ein Gegentor, aber dann fangen sie sich und beginnen, für ihr Alter erstaunlich kluge Spielzüge zu machen. Das Tor, auf das sie spielen, steht auf meiner Seite, so dass ich meinen Sohn durch das Guckloch in voller Pracht auf mich zulaufen sehen kann. Seine Nasenflügel blähen sich, seine Augen sind die eines Kriegers. Er kämpft, rennt und rempelt. Die ganze verfluchte Tanzgymnastik fällt von ihm ab. Mein Vaterherz tanzt. Er gewinnt im Mittelfeld den Ball und rennt auf das Tor zu. Ich stopfe mir eine Bananenschale als Knebel in den Mund, um ihn nicht aus meinem Versteck heraus laut anzufeuern. Er drischt zu tief unter den Ball, und das Leder fliegt über das Tor der Killerbienen hinweg. Der Ball titscht einmal auf der Tartanbahn auf und knallt dann gegen die Imbissbude. Tommy setzt sich in Bewegung, um ihn zu holen. Ich erstarre. Bevor er den Platz verlassen kann, hält ihn der Torwart der Killerbienen auf und signalisiert ihm, dass dies seine Aufgabe ist. Der Junge ist zwei Jahre älter als Tommy, trägt Handschuhe, die ihm zwei Nummern zu groß sind, und hat das Haar klatschnass auf der Stirn kleben. Er kommt zur Bude gelaufen, hebt den Ball auf und hält inne, als er sich aufrichtet und dabei das Loch in der Wand bemerkt, hinter dem ein Auge sich nicht schnell genug zurückziehen kann. Das Bild muss zu den Eindrücken gehören, die Kinder sofort verdrängen oder nur ihrer Phantasie zuschreiben, weil es einfach zu unwahrscheinlich ist. Warum sollte ein Loch in der Würstchenbude sein, hinter dem eine Pupille hin- und herzischt? Ich fühle, wie der Junge den Kopf schüttelt. Seine Schritte werden leiser, als er wieder zum Feld geht. Ein »Plock« sagt mir, dass er den Ball ins Spiel zurückschießt und ich mein Auge wieder auf Position bringen kann. Sein Team startet einen Angriff, kann die Bone Crushers mit einem schönen Doppelpass überrumpeln und macht ein Tor. Während sich danach alle Spieler wieder sammeln, tippt der kleine Torwart etwas in sein Handy, weil er zwanzig Sekunden freie Zeit hat. So lange Pausen können die Kids heute nicht ertragen, da kann man schließlich schnell zwei Freunde adden oder twittern, dass das eigene Team gerade ein Tor gemacht hat. Ich nehme mir vor, Tommy frühestens mit zehn ein eigenes Mobiltelefon zu erlauben. Ach was, mit fünfzehn. Aber bei Lisa hat das auch nicht geklappt.

Das Spiel wird wieder angepfiffen, und nach ein paar Zuspielen wird Tommy von einer Killerbiene gefoult. Ich kann mir gerade noch verkneifen zu schreien, als von links Licht in das Dunkel fällt.

»Ich habe es ja nicht geglaubt, als mein Sohn mir eben simste, da sei ein Mann in der Bude«, sagt eine Frau, während auf dem Rasen das Spiel weiterläuft. Sie ist groß, und ihre Silhouette wirft einen langen Schatten in dem Licht, das seit Stunden das erste Mal in den Verschlag flutet. Ich halte die Hand vor mein Gesicht. Die Frau sagt: »Nein! Das bist ja du! Du Sau! Du perverses Schwein! Du hast vor ein paar Wochen im Auto vor der Schule gesessen, und jetzt spannst du durch ein Guckloch den kleinen Jungs auf den Hintern???«

Die Hausmeistergattin! Verdammt, die habe ich in dem ganzen Auflauf gar nicht bemerkt.

Sie greift in ihre Tasche. Tausend Erklärungen gehen mir durch den Kopf, die ich geben könnte. Ich könnte die Wahrheit sagen, dass ich Tommy Breuers Vater bin und nur eben offiziell in Namibia, aber man hat ja heutzutage keine Zeit mehr, sich irgendwie zu erklären, denn schon zuckt der blaue Blitz des Tasers durch die Würstchenbude. Als Reflex Man habe ich gerade noch die Geistesgegenwart, mich wegzudrehen. Aus einem Überlebensreflex heraus trete ich der Frau vor die Knöchel, um sie von den Beinen zu holen. Sie strauchelt. Ich springe auf und stoße sie zur Seite. Schon bin ich halb draußen und will nach links hinter die Bude, außer Sicht vom Spielfeld. Doch der Arm der Frau schnellt vor, und der Stromstoß erwischt mich unter der linken Niere.

Ich zucke spastisch, meine Beine schlagen aus wie bei einer grotesken Comicfigur, aber ich nehme all meinen Willen zusammen und torkele weiter, hinter den Wall zum Basketballplatz, damit niemand mitbekommt, dass ich hier war. Rotz läuft mir aus der Nase, an den Schläfen drücken sich meine Adern wie Gartenschläuche aus der Kopfhaut, und mein Mund sagt unablässig »Nagg nagg nagg nagg«, während ich vorwärtsstolpere.

»Ich alarmiere die Polizei!«, ruft mir die Hausmeistergattin hinterher.

»Nagg nagg nagg.«

Ich greife in die Gitterbegrenzung des Basketballplatzes und ziehe mich Masche für Masche daran entlang, nur weg vom Ort des Geschehens.

»Nagg nagg nagg.«

Nur langsam erlange ich wieder Kontrolle über meine Glieder, die heiß pulsieren und von tausend Nadeln durchstochen prickeln wie wochenlang eingeschlafene Füße. Vom Besucherparkplatz kommt mir Gregor entgegengelaufen. Er begreift sofort, warum ich wie eine verfangene Taube im Gitter hänge.

»Als ich aufgewacht bin und du warst nicht da, wusste ich sofort, wo du bist!«, sagt Gregor und pflückt mich vom Gitter. Er zerrt mich zum Auto und schimpft: »So eine bescheuerte Idee. So ein unnötiges Risiko.«

»Sie hat … nagg nagg nagg …«

Gregor blickt sich um. Das Spiel scheint noch zu laufen. Keiner folgt uns. Vielleicht wollte die Hausmeistergattin niemanden beunruhigen. Vielleicht hat sie einen Knöchelbruch erlitten.

»Sie hat die … nagg nagg … die Po … nagg nagg … die Poli ….«

»Ja, ja«, sagt Gregor, »wir sind ja gleich weg!«

Er steckt mich ins Auto, wirft sich auf den Fahrersitz, drückt mich mit der Hand tief nach unten und fährt vom Sportplatz. Auf der Landstraße kommt uns ein Polizeiauto entgegen.

Die Haushaltshilfe

Ich liege bäuchlings auf Gregors Couch und sabbere in das Kissen. Üblicherweise stehe ich als Erster auf, aber heute wecken mich Klappergeräusche und ein Geruch wie aus einer bayrischen Großküche. Ich greife nach dem kleinen Wecker, der auf dem Wohnzimmertisch zwischen den Bierflaschen steht. Erst 8 Uhr. Ich wuchte mich hoch.

»Guten Morgen!«, sagt Gregor. Er steht am Herd und trägt eine Kochschürze, auf der braungebrannte Bodybuilder-Bauchmuskeln aufgedruckt sind. »Du kommst genau richtig zum Essen. Setz dich!«

Ich glaube nicht, was ich da sehe. Im Backofen liegt ein riesiger Schweinsbraten mit knackiger Fettkruste, in der Pfanne brutzelt ein Zentner Bratkartoffeln mit Speck, und der kleine Küchentisch biegt sich unter den Schüsseln wie die Festtafel auf den Schlussbildern der Asterix-Comics. Zwischen dem Geschirr auf dem Tisch ragen gutgefüllte Weißbiergläser wie Kirchtürme hervor.

Gregor zeigt mit dem Kochlöffel auf den Tisch: »Brezeln, Brötchen, Weißwürste, Krautsalat, Wurstplatte und Leberkäse. Dazu frisches Erdinger und, wie du siehst, ein Schweinsbraten mit so viel Fett in der Kruste, wie du es noch nie gegessen hast. Guten Appetit!«

Ich reibe mir die Augen: »Greg, es ist acht Uhr morgens.«

»Das ist der Blaue Morgen«, sagt Gregor.

»Der Blaue Morgen?«, frage ich und huste.

»Meine Tradition«, sagt er. »Da findet das Abendessen am Morgen statt. Und zwar ein richtiges.«

Er nimmt die Pfanne mit den Bratkartoffeln vom Herd und schiebt uns jeweils eine Riesenportion auf die Teller. Es duftet wirklich köstlich. Es weckt die Lebensgeister, besser als Kaffee. Das Weißbier lacht mich mit seiner schaumigen Krone an. Gregor stellt den Braten auf ein Brett auf der Anrichte und schneidet uns ein Stück ab, von dem Tommy und Lisa ein halbes Jahr leben könnten.

»Wenn der Mann allein ist«, sagt Gregor, »im Bordbistro des ICE oder am Buffet im Messehotel, dann trinkt er morgens Bier und isst Rührei mit Speck statt frisches Obst von der Gesundheitstheke. Es entspricht unserem Wesen.«

Ich stoße mit ihm an.

Nach zwei Stunden haben wir die Orgie auf die ganze Wohnung ausgebreitet. Teller mit Leberkäse und Weißwürsten stehen überall herum. Das Bier lässt unser Hirn bereits im Schädel schwimmen wie ein Fettauge in der Suppe. Mein Laptop steht auf dem Wohnzimmertisch und saugt Post aus der Luft, weil er es jeden Tag ohne Unterbrechung tut, solange ich wach bin. Gregor hat seinen Rechner eingeschaltet, damit wir uns beim Saufen und Mampfen Videos auf YouTube ansehen können. Gerade eben läuft die legendäre Wutrede von Rudi Völler. Zügellos beschimpft er den Moderator Waldemar Hartmann, dass er keine Ahnung von der Wirklichkeit auf dem Spielfeld habe. »Du sitzt hier gemütlich«, tobt Tante Käthe, »und hast schon drei Weizenbier getrunken!« Gregor haut mit der flachen Hand auf den Schreibtisch. Ich lache Tränen. Gregor spricht Waldemar Hartmanns Entgegnung wörtlich mit, wie er auch *Star Wars* wörtlich mitsprechen kann: »Also zunächst einmal gibt es in Island kein Weizenbier; ich bin auch kein Weizenbiertrinker ...«

Ich verschlucke mich vor Lachen. »Mach das weg, ich kann nicht mehr«, japse ich, und Gregor tippt *Joe Cocker live* in die Suchmaske ein und lässt einen Konzertausschnitt laufen. Er ist von der Tournee zu *Hard Knocks*, der Platte, die Gregor mir zum Geburtstag geschenkt hat. Mir fällt auf, dass ich sie seit der Feier nicht *ein* Mal gehört habe. Ich hatte keine Zeit dafür.

»Zu der Mucke brauchen wir was anderes«, sagt Gregor, stellt sein Bier ab und gießt uns aus seiner Minibar Whiskey ein. Cocker röhrt. Gregor hebt das Glas: »Auf echte Männer!«

»Auf echte Männer!«, sage ich und lasse das brennende Gold in meine Kehle laufen. Im Augenwinkel sehe ich, dass neue Post einströmt. Ich klicke beiläufig mit der rechten Hand auf das Mailfenster meines Laptops und sehe den Absender. Es ist Tommy. Im unteren Teil des Mailfensters erkenne ich den Rand eines Fotos. Ich stelle das Glas ab und schiebe mir den Computer zurecht.

Von: Tommy Breuer (bonecrusher@gmx.de)
An: Ben Breuer (reflexman@freenet.de)

Hallo Papa!
Hier guck, ein paar Bilder von dem Fußballturnier. Die Bone Crushers sind Zweiter geworden! Ich habe drei Tore geschossen! Schade, dass du nicht dabei warst! Aber so kannst du wenigstens was sehen. Gibt es eigentlich auch Riesenspinnen in Namibia?
Tommy

Ich scrolle runter und sehe mir die Fotos an. Tommy beim Zweikampf, Balldeckung wie ein Profi, die Augen zusammengekniffen und den Arm nach hinten gestreckt, um den Gegner abzuhalten. Tommy beim Rennen, nach hinten fliegt Grasnarbe weg. Tommy beim Torjubel. Maxi Müller hat tolle Fotos gemacht. Sie verschwimmen mir vor den Augen, weil ich so betrunken bin.

»Hey!«, bellt Gregor und knallt meinen Laptop zu, »am Blauen Morgen wird nicht geheult, hörst du? Das ist Gesetz!«

Gregor ist stinkig.

Ich heule?

Tatsächlich.

Aber jetzt nicht mehr, denn jetzt werde ich zornig und springe auf: »Was knallst du hier einfach so meinen Laptop zu?«

»Das ist unser Morgen. Der Morgen der echten Männer!«, blafft Gregor, und der Spaß von Fleisch, Fett und Feierbier ist wie weggeblasen.

»Ja, und als echter Mann darf ich ja wohl heulen, wenn ich Jubelbilder von meinem Sohn sehe und nicht dabei sein durfte!«

»Nein!!!«, schreit Gregor, wirft das Whiskeyglas in seiner Hand gegen den Schrank, dass ich vor Schreck zusammenzucke, und stapft zur Toilette. Er knallt die Tür. Dann geht ein Strahl in die Schüssel nieder, als sei ein Staudamm gebrochen.

Was hat er denn?

Ich hebe, immer noch den Hausmann in mir, das dickwandige Glas auf, das heil geblieben ist, stelle es auf den Schreibtisch neben die Tastatur von Gregors Computer und bemerke rechts unten auf dem Bildschirm ein blinkendes Symbol. Wahrscheinlich eine Aufforderung, den Virenscanner zu aktualisieren. Ich klicke darauf, um die Updates zu starten, doch statt des Virenmenüs geht ein Terminplaner auf. Von Joe Cocker sieht man jetzt nur noch die spastisch zuckenden Hände. In dem Terminfenster darüber steht: *17. Hochzeitstag!!!* Daneben: ein Herz.

Die Klospülung wird betätigt.

Ich will das Fenster wegklicken, treffe aber anstatt des »X«-Symbols das Feld für Vollbild. Hektisch suche ich die Escape-Taste, doch Gregor steht schon hinter mir. Ich mache mich darauf gefasst, dass er mir eine scheuert, aber er beugt sich nur über den PC, drückt Steuerung, Control und Entfernen gleichzeitig und startet ihn neu. Joe Cocker verstummt schlagartig.

Gregor lehnt auf seinem Schreibtisch, als könne er sich sonst nicht halten. Er sagt, den Kopf gesenkt und den Blick irgendwo im Kabelsalat hinter dem Monitor: »Musst du an meinem Rechner rumschnüffeln?«

Hat er feuchte Augen? Ich zögere. Dann zeige ich auf den Fußballschal über seiner Eingangstür. »Sie ist also doch kein Knast, die Ehe?«, frage ich.

»Halt's Maul«, sagt er.

»Du vermisst sie?«

»Ich sage, ich will nicht darüber reden!«, schreit Gregor, bemerkt das Glas neben der Tastatur und schmeißt es noch einmal gegen den Schrank. Diesmal zerpfeffert es tatsächlich. Gregor schnauft. »Das musstest du aufheben, oder?«, sagt er. »Du musstest das Glas wieder ordentlich hinstellen.«

Ich zucke mit den Schultern.

»*Das* machen sie aus uns«, sagt er und nickt immer wieder, als müsse er sich selbst bestätigen, dass er recht hat.

Ich lasse mich in den Sessel fallen und seufze.

Gregor plumpst in seinen Schreibtischstuhl. Er zeigt auf meinen Mundwinkel: »Du hast Fett in der Fresse.«

Ich sage: »Das geht so nicht weiter, Greg. Ich will meine Familie zurück.«

Er seufzt.

Sein Rechner ist wieder hochgefahren. Gregor öffnet den Browser, surft auf YouTube und schaltet *Brothers in Arms* von den Dire Straits ein. Sanft schleicht sich die Slidegitarre heran. Er steht auf, geht in die Küche und setzt eine Kanne Kaffee an.

»Wenn du das wirklich willst«, sagt er, während es gluckert, »dann musst du was tun.«

»Was denn?«

»Du musst richtig machen, was du vorher falsch gemacht hast.«

»Ich habe als Hausmann versagt.«

»Dann geh hin und versage nicht.«

»Aber wie denn? Marie lässt mich doch nicht rein.«

Gregor schüttelt den Kopf: »Wer macht denn gerade bei euch das Haus? Doch wohl kaum Mrs. Karriere, oder?«

Es missfällt mir, wie Gregor das sagt. Mrs. Karriere. Es liegt viel zu viel Gift darin. Marie ist doch nicht seine Frau. Ich antworte: »Die Haushaltshilfe. Frau Bombeck.«

»Ja, gut. Wann sind die Kinder in der Schule?«

»Bis die daheim sind, ist es meistens eins.«

»Und hast du deine alberne Datei noch, wo steht, was Ben Breuer im Haus geleistet hat?«

»Ja, sicher« – ich klopfe auf den Laptop –, »hier drin.«

Gregor sagt: »Ich schlage vor, die Zeit in Namibia zu nutzen und diese Datei um viele beeindruckende Einträge zu erweitern.«

Er kratzt sich am Bart. Er trinkt Kaffee statt Whiskey aus seinem Becher. Er hat die Dire Straits eingeschaltet. Ich lächele und schaue auf die Uhr.

»Na, los!«, sagt Gregor, »zweieinhalb Stunden hast du noch!«
Ich wuchte mich aus dem Sessel, stopfe meinen Laptop in einen
Rucksack, umarme Greg und eile aus dem Hochhaus.

*

»Wer sind Sie?«, fragt Frau Bombeck und mustert mich misstrauisch
von oben bis unten, als sei ich ein sektengläubiger GEZ-Prüfer mit
Bofrost-Vertriebslizenz.
    »Ich bin der Ehemann von Marie. Das ist mein Haus. Offiziell bin
ich in Namibia auf Geschäftsreise, damit unsere Kinder nicht mitkriegen, dass wir gerade getrennt leben.«
    Sie glaubt mir nicht.
    Sie hat erstaunlich dicke und dunkle Augenbrauen für eine Frau.
Ein hübsches Gesicht mit einer Theo-Waigel-Partie.
    »Wollen Sie meinen Ausweis sehen?«, frage ich.
    Frau Bombeck nickt.
    Ich greife in die Hosentasche.
    »Äh«, sage ich, »ich habe meine Geldbörse liegen lassen.«
    »Natürlich«, sagt Frau Bombeck, und ihre Augenbrauen heben
sich wie die des blauen Adlers, der bei der Muppet Show die Nachrichten moderiert.
    »Meine Güte«, sage ich, »schauen Sie doch auf die Fotos im
Schlafzimmer. Oder in die Alben im Regal, unten rechts, unter Ste-
phen King.«
    Ein Wagen nähert sich und hält vor dem Haus gegenüber. Rolf
Heyerdahl steigt aus. Frau Bombeck winkt ihn herbei: »Herr Heyerdahl, kommen Sie mal!«
    Rolf gesellt sich zu uns, strahlend weiße Zähne im braungebrann-
ten Gesicht, ein schwarzes Lederbändchen als sportlichen Schmuck
um den Hals, wo die Muskeln beginnen.
    »Kennen Sie diesen Mann?«
    »Aber klar, Frau Bombeck, das ist Maries Gatte, Ben. Was machst
du hier? Ich denke, ihr seid momentan im Streit?«
    »Sind wir auch«, sage ich.

247

Frau Bombeck sagt, als wäre ich gar nicht da: »Warum ist er raus-geflogen?«

Rolf sieht sie an und begreift, worauf sie hinauswill. Er lacht wie ein sonniger Morgen in Venice Beach. »Frau Bombeck, Sie brauchen sich keine Sorgen zu machen. Ben ist harmlos.« Er knufft mir gegen die Schulter. »Das war nicht *so ein* Streit.«

Frau Bombeck atmet auf.

Sie hat wohl zu viel Privatfernsehen mit prügelnden Männern ge-sehen.

»Gut«, sagt sie, »danke, Herr Heyerdahl.«

»Immer gern«, sagt Rolf. »Ach Ben, wenn du Zeit hast: Morgen Abend läuft die Sendung über unseren Garten bei RTL *Living*. Keine Sorge, Edith haben sie rausgeschnitten.« Er klopft mir erneut auf die Schulter.

Frau Bombeck tritt zur Seite, und ich gehe ins Haus.

Es sieht gut aus.

Die Fliesen glänzen, das Katzenklo ist blitzsauber. Vinci läuft her-bei und schnurrt mir um die Beine. Ich streichle sie. Sie läuft vor in die Küche und ist überrascht, dass der Napf voll ist. Ich rüttele un-bemerkt an der Ofenklappenschraube. Sie ist immer noch locker. Auf der Anrichte liegt Gemüse.

»Was wollen Sie denn?«, fragt Frau Bombeck.

»Ganz offen?«, frage ich. »Ich will meine Frau zurückerobern. Und dafür will ich arbeiten. Jeden Tag. Hier im Haus.« Ich stelle meinen Rucksack auf den Tisch, ziehe den Laptop heraus, klappe ihn auf und zeige ihr die Bilder meiner gelungenen Hausarbeiten.

Sie schmunzelt.

»Sehen Sie? Ich habe mich bemüht. Aber ich war nie schnell ge-nug. Nie kompetent genug. Ich weiß auch nicht. Ich will alles wie-dergutmachen. Ich will hier neue Bilder reinkriegen. Bessere Bilder. Bilder, die beweisen, dass ich gelernt habe.«

Frau Bombecks Brauen treffen sich fragend in der Stirnmitte.

»Ich zahle Ihnen das, was Marie Ihnen zahlt, noch mal obendrauf. Dafür lassen Sie mich vormittags hier die Arbeit erledigen, und ir-gendwann bezeugen Sie, dass ich das alles gemacht habe. Wir machen Fotos. Sie schauen nur zu und bezeugen später. Das ist doch ein Deal, oder?«

Frau Bombecks Brauen schnellen wieder auseinander. Sie sagt: »Und wenn nichts richtig fertig wird? Dann fällt es auf mich zurück.«

»Es wird fertig! Es wird gut! Ich habe mich geändert.«

»Sie haben eine Fahne, Herr Breuer. Eine Bier- und Whiskey-fahne. Um halb elf Uhr vormittags.«

»Das ist, äh, eine Ausnahme. Geburtstag. Frühschoppen.«

Frau Bombeck legt den Kopf schief.

»Bitte!«, sage ich.

Frau Bombeck atmet geräuschvoll aus. Sieht sich um. Vinci frisst schmatzend den Napf leer. Frau Bombeck sagt: »Um ein Uhr kommen die Kinder. Bis dahin muss gekocht werden, Gemüseeintopf mit Kartoffeln. Und im Keller läuft noch eine Maschine.«

»Alles klar!«, sage ich, springe auf und nehme mir ein Messer.

»Halt!«, sagt Frau Bombeck.

»Was?«

»Sie sind von draußen gekommen. Waschen Sie Ihre Hände, bevor Sie anfangen, oder wollen Sie die Vogelgrippe gleich mit ins Essen einarbeiten?«

Ich will instinktiv protestieren, aber dann gehe ich ins WC und mache das heiße Wasser an. Zurück in der Küche hole ich drei Brettchen, vier Schüsseln, zwei Teller, ein großes und ein kleines Messer, Gewürze und zwei Töpfe aus den Schränken und lege die erste Möhre zum Zerteilen bereit. Frau Bombeck setzt sich an den Küchentisch. Ich wasche und schneide. Schäle Kartoffeln, häufe Zwiebelstückchen an, wische Schalen beiseite, räume Dinge aus dem Weg. Es klingelt an der Tür. Ich lasse das Messer in einer Zwiebel stecken und öffne.

»Herr Breuer!«, ruft der Grieche von GLS und drückt mir mit einem Schlag drei kleine Pakete in die Hand, während er mit dem rechten Fuß zwei große an mir vorbei in den Flur schiebt: »Dondrup, Brüssel, Majewski, Tronsdorf, Huber und Heyerdahl.«

»Aber Rolf ist da«, sage ich, doch der Grieche ignoriert es und hält mir den Unterschriftencomputer vor die Nase.

»Was bin ich froh, dass Sie wieder da sind«, sagt er, »diese Haushälterin macht mir ja nie auf.« Ich unterzeichne fünfmal, für alle
Nachbarn. »Kann sein, dass ich morgen früh mit Sperrgut komme«,
sagt der Grieche. »Die Leute unten am Marktplatz neben der Kirche
haben eine Schrankwand bestellt und sind schon zwei Tage hintereinander nicht daheim gewesen.«

Da geht er hin.

Ich schließe die Tür.

Frau Bombeck blickt auf die Tischmaserung.

Ich sage nichts, setze Wasser an und schnippele weiter Gemüse.
Eine Schüssel mit Schalen stelle ich auf die Fensterbank, weil sie mir
im Weg steht. Einen Haufen Gemüsereste werfe ich in den Bioeimer,
den ich zu diesem Zweck unter der Spüle hervorziehe. Ich lasse ihn
draußen stehen. Frau Bombeck steht auf, nimmt den Eimer, schiebt
ihn unter die Spüle zurück und sagt: »Ich habe genug gesehen.«

»Was soll das heißen, Sie haben genug gesehen?«

Sie lässt den Blick schweifen, über das Geschirr, die Gemüse-
schnipsel, die auf der Fensterbank abgestellte Kartoffelschalenschüs-
sel und die Pakete im Flur. Sie räuspert sich und sagt: »Herr Breuer,
ich sage es mal so. Sie könnten genauso gut erst mal alles Geschirr,
das überhaupt im Haus existiert, aus den Schränken räumen und auf
jede freie Stelle verteilen. Am besten suchen Sie noch auf dem Dachboden nach dem Porzellan Ihrer Großmutter und stapeln es obenauf. Und wenn Sie schon dabei sind, gehen Sie doch einfach zum
Postamt und stellen Sie einen Nachsendeantrag für alle Bewohner
bis rauf zu den Spargelhöfen an der Autobahnauffahrt, damit sämtliche Pakete direkt hierher geliefert werden.«

Ich presse die Lippen zusammen. Frau Bombecks Brauen tanzen
eine Runde Tango. Ich weiß nicht, ob ich mich gedemütigt oder er-
leuchtet fühlen soll.

Frau Bombeck fährt sich mit der Zunge über die Lippen, legt
das Telefon ab und sagt: »Okay, Herr Breuer. Ich mache das. Ich
lehre Sie.«

»Wie? Das habe ich doch gar nicht … das haben wir …«

»Ruhe! Zuhören!«

Ich bin ruhig und höre zu.

Frau Bombeck sagt: »Sie zahlen mir das Dreifache, und ich bringe Ihnen bei, wie man einen Haushalt richtig führt. Sie stehen hier jeden Morgen um acht Uhr auf der Matte, die Schuhe geputzt.«

Im Kopf überschlage ich, was mich das kostet.

»Ich mache Ihnen ein Angebot, das Sie nicht ausschlagen können«, sagt Frau Bombeck.

Ich überlege mir, wohin das führen kann. Ben Breuer, der Hausmann, der es endlich draufhat. Ich sehe die Präsentation vor mir, auf Leinwand, Frau Bombeck als Zeugin: »All das hat Ihr Mann gemacht, Marie. Er kann es jetzt!«

Ich schlucke, nicke und schlage ein.

Frau Bombecks Händedruck ist so fest, dass mir die Luft wegbleibt.

Ihre Brauen hüpfen.

Der Unterricht

»So«, sagt Frau Bombeck und hält mir die Kochschürze hin, »dann fangen Sie mal an.«

Ich nehme das blütenweiße Textil entgegen und deute auf meine Brust: »Das ist kein Sonntagshemd, das darf ruhig dreckig werden.«

»Tatsächlich?«, fragt Frau Bombeck. »Aber *muss* es denn dreckig werden?«

Ich lege den Kopf schief.

Frau Bombeck sagt: »Die Wäscheberge erscheinen nicht plötzlich aus dem Nichts. Die schichten sich ganz langsam aus Einzelteilen auf.«

Ich binde mir die Schürze um. Für den Knoten hinter dem Rücken brauche ich sieben Anläufe. Ich überfliege dabei die Zutaten, die ordentlich nebeneinander bereitliegen.

»Gut«, sagt Frau Bombeck, »Sie machen heute das Essen alleine. Gemüseeintopf mit Linsen. Oder Linseneintopf mit Gemüse, das können Sie sehen, wie Sie wollen.«

»Aber es ist doch noch früh am Morgen«, sage ich, »sollten wir nicht erst …«

»Der Eintopf ist das dankbarste Gericht für uns Hausfrauen, und das gerade *weil* wir es schon am Morgen vorbereiten können. Wenn es dann Essenszeit wird, lassen wir die Kinder in aller Ruhe den Tisch decken und müssen den Eintopf nur noch aufwärmen, anstatt hektisch das frisch beackerte Schlachtfeld aufzuräumen, während die Brut geifernd mit den Gabeln auf die Tischplatte schlägt. In der Zwischenzeit hatten wir sogar Zeit zu waschen und zu wischen.«

»*Waschen und wischen* …«, spreche ich ihr leise nach.

»Ich nehme mir jetzt diese Tasse Tee«, sagt Frau Bombeck, »schaue Ihnen zu und analysiere erst mal, wie Sie als Hausmann so arbeiten. Machen Sie wie immer. Ich bin gar nicht da.«

Ich nicke, öffne den Schrank und hole einen großen Topf heraus, einen kleinen Topf, ein Nudelsieb, ein kleines Brettchen, ein großes Brettchen, einen flachen Teller, einen tiefen Teller, Messer, Gabel, Löffel, Kelle und – halt! Ich erinnere mich an Frau Bombecks Ermahnung und räume die Teller wieder zurück. Aber den Kartoffelschäler und diverse Gewürzdosen brauche ich noch. Bei den Zutaten liegen knackig orange Möhren. Ich wasche sie ab und beginne, sie auf dem kleinen Brettchen zu schneiden. Frau Bombeck blättert beiläufig in der Lokalzeitung. Mir fällt auf, dass bei den Zutaten keine Zwiebeln liegen, also hole ich sie aus der Vorratsschublade. Vielleicht ein Test von Frau Bombeck, ob ich die fehlende Zutat bemerke. Vinci kommt herbei und miaut so kläglich, als habe sie die letzten vier Monate in einem Slum in Kalkutta verbracht. Ich lege die Zwiebeln ab, hole Feuchtfutter aus dem Vorratsraum, räume eine Glasform zur Seite, die vor den Katzenschüsseln im Unterschrank steht, und kippe es in das blaue Keramikschälchen. Vinci springt an mir herum wie ein schwanzwedelnder Hund. Während ich die Schüssel noch in die Essecke trage, drängt sie schon ihr Mäulchen in das Futter. Ich überschlage derweil im Kopf, was ich noch zu schnippeln habe. Frau Bombeck guckt über den Zeitungsrand.

»Sagen Sie nichts«, sage ich, »die Kartoffeln müssen erst mal ins Wasser, bevor ich das Gemüse weiterschneide, ich weiß schon. Habe ich vergessen.«

Ich schiebe die geschnittenen Möhren mit dem Messer vom Brett in das Nudelsieb. Die abgeschnittenen Spitzen werfe ich in die kleine Schüssel. Ich nehme das große Brett, lege es zurecht und beginne, darüber die Kartoffeln zu schälen. Ein großes Stück Schale fällt zu Boden, und die eben noch bis zum Delirium hungernde Vinci lässt augenblicklich von ihrem Futter ab, wirbelt das Stück quer durch die Küche und jagt ihm hinterher. Während ich die Kartoffeln schneide, könnte ich schon mal das Wasser dafür ansetzen, also fülle ich den großen Topf, setze ihn auf die Platte und öffne den Schrank, um die Gemüsebrühe herauszuholen. Eine Flasche Olivenöl, eine Tüte Schwarzkümmel und ein Zuckerspender stehen im Weg. Ich greife sie, stelle sie ab, nehme die Brühe und streue sie in das Wasser, das bereits heiß zu werden beginnt. Es klingelt an der Tür.

Ich gehe hin.

Vor mir steht der Grieche von GLS, braungebrannt, vor einem Bergmassiv aus Kartonage.

»So, Herr Breuer, hier käme nun die Schrankwand für die Leute unten an der Kirche. Ich habe es jetzt viermal bei denen versucht. Ich weiß gar nicht, was da los ist, vielleicht sind die längst ausgewandert.« Er bemerkt meine Schürze. »Oh, Sie kochen? Dann geben Sie mir doch einfach den Garagenschlüssel, und ich räume das selbst ein. Ist zwar nicht meine Aufgabe, aber für Sie mache ich das gerne, Herr Breuer.«

In der Küche sprudelt das Wasser.

Ich suche am Brettchen neben der Tür. »Ich habe den Schlüssel gerade nicht da«, sage ich, »stellen Sie das Ding einfach hier ab.« Ich nehme dem Griechen sein Gerät aus der Hand, unterzeichne, damit das erledigt ist, und eile zum brodelnden Topf zurück. Bislang habe ich erst eine Kartoffel geschält, dabei müssten schon jetzt alle ins Wasser. Ich reiße die restlichen aus dem Netz und fetze ihnen hektisch das Kleid vom Leib, so dass Vinci im Schalenregen herumhuscht wie ein Karnevalist im Konfetti. Die geschälten Kartoffeln lagere ich in der großen Schüssel zwischen. Mir fällt ein, dass ich noch etwas vergessen habe. Die Linsen! Die müssten eigentlich noch vor den Kartoffeln im Wasser liegen, da sie 45 Minuten brauchen, um gar zu werden. Außerdem darf ich das Gewürzsäckchen mit Lorbeerblättern, Wacholderbeeren und Nelken nicht vergessen. Bestimmt ist das einer der Punkte, auf die Frau Bombeck besonders achtet, denn ohne das Säckchen schmeckt der Linsentopf fad. Ich öffne den Schrank, hole die Tüte Linsen heraus, stelle sie ab, suche nach dem Säckchen und den ganzen Gewürzen und räume Kardamom, Kerbel und Koriander zur Seite. Mir fällt auf, dass ich die geschälten Kartoffeln immer noch nicht ins kochende Wasser geworfen habe. Eilig nehme ich die große Schüssel und stoße dabei die Linsentüte an, die zu Boden fällt, aufplatzt und Tausende kleiner Hülsenfrüchte über die Fliesen hüpfen lässt. Vinci bekommt riesengroße Pupillen und springt jeder flüchtenden Linse einzeln hinterher.

»Scheiße!«, fluche ich.

Frau Bombeck sagt nichts.

Ich hole Handfeger und Schaufel und kehre die Linsen auf. Im Keller müssten noch Vorratspackungen davon sein. Das Telefon klingelt. Schon nach einem Mal geht der AB ran. Schwiegermutter sagt: »Ach, jetzt habe ich das ganz vergessen, dass du in Namibia bist. Gut, dann rufe ich jetzt wirklich den Gregor an. Du fragst den ja nicht, wo meine Mah-Jongg-Punkte hin sind. Ich habe mir die Nummer raussuchen lassen. Das ist mir egal, wenn ich den jetzt störe. Du hast gesagt, du fragst ihn, und jetzt hast du schon ewig dein Handy aus …«

Ich hebe ab, so dass Schwiegermutter aus dem AB in den Hörer wandert.

»Thea.«

»Hallo, Ben. Sieh mal einer an. Bist du nicht mehr in Afrika?«

»Nein, Mutter, ich bin nur eben im Haus was holen. Das kriegt keiner mit.«

»Ich will dich auch gar nicht stören, aber ich sitze hier seit Wochen ohne mein Mah-Jongg, und so langsam bekomme ich einen Zitterhannes, Ben. Ich weiß, du hast andere Probleme und kannst daran sehen, wie bekloppt deine Schwiegermutter ist, aber gut, ich lese dir das jetzt mal vor: *Ein außergewöhnlich schwerer Fehler ist aufgetreten. Bitte …*«

»Mutter, es geht jetzt nicht!«

Sie ignoriert meinen Einwurf.

»Wenn ich wüsste, was eine *DLL* ist, könnte ich meinem Computer seine Frage selber beantworten, Ben. Weißt du, was ich dieser doofen Maschine am liebsten sagen würde? ›Du kannst meine DLL haben, wenn du mir meine Mah-Jongg-Punkte zurückgibst.‹«

»Mutter!« Ich klemme mir das Handy zwischen Schulter und Ohr, kehre weiter Linsen auf, schiebe sie in die Mülltonne und werfe endlich die Kartoffeln aus der Schüssel in die Brühe. Dann gehe ich, den Hörer am Ohr, in den Keller, um eine neue Tüte Linsen zu holen, sonst sind die Kartoffeln gar, bevor die Linsen überhaupt mit dem Schwitzen begonnen haben.

»Ich habe mir das alles aufgeschrieben die letzten Tage, warte …«, sagt Schwiegermutter im Hörer und kramt im Hintergrund auf ihrem Schreibtisch herum. Ich finde die Linsen und bemerke, dass in der Waschmaschine eine durchgelaufene Ladung Handtücher liegt. Ich stelle die Linsen auf die Heizung, stelle das Telefon laut und räume die Handtücher aus, um sie aufzuhängen. Das gefällt vielleicht sogar Frau Bombeck, denn wie sagt man so schön: Erledige alles, was du in zwei Minuten schaffen kannst, auf der Stelle. Die Leine ist allerdings voll mit T-Shirts und Bettwäsche. Das dauert länger als zwei Minuten. Trotzdem, jetzt habe ich es gesehen, jetzt mache ich es eben. Ich beginne, die Shirts abzuhängen.

Mutter sagt: »Hier zum Beispiel: *Fehler beim Laden von GDI.exe.* Oder hier: *Error Message VMM32.VXD* …«

Ich sage »Hmm … hmm …«, während ich das erste Shirt auf dem Wäschetisch falte.

Frau Bombeck steht in der Tür, verschränkt die Arme und bedeutet mir mit dem Zeigefinger, dass ich das Telefon ausschalten soll.

»Mutter, können wir gleich noch mal …«

»Ich weiß, du hast keine Zeit, Ben. Ich will dich auch nicht stören, aber …«

»Ich ruf dich zurück.«

»Aber auch wirklich, ja?«

»Ja, sicher.«

Ich lege auf.

Frau Bombeck schaut auf das T-Shirt.

Ich werde rot, falte es wieder auseinander und sage: »Ich weiß, ich falte das falsch. Ich müsste hier mehr Abstand lassen, bevor ich es umklappe.«

Frau Bombeck legt mir die Hand auf den Unterarm und schließt die Augen. Sie sagt: »Ich habe die Kartoffeln erst mal wieder ausgestellt.«

»Ach ja, richtig, die Kartoffeln …«

Ich lasse Schultern und Arme hängen und sehe sie schuldbewusst an. Säßen meine Ohren oben auf dem Kopf, würden sie jetzt nach hinten wegklappen.

Sie sagt: »Kommen Sie mit, Herr Breuer, wir beide machen jetzt eine Übung.«

Ich trotte hinter ihr die Treppe hinauf. Zu meiner Überraschung geht sie nicht in die Küche, sondern ins Wohnzimmer. Sie stellt sich vor eine große Kübelpflanze und drückt mir ein Swiffertuch in die Hand.

»Stauben Sie die Pflanze ab!«

»Aber wir, ich meine ich … ich koche doch gerade.«

»Nein, tun Sie nicht. Sie lernen. Ich habe gestern schon einen Auflauf vorbereitet, der muss nachher nur noch mal in den Ofen.«

Ich weiß nicht, ob mich das ärgert oder freut.

»Also, Herr Breuer, stauben Sie jetzt bitte diesen Ficus ab.«

Die Pflanze hat es tatsächlich nötig. Die grünen Blätter sind unter einer grauen Schicht Staub verborgen. Ich greife jeweils unter eines, lege es auf meine Handfläche und ziehe dann den Swiffer drüber. Das Problem ist, dass diese Pflanzen viel zu viele Blätter haben. Nach einer Weile fühlt sich meine Hand, auf der sich der Staub sammelt, ausgetrocknet und hart an, als hätte sich ein Film aus Moder auf sie gelegt, der sich nie mehr abwaschen lässt. Ich schiele nach hinten, aber Frau Bombeck ist nicht zu sehen. Ist wohl mal eben aufs Klo gegangen. Ich staube weiter ab. Das Frustrierende ist, dass man bei solchen Aufgaben niemals einen Erfolg sieht. Irgendwann ist man mit der Pflanze fertig, sicher, aber bis dahin hat man die ganze Zeit den Eindruck, man könne ebenso gut den kompletten Odenwald entstauben.

Es klingelt.

Ich lasse den Swiffer fallen und gehe an die Tür.

Draußen steht Frau Bombeck und sagt: »Warum haben Sie jetzt die Tür aufgemacht?«

»Weil es geklingelt hat.«

»Aha«, sagt Frau Bombeck und stapft ins Wohnzimmer. Ich folge ihr. Sie steht vor dem Ficus und zupft an ein paar Blättern herum. Sie stemmt den linken Arm in die Hüfte, fährt mit dem rechten Zeigefinger noch den Rand eines Blattes ab und sagt: »Erkennen Sie Ihr Problem?«

Ich sage nichts.

Frau Bombeck sagt: »Sie arbeiten gar nicht. Sie handeln nicht wie ein Mann, der konzentriert eine Aufgabe erledigt, sondern wie ein Junge, der planlos emsig herumfuchtelt, weil die Mama etwas von ihm verlangt hat.«

Es gefällt mir nicht, was sie sagt.

Sie hebt die Hände: »Sie bezahlen mich dafür, dass ich Ihnen die Wahrheit sage, Herr Breuer. Ich soll Sie trainieren. Wir können das auch lassen.«

»Nein, schon gut«, sage ich, »reden Sie weiter.«

Frau Bombeck sagt: »Ein kleiner Junge, Herr Breuer. Was passiert, wenn der sein Zimmer aufräumen soll?«

»Er mault.«

»Und dann?«

»Dann räumt er auf, einigermaßen.«

»Ja, einigermaßen, genau, das ist das richtige Wort. Es soll so aussehen, als habe er seine Pflicht getan. Ihm selbst ist es egal. So, Herr Breuer, und was passiert, wenn dieser kleine Junge seine Panini-Fußballbildchen sortiert?«

»Er macht Stapel. Er schaut sich jedes Bild genau an.«

»Er versinkt förmlich in seiner Aufgabe! Wie Ihr Nachbar, wenn er seinen Oldtimer oder seinen Garten pflegt. Verstehen Sie das? Man kann so arbeiten, dass es nur einen selbst und die Arbeit gibt, und man kann so arbeiten, dass man es nur der Mama recht macht.«

»Aber Hausarbeit ist doch keine Leidenschaft, Frau Bombeck! Wenn Sie mir ernsthaft erzählen wollen, ich müsse Kochen, Putzen und Waschen auch noch lieben lernen, dann können wir das Ganze tatsächlich abbrechen.«

Frau Bombeck dreht den Kopf nach links und rechts, als stünden am Rande des Zimmers Zuschauer, von denen sie Zustimmung darüber einholen möchte, was für ein schwieriger Fall ich bin. Sie geht im Zimmer auf und ab. Sie schüttelt den Kopf. Sie bekommt rote Wangen. Sie presst die Finger zusammen.

Was ist das denn?

Die ist ja sauer.

Was habe ich denn gesagt?

Frau Bombeck verzieht die Wangen, als würde sie mit der Zunge ein Kaugummi hinter ihren linken oberen Schneidezahn drücken. Sie zeigt mit dem Finger auf mich und sagt: »Glauben Sie denn, die Hausfrau liebt ihre Arbeit? Natürlich nicht! Gerade *deswegen* findet sie Mittel und Wege, alles so effizient wie möglich zu erledigen. Sie wird besser und schneller.«

»Das ist aber nicht so einfach!«, jammere ich.

Frau Bombeck zeigt auf den Ficus: »Was fällt Ihnen auf?«

»… dass ich noch viel zu tun habe!«

»Sie armer Mann«, jault sie, »es ist noch soooooo viel zu tun!«

»Ja, was soll mir denn auffallen?«

»Welche Blätter sind sauber?«

Ich gehe zu ihr und dem unschuldigen Baum.

»Das. Und das. Das hier. Und das.«

»Aha.«

Ich lasse wieder die Arme hängen. Die sauberen Blätter glänzen wie willkürlich gesetzte Sprenkel in einer Skulptur aus Grau.

»Warum zum Teufel machen Sie das nicht nach System, Herr Breuer? Zweig für Zweig? Oder von oben nach unten? Männer haben doch immer ein System. Aber beim Abstauben greifen Sie ziellos in die Blätter wie die Kinder in die Plastikbälle im Ikea-Paradies.«

Sie zerrt mich in die Küche.

»Und hier. Was ist das denn? Eine Installation auf der Kunstmesse?« Sie zieht die Schublade mit den Süßigkeiten auf, nimmt ein Ferrero Küsschen heraus und hält es zwischen Zeigefinger und Daumen über die auf der Anrichte verstreuten Sachen. Nach einer Minute legt sie es zwischen das Nudelsieb mit den geschnittenen Möhren, die Schüssel mit den Kartoffelschalen und das Brettchen, auf dem der angefangene Gewürzsack neben Lorbeerblättern und Schnittgut liegt.

»Hier«, sagt sie, »das ist die einzige Stelle in der ganzen Küche, wo man noch etwas ablegen kann. Sie haben noch nicht mal die Linsen im Topf, und schon ist in der ganzen großen Küche nur noch Platz für eine Praline.«

Sie hat recht. Von der Tür aus wirkt die Küche, als sei jemand eingebrochen. Überall sind Sachen verteilt. Es liegen immer noch Linsen und Kartoffelschalen auf dem Boden. Frau Bombeck räumt klappernd und schnaufend wahllos alles in und auf die Spüle, bis die Anrichte frei ist, nimmt die Praline weg und legt ein Schneidbrett, ein Messer und ein Einwegküchentuch hin.

»Mehr brauchen Sie nicht für die Kartoffeln. Schale ins Tuch, Kartoffeln auf dem Brett kleinschneiden, damit sie schneller garen, und dann direkt in den Topf. Keine Schüsseln, keine Nudelsiebe. Lassen Sie die Umwege weg! Bleiben Sie bei Ihrer Aufgabe. Lassen Sie die Klingeln klingeln. Und machen Sie einen Handgriff zu Ende, bevor Sie den nächsten anfangen.«

Sie sieht mich an.

Ich schweige.

»Wissen Sie, warum Sie es sich so unnötig schwer machen, Herr Breuer?«

Ich schüttele den Kopf.

»Weil ein Mann, wenn er die Hausarbeit übernimmt, immer noch glaubt, er würde eine Heldentat vollbringen. Macht die Frau das Haus, ist es normal, aber bleibt der Kerl zu Hause, sieht er das als Aufopferung, gegen die alle Märtyrer der Welt bequemliche Luxusluder waren! Er leidet, und er ist so überfordert, und das muss er der ganzen Welt zeigen, inklusive sich selbst, versteht sich!«

»Ich bin nicht so ein Mann!«, schreie ich. »Ich will das tatsächlich schaffen, verstehen Sie? Es weckt meinen Ehrgeiz. Aber es zerreibt auch meinen Stolz, wenn ich immer wieder daran scheitere. Ständig muss ich den freudestrahlenden Hausmann spielen.«

»Ah!«, unterbricht mich Frau Bombeck und hebt die Hand. Sie sieht mich anders an als in den letzten Minuten. Sie sagt: »Genau umgekehrt!«

»Wie?«

»Sie müssen das andersrum angehen. Sie spielen den fröhlichen

Hausmann und verzetteln sich dafür in der Arbeit. Die Hausfrau ist mürrisch, kommt aber voran.«

Ich kann ihr nicht ganz folgen.

»Okay, Herr Breuer, wir machen jetzt Folgendes. Stellen Sie sich hierher, schließen Sie kurz die Augen und denken Sie an alles, was Sie als Hausmann in den letzten Monaten geärgert hat. Und dann lassen Sie es raus, laut und deutlich. Aber ich möchte Details hören, verstehen Sie? Details! Die echte Hausfrau schimpft, weil sie weiß, was sie tut.«

Ich überlege. Ich soll auf Knopfdruck schimpfen? Ich sage: »Es ist einfach alles zu viel ...«

»Niiäääääk!«, hupt Frau Bombeck wie bei einer Niete in einer Quizshow. »Genauer! Was ist zu viel?«

»Der Abwasch, das Kochen ...«

»Niiäääääääk! Niiäääääääääk! Genauer!«

»Die ...«, ich schaue mich in der Küche um, »diese scheiß Aufziehlaschen an den Milchtüten. Der Plastikring geht ab, und die Lasche bleibt stecken.«

»Schon besser. Weiter.«

»Ja, und ... und ...«, jetzt fällt mir etwas ein. Ich öffne den Schrank und hole den Mixer heraus. In der Schüssel gibt es eine dicke Achse mit einem rotierenden Kopf, auf den man die verschiedenen Aufsätze klemmt. Zwischen Achse und Kopf ist eine Ritze. Ich halte Frau Bombeck die Schale unter die Nase: »Sehen Sie das? Sehen Sie diesen Ritz? In diesem Ritz sammelt sich Dreck. Er versteckt sich dort wie der Vietcong in den Gräben. Ein paar Tage nach Gebrauch stinkt das Ding, weil ein Krümel in der winzigen Spalte zu schimmeln begonnen hat. Wissen Sie, was ich jedes Mal machen muss, wenn ich das Ding benutze? Ich muss mit Zahnstochern darin herumpulen!« Ich ziehe eine Schublade auf, nehme einen Zahnstocher heraus und piekse damit vor ihrem Gesicht in der Luft herum. Dann werfe ich ihn in die Ecke und sage: »Stocher reichen aber nicht. Meistens reichen sie nicht!« Ich laufe aus der Küche in den Vorratsraum. Frau Bombeck folgt mir. Ich reiße ein Holzkästchen auf, hole eine Garnrolle heraus, halte sie zwischen Mittelfinger und

Daumen und rolle den Faden ab: »Garn, Frau Bombeck! Es kommt Garn zum Einsatz!« Ich renne in die Küche zurück und ziehe den Faden hinter mir her. Dann schlinge ich das Garn um den Stiel, so dass es sich wie eine Schlinge in den Ritz zieht, und zerre dann an den Enden, als wollte ich das Gerät erwürgen. »Sehen Sie das? Wie Zahnseide! So stehe ich dann da und pule mit der Schlinge den Sud aus dem Ritz! Und da frage ich Sie, Frau Bombeck, denken die Hersteller dieser Geräte eigentlich mal eine Sekunde lang an den Verbraucher?«

Frau Bombecks Mundwinkel zucken, aber mir ist nicht zum Lachen zumute. Ich bin in Rage, ich bin die Kanonen von Navarone, ich brenne in heiligem Zorn. »Oder hier«, sage ich, reiße das Dunstabzugshaubenvlies herunter und beuge mich unter das Licht wie ein Mechaniker unter die Hebebühne, »sehen Sie das? Sehen Sie diese Ritzen? Überhaupt, diese ganzen Ritzen! Was soll der Scheiß? Wahrscheinlich werden all diese Produkte superpraktisch unter Beratung von Hausfrauen und Hausmännern entwickelt, aber dann kommen sie kurz vor der Produktion noch in die Abteilung für Schlitze und Ritzen! Das wird es sein, Frau Bombeck, das haben alle großen Hersteller, und keiner gibt es zu. Die Abteilung für Schlitze und Ritzen!«

Ich japse. Schweiß steht mir auf der Stirn. Meine Kehle brennt.

Frau Bombeck wartet einen Augenblick, ob noch etwas nachkommt. Dann nickt sie und klatscht langsam in die Hände. »Bravo, Herr Breuer. Sehen Sie, *so* redet man als echte Hausfrau. Und dann, dann nimmt man sich den Mixer und packt es an.«

Ich muss lächeln.

Frau Bombeck zeigt auf das Gemüse und die Töpfe.

»Wollen wir noch mal?«

Ich reibe mir die Hände und nehme das Messer zur Hand. Es klingelt an der Tür. Ich lege das Messer ab und hebe die Hand, als Frau Bombeck zu Recht eingreifen will.

»Warten Sie«, sage ich.

Ich öffne.

Der Grieche von GLS sagt, den Kopf am Boden über einem Paket, um es einzuscannen: »So, Herr Breuer, ich habe hier noch einen

Nachzügler für die Familie Potowski. Die hat den Spargelhof hinten an der Autobahnausfahrt, und ich dachte mir, wenn Sie da vorbeikommen, könnten Sie das mitnehmen. Sie fahren doch immer …«

Ich stelle meinen Fuß auf das Paket und schiebe mit der Spitze langsam seinen Scanner vom Strichcode weg. Er blickt zu mir auf. Ich sage: »Nein!«

»Wie bitte?«

Ich schraube meine Stimme absichtlich tiefer und sage: »Grieche, ab jetzt musst du sehen, wie du allein zurechtkommst.«

Dann schließe ich vor seinem entsetzten Gesicht die Tür.

Genüsslich kehre ich zu Frau Bombeck in die Küche zurück, schiebe ein paar Möhren so ruhig nebeneinander wie ein chinesischer Mönch, der meditativ seinen Rechen durch den Sand zieht, greife schließlich zum Telefon und wähle die Nummer meiner Schwiegermutter. Ich schalte den Lautsprecher an, so dass meine Trainerin mithören kann.

»Thea Hirsch?«

»Ja, Mutter, Ben hier, hör mir jetzt einfach nur zu, okay?«

»Ben, gut, dass du wieder anrufst. Jetzt steht hier auf dem Monitor …«

»Mutter, schweig still!«

Ruhe in der Leitung.

»Hör zu, Mutter!«, sage ich. »Du machst jetzt Folgendes: Du schaltest den Rechner aus und ziehst alles vom Strom. Jedes Kabel. Nichts hat mehr Kontakt mit Elektrizität, Mutter, gar nichts. Alles klar? Gut. Und jetzt, das ist ganz entscheidend, jetzt lässt du die Sachen 48 Stunden lang in Ruhe.«

»Du meinst 48 Minuten.«

»Nein, du hast richtig gehört. 48 Stunden. Sonst bleibt der Fehler auf deiner Festplatte kleben. Das hat mit Elektromagnetismus zu tun. Mit Abduktion. Mit Aberration. Mit Valenz.«

Frau Bombeck hält sich die Hand vor den Mund, um nicht laut loszulachen, und wedelt mit der Hand, um mir zu bedeuten, dass es mit den willkürlichen Fremdwörtern nun reicht.

»Es kann auch nicht schaden, wenn du in der Zeit den Raum lüftest, Mutter. Und, ach ja, das Telefon muss ebenfalls vom Netz. Sonst intervalieren die Kreisläufe. Die Sendefrequenzen vom kabellosen Hörer dürfen nicht mehr in der Luft liegen.«

Die Schwiegermutter klagt ein wenig, aber sie tut, was ich sage. Sie legt auf.

»So«, sage ich zu Frau Bombeck, »und *jetzt* können wir anfangen!«

Der Kinderwunsch

»Es ist wirklich unglaublich, Greg«, schwärme ich, während ich mit dem Fuß die Tür aufschiebe und meine Jacke aufhänge. Gregor ist zurzeit mein einziger Zuhörer, und wenn ich von meinem Unterrichtsvormittag bei Frau Bombeck komme, platze ich vor Mitteilungsbedürfnis.

Gregor hat sämtliche technischen Geräte gleichzeitig angeschaltet und repariert einen PC, während sein Laptop YouTube-Musik abspielt, das Küchenradio plappert und der Fernseher muskulöse junge Männer Baumstämme durchsägen lässt. Ich frage mich, ob sie *Sport1* nicht langsam in *Holzwurm TV* umbenennen sollten.

»Wenn du zum Beispiel eine Vinaigrette machen willst«, sage ich, setze mich aufs Bett und ziehe die Schuhe aus, »dann nimmst du nicht bloß Öl und Essig, nein, du nimmst erst mal drei Teile Gemüsebrühe, Gregor! Was das für einen Unterschied macht! Und natürlich nimmst du nicht irgendeinen Pulverscheiß. Du bereitest selbst einen Fond vor, schön aus Suppengrün und frischen Kräutern, und den nutzt du dann immer wieder. Die Kinder merken gar nicht, warum Salat ihnen plötzlich schmeckt, aber es ist so.«

»Ich muss mich hier konzentrieren«, sagt Greg, den Kopf zwischen Motherboard und Ventilator.

»Es geht um Technik«, ignoriere ich ihn, »um handwerkliches Können! Es ist wie bei einem Schreinermeister oder bei einem Rennfahrer oder bei einem Fußballprofi! Die müssen genau wissen, wo sie die Säge ansetzen, wie sie die S-Kurve nehmen oder wann sie den Pass spielen. Im Haushalt ist es das Gleiche. Es gibt die, die sich durchwursteln, und es gibt die Profis. Der Profi putzt erst Staub und saugt dann, damit die Flocken von den Regalen nicht auf den gesaugten Boden fallen. Der Profi putzt von oben nach unten. Der Profi nimmt sich die Zeit, jedes Hemd schon beim Aufhängen kräftig auszuschlagen und glattzuzurren, weil er weiß: Die Falten, die dabei bereits rausgehen, braucht er später nicht mehr zu bügeln. Der Profi nimmt sich die Zeit, einen Speiseplan für die ganze Woche zu erstellen, weil er weiß: Die Einkäufe, die er auf einen Schlag erledigen kann, braucht er später nicht mehr zu machen. Wenn dem Profi der Brokkoli verkocht, reagiert er blitzschnell, schneidet die Strünke klein, wirft sie hinterher, püriert das Ganze, verfeinert es mit Muskat und Pfeffer, toastet Brote und präsentiert den Gästen, sobald die Tür aufgeht, eine phantastische Brokkolisuppe, als hätte er niemals vorgehabt, etwas anderes zu kochen.«

»Ben, wirklich jetzt …«

»Der Profi«, hebe ich die Stimme, um zum Höhepunkt zu kommen, »hält bei Wandbohrungen den laufenden Sauger direkt unter das rieselnde Loch. Der Profi topft die Kübelpflanze nicht erst um, wenn die Erde nur noch aus Wurzeln besteht. Und: Der Profi stellt keine Bleikristallvasen in die Spülmaschine und wundert sich dann, dass sie blind werden.«

Gregor zieht den Kopf aus dem staubigen Rechner und wirft seinen kleinen Schraubenzieher auf den Schreibtisch: »Ben! Deine Euphorie ist unerträglich!« Er steht auf und geht in die Küche. Auf YouTube fährt Eric Clapton mit seinen geschickten Fingern über die Saiten, im Küchenradio ergießt ein Wortsender neueste Politnachrichten in die Luft. Gregor gießt sich Kaffee ein und sagt: »Seit drei Wochen geht das jetzt so. Jeden Tag schwärmst du mir die Ohren voll. Dir ist schon klar, dass du am Ende nicht Frau Bombeck heiraten sollst, oder?«

»Greg«, sage ich, »es ist einfach beglückend, wie gut alles wird, wenn man weiß, was man tut. Wenn man ein System hat! Damals als Controller im Möbelhaus hatte ich ein System. Wenn ich dem Eckernförde und dem Ricky nachts ihre Finanzpläne mache, habe ich ein System. Aber im Haushalt hatte ich das nie. Da ging es immer nur von Tag zu Tag.«

»Weil Haushalt kein Beruf ist«, brummt Gregor.

»Doch!«, sage ich, »es ist wie dein Computerservice. Meine Güte, neulich, da hast du einem Kunden genau sagen können, ihm fehle die Datei *rundll32*. Das hast du einfach so erkannt, bei zigtausend Möglichkeiten. Das war beeindruckend! Und soll ich dir mal was sagen, mein lieber Freund? Wenn du jetzt noch lernen würdest, nicht ständig tausend Sachen gleichzeitig zu machen, könntest du ein EDV-Imperium aufbauen. Seit ich bei der Hausarbeit dem Griechen nicht mehr die Tür aufmache ...«

»Ben, Schluss jetzt! Ich bin auch so fähig, mich auf meine Arbeit zu konzentrieren, außer natürlich, wenn mich mein Mitbewohner mit Hausfrauentratsch ablenkt.«

»Das ist kein Tratsch, das ist ein Ausbildungsfach! Es ist hunderttausendmal anspruchsvoller als Schalterbeamter in der Führerscheinstelle. Oder Quizmoderator. Und du *lenkst* dich ab, Greg, guck dir das doch an! Da läuft das Radio, da läuft der Fernseher. Da läuft Eric Clapton live. Denkst du, der hätte jemals so gut Gitarre spielen können, wenn er beim Üben noch nebenher Fernsehen geguckt hätte? Was denkst du, warum wir den Mann *Slowhand* nennen?«

»Ben!« Greg knallt seine Tasse auf den Schreibtisch. Seine Nasenflügel blähen sich, und sein Kiefermuskel drückt sich nach außen. Das hätte ich früher nie bemerkt, aber seit Frau Bombeck mich trainiert, schaue ich mir die Welt genauer an. »Halt jetzt bitte die Fresse von der Hausarbeit.«

»Warum denn dieser Tonfall?«, entgegne ich. »Was soll der Scheiß?«

Gregor hebt die Hände auf Ohrenhöhe, senkt den Kopf und presst Fäuste wie Augen gleichzeitig zusammen, als müsse er sich ganz doll beherrschen, nicht zum grünen Hulk zu werden. Mühsam presst er hervor: »Weil ich nicht mit ansehen kann, wie du dich als Mann entwürdigst, Ben!«

»Ich entwürdige mich doch nicht, Greg! Im Gegenteil. Ich lerne Kompetenz.«

»Als Hausfrau!«

»Ja, und?«

Gregor lässt die Hände wieder sinken, öffnet die Augen, rollt mit seinem Schreibtischstuhl zum Laptop und stoppt das brillante Gitarrenspiel.

»Ich wollte es dir eigentlich nicht zeigen«, sagt er. »Ich wollte es dir ersparen.«

Er tippt etwas in die Suchmaske des Videoportals. Ich komme näher und entziffere es: *TV-Bericht Museum Zürich*. Ein neues Videofenster geht auf, ein Kreis aus Punkten rotiert in der Mitte, und dann startet ein Auszug aus der Sendung *Kulturzeit*, den jemand abgefilmt und auf YouTube gestellt hat. Man sieht eine schöne freie Wiese. Eine Erzählerstimme sagt:

»Noch liegt diese grüne Wiese am Stadtrand Zürichs brach und die Vögel zwitschern in den Bäumen, doch schon sehr bald wird hier ein Ort für die Kunst entstehen, der in Europa seinesgleichen sucht.«

Der Bericht schaltet auf ein architektonisches Modell. Ich kenne das Modell. Ich habe davorgestanden, in Düsseldorf, im Büro von Gideon, Stefan und Marie. Computeranimiert erhebt sich der Entwurf, schwebt auf die grüne Wiese herab und füllt sich mit den stufenlosen Wendelgängen, den Atrien und den Wasserläufen.

»Es ist eine Komposition aus Luft, Licht und Wasser, in der die Wände nur wie Skizzen wirken, wie Striche in einer Landschaft aus Leichtigkeit. Die Idee der Wasserläufe, die nicht nur in das Gebäude hinein- und wieder herausführen, sondern auch im Innern mittels Pumpen und Wasserfällen ihren Weg durch die verschiedenen Etagen nehmen, stammt von Marie Breuer, dem brillanten Neuzugang des etablierten Architekturbüros Gideon & Stefan, das sich zuletzt mit der Glasmuschelzentrale für einen Münchener Premium-Autohersteller einen Namen machte.«

Es folgt ein Interview mit Marie in einem blauen, schwindelerregend gutgeschnittenen Kostüm, gefilmt am späten Abend im Glanz der Großstadtlichter. Sie ist ein Star. Sie ist sexy. Sie ist eine Frau, die man als Mann auf der Stelle vernaschen möchte und vor der man zugleich so viel Respekt hat, dass man sich für diesen Gedanken geißelt, da man Göttinnen nicht einfach so vernascht, sondern erobern muss. Das versuche ich gerade, indem ich heimlich den Beruf des

Hausmanns von der Pike auf lerne. Doch als ich das hier sehe, habe ich das Gefühl, dass Marie bereits so weit weg von mir ist wie Meryl Streep von einem Dorfschauspieler, der sich in der lokalen Laienspieltruppe an einer Volkskomödie versucht.

Greg stoppt das Video.

Das Bild friert auf Marie ein, wie sie souverän ihr Interview gibt, als hätte sie niemals etwas anderes getan. Als sei sie für die Elite der internationalen Architektur geboren worden. Für den Jetset. Und ich? Ich bin Hausmann. Und war Controller beim Billigmöbelmarkt.

Ich lasse die Schultern sinken und schlurfe in die Küche. Gregor hat es geschafft. Die Luft ist aus mir entwichen wie aus einem Schlauchboot, das seit Jahren im Schuppen vor sich hin schimmelt.

Ich hole eine Flasche Bier aus dem Kühlschrank, drehe im Radio einen Musiksender rein und schalte meinen Laptop an, der auf dem Küchentisch steht. Wie ein Sandsack plumpse ich auf den Stuhl, öffne meinerseits das Videoportal und tippe als Suchbegriff *brutale Fouls* in die Maske. Ich finde einen Film, der die schlimmsten Foulspiele aller Zeiten in Zeitlupe zu flotter Musik inszeniert. Materazzi bricht einem Mitspieler gerade die Kniescheibe, als Gregor hinzukommt, mir die Hand auf die Schulter legt und auf Stopp klickt.

»Hey«, sagt er, nun auf einmal weich wie ein Sozialpsychologe.

Ich schiebe seine Hand von meiner Schulter.

»In Depressionen stürzen wollte ich dich auch nicht. Ich wollte nur alles mal ein bisschen in Relation rücken.«

Ich wirbele herum: »Ja, das ist dir gelungen, vielen Dank!«

»Ach Mann, Ben, du hast mich mit deinem Schwärmen über die Hausarbeit einfach genervt.«

»Nein, ist schon gut, Greg. Wirklich. Ich bin dir sogar dankbar. Es ist würdelos. Es ist lächerlich. Es ist lächerlich, dass es mich tatsächlich euphorisch macht, wenn ich begreife, wie man Waschnüsse verwendet oder wann man sinnvoll Koriander einsetzt. Ich habe gestern eine Fensterputztechnik mit geschwungenen Achter-Bewegungen gelernt und mich dabei wie Picasso gefühlt. Während meine Frau etwas wirklich Relevantes tut und das wichtigste Museumsgebäude der Gegenwart baut. Ich bin stolz auf sie, weißt du das, Greg?«

Gregor schnauft mit geschürzten Lippen und klickt wieder auf den Start-Knopf. Materazzi dreht sich zum Schiedsrichter, als wenn nichts gewesen wäre, während die Karriere seines Gegners auf dem Rasen ihr Leben aushaucht.

»Ja, du bist stolz auf deine Frau«, sagt Greg, »und zugleich bist du stinksauer, oder?«

»Ach, Greg, so kannst du das auch nicht sagen.«

»Gib es doch zu!«, poltert er und wirft einen Salzstreuer in die Spüle. »Scheiße! Ich denke, Frau Bombeck hat dir beigebracht, dass man als Hausfrau zwischendurch schimpfen muss. Also los, schimpf! Gib es zu! Es kotzt dich doch an, dass Marie jetzt Karriere macht, während du dich schon freust, dass du unfallfrei ein Dressing hinbekommst.«

»Eine Vinaigrette«, sage ich, »ein Dressing ist, wenn …«

»Ben!«

»Ja, schon gut.«

Ich beäuge ihn, wie er wie ein waidwunder Tiger in der Küche auf und ab läuft. »Es geht hier gar nicht nur um Marie, oder?«, sage ich.

Gregor schnauft erneut.

Er will mir etwas sagen, das spürt man als Freund. Ich öffne den Kühlschrank und gebe ihm ein Bier. In den letzten Wochen haben wir bereits 23 der 100 Kästen Reissdorf geschafft. Gibst du einem Freund, der schnauft, ein Bier und hast selbst eines in der Hand, wird mit dem Anstoß-»Pling!« meist das intime Gespräch ausgelöst. So ist das unter Männern, auch wenn einer von beiden zurzeit in der Ausbildung zur Hauszofe ist.

Gregor setzt sich auf sein Bett. Ich schalte Maries Standbild auf seinem Monitor aus und suche eine Live-Musik, die zu einem Männergespräch passt. Das ist das Großartige am Internet, dass in der kabellosen Luft über uns rund 15 000 Videokassetten mit Live-Konzerten schweben. Ich wähle *Still Got The Blues* von Gary Moore und setze mich in den Sessel.

Gregor sagt, den Blick zum Monitor: »Ben … pathetischer ging's jetzt nicht?«

»Trinken und reden!«, sage ich.

Gregor trinkt. Beim Schlucken macht sein mächtiger Kehlkopf einen Hüpfer. Er sagt: »Ich habe Judith damals nicht verlassen, weil mich das Gemecker genervt hat.«

Ich wollte gerade einen Schluck aus der Flasche nehmen, halte jetzt aber inne. Den Namen seiner Ex-Frau hat er seit Jahren nicht mehr erwähnt.

Er wedelt mit der Pulle: »Offene Zahnpastatuben, keinen Zweitliga-Fußball am Montagabend gucken, die Socken wegräumen – geschenkt! Darum ging es doch gar nicht.«

Ich schaue zu seinem *Eheknast*-Fußballschal, den er wieder über die Tür gehängt hat. Er schüttelt den Kopf. »Ich konnte Zweitliga-Fußball gucken, so viel ich wollte, oder Holzsport. Und weißt du, warum? Weil sie nie da war. Die Karriere war wichtiger. Ich hab gearbeitet, sie hat gearbeitet. Wir waren Mitbewohner.«

Das hat er bislang so nie gesagt, aber ich spüre, dass es noch nicht der Kern der Sache ist.

Gregor sagt: »Ich wünschte, ich hätte mir mal Gedanken über Vinaigrette oder Dressing machen müssen, wenn ich eher zu Hause war als Judith. Sie hat doch Salat aus der Plastikschale gegessen, in ihrer beschissenen Anwaltskanzlei. ›Schatz, ich bleibe heute im Büro, der Fall beschäftigt uns noch die ganze Nacht.‹ Wenn sie wenigstens fremdgegangen wäre, Ben! Wenn ich zu Hause gesessen hätte mit den Kindern und sie hätte mir das Herz gebrochen mit ihrem feschen Partner aus der Kanzlei. Aber nein, sie hat bloß gearbeitet!«

»Stopp mal, Greg. Was hast du gerade gesagt? Mit den *Kindern*? Ihr hattet doch gar keine Kinder.«

»Ja, eben drum, verfickte Scheiße!«

Gregor springt vom Bett auf und geht wieder auf und ab. »Scheiße, Scheiße, Scheiße!« Er hat Tränen in den Augen. So habe ich ihn noch niemals erlebt. Gary Moore jault. »Ich habe immer meine Fresse gehalten, Ben, von Anfang an. Wie wir alle unsere Fresse halten, weil wir als Männer heute so fortschrittlich sind. ›Klar, Judith‹, habe ich gesagt, ›ich verstehe, dass du *erst mal* deine Karriere starten willst. Man muss dranbleiben nach dem Jurastudium, Gas geben, seine Position ausbauen. Ich verstehe, dass du *erst mal* keine Kinder möchtest. Wir machen das schon.‹ Ich hätte es ahnen müssen, wie lange dieses *erst mal* dauert, Ben! Ich hätte es wissen müssen! Und irgendwann hab ich einfach die Schnauze gehalten. *Das* hat meine Ehe zerstört, nicht, dass ich keine Chips im Bett essen durfte. Nur dass ich dachte, ich kann mich nicht da hinstellen und sagen: ›Bleib daheim und wirf, Weib, denn ich will einen Erben!‹.«

Wow.

Das wusste ich nicht.

Es hat 23 Kästen Reissdorf gedauert, bis er es endlich erzählt.

Er sagt: »Deine Frau Bombeck, die hat recht. Man muss schimpfen wie ein Rohrspatz und sagen, was einem nicht passt, dann kann man vielleicht auch damit klarkommen, dass das eigene Leben nicht der Optimalvorstellung entspricht. Mein Gott, wer lebt schon seinen Traum? Wer weiß schon, was einem passiert? Dem Michael Ballack tritt der Boateng vor der WM einfach den Traum kaputt. Aber Ben, wenn du dein Leben lang *sogar dir selbst gegenüber* so tust, als wäre dein Traum nicht so wichtig oder gar nicht erst vorhanden, dann gärt es in dir, dann brodeln Gift und Galle, und dann macht es eines Tages so sehr ›Bumm!‹, dass alles in Scherben liegt.«

Gary Moore hat seinen Song beendet, und das Publikum klatscht begeistert.

Ich sage: »Du wolltest immer Kinder haben?«

»Söhne«, sagt Gregor, »wenn ich schon ehrlich bin. Söhne.«

»Du hast nie was davon erwähnt.«

»Nein, sage ich doch. Ich habe mich selbst betrogen!«

Er steht auf und geht in die Küche. Ich folge ihm. Er zeigt auf die Stecktabelle: »Mach mal bitte die Kölner einen Platz höher.«

»Aber die sind nur Zwölfter.«

»Ja, aber wenn die morgen gewinnen, sind die Zehnter.«

Ich stecke die Schildchen um.

Gregor holt ganze sechs Pizzen aus der Tiefkühltruhe: »Gut, dass ich für meinen Herd sechs Bleche habe, was?«

Ich setze mich an den Tisch, surfe auf *betandwin.de* und setze zehn Euro auf einen Sieg des 1. FC Köln gegen die Klonkrieger der TSG Hoffenheim. Gregor reißt die Folien von einer Tonno, einer Salami,

272

zwei Quattro Formaggi, einer Schinken und einer Funghi. Ich surfe derweil weiter auf der Wettseite herum. Im Hintergrund saugt mein Mailprogramm die Post aus dem Äther.

»Bei dem Anbieter kann man sogar darauf wetten, ob Stefan Raab seine nächste Show gegen den Kandidaten gewinnt«, sage ich. »Die Raab-Quote ist 1.45.«

»Wenn der eine Frau als Gegner hat, setzen sie sie auf dreieinhalb«, sagt Gregor.

»Es gibt auch Wetten auf ›*Bandy*‹. Was ist das denn für ein Sport?«

»Ein Vorläufer von Eishockey«, sagt Greg, schließt den Ofen, holt eine Flasche Cola aus dem Kühlschrank und eine Flasche Rum aus der Kommode. Er mischt sich einen Drink und hält die Flasche hoch. Ich winke ab. »Man hat viel Zeit, sich obskure Sportarten anzusehen, wenn man allein lebt«, sagt Gregor und zeigt mit seinem frischen Glas Rum-Cola auf den Laptop: »Holzsport ist leider noch nicht in den Wetten.«

Er setzt sich mir gegenüber auf den Stuhl, da die Pizzen ihre Zeit brauchen. Ich surfe auf *transfermarkt.de* und überfliege die aktuellen Zu- und Abgänge der Fußballvereine. Ich sage: »Der Mato Jajalo war für den FC wirklich ein Schnäppchen. 250 000 Euro haben die bloß bezahlt. Der Marktwert wird hier mit 1,75 Millionen angegeben.«

Greg schaut über mich und die fachidiotischen Fakten hinweg aus dem Fenster und sagt: »Nach elf Monaten hatte ich dieses Leben schon über.«

Ich blicke vom Bildschirm auf. Er zeigt auf die Rückseite meines Computers. »Na, das hier alles. Fußballwetten. Transfermarkt. Die ganze Nacht *Star Wars* gucken und saufen. Den ganzen Tag *Sport1* laufen lassen, wie im Messehotel, wo man direkt nach dem Aufstehen die Kiste anmacht, weil man es zu Hause nicht darf.«

Ich sehe ihn erstaunt an. Ich dachte, er genießt seine Bude in vollen Zügen. Ich tue es, jedenfalls ab und zu.

»Versteh mich nicht falsch«, fährt er fort, »es entspricht durchaus der Lebensweise unserer Spezies. So sollten wir leben, als Männer, mit *Sport1* im Dauerbetrieb und Schweinshaxe am Morgen, wenn uns danach ist. Wir sollten den Newsletter von *transfermarkt.de* bekommen und uns Chipstütenhalter schmieden. Aber Ben, sag mir, was ist das alles wert, wenn du niemals einen Jungen haben wirst, dem du das zeigst? Wenn du keinen Tommy hast, mit dem du im Garten kickst und eines Tages darüber diskutierst, ob es sinnvoll war, dass der FC den Mato Jajalo gekauft hat? Was willst du mit Eric Clapton, wenn du nie mit einem kleinen Rotzlöffel, der den ganzen Tag Bushido hört, darüber streiten kannst, was richtige Musik ist? Was hat das alles für einen Sinn?«

Ich würde am liebsten aufstehen und ihn umarmen, aber das macht man nicht unter echten Männern. Da lässt man den anderen reden und hilft ihm danach, sechs Pizzen zu fressen.

»Und jetzt? Jetzt ist der Zug abgefahren ...«

Ich weiß nicht, was ich sagen soll, also klicke ich verlegen herum und hole mein Mailfenster in den Vordergrund. Vielleicht sind ja irgendwelche Neuigkeiten aus der Weltgeschichte reingekommen, mit denen ich meinen Freund ablenken könnte. Ich überfliege die elektronische Post und rege mich auf der Stelle auf, weil irgendein Vollidiot bei einer Rundmail sämtliche Adressaten sichtbar gelassen hat, anstatt sie in der BCC-Leiste zu verbergen.

An: b.cullmann@freenet.de; info@gartenschlauch-jetzt.de; mail@buero-klamm.de; alexanderbade@gmx.de; d.lottner@yahoo.de; cichon@cichon-systems.com; versand@superflansch.com; info@flitzerblitzer.org; olafjanßen@stadt-koeln.de; ordenewitz@hotmail.com; hobelspan@gmx.net; maechtiger-meister-aller-klassen@ googlemail.com

»Das musst du dir wieder ansehen!«, sage ich und erwarte einen gefälschten Kettenbrief, der dazu aufruft, einem krebskranken Kind zehn Euro zu überweisen, weil danach zur Belohnung ein afrikanisches Erbschaftskonto des ehemaligen Staatschefs Umumba Ubongo aufgelöst und an die Spender verteilt wird. Es ist allerdings kein Kettenbrief. Es ist eine Rundmail an die Väter der Kinder aus den vierten Klassen der Conrad-Ferdinand-Meyer-Grundschule:

Liebe Mitväter,
vor einigen Wochen entstand durch einen anonymen Mit-Papa diese Mailingliste, die ich heute mal wieder nutzen möchte. Ich war neulich mit einem Bekannten, der ebenfalls Kinder an der CFMG hat, beim Rektor und bin mit der Forderung nach Fußball oder überhaupt irgendeinem Ballsport völlig abgeblitzt. Ferner habe ich durch Gespräche erfahren, dass es an der Schule in der Notengebung bei Mathematik drunter und drüber geht, weil die Eltern der 4b die guten Noten der 4a nicht akzeptieren. Ergebnis war, dass sie die letzten Arbeiten allesamt nach oben korrigiert haben. Das mag uns zwar bezüglich der Empfehlungen für die weiterführenden Schulen freuen, formt aber nicht gerade den Charakter unserer Kinder.
Ich weiß nicht, wer der anonyme Tippgeber war, dem wir es verdanken, in dieser Liste rein unter Vätern schreiben zu können, aber ich möchte Ihnen allen einen Vorschlag unterbreiten. Wenn von den »Eltern« der Klassen die Rede ist, die vor einigen Wochen eine große Diskussionsrunde über die Noten hatten, ist doch im Grunde von unseren Frauen die Rede. Ich weiß nicht, wie Sie das sehen, aber das müssen wir ändern. Der nächste reguläre Elternsprechtag findet kommenden Dienstag statt. Mein Vorschlag: Wir streichen alle unsere Termine und besuchen kollektiv die Schule, und dann fordern wir als Väter, dass man dort wieder zu Maß und Mut zurückfindet und dass man unsere Söhne und Töchter (meine zum Beispiel hasst die Tanzgymnastik auch!) nicht für irgendwelche alternativen Menschenversuche missbraucht. Bitte geben Sie mir Bescheid, wenn Sie dabei sind. Der Sprechtag beginnt um 16 Uhr und endet gegen 19:30 Uhr. Wir sollten unsere Ankunft koordinieren und als Block auftreten. Den Frauen sagen wir vorher nichts.
Bis dann,
Ihr Bernhard Heldt

»Unglaublich …«

»Was ist?«

Gregor beugt sich über den Bildschirm.

»Komm mal rum. Und klecker hier nicht deine Rum-Cola über die Tasten.«

Gregor steht auf und liest sich die Mail durch.

»Wie gut, dass da jemand vor ein paar Wochen auf die Idee kam, anonym die Väter aufzuwiegeln. Wer ist das bloß gewesen?«

»Ja, danke schön, jetzt machen die Väter tatsächlich einen Aufstand, und ich kann nicht dabei sein, da ich offiziell in Namibia weile! So eine verdammte Scheiße!«

»Jetzt bleib mal locker.«

»Wie soll ich denn da locker bleiben, du Rumtrinker! Du bist der anonyme Zünder, der eine Revolution startet, und ich kann nicht mal dabei sein.«

Gregor lehnt sich leger an die Anrichte, nippt an seinem Glas und sagt: »Du nicht … aber ich!«

»Du?« Ich drücke meinen Rücken gegen die Stuhllehne und verschränke die Arme vor der Brust. »Du bist noch nicht mal jemandes Vater. Wie willst du da zum Elternsprechtag gehen? Du wirst doch sofort mit dem Elektroschocker gegrillt.«

»Ben, die planen einen Auflauf, da fällt das keinem auf. Und wenn doch einer fragt, sage ich halt, ich bin ein Ehemaliger.«

»Ein ehemaliger was?«

»Ein ehemaliger Schüler. Abschluss 1979. Als es noch Fußball gab und männliche Lehrer und gerechte Noten. Ich habe mitbekommen, was abgeht, und konnte nicht zu Hause sitzen bleiben.«

»Und wenn Marie beim Sprechtag ist?«

»Karriere-Marie? Bei einem normalen Sprechtag?«

»Greg … sie ist eine gute Mutter, auch wenn sie …«

»Ja, schon gut.«

Ich greife nach meinem Handy. Gregor hebt die Hand: »Lass das Handy aus, deine Kinder orten dich auf der Stelle!«

Ich zische.

»Gib mir deins.«

Gregor gibt es mir, und ich wähle die Nummer meiner Trainerin Frau Bombeck, die ich mir längst notiert habe. Nach zweimal Klingeln geht sie ran. Im Hintergrund höre ich das Quietschen einer bremsenden Straßenbahn.

»Bombeck?«

»Ja, Frau Bombeck, Breuer hier. Sagen Sie mal, wissen Sie, ob meine Frau kommenden Dienstag zum Elternsprechtag geht? Hat sie da irgendwas gesagt?«

»Ich gehe, Herr Breuer!«

»Wie bitte? Es ist so laut bei Ihnen!«

»ICH GEHE HIN!!!«

Ich antworte nichts, weil ich erst mal verdauen muss, was ich da höre.

»Ihre Frau kann um 16 Uhr nicht aus dem Architekturbüro weg, also hat sie mich gebeten, sie zu vertreten.«

Ich schüttele den Kopf, aber im gleichen Moment denke ich mir, dass die Bombeck gar keine schlechte Wahl ist. Wären an diesem Tag wieder nur Mütter da, wäre sie geistig der einzige echte Kerl in der Runde.

»Gut«, rufe ich in den Straßenbahnlärm, »dann bin ich beruhigt!«

»Ich erzähle Ihnen alles, okay?«, schreit Frau Bombeck zurück. Dann bricht die Verbindung ab.

Gregor zieht die Lippen zu einem Fischmund zusammen, hebt beide Augenbrauen und legt den Kopf ein Stück nach links.

Ich lehne mich vor und betone meine Worte mit dem Zeigefinger wie mit einem Taktstock: »Wenn du da hingehst, will ich, dass du alles gibst, was du hast, Gregor.«

Er lächelt: »Aber sicher, Ben.«

»Ich möchte, dass du dich für meine Kinder einsetzt. Mit den anderen Kerlen. Und der Bombeck. Für alle Kinder. Für meinen Sohn.«

»Als wäre es mein eigener!«, sagt Greg.

Ich halte meinem alten Freund die Rechte hin. Er wechselt die Rumglashand, schlägt ein und drückt zu, fest und warm.

277

Der Vätertag

Gregor ist zum Elternsprechtag gefahren, und ich kann nichts weiter tun als abzuwarten. Ich bin zur Passivität verdammt wie ein Provinzpriester, dessen Gemeinde von bösen Rockern bedroht und nun durch das A-Team gerettet wird, wobei er als Pazifist nicht helfen darf.

Kurz nachdem Gregor aus dem Haus war, habe ich meinen Kindern wieder eine Mail aus Namibia geschrieben. Ich habe eine Szene geschildert, wie ein Springbock, ein Oryx und ein Gnu gemeinsam in den roten Sand der Kalahari kotzen. Es hat kaum 15 Minuten gedauert, bis Lisa und Tommy antworteten. Sie haben mehrere lachende gelbe Kreismännchen in die Mail kopiert und gefragt, was zum Kuckuck ein Oryx ist, und geschrieben, dass heute Elternsprechtag ist und die Mama die Frau Bombeck hingeschickt hat. Ich habe ihnen ein paar Fotos von Oryx-Antilopen gemailt, aus den hinteren Seiten der Google-Bildersuche im Netz, die sie nicht sofort finden, und behauptet, ich hätte sie selbst geschossen. Danach habe ich ein paar Tassen und Gläser weggespült, alte Tageszeitungen aussortiert, die sich auf dem zweiten Küchenstuhl stapelten, und Chipskrümel von Monaten aus dem Hohlraum des Klappbettschrankes gesaugt. Gerade eben putze ich die Küchenschränke, von außen und von innen. Ich bin unter der Spüle angekommen, ein Areal von Gregors Wohnung, das er nie zuvor gesehen hat. Der weißbeklebte Pressspanboden ist von einer Schicht aus klebrigem Dreck überzogen, durch die sich der Schwamm so mühselig arbeitet wie ein Räumfahrzeug durch zwei Meter matschigen Neuschnee. Kommt die Schicht mit dem heißen Putzwasser in Berührung, gibt sie einen jahrelang gebundenen Gestank von sich, der mir mit einem Schlag die Nasennerven verätzt. Fluchend schiebe ich mich rückwärts aus dem Unterschrank, stoße mir den Kopf und höre Gregor in der Kü-

278

chentür sagen: »Sehr gut, Frau Breuer, genauso hatte ich mir das vorgestellt. Wenn Sie damit fertig sind, schrubben Sie bitte den Rohrkrümmer meiner Toilette; die Keramik war vor vielen Jahren auch mal weiß.«

Ich werfe den siffigen Schwamm nach ihm. Er weicht aus und das Ding klatscht an die Wand neben der Tür. Ich stehe auf und ziehe mir die Gummihandschuhe aus.

»Sag schon, wie war der Elternsprechtag?«

Gregor reibt die Hände aneinander und strahlt wie die namibische Morgensonne.

»Sie lassen sich auf nichts ein.«

»Was?«

»Es waren zweiundzwanzig Väter da, Ben, so viele Männer hat diese Schule seit Jahren nicht gesehen. Die Ehefrauen haben ihre Gatten beschimpft, warum sie nichts gesagt hätten. Wir haben gefordert, dass sich der Rektor samt der Lehrerinnen, die das mit den Noten und dem Sport zu verantworten haben, stellt, und irgendwann standen alle im Flur statt in den Besprechungszimmern. Ein Gewusel wie auf dem Tahrir-Platz in Kairo bei der Revolution, nur dass wir unsere Schuhe angelassen haben. Es hat sich richtig aufgeheizt, Ben! Männer gegen Frauen. Väter gegen Mütter. Aufseiten der Frauen nur ein Kerl, dieser bescheuerte Rektor eben, was für ein verspießter 68er, das habe ich sofort gesehen. Dem ist der Freiheitskampf damals zum Prinzipienstock gefroren und in den Arsch gewandert. Auf unserer Seite gab es allerdings auch eine Frau.«

Er stoppt kurz seinen Vortrag und zuckt mit dem Kopf, als wolle er sagen: »Na? Wer isses? Rate! Rate!«

Ich sage: »Frau Bombeck?«

»Ja, genau! Die Frau ist eine Wucht, Ben! Wir haben Ballsport gefordert, wir haben korrekte Noten gefordert. Wo wir schon mal dabei waren, haben wir sogar Werken gefordert.«

Gregor erzählt das Ganze in einem Tonfall, den ich seit Jahren nicht an ihm erlebt habe. Als habe man einer Puppe wieder Leben eingehaucht.

»Und?«

»Und nichts. Rektor Prinzip und seine Damen lassen sich nicht reinreden.«

»Dann war es also doch ein Scheißtag.«

Gregor lacht breit wie die Grinsekatze.

»Nein. Es war ein prächtiger Tag. Wir haben die Menschheit gerettet.«

»Was? Nun sag schon!«

Gregor sagt: »Das kann ich nicht erzählen. Das muss ich dir zeigen.« Er klimpert mit dem Schlüsselbund in seiner Hand. »Komm mit!«

Wir fahren mit Gregors Wagen raus in den Kölner Grüngürtel. Er macht es wahnsinnig spannend. In den Kassettenrekorder hat er Leonard Cohen eingelegt. Er pfeift und trommelt bei heruntergelassener Fensterscheibe auf dem Türrahmen herum. Wo fahren wir hin? Gregor hat die City seit Jahren nicht mehr verlassen. Die meiste Zeit wechselt er zwischen Computer, Bett und Küche hin und her.

Er hält auf einem Kiesparkplatz, gegenüber von einem weißen Flachbau mit verwildertem Garten, direkt am Rande des Königsforsts. Ein paar Wanderer steigen aus einem Kleinbus und schnüren sich die Knickerbocker.

»Was machen wir hier?«, frage ich.

Gregor atmet die Waldluft ein, streckt sich und sagt: »Mein Gott. Ich bin schon seit Jahren nicht mehr hier gewesen.« Er schließt den Wagen ab und winkt mir, ihm zu folgen. Wir gehen um den Flachbau herum in einen kleinen Hinterhof mit vier großen Garagen. Greg nestelt an seinem Bund herum, wird fündig, steckt den Schlüssel in das Tor einer der Garagen in der Mitte und öffnet sie. Es quietscht ohrenbetäubend. Wären wir in einem Krimi, würden wir hinter dem Tor verwesende Leichen entdecken.

»Muss wohl mal wieder geölt werden«, sagt Gregor, lacht und schaltet das Licht ein. Trotz Tageslicht draußen ist es in der Tiefe der Garage finster. Mit einem lauten »Pilank!« springen mehrere kräftige Neonleuchten an. Sie sind mit gelborangen Plastikhauben verkleidet, so dass das Licht in einem kräftigen Goldton auf eine Werkbank und ein Boot fällt, das mit dem Rumpf nach oben auf einem Gestell aufgebockt steht. Es ist nur halb fertig gebaut, als habe man den Bastler eines Tages aus heiterem Himmel aus seinem Heimwerker-paradies gezerrt.

Gregor fährt mit der Handfläche liebevoll über den Bootskörper.

Ich sage: »Ist das …?«

»Ja, das ist mein Boot«, sagt er.

»Du hast mir nie davon erzählt. Ich dachte, du reparierst nur Computer.«

Gregor streichelt das Holz, klopft darauf herum und nimmt einen Hobel in die Hand, der auf der Werkbank liegt. Er sagt: »Als mir klarwurde, dass ich mit Judith keinen Sohn mehr kriege, habe ich diese Garage abgeschlossen und nicht mehr aufgemacht. Wofür ein Boot, wenn ich alleine zu Wasser gehe?«

»Aber du hast die Garage nie abgemeldet? Du zahlst seit Jahren Miete?«

»Ja.«

»Und jetzt? Warum bringst du mich her?«

Gregor kramt in einem Regal herum, zieht eine verdreckte Flasche Whiskey hervor und pustet den Staub weg. Er nimmt sich eine Tasse, kippt einen Haufen rostiger Nägel aus einem Glas und hält es mir hin. Ich nehme es. Er gießt uns ein. Ich zögere kurz, da in dem Whiskey ein paar Krümel Rost schwimmen, wie kleine schwarze Fliegen, kippe dann aber den Drink in meinen Hals.

Gregor sagt: »Diese Werkstatt hier wird ab den Ferien der Schau-platz der *AG Zimmermann*. Und nächste Woche geht es schon los.«

Ich schlucke. Mein Rachen brennt. Ich weiß nicht, wie viele Jahre ich mit Gregor zusammenleben könnte, ohne an Leberzirrhose oder Herzkranzverengung zu krepieren.

Gregor gießt nach: »Wir haben uns schließlich doch mit dem Rektor und den Lehrerinnen geeinigt.«

»Und wie?«

»Durch Frau Bombeck. Dieses Weibsstück rockt den Tanzsaal.«

Ich lächele. »Ja, aber *worauf* habt ihr euch geeinigt?«

»Die Schule wird ihren Lehrplan nicht so schnell ändern. Nicht mal die raufgestuften Mathe-Noten, aber wie gesagt, besser unsere

Kids stehen auf Eins, oder? Damit die Kinder aber trotzdem ihre Talente entwickeln und sich voneinander unterscheiden können, werden wir Väter selber AGs in den Ferien anbieten. AGs für das echte Leben. Für die Jungen und die Mädchen. Jedenfalls die Mädchen, die Lust darauf haben.«

»Wir Väter ...«

»Du weißt, was ich meine. Flos Vater wird eine Fußball-AG leiten, auf dem Sportplatz, auf dem er schon das Turnier veranstaltet hat. Dieser stille Typ, der bei ihm stand, als wir die Obdachlosen waren, der macht eine Natur-AG. Der kraxelt hier bald mit den Kleinen durch den Königsforst und zeigt ihnen, was man in der Wildnis essen kann und wie die Pilze heißen. Und ich, lieber Ben, ich mache die AG Zimmermann. Hier drin. Wenn ich schon keine eigenen Söhne haben kann, lasse ich dieses Boot mit der Frucht fremder Lenden zu Wasser.«

Da steht er.

Gregor Thielen.

Gescheiterter Ehemann und Vater, neugeboren durch mein Leben als Hausmann.

»Und die geben dir eine AG, obwohl du kein Vater bist?«

»Sie hatten den Elektroschocker schon gezückt, aber dann habe ich Tommy und Lisa angerufen, und sobald ihr erfreutes ›Onkel Gregor!‹ aus dem Hörer tönte, habe ich den Job bekommen. Du darfst übrigens auch mitmachen, wenn du irgendwann mal aus Namibia wiederkommst. Ich habe dich für die AG Finanzen vorgeschlagen und Frau Bombeck für die AG Haushaltskunde. Sie konnte ihre Klappe nicht halten.«

Nun strahle auch ich im goldenen Licht unserer winzigen Werft. »Dann muss ich es nur schaffen, aus Afrika rauszukommen«, sage ich.

»Und ich bringe dieses Drecksloch hier auf Vordermann«, sagt Gregor.

Wir umarmen uns. Und es fühlt sich besser an als sechs Pizzen beim Holzsport. Ich hoffe nur, ich bekomme eine Ausreisegenehmigung.

Die Flucht

Die Spitze des Zahnstochers gleitet durch die schmale Ritze zwischen Schubladenboden und Seitenverkleidung. Sie treibt die Dreckskrümel daraus hervor; gnadenlos wie ein Drache, der seine Schnauze in die Höhle seiner Opfer streckt. Geführt wird er von meiner Hand, der Hand eines professionellen Hausmannes, der sich nicht mehr lächelnd verzettelt, sondern kompetent schimpfend seine Arbeit macht.

»Als wenn man diese Schubladen nicht aus einem Teil hätte herstellen können!« Ich nehme die herausgekratzten Krümel mit einem feuchten Küchentuch auf und schüttle es im Müll unter der Spüle aus.

Frau Bombeck fotografiert die saubere Schublade

»Da waren doch wieder die Ritzenmacher dran«, lästere ich weiter.

Frau Bombeck setzt sich an den Tisch und macht eine Notiz im Laptop. Sie ist jetzt meine Archivarin. Sie macht Fotos der gelungenen Arbeiten, notiert Zeit und Tathergang, und gestaltet daraus in Power Point eine beeindruckende Präsentation, die ich Marie eines Tages zeigen und sie damit zurückerobern werde. Frau Bombeck ist als Dokumentarin genauso gut wie als Ausbilderin.

Ich trage das *Geprüfter Hausmann*-T-Shirt, das sie mir zu meinem offiziellen Abschluss geschenkt hat. *Hausmann* steht als fetter Schriftzug in schwungvoller Type in der Mitte, und als Stempel rechts darunter *geprüft*. Sie hat es im Internet selbst gestaltet und gleich sieben Stück davon bestellt, da ein Hausmann eine 7-Tage-Woche hat und bei der Arbeit jeden Tag eins dreckig werden kann.

Ich nehme mir einen Kaffee aus der Thermoskanne, lege mir ein paar Kekse auf einen Teller und setze mich zu Frau Bombeck an den Küchentisch. Kleine Pausen gehören zur professionellen Haushaltsführung genauso dazu wie herzhaftes Schimpfen, gute Einkaufsplanung und die Anwendung von Großmütter-Wissen. Sie scrollt auf dem Monitor durch die Präsentation meiner Leistungen. Die Datei macht einiges her.

»Glauben Sie, dass ich Marie damit zurückgewinnen kann?«, frage ich.

»Ich kenne keinen Mann, der je etwas Ähnliches gemacht hätte.«

Ich nippe an meinem Kaffee und sehe Frau Bombeck von der Seite an. »Reden sie eigentlich über mich? Meine Familie?«

»Oh, die Kinder reden viel über Sie. Eigentlich die ganze Zeit. Sie sind der Reflex Man.«

Ich lächele. »Ja, das bin ich …«

»Sie finden es spannend, dass Sie in Afrika sind. Sie sind aber auch traurig. Beide Eltern so voll in der Karriere. Ich sage ihnen dann, dass Menschen manchmal ihrem Talent folgen müssen. Lisa versteht das besser als Tommy. Sie macht bald bei einer Mathe-Olympiade mit.«

»Wie bitte? Wirklich? Macht das auch eine der neuen AGs, die wir losgetreten haben?«

»Nein, das macht diese, wie heißt sie noch? Frau Quandt.«

»Die Mathe-Lehrerin? Die erst künstlich ihre Noten drücken und dann die Inflation mitmachen musste? *Die* Frau Quandt?«

»Ja, sie will es als Privatperson in Zusammenarbeit mit der Stadt-bibliothek machen. Da soll jedes Kind mitmachen dürfen, egal von welcher Schule. Es soll ein richtiger Wettbewerb werden, wie ein Tennisturnier für den Kopf.«

Ich lächele zufrieden. Was man alles erreichen kann, wenn man die Leute zur Privatisierung ihrer Anliegen anregt.

»Und Marie?«, frage ich. »Redet sie nie über mich?«

»Ich sehe sie doch kaum, Herr Breuer. Sie kommt nach Hause, wir wechseln ein paar Worte, sie ist müde und fertig.«

»Also redet sie nicht über mich.« Ich schaue trüb auf die Tisch-maserung.

»Sie sieht momentan nur das Museum«, sagt Frau Bombeck. »Sie träumt nachts noch davon. Ich habe technische Zeichnungen auf dem Klopapier gefunden. Formeln und Skizzen, direkt auf der Rolle.«

Ich lehne mich mit dem linken Ellbogen auf den Tisch und schaue Frau Bombeck an: »Wie kann sie unsere Trennung so kaltlassen?«

Frau Bombeck löst ihren Blick vom Bildschirm: »Es lässt Marie nicht kalt, Herr Breuer. Sie hat nur bis heute keine Zeit gefunden, es an sich ranzulassen und darüber nachzudenken.«

»Ja, sicher, das Museum ...«

»Sie müssen das auch ein bisschen verstehen, Herr Breuer. Ihre Frau ist eine Toparchitektin und war zehn Jahre lang gezwungen, langweiligen Mist zu bauen. Das ist schlimmer, als den Beruf gar nicht auszuüben, verstehen Sie?«

Ich brumme »Mhm«, stütze meinen Schädel in die linke Hand und knibbele mit dem Fingernagel der rechten einen Krümel aus der Ritze im Tisch.

»Sie sind doch Sportfan, Herr Breuer.«

»Ja.«

»Stellen Sie sich vor, damals die Steffi Graf oder der Boris Becker, die hätten zehn Jahre lang in der Amateurklasse spielen müssen, obwohl sie viel besser waren. Und dann – peng! – dürfen sie plötzlich in die Profiliga. Oder nach Wimbledon. Was denken sie, wie die reagieren würden? Die würden an nichts anderes mehr denken. Die dürften endlich ihr Können ausspielen. Das kann man doch auch verstehen ...«

Ein Geräusch im Flur unterbricht Frau Bombecks Verteidigung meiner Frau. Ein Schlüssel wird in die Haustür gesteckt.

»Die Kinder!«, sagt Frau Bombeck und wird blass.

Ich schaue auf meine Armbanduhr. »Wir haben ja die letzte Woche vor den Ferien – klar, die dürfen früher gehen!«

»Mag sein, aber wir haben uns auch verquatscht.«

Ich springe auf.

Sie dürfen mich nicht sehen. Ich bin in Namibia.

»Verschwinden Sie durch den Garten!«, sagt Frau Bombeck.

Ich stürze ins Wohnzimmer und laufe Richtung Terrassentür, als ich höre, wie Lisa den Hausflur betritt. Ich öffne die Tür und sehe durch die Strauchweide, wie mein Sohn von rechts den Garten betritt. Sie haben beide schon Schulschluss. Ein Fußball liegt auf der Wiese. Tommy will wohl direkt ein paar Dribblings üben. Ich stolpere aus der Tür und renne auf die Hecke zu, in die ich vor vielen Wochen den Nachtgärtner gestoßen habe und durch die Vinci damals ins Maisfeld verschwunden ist.

»Papa?«, höre ich Tommy ungläubig rufen, und am liebsten würde ich stehen bleiben, mich umdrehen und ihn in die Arme schließen. Aber ich darf nicht. Im Bruchteil einer Sekunde verbiete ich mir alle Optionen und presse mich unter Schmerzen durch die giftigen weichen Zweige der Thuja und die scharfen, hautritzenden Zweige der Hainbuche, stürze mich ins Maisfeld, gehe in die Hocke und robbe schnell davon. Hinter mir höre ich die Stimme von Frau Bombeck, die meinem aufgelösten Sohn erklärt, dass er sich ganz bestimmt verguckt haben muss, er möge doch nur schauen, es sei doch niemand hier.

Da krieche ich, geprüfter Hausmann, im roten Sand der namibischen Wüste, im staubigen Dreck zu Füßen der Maispflanzen. Das läuft alles völlig falsch, denke ich mir, das läuft alles völlig falsch.

*

Ich bin allein. Zuhause bin ich rausgeflogen, die Vormittage verbringe ich neuerdings auf Knien in Maisfeldern, und die WG mit meinem besten Freund ist verwaist, weil der in seiner Bootsgarage den zehn Jungs und zwei Mädchen der AG Zimmermann zeigt, wie befriedigend es ist, mit den Händen zu arbeiten. Ich habe ein Vinyl-Album von Slowhand Eric Clapton auf Gregors schönen alten Plattenspieler gelegt und versuche, beim Tippen meiner Mail ebenfalls eine langsame Hand walten zu lassen. Ich will die richtigen Worte finden.

Von: Ben Breuer (reflexman@freenet.de)
An: Marie Breuer (mbreuer@gideon-stefan.com)

Liebe Marie,
ich habe hier in Namibia neulich über das Internet die *Kulturzeit*
gesehen. Da wurde ein faszinierendes neues Museumsprojekt aus
der Schweiz vorgestellt. Die Architektin gab ein Interview. Ich will
dich nicht eifersüchtig machen, aber diese Frau war einfach der
Hammer. Ich würde sie am liebsten aus der Ferne zum Essen
einladen. Sie geht voll in ihrer Aufgabe auf, wie ein Fußballgenie,
das viel zu lange gezwungen wurde, nur Lokalsport zu machen.
Sie war so sexy, Marie, das hättest du sehen sollen. Ich …

Das Telefon klingelt.

Damit Gregor keinen potentiellen Kunden verliert, hebe ich ab:
»Bei Thielen?«

»Willst du, dass ich mit deinem Sohn zum Psychiater gehen
muss?«

Da ist sie.

Die sexy Architektin aus der *Kulturzeit*. Ihre Stimme klingt allerdings eher wie die der geifernden Gattin aus *Der Rosenkrieg*.

»Hallo, Marie«, sage ich.

»Tommy schwört Stein und Bein, seinen Vater im Garten gesehen
zu haben. Er kann sich nicht erklären, wie das sein kann, denn wäre
der Papa in Deutschland, würde er sich doch melden. Ich habe mehrere Stunden gebraucht, um ihm einzureden, dass er sich das alles
eingebildet haben muss oder dass im schlimmsten Fall wieder ein
Einbrecher im Garten war, den er mit seinem Erscheinen heldenhaft
verjagt hat. Dein Sohn traut seinen eigenen Sinnen nicht mehr, Ben!
Weißt du, wie schlimm das ist?«

Ich weiß nicht, was ich sagen soll, denn ich muss erst mal heraus-
finden, was ich gerade fühle. Sorge? Ärger? Bedauern? Zorn?

So schnell bin ich nicht.

Im Hintergrund spielt Slowhand.

»Was hast du überhaupt im Haus gemacht?«, fragt Marie, als sei mein eigenes Haus auf alle Zeiten so tabu für mich wie das Lehramtsstudium für einen verurteilten Pädophilen. Langsam schält sich heraus, was ich gerade fühle. Ich glaube, es tendiert in Richtung Ärger. Oder Zorn.

»Warum sagst du deinem Sohn nicht einfach die Wahrheit, Marie?«

»Was?«

»Warum sagst du ihm nicht, dass du seinen Papa erst ins eiskalte Wasser der Haushälterei und dann aus dem Haus geworfen hast, als er sich ein paar Fehler erlaubt hat?«

»Ein *paar* Fehler? Du hättest meinen Sohn beinahe umgebracht!«

»Ach, jetzt ist es wieder deiner!«

»Was hast du im Haus gemacht, Ben?«

»Frag doch Frau Bombeck, die neue Mutter unserer Kinder!«

»Die sagt, du hättest bloß einen Ordner geholt. Das glaube ich ihr aber nicht.«

»Dann feuer sie doch. Ach nein, das geht ja nicht, du hast ja keine Zeit mehr für so was Nebensächliches wie Familie.«

Marie macht aufgeregte Zischlaute: »Ben, boah, das ist so was von mies, das ist …«

»Ja, was denn? Du wirfst mich raus, und ich gehe auf den Namibia-Deal ein, um die Kinder nicht zu beunruhigen, damit sie gar nicht mitbekommen, dass es einen Streit gegeben hat. Du meldest dich ausschließlich dann, wenn es unsere Lügengeschichte zu bewahren gilt. ›Mach dein Handy aus, Ben, die Kids können dich orten! Was hast du im Haus gemacht, Ben?‹ Willst du eigentlich, dass ich jemals aus Namibia zurückkehre? Oder merkst du jetzt, dass ich immer nur ein Klotz am Bein deiner beruflichen Selbstverwirklichung war?«

»Weißt du, Ben, ich hätte vieles gedacht, aber nicht, dass ich doch einen Steinzeitmann geheiratet habe, der ist wie alle anderen und sich nur modern verkleidet.«

»Was hat denn das mit ›modern‹ zu tun, Marie? Wir sind doch kein Sozialexperiment von Alice Schwarzer. Wir sind eine Familie, verdammte Scheiße!«

Ja, jetzt ist es definitiv klar, was ich empfinde.

Zorn.

»Was. Hast. Du. Im. Haus. Gemacht?«

Ich halte kurz den Hörer mit der Hand zu, nehme die Tasse Kaffee, die neben mir steht, in die Linke, zittere am ganzen Körper und werfe sie dann rüber an die Wand über der Spüle. Sie zersplittert und hinterlässt weiße Scherben in schwarzer Lache. Ich sage: »Gut, du willst es hören? Dann verrate ich es dir. Macht ja jetzt auch nichts mehr.«

Ich weiß, dass ich das jetzt nicht tun sollte, aber Zorn ist wie Ski-Abfahrt. Hat man einmal Schwung genommen, hält man nicht mehr an. Und manchmal bricht man eine Lawine los.

Ich sage: »Ich arbeite im Haus, Marie. Schon die ganze Zeit. *Ich* sorge dafür, dass es so sauber ist. Frau Bombeck hat mich ausgebildet, Schritt für Schritt. Sie hat mich nicht wie du ins kalte Wasser geworfen, sondern sorgsam an der Hand in den Fluss geführt. Ich habe gelernt, wie man eine Vinaigrette richtig macht und in welcher Reihenfolge man am besten putzt. Ich bügele mittlerweile wie ein Weltmeister, und ich wechsele dir Dunstabzugshaubenvliese in Sekunden. Ich putze Unterschränke. Wir haben eine Dokumentation gemacht, eine richtige dieses Mal, eine die zeigt, was ich gelernt habe. Was ich für dich gelernt habe, Marie! Für die Kinder! Ich habe mir den Arsch abgearbeitet.«

Marie antwortet nicht.

Für den Bruchteil einer Sekunde wird »Zorn« in meinem emotionalen Kräftemessen durch »Hoffnung« verdrängt. Sie scheint zu überlegen, was sie nun sagen soll. Dann sagt sie mit einem Unterton, den Heinrich der VIII. gehabt haben muss, bevor er wieder eine seiner Ehefrauen köpfen ließ: »Aha. Und die Ofenklappenschraube habt ihr nicht mal zu zweit wieder festgezogen.«

Das fasse ich nicht.

Das ist unglaublich.

»Weißt du was?«, sage ich, »vergiss es! Vergiss es einfach. Aber tu mir einen Gefallen, behalte Frau Bombeck als Haushälterin und mach wenigstens ihr keinen Ärger. Es war alles meine Idee, und ich habe der Frau zu viel Geld für das Coaching geboten, als dass sie guten Gewissens hätte ablehnen können.«

»Ben, du verstehst es einfach nicht, oder?«

»Nein, ich verstehe es auch nicht, Marie! Ich verstehe es nicht, wie man mit einem Fingerschnipp von der liebenden Mama zur eiskalten Karriereschnepfe mutieren kann, die im Glitzerlicht der Großstadt Interviews gibt, während ihre Haushälterin, die Kinder und der Kumpel ihres Mannes gemeinsam dafür sorgen, dass es in der Schule endlich Reformen gibt und der Sohn sein erstes Fußballturnier spielt. Dir ist das alles scheißegal geworden!«

»*Ihr* habt ...?«

»Ja, wir *haben*, entschuldige, dass ich mich noch für meine Kinder interessiere, statt nachts unter Architekten mit Sekt anzustoßen und sich mit den Redakteuren der *Kulturzeit* die Nase zu pudern!«

Sie wollte noch etwas sagen, aber ihr bleibt im Ansatz die Luft weg. Jetzt fühle *ich* mich wie der Scherge, der den Kopf abgetrennt hat, obwohl er den Delinquenten nur ein wenig pieksen sollte. Ein paar letzte Atemzüge gehen durch den Hörer. Dann legt meine Frau wortlos auf.

Ich sitze fünf Minuten am Tisch vor dem Bildschirm, auf dem ich meine Mail an Marie angefangen hatte, und bin so gelähmt wie jemand, der soeben vom Tod eines geliebten Menschen erfahren hat. Alles wird blass und verliert sich im Hintergrund, und man wünscht sich, das Leben möge aussetzen, bis man selbst wieder so weit ist.

Der Weltstar

Die Wohnungstür wird aufgeschlossen, und Gregor braucht nur wenige Schritte, bis er mit roten Wangen in der Küche steht.

»Es ist wirklich unglaublich, Ben«, schwärmt er. »Wie wissbegierig diese Jungs sind. Ich habe den Eindruck, dass die zu Hause und in der Schule gar nichts lernen. Du gibst ihnen den ersten Hobel ihres Lebens in die Hand, und das Joypad ist vergessen.«

Ich sitze weiter starr da, aber er bemerkt es nicht.

»Es geht um Technik«, sagt er, »um handwerkliches Können! Es ist wie bei einem Rennfahrer oder bei einem Fußballprofi! Oder eben bei einem Schreinermeister. Wenn man weiß, was man tut, macht alles hundertmal so viel Spaß. Das spüren die jetzt. Auch die zwei Mädels, die sind klasse, Ben.« Gregor unterbricht seinen Redeschwall, den Blick auf der Spüle. »Was ist denn mit dem Kaffeebecher passiert?«

Ich sehe aus meinem inneren Grau zu ihm auf. Jetzt erst nimmt er mich wahr. Ich sage, leise und langsam, aber umso zwingender: »Greg, können wir einen trinken gehen? Am besten zu dritt, so dass immer einer redet, die ganze Zeit?«

Gregor nickt, sein Blick ernst, als habe er die Euphorie aus Rücksicht auf meine Stimmung auf Knopfdruck abgeschaltet. Er nimmt sein Telefon in die Hand, wählt und sagt, nachdem am anderen Ende der Leitung eine Stimme ertönt: »Ricky? Trinknotfall. In einer halben Stunde im *Riehler Tal*? Gut. Bist der Beste!«

Er dreht sich um, geht zur Wohnungstür und raschelt mit seiner Jacke. »Was ist? Kommst du?«

Die 1. FC-Köln-Fangaststätte *Im Riehler Tal* ist eine Eckkneipe, die den Namen noch verdient hat. Der Eingang ist bis auf Kniehöhe grau gemauert, der Rest erstrahlte vor langer Zeit einmal in Weiß.

Links und rechts neben der Tür hängen zwei *Sion*-Kölsch-Laternen über den Schaukästen für die Karte. Hinter der *Sky*-Leuchtreklame gurgelt ein Regenrohr das Abwasser in den Grund. Drinnen sieht es aus, wie es an einem Ort aussehen muss, an den sich weder moderne Architektinnen noch junge Latte-macchiato-Programmierer mit Hornbrille verirren, die Gregors Computerdienst nicht brauchen, weil sie nur weiße Apple-Laptops verwenden. Die Theke ist in Braun gekachelt, und Rautenmustervorhänge haben den Qualm von Jahrzehnten geschluckt. Aschenbecher aus Alu stehen auf den Thekenfliesen. An der Decke hängen Luftballons mit dem Geißbockwappen.

»Das ist eine Kneipe, oder?«, sagt Gregor und hebt das erste Kölsch.

»Eine ranzige Wirtschaft«, bestätigt Ricky, der Pornofotograf, der eigentlich eher in die Latte-macchiato-Bars passt. »Ich mag so was«, sagt er, als hätte er meine Gedanken gelesen. »Es ist so urig. So authentisch. Es biedert sich überhaupt keinem neuen Publikum an.«

»Es ist wie altes Vinyl«, sagt Gregor.

»Wie Porno in den Siebzigern«, sagt Ricky.

»Wie Whiskey aus Nagelgläsern«, sage ich.

Es ist das erste Mal, dass ich etwas sage, seit wir losgegangen sind. Niemand fragt mich, was los ist. Männer wissen, dass man den Freund nicht zu drängen hat. Er wird schon von selbst anfangen.

Ich bestelle mein zweites Kölsch. Die Bar ist dunkel getäfelt. Am Hals einer Blue-Curaçao-Flasche klebt eine tote Fruchtfliege.

Ich sage: »Es interessiert meine Frau alles nicht …«

Gregor und Ricky lehnen sich auf die Theke und drehen sich zu mir. Zwei Flanken der Geborgenheit, rechts ein geschiedener Holzsportgucker, links ein buchhalterisch unfähiger Pornofotograf. Ich fühle mich sicher.

Ich erzähle ihnen die ganze Geschichte. Ich rede mich leer.

Es dauert fünf Kölsch und zwei Gläser Salzstangen.

Als ich fertig bin, sagt Ricky: »Ja. Das erfordert härtere Maßnahmen.« Er klopft auf die braunen Fliesen: »Machst du uns bitte drei Johnnys?«

Der Wirt lässt die Eiswürfel klimpern. Der Whiskey fließt goldbraun darüber. Wir nehmen jeder einen kräftigen Schluck. In der klapperigen Stereoanlage der Kneipe singt Wolfgang Petry: »Dich zu lieben ist das Größte / Auch wenn du mich zum Wahnsinn treibst / Ich wickel mich um deinen Finger / Und ich tanze, wenn du pfeifst.«

Ricky sagt: »Wenn du eine Frau erobern willst, musst du Unmögliches versuchen. Etwas Großes, Romantisches. So groß, dass es eigentlich nicht machbar erscheint.«

»Ach ja?«, sagt Gregor. »Es reicht nicht, dass Ben Hausmann geworden ist? Ricky, der Mann da kratzt Schubladenritzen mit dem Zahnstocher aus. Er hat sich so weit von dem natürlichen Verhalten seiner Gattung entfernt, dass er sich schon längst aufgelöst haben müsste.«

»Nääääch«, winkt Ricky ab, »blödes Bemühen. Das ist doch alles nur Selbstmitleidsscheiße. Es sagt der Frau: ›Schau her, wie ich mich für dich anstrenge! Guck, was ich alles leiste!‹ Das ist unsexy! Das ist unmännlich, und zwar nicht, weil es Frauenarbeit wäre, sondern weil in jedem Handgriff ein biestiger Vorwurf steckt.«

Da ist was dran.

Ricky fuchtelt mit den Händen wie ein Regisseur, der seinen Darstellern die nächste Szene erklärt. »Ein Mann guckt nicht aus der Wäsche und jammert. Ein Mann streckt sich gen Himmel und holt der Frau den Mond herunter. Waschen kann die Frau auch selbst. Meine Güte, Ben, deine Frau kann sogar ganze Häuser bauen. Darauf noch einen Johnny.« Ricky klopft mit dem Glas auf die Theke.

»Du bist mir der Richtige, um Frauentipps zu geben«, sagt Gregor. »Du Lustvogel.«

»Was soll ich denn unternehmen?«, frage ich.

Ricky sagt: »Gibt es etwas, das deine Frau sich wünscht und das so unmöglich erscheint, dass sie es niemals äußern würde? Oder wenn, dann nur im Scherz?«

Ich starre in mein Glas.

Ich möchte ja romantisch sein, aber gleichzeitig kommt es mir so vor, als hätte ich schon Stein für Stein die Zugspitze abgeräumt und würde nun lediglich noch eine weitere Aufgabe bekommen.

»Hat deine Frau einen Traum?«, hakt Ricky nach, »etwas, das wäre wie der vom Firmament gefischte Mond?«

Ich stelle mir vor, wie eine winzige *Titanic* die Eisberge in meinem Whiskeyglas umschifft. Ich sehe die Musiker vor mir, die an Deck weitergespielt haben, bis das Schiff sich so sehr neigte, dass sie mit den Passagieren in die Tiefe gerissen wurden. Ich sage, schnaufend lachend, um die Absurdität meiner Bemerkung zu unterstreichen: »Sie hätte gerne, dass Stiff in unserem Garten ein Privatkonzert gibt.«

Gregor, der gerade das Glas an den Lippen hat, prustet Whiskey aus.

»*Der* Stiff? Der Weltstar? Der Stiff, der ein Haus in Malibu und mehrere Anwesen in England und der Toskana besitzt? Der Stiff, der zum Ritter geschlagen wurde?«

»Genau der.«

Gregor lacht: »Hat deine Frau sonst noch Wünsche?«

Ricky steckt sich eine Erdnuss zwischen die Lippen und hält sie mit Daumen und Zeigefinger fest, bis er die Hälfte davon abgenagt hat: »Das ist nicht unmöglich.«

Gregor und ich sehen den Pornofotografen im schalen Licht der Kneipenlampen an.

»Ich kenne ihn«, sagt Ricky und schluckt den Rest der Nuss. »Also nicht direkt ihn, sondern seinen Assistenten, der mit ihm mitreist.«

Gregor wackelt mit dem Kopf und kippt ein frisches Kölsch: »Ja, sicher.«

Ricky sagt ganz ruhig: »Der *Blue Rose Club*. Das teuerste Bordell Europas. Die Mädchen dort haben Doktortitel. Doktortitel und Körper wie Megan Fox. Wenn die mit ihren Kunden Rollenspiele anfangen, denken die, sie sind in Hollywood.«

Greg setzt sein Glas ab.

Ricky sagt: »2000 Dollar die Stunde, 10 000 Dollar die Nacht. Aufwärts.«

»Ich denke, wir sprechen von Europa«, sage ich.

»Tun wir auch, aber die nehmen nur Dollar«, sagt Ricky. »Jedenfalls, die Männer, die da hingehen, die haben es durchaus schon mal
mit einer Prostituierten getrieben, aber sie hatten ein schlechtes Gewissen danach. Hier nicht. Hier glauben sie, der Preis sei hoch genug, um die Würde aufzuwiegen.«

»Und das aus dem Munde eines Pornofotografen«, sagt Gregor.

»Was hat das mit Stiff zu tun?«, frage ich.

»Ins *Blue Rose* gehen Männer«, antwortet Ricky, »die sich sauber
fühlen wollen. Männer, die normalen Nutten rücksichtsvoll sagen,
dass sie das Rotlicht heute Nacht gar nicht erst einschalten müssen.
Männer, die ein Abenteuer wollen, ohne sich schmierig zu fühlen.
Männer, die von Prostituierten Philosophiekenntnisse verlangen.«

»Du meinst ...«, sagt Gregor.

»Ich hatte einen Auftrag in dem Etablissement. Eine Fotostrecke
für den *Hustler*. Da hab ich ihn gesehen.«

»Stiff?«

»Ja. Sicher. Warum denn nicht? Was denkt ihr überhaupt, warum
sich der Mann so nennt?«

Gregor kichert.

Ricky sagt: »Sein Assistent hat ihn schnell durch den Raum ge-
schoben. Dann hat er mich gesehen, mit der Profikamera, dem großen Besteck. Also, der Assistent, nicht Stiff. Der war schon hinterm
Samtvorhang verschwunden. Der Typ wurde ganz blass. Ich hab ihn
angesprochen und ließ ihn alle Bilder auf meiner Kamera durch-
klicken. Er sah nur Mädels. Mädels und Möbel. Keinen Stiff. Das
hat ihn total beeindruckt.«

»Du hättest Stiff abschießen können«, sagt Gregor.

»Ja«, stimme ich ihm zu und male die Schlagzeile mit der Hand
in die Luft über die Kölner Theke: »*Nobel geht die Welt zugrunde:
Regenwaldretter Stiff im Edelpuff!* Die Bilder hätten dich reich gemacht.«

»Das hat Stiffs Assistent auch gesagt. Er hat mich angeschaut wie
das achte Weltwunder. Ein Fotograf, der so eine Chance nicht nutzt.
Ich habe ihm gesagt: ›Hey, ich will nur meine Arbeit machen. Ich bin
nicht wegen Stiff hier. Ich bin kein Paparazzo. Meine Kunden wollen

Einblick in den weiblichen Intimbereich und nicht in Stiffs Schritt.‹ Ich bin nicht der Typ, der Karrieren zerstört.«

»Anständig«, sagt Gregor, rülpst und klopft sich das nächste Kölsch herbei.

»Ich war so gut wie fertig, und der Assistent musste auf seinen Star warten, also haben wir zusammen was getrunken. Nach dem dritten Mojito haben wir Visitenkarten getauscht. Ich hab sie nicht benutzt. Bis heute.«

Ricky lächelt zufrieden und nagt die nächste Nuss. Er weiß, dass wir beeindruckt sind, auch wenn Gregor gerade so tut, als höre er den ganzen Tag nichts anderes. Ich kann nicht so gut schauspielern. Da sitze ich, im *Riehler Tal*, zwischen braunen Thekenfliesen und Wolfgang Petry in der Stereoanlage, und trinke mit einem Pornofotografen, der Stiffs Assistentenkarte in seiner Kartei stecken hat.

»Glaubst du, der kennt dich noch, bloß, weil er dir seine Karte gegeben hat?«, fragt Gregor.

»Greg«, sage ich, »Ricky hatte die Chance auf ein millionenschweres Foto, und er hat großmütig verzichtet. Und ob der Assi von Stiff ihn noch kennt.«

»Und selbst wenn, warum sollte der Mann in eurem Garten spielen? Ohne Beweisfoto kann Ricky ihn schließlich nicht erpressen, richtig? Und das mit dem Weltenretter-Image ist sowieso nicht mehr so wichtig.«

»Das sind alles Menschen«, sagt Ricky, »nur eben sehr reiche Menschen.«

»Genau«, sagt Gregor. »Privatkonzerte von Weltstars kosten mindestens eine Million.«

Ricky sagt: »Arme Menschen suchen nach Arbeit. Reiche Menschen suchen nach Geldanlagen. Sehr reiche Menschen suchen nach Erlebnissen. Wenn das bedeutet, dass sie in der Oase eines Scheichs spielen, nehmen sie natürlich eine Million. Alles andere wäre auch eine Beleidigung des Scheichs. Es kann aber auch sein, dass ihnen einer ein Konzert auf einem Gletscher organisiert, und das spielen sie dann ohne Gage, weil's das kein zweites Mal gibt.«

Gregor schüttelt den Kopf.

Ricky sagt: »Ben, denk nach. Was könntest du Stiff bieten, was er nirgendwo sonst auf der Welt bekommt? Was gibt es nur bei dir?«

Ich kratze mein Kinn, spiele mit einer Nuss und knete die Haut über meinem rechten Auge. Der Wirt stülpt ein Glas über die feuchten Borsten in der Spüle und lässt es schmatzen.

Ich sage: »Pommes im Wok.«

»Wie bitte?«, fragt Ricky.

Gregor balanciert eine Nuss auf dem Rand seines Glases und lässt sie in das Bier fallen.

»Das kann ich ihm bieten. Pommes im Wok.«

Ricky räuspert sich: »Das … ja … das gibt es in der Tat nirgendwo anders.«

»Leute, jetzt bleibt mal realistisch«, brummt Gregor.

Ricky sagt: »Ich frage ihn.«

»Ernsthaft?«

»Ja. Ich sage dir Bescheid, sobald ich was weiß.«

Der Wirt stellt uns ungefragt drei frische Kölsch vor die Nase.

Der Einsatz

»Ach du meine Güte!«, sagt Frau Bombeck, als wir Gregors Wohnzimmer in Richtung Küche durchqueren. »Hier hat man ja mehr zu tun als nach Kriegsende.«

Ich steige in der Küche auf die Trittleiter, die ich eben kurz verlassen habe, um die Tür aufzumachen, nehme den Lappen in die Hand und widme mich wieder der Oberseite der Hängeschränke. Gegen die schwarzbraune Klebeschicht, die sich hier gebildet hat, war der Belag auf dem Boden unter der Spüle harmlose Kinderknete.

»Sie putzen die Oberschränke Ihres Freundes?«, fragt Frau Bombeck und packt vier Hochglanzmappen auf den Küchentisch.

»Ich hab sonst nichts zu tun«, sage ich.

Frau Bombeck nickt wissend wie ein Zauberlehrer, der seinen Schützling zum Schweben gebracht hat.

»Es tut mir leid, dass Sie nicht mehr vormittags vorbeikommen, Herr Breuer.«

»Es tut *mir* leid, dass ich durch mein Geplauder Ihre Anstellung gefährdet habe.«

»Ach«, winkt sie ab, »das war halb so wild. Ich habe Marie gesagt, dass sie versuchen soll, auch Sie zu verstehen. So wie ich es Ihnen vorher umgekehrt erklärt habe. Ich bin die Schweiz.«

Der Lappen bleibt trotz einer ordentlichen Wassermenge so gnadenlos im klebrigen Sud stecken wie eine Limousine im Monsun-Schlamm. Ich steige von der Leiter.

»Übrigens, Lisa hat die Mathe-Olympiade gewonnen«, sagt Frau Bombeck, als hätte sie es sonst fast vergessen.

Ich strahle, packe sie an beiden Armen, schüttele sie, umarme sie, schüttele sie wieder und halte sie fest: »Das ist ja phantastisch!« Ich würde meine Tochter jetzt gern in den Arm nehmen und ihr persönlich sagen, wie stolz ich auf sie bin.

Frau Bombeck schlägt auf dem Küchentisch eine der Mappen auf. Fotoreihen weißer Wäsche, glänzenden Geschirrs, sauberer Regale, gepflegter Gartenflächen und meisterlicher Mittagsmenüs. Das Werk des Hausmanns, angelegt auf vier Bände.

»Schade, dass es alles umsonst war«, sage ich, verträumt blätternd.

»Das kann man nie wissen«, sagt Frau Bombeck. »Und selbst wenn. Das hier« – sie tippt auf die schön gestalteten Seiten – »musste einfach fertig gemacht werden. Wir sind Haushaltsprofis. Wir lassen nichts liegen.«

Ich lächele sie an.

Dann umarmen wir uns.

Es klingelt an der Tür.

»Wenn es der Grieche ist, bleiben Sie hart. Manchmal folgen sie einem bis in fremdes Territorium.«

Ich öffne. Es ist Ricky. Er läuft an mir vorbei in die Wohnung, grüßt Frau Bombeck in der Küche mit Namen, obwohl er sie gar nicht kennt, nimmt sich ein Bier aus dem Kühlschrank, öffnet es und sagt: »Stiff macht es.«

Der Satz flattert wie ein Geist aus Rauch vor meinem Gesicht herum, dringt aber nicht in mich ein.

Ricky trinkt einen Schluck, sieht Frau Bombeck und mich mit dem Blick eines Lottogewinnverkündungsbeamten an und fährt fort: »In vier Wochen ist Stiff in Deutschland wegen eines Videodrehs. Außerdem ist er in ein paar Talkshows zu Gast, um das neue Album zu bewerben, das im Spätherbst rauskommt. Es gibt einen Tag in der Zeit, wo er keine Termine hat, einen Off-Day, wie wir Experten das nennen.« Er grinst.

Langsam nehme ich auf, was Ricky da sagt. Der Geisterqualm erreicht mein Hirn, und ich verwandele mich von einem Hausmann, der Ritzen auskratzt, in einen Veranstalter, der den Weltstar Stiff für einen Auftritt buchen lässt.

»Sein Assistent hat ihn gefragt, was er von einem Gartenkonzert hielte, und dann deine Pommes im Wok ins Spiel gebracht. Da hat er aufgehorcht.«

Frau Bombeck hört dem Dialog zu wie eine Katze, die mit den

Öhrchen zuckt, aber naturgemäß nur jedes siebte Wort versteht, da sie nicht rechtzeitig über die Zusammenhänge in Kenntnis gesetzt wurde.

»Stiff hat allerdings einen weiteren Wunsch«, sagt Ricky. »Wenn du den erfüllen kannst, dann macht er es. Ist das nicht irre, Ben? Dann macht er es!«

Mein Herz rast, als hätte man einem Teenagermädchen gesagt, dass Robert Pattinson mit ihr ein Eis essen geht und ihr danach die Adern aussaugt. Ich habe Angst vor dem, was Ricky gleich sagen wird, und zugleich will ich nichts anderes mehr hören.

»Er will die Pommes in einer Grillsauna futtern.«

Ich warte darauf, dass Ricky mir sagt, was Stiff fordert.

Ach ja, Ricky hat gerade gesagt, was Stiff fordert, aber das ist an mir vorbeigerauscht, weil es ja nicht sein kann.

»Hörst du mich, Ben?« Ricky wedelt mit der Hand vor meinen Augen herum. »Stiff will eine Grillsauna.«

Hat er es also doch gesagt.

»Eine Grillsauna?«

»Eine Grillsauna!«

Das ist es also. Stiffs Erlebnis. Eine Sauna, in der man um einen Grill herumsitzt und mit nacktem Oberkörper schwitzend von Plastiktellern isst, während gekräuselte Männerbrusthaare in Ketchuppfützen fallen. So sieht er aus, Stiffs Traum von Deutschland.

»Kannst du eine besorgen?«, fragt Ricky.

»Ja, sicher …«, stammele ich und füge hinzu: »Die muss man selber zusammenbauen. Die gibt's nicht fertig.«

Ricky fasst sich an die Stirn. Da holt er für mich den Mond vom Himmel, und ich suche nach dem Haar in der Suppe.

Die Wohnungstür geht auf, und Gregor kommt nach Hause. »Wann ist ein Mann ein Mann?«, singt er auf die Melodie des alten Grönemeyer-Hits und dichtet selber hinzu: »Wenn er ein Boot bauen kann!« Dann sieht er uns in der Küche. Den euphorisch stolzen Ricky, den geschockten Ben und die Haushälterin mit den Fragezeichen über dem Kopf.

»Greg«, sage ich, »dein Boot in allen Ehren, aber ich glaube, ich muss die AG Zimmermann zwischendurch für eine ganz andere Aufgabe anmieten.«

*

»Und das steht fest?«, fragt Frau Bombeck in ihr Handy. »Ganz sicher?« Sie spricht mit Marie. Marie ist zurzeit immer häufiger mehrere Tage unterwegs. Sie reist zu Pressekonferenzen und Meetings und besucht das Gelände vor Ort. In vierzehn Tagen steht wieder eine Zürichreise an. Das hatte Frau Bombeck in Erinnerung und lässt es sich gerade noch einmal bestätigen.

Als ihr klarwurde, dass wir tatsächlich Stiff in den Garten holen wollen, sind ihr für einen Augenblick sämtliche Gesichtsmuskeln erstarrt. Dann hat sie sich gefasst, jovial gelächelt und gesagt: »Stiff ist auch nur ein Mensch. Wenn der aus Versehen eine Bleikristallvase in die Spülmaschine steckt, wird sie auch bei ihm matt und milchig.« Den Plan findet sie phantastisch.

Frau Bombeck legt auf.

»Sie haben zwei Tage«, sagt sie.

»In zwei Wochen?«, frage ich.

»Ja.«

»Und die Kinder?«

»Nimmt sie mit.«

»Dann steht die Grillsauna zwei Wochen im Garten, bevor Stiff kommt. Da geht die Überraschung flöten. Was soll sich Marie denn denken, warum da plötzlich eine Grillsauna steht?«

»Guter Sex«, sagt Ricky.

»Was?«

»Es gibt den Quatschsex, den Menschen wie ich verkaufen, und es gibt den echten Sex, den guten. Und was ist bei dem ganz entscheidend? Also für die Frau?«

Frau Bombeck wird rot und sagt: »Das Vorspiel.«

Sie hält sich die Hand vor den Mund und knickt ein wenig mit den Beinen ein, wie das Figürchen aus der »Liebe ist ...«-Rubrik in der Bildzeitung.

»Genau«, sagt Ricky. »Du lässt die Grillsauna einen Tag stehen. Marie fragt sich, was das ist. Keiner gibt Antwort. Am nächsten Morgen ist ein Flugblatt im Briefkasten. Mit Stiff vorne drauf. Werbung für ein Konzert am 31. 08. Sie liest die Stadt und freut sich. Sie liest *unplugged* und freut sich noch mehr. Sie liest die Adresse und fällt in Ohnmacht. Dann startet das Vorspiel. Vierzehn Tage Vorfreude und Herzklopfen.«

»Und immer wieder der Gedanke: Ist das wirklich real?«, sage ich.

»Den Mond vom Himmel holen«, sagt Ricky.

»Ich finde es ja gut, dass ihr den Ablauf so präzise plant, aber könntet ihr jetzt mal mit der Schwärmerei aufhören?«, schimpft Gregor. Er sitzt vor seinem Rechner und sucht nach Grillsaunen im Internet. »Da, schon wieder«, schimpft er. »Lieferzeit: sechs bis acht Wochen.«

Es ist bereits der zwölfte Anbieter, der gar nicht mehr oder nur in einer halben Ewigkeit liefern kann. Die Grillsauna ist entweder wahnsinnig beliebt, oder keine Sau wollte sie haben und es gab nur ein paar Modelle. Ich reibe mir die Schläfen. Ich weiß, wo auf jeden Fall eine steht, aber das ist keine Option für mich.

»Warte mal«, sagt Gregor, »hattet ihr nicht so ein Ding in der Firma damals?«

»Ach ...«, zische ich.

»Doch, doch, da hast du mir von erzählt, neulich, nach dem siebten Kölsch. Ihr hattet ein Muster davon, du hast dich noch so aufgeregt, weil der Einkauf es einfach so bestellt hat. Ben! Jetzt tu doch nicht so, als wüsstest du das nicht mehr.« Greg haut mit den Händen links und rechts neben der Tastatur auf den Schreibtisch: »Echt jetzt, Mann! Da suche ich mir hier einen Wolf, und du sagst nichts!«

»Herr Schwarz hat das Ding mitgenommen. Der Schwarz von Blackwater, der Firmenabwickler. Der Teufel persönlich. Mein Jobvernichter! Der Trophäensammler. Das habe ich dir sicher auch erzählt! Denkst du, bei dem krieche ich im Staub und bettele um die Sauna? Das könnt ihr vergessen!«

Die drei schweigen einen Moment pietätvoll.

Ich sage: »Der Mann sammelt Trophäen, versteht ihr? Von jeder Firma, die er ausweidet, nimmt er genau ein Teil für sich selbst. Das kann mal nur ein Radiergummi sein. Ein gerahmtes Bild. Eine Tasse. Oder eben eine ganze Grillsauna.«

Gregor sagt: »Du kriechst nicht vor ihm im Staub. Du holst dir das Ding einfach.«

Ricky sagt: »Mit einer Armee im Schlepptau.«

Ich denke nach. Ich versuche, mir die Armee vorzustellen.

Frau Bombeck sagt: »Marie würde sich doch freuen, wenn Stiff in ihrem Garten spielt, oder?«

Ich ziehe ein Taschentuch aus der Hose und schnäuze mir die Nase. »Ausgerechnet Herr Schwarz«, maule ich.

Gregor seufzt, klatscht in die Hände, lässt das Rollo runter, nimmt seine Lampe und stellt sie auf das Regalbrett über den Schreibtisch, so dass sie von schräg oben auf uns herunterleuchtet.

»Steh auf«, sagt er, und ich stehe auf. Er packt mich an den Schultern und schiebt mich in den Lichtkegel. Ich werfe einen langen Schatten auf den Teppich. Gregor zeigt darauf und sagt: »So, und jetzt tu mir einen Gefallen, Ben, und spring!«

Ricky macht »Uhhhh«, wie ein Regisseur, der einen schlechten Witz gehört hat, aber Frau Bombeck lacht.

Ich starre auf meinen Schatten.

Zwei Minuten später stellen wir die Truppe zusammen.

*

Herr Schwarz lebt in einem Viertel, in dem die Straßen und die Ehen verkehrsberuhigt sind. Pampasgras wächst in den ausladenden Vorgartenlandschaften, und die Häuser liegen zurückgesetzt auf kleinen Hügeln. Seine Adresse herauszukriegen war leicht in Zeiten von Google Earth, Google Street View, Google People und Google Hausrat, aber die Nummer 13 zu finden, gestaltet sich schwierig.

Wir sind mit zwei Wagen gekommen. Gregors alter Golf und Rickys schwarzer BMW parken an einer Berberitzenhecke im Laternenlicht. Die Spähtrupps sind ausgeschwärmt, um die Namensschilder an den Häusern zu überprüfen, da an einigen die Hausnummern fehlen.

303

»Das muss die 13 sein«, sagt Maik Heyerdahl und kommt nickend von links herbeigelaufen. Er und sein Vater Rolf tragen weite schwarze Hosen und ärmellose T-Shirts, die ihre Muskeln zur Geltung bringen. Als Maik hörte, dass wir einer Investorenheuschrecke Angst machen wollen, hat er sich noch ein breites rotes Tuch um die Hüften gebunden, so dass er endgültig wie ein Kämpfer aus einem Kickboxer-Film aussieht. Wenigstens konnte ich ihm das Rambo-Stirnband ausreden.

Das Haus, auf das sich die Suche nach einer halben Stunde eingrenzen lässt, liegt dunkel auf seinem Hügel. Schmale, gepflasterte Wege führen durch einen Steingarten aus weißen Bruchstein-Findlingen zur Tür. Die Steine haben abenteuerliche Formen, wie Asteroiden, und sind so geschliffen, dass sie wie Marmor glänzen.

Zu fünft stehen wir auf der Straße vor dem Hügel, die Hände in den Hüften.

»Maik«, sage ich in Kommandantentonfall, »sieh nach!«

Maik zischt: »Jawohl!«, geht in die Hocke und huscht in geduckter Haltung zwischen den Asteroiden den Hügel hinauf wie ein Ninja. Eine Minute später kommt er zurückgeschlichen, leicht außer Atem: »Keine Hausnummer dran und kein Namensschild. Die Klingel ist in einem Buchsbaum neben der Tür versteckt.«

Ich sauge beide Wangen nach innen, während ich nachdenke.

Ricky sagt: »Das ist es. Garantiert. Das kenne ich von den Pornoleuten. Keine Namen, keine Hausnummer und die Klingel gut verborgen. Das ist es, glaubt mir.«

Oben am Hügel öffnet sich die Haustür. Licht fließt über die Steine wie eine Honigflut.

»Was lungern Sie da vor meinem Haus rum?«, ruft Herr Schwarz, und trotz der Entfernung dröhnt seine Stimme, als hätte man direkt vor uns zwei Boxentürme aufgebaut.

Wir entern den Hügel, fünf Männer auf zwei Wegen. Herr Schwarz steht ungerührt. Eine Katze erscheint neben ihm in der Haustür.

»Ich hätte einen Hund erwartet«, sagt Gregor und lacht spöttisch.

304

Herr Schwarz trägt eine graue Jeans und eine Strickjacke. Der Reißverschluss ist nicht komplett zugezogen, so dass man unter dem Stoff das Logo von AC/DC erkennen kann.

»Oh, Angus Young«, sagt Gregor und deutet auf die Buchstabenkombination der Hardrockband, »der Lieblingsgitarrist aller dreisten Diebe.«

Herr Schwarz runzelt die Stirn.

Gregor sagt: »Manche klauen nur Doktorarbeiten, andere gleich ganze Firmen.«

Ich lege Gregor die Hand auf den Oberarm, als wollte ich sagen: ›Ist gut jetzt, Brauner.‹ Herr Schwarz soll merken, dass ich die Zügel in der Hand habe. Vier Zügel an vier kampfbereiten Kerlen.

Er kneift die Augen zusammen und mustert mich. Die Heuschrecke hebt den Zeigefinger, tippt sich damit an die Nase und sagt: »Herr Breuer, richtig? Vom Möbelparadies? Aber klar doch!«

Es ist peinlich, das zuzugeben, aber ich empfinde es als Erfolg, dass er sich an mich erinnert.

»Was ist denn los?«, fragt Herr Schwarz.

»Was los ist?«, poltert Gregor, »Sie haben seine Firma aufgelöst, und seither lebt er auf meiner Couch!«

»Sind Sie Charlie Sheen, oder …?«

»Herr Schwarz«, sage ich, »ich will es sagen, wie es ist. Dieser Mann hier«, ich zeige auf Ricky, »gehört zur Entourage von Stiff, dem Popstar, den kennen Sie sicher, und dieser Stiff gibt ein Unplugged-Konzert in meinem Garten.«

»Ja, sicher …«, lacht Herr Schwarz und schiebt mit dem rechten Fuß seine Katze wieder ins Haus, die soeben heimlich abhauen will. Sie faucht.

Ungerührt von seinem Spott sage ich: »Als Kulisse für seinen Gig verlangt Stiff allerdings eine echte, authentische Grillsauna, weil er weiß, wie selten die Dinger sind. So sind diese Künstler, Herr Schwarz, sie suchen nicht mehr nach Geld, sie suchen nach skurrilen Erlebnissen.«

Herr Schwarz mustert uns. Den giftigen Gregor, die beiden Muskelmänner, die mitten aus einem Achtzigerjahre-Actionfilm gesprungen sind, und den Dienstleister aus dem Dunstkreis des Welt-stars. Keiner sieht aus, als würde er Scherze machen.

»Sie meinen das ernst«, sagt Herr Schwarz. »Sie meinen das wirk-lich ernst!«

Wir bestätigen, in dem wir schweigen.

»Kommen Sie mal mit«, sagt er.

Er nimmt einen Schlüssel vom Brettchen neben der Tür, scheucht die Katze komplett ins Haus zurück und führt uns zu einer der bei-den Doppelgaragen neben seinem Haus.

»Vier Autos, ich erstarre in Ehrfurcht«, lästert Gregor.

Herr Schwarz öffnet die Garage. Statt teurer Limousinen sehen wir professionelle Regalsysteme mit sauber sortiertem Inhalt. Herr Schwarz schaltet das Licht ein.

»Sortiert wie eine Asservatenkammer«, sagt Ricky, und die Heyer-dahls schwärmen aus.

Herr Schwarz nimmt eine Kaffeetasse mit dem Aufdruck der Oper in Sydney aus einem Regal und sagt: »Die Druckerei Appelt in Hamburg. Aufgelöst 2003. Die Tasse gehörte dem Chef.« Er stellt sie sorgsam zurück, fährt mit dem Finger in der Luft an seiner Samm-lung vorbei, zögert kurz und zieht schließlich ein Lenkrad aus dem Regal. »Sportvariante, besonders klein, echtes Leder. Ist für einen Maserati, als Ersatzteil. Wurde nur ein Dutzend Mal hergestellt. Warten Sie …«« – er schließt die Augen –, »Autohaus Krukenbaum, Stuttgart. Aufgelöst 2007.«

»Sie sind ja krank«, sagt Gregor.

»Bin ich das?«, fragt Herr Schwarz. »Finden Sie auch Jäger krank, die sich zwanzig Geweihe an die Wohnzimmerwand hängen?«

Gregor schnauft.

»Ich jage nicht mal«, sagt Herr Schwarz, »ich sammele. Und wenn ich komme, hat schon jemand anderes den Hirsch erschossen. Ich räume nur das Waldstück auf.«

»Warum zeigen Sie uns das?«, frage ich. Ich hatte mir vorgenom-men, zornig auf den Mann zu sein, aber jetzt, wo ich hier stehe, will ich nur, dass es vorangeht. Ich denke an meinen Chef, den Jäger und Spieler, der sein Möbelhaus verzockt hat. Herr Schwarz hat nur hinter ihm aufgeräumt. Ich sage: »Die Grillsauna steht doch sicher im Garten?«

Herr Schwarz sieht mich an wie einen Hund, der eine Banane für einen Knochen hält.

»Hier ist sie!«, ruft Maik. Er steht neben einem Regal mit sieben riesigen Kartons, gegen die sich selbst die größte IKEA-Verpackung wie ein Fülleretui ausnimmt.

»Sie haben Sie nicht mal aufgebaut?«, sage ich. *Das* macht mich jetzt doch stinkig.

»Ich sammele«, sagt Herr Schwarz, »ich nutze nicht. Fragen Sie einen Philatelisten auch, ob er seine Briefmarken auf Umschläge klebt?«

»Sie Aasfresser!«, sagt Gregor.

»Wer sind Sie eigentlich?«, fragt Herr Schwarz.

Es fehlt nicht mehr viel, und die beiden stehen Nase an Nase wie wütende Fußballspieler.

»Augenblick, Augenblick!«, sage ich. »Was wollen Sie für die Grillsauna haben?«

Herr Schwarz sagt: »Hier drin ist nichts verkäuflich.«

Gregor sagt: »Haben Sie gehört, was dieser Mann Ihnen vorhin erzählt hat? Stiff wird da drin schwitzen.«

»Und wenn Halle Berry da drin ihren süßen schwarzen Steiß in die Holzfasern presst: Ich gebe meine Trophäen nicht weg!«

»Ich hau dir gleich auf die Nase!«, sagt Gregor, und ich stelle mich zwischen die beiden.

In der Garagenauffahrt erscheint eine Frau. Sie trägt einen mintgrünen Seidenbademantel.

»Wolfgang, was ist denn hier los mitten in der Nacht?«

Herr Schwarz eilt zu seiner Frau und legt den Arm um sie. Immerhin ist es durchaus beunruhigend, um 22 Uhr fünf fremde Männer in seiner Garage zu finden, von denen zwei ihren Bizeps zur Schau tragen.

»Frau Schwarz«, sage ich, »mögen Sie Stiff?«

Frau Schwarz sieht mich fragend an. »Stiff? Den Sänger Stiff? Und wie ich den mag! Aber was ist denn los?«

»Der ist toll, nicht?«, sage ich. »Diese Virtuosität. Aber dabei nie zu viele Schnörkel, immer alles im Dienste des perfekten Songs.«

»Ja, genau«, nickt Frau Schwarz und sieht mich nicht mehr an wie einen Einbrecher, sondern wie einen Seelenverwandten. Ihr Mann macht sich sicher jeden Tag über das Weichei Stiff lustig. Immerhin trägt er ein AC/DC-Shirt.

Ich erzähle Frau Schwarz in schnellen Worten die Geschichte der Grillsauna. Herr Schwarz begleitet meine Rede mit verächtlichen Geräuschen, als wäre ich bloß ein Aufschneider. Ricky fummelt derweil auf seinem Smartphone herum. Als ich fertig bin, hält er Frau Schwarz die Bestätigungsmail von Stiffs Assistenten unter die Nase. Sie wird blass. »Wolfgang, guck dir das an.«

Ricky sagt: »Wollen Sie den Mann anrufen?« Er hält Schwarz das Telefon hin.

»Wenn Stiff spielt, lade ich Sie ein«, sage ich, und Frau Schwarz legt den Kopf nach hinten. »Mein Mann löst Ihre Firma auf, und Sie laden uns ein?«

»Zum Konzert, ja«, sage ich. »Keine Grillsauna heißt: kein Konzert. Keine Einladung.«

»Das darf doch nicht wahr sein«, sagt Herr Schwarz.

Gregor schmunzelt. Maik vertauscht Trophäen in den Regalen.

»Schatz, können wir einen Moment ungestört reden?«, sagt Frau Schwarz und meint das nicht als Frage. Sie zieht ihren Mann aus der Garage zwischen die geschliffenen Riesensteine. Die beiden diskutieren. Sie gestikulieren. Der Seidenmantel flattert. Dann kommen sie wieder rein.

Herr Schwarz sagt, die Schultern unten und den Zeigefinger auf dem Riesenkarton: »Das kriegen Sie nicht in den Kombi. Dazu brauchen Sie einen Bus.«

Wir jubeln.

Herr Schwarz hebt die Hand: »Sie ist nur geliehen. Für dieses eine Konzert!« Er schüttelt den Kopf und murmelt: »Was für eine Geschichte.«

Rolf zieht einen Zollstock aus der Tasche und misst mit seinem Sohn die Kartons aus.

Ich sage: »Sehen Sie es doch mal so: Wir bauen die Sauna gratis für Sie auf. Danach stellen Sie sie in Ihren Garten, als Top-Trophäe. Dann können Sie sagen: In diesem Holz steckt der Schweiß von Stiff. Wenn Sie wollen, machen wir Ihnen eine Plakette dran.«

Langsam steigt in Schwarz ein Lächeln auf.

Man muss nur wissen, wie man mit den Menschen umzugehen hat.

Und wie man eine Grillsauna zusammenbaut.

Der Aufbau

Am 13. August stehe ich endlich wieder in kurzen Arbeitshosen in meinem eigenen Garten. Marie und die Kinder sind wie geplant in der Schweiz. Rolf und Maik Heyerdahl helfen mit; von den anderen Nachbarn ist an diesem Samstag keiner zu Hause. Sie sind bei »Rhein in Flammen«. Auf der Terrasse steht unser handelsüblicher Grill. Ich mache Würstchen und Bier, das gehört dazu, wenn wilde Kerle aus über 320 Einzelteilen eine Grillsauna zusammenbauen. Limonade gibt es auch, denn zu den Heyerdahls, Ricky, Frau Bombeck und mir hat sich die AG Zimmermann unter der Leitung von Gregor gesellt. Aufgeregt laufen seine Jungs und die beiden Mädchen zwischen den auf der Wiese ausgebreiteten Einzelteilen umher. Die Massivholzbretter, Sperrholzplatten, Dachpappenrollen und riesigen Decken, auf denen nach Größe und Funktion sortierte Schrauben und Werkzeuge liegen, nehmen so viel Raum ein, dass sich nur noch an wenigen Stellen ein Grashalm zeigt. Rolf und Maik haben die Bodenplatte bereits positioniert und arbeiten gerade mit einigen der kleinen Zimmermänner an der ersten Wand des sechseckig konstruierten Schwitzkastens. Maik und die Kinder schuften mit Hingabe, aber Rolf wirkt für seine Verhältnisse seltsam unkonzentriert. Immer wieder stellt er sich aufrecht hin, stemmt einen Arm in die Hüfte, macht sich lang wie ein Späher und hält nach irgendetwas Ausschau. Ich drehe die Würstchen für die erste Arbeitspause um. Das Wasser läuft mir im Mund zusammen, wenn meine Ohren das saftige Brutzeln hören. Die Würstchen sind nicht vegetarisch. Die Würstchen sind nicht Bio.

»Duuuuuu?«, fragt es an meinem Shirtzipfel, und ich schaue zu einem Jungen hinab. »Du bist doch der Papa von Tommy, oder?«

Ich nicke.

Es spielt keine Rolle mehr.

Entweder dieser Plan geht auf, wenn Marie und die Kinder heimkehren, oder alles geht den Bach runter.

»Ja«, sage ich.

»Ich kenne Tommy aus der Fußball-AG.«

»Das ist schön.«

»Tommy sagt, du bist in Namibia.«

»War ich auch. Jetzt bin ich wieder hier. Um mit euch die Grillsauna zu bauen.«

»Tommy würde auch gern nach Namibia.«

»In seinem Kopf ist er längst da, denn er hat Phantasie, weißt du? Außerdem habe ich ihm viel von da unten geschrieben.«

Gregor kommt hinzu, den Aufbauplan in der Hand. Ausgefaltet hat schon der deutsche Teil den Umfang von fünf Tageszeitungen. Gregor schwitzt. Als es damals um die Gartenrestaurierung ging, hat er sich nicht so eingesetzt. Jetzt schon, denn jetzt dirigiert er sieben begeisterte Teilzeitsöhne und -töchter.

»Die Wände sind kein Problem«, sagt er und tippt auf den Plan, »das ist nur Fleißarbeit. Schwierig wird es beim Dach. Die Pappe muss wirklich gut sitzen. Sie muss an den Rändern sauber abschließen, und zwar von Anfang an. Wenn du dieses harte Zeug später mit dem Cutter zuschneiden musst, wirst du wahnsinnig.«

»Hauptsache, das Ding steht«, sage ich.

»Bist du irre?«, sagt Gregor. »Wir bauen diese Hütte für deine Frau, eine Architektin! Und für einen Weltstar! Da darf kein einziger Millimeter Dachpappe über den Rand ragen. Das sehen die sofort.«

Ich drehe eine Wurst und hebe die Augenbrauen.

»Ja, guck nicht so«, sagt Gregor. »Ich kann nichts dafür, dass du dir einen perfektionistischen Musiker in den Garten holst, um eine perfektionistische Gattin zurückzugewinnen.«

Ich packe ein paar fertige Würste auf einen Teller und pfeife die fleißigen Bienchen herbei.

Dann schaue ich Gregor an: »Wie kann es sein, dass du auf einmal so eifrig bist? Damals wolltest du keinen Zweig von der Hecke schneiden, und als in der Kneipe die Rede auf Stiff kam, hast du alles madig gemacht.«

»Da habe ich auch noch nicht dran geglaubt«, sagt er. »Es ist gut für meine AG. Und außerdem«, fügt er hinzu und nimmt sich eine Wurst, »will ich dich von meiner Couch runterhaben, Alan.«

Nach einer halben Stunde Würstchenessen mit lautem Schmatzen, Ketchupschlacht und umgeworfenen Limonadenflaschen stehe ich auf und klopfe in die Hände. »So, Leute, der Baumeister sagt: Weitermachen!«

»Warum so hektisch, Ben?«, sagt Rolf. Dabei hat er längst fertig gegessen.

»Weil wir nur zwei Tage Zeit haben?«

»Das sind Kinder, Ben«, sagt Rolf. »Nun lass ihnen doch wenigstens eine Stunde Pause.«

»Wir können ruhig weitermachen!«, ruft ein Junge, und die anderen stimmen ihm zu, indem sie auf den Stühlen auf und ab hüpfen.

Was ist los mit Rolf? Dem Mann mit dem perfekten Garten, der jeden Staubkrümel sofort von seinem Oldtimer entfernt, bevor er sich wieder die Schuhe schnürt, um 15 Kilometer laufen zu gehen? Warum macht ausgerechnet er hier einen auf Gemächlichkeit?

Ich lasse die Helfer am Terrassentisch sitzen, schlurfe zur Bodenplatte mit der einen fertigen Wand und versuche mir vorzustellen, wie das Ding am Ende aussieht. Werden wir wirklich hier sitzen, in 14 Tagen, und Stiff zupft einen Meter neben uns auf seiner Gitarre?

Ein Wagen nähert sich unserem Gelände, ein Transporter, ein langes Modell. Er ist grün und hat eine gelbe Aufschrift. Ich erkenne ihn wieder. Das ist doch …

Rolf springt vom Tisch auf und läuft aus dem Garten, während der Wagen hält und die Schiebetüren aufgehen. Erleichtert begrüßt mein Nachbar das Drehteam von RTL *Living*. Scherzend schlendern sie in den Garten. Der großgewachsene Chef, Kameramann Rüdiger und der junge Mann mit dem Wuschelmikro an der langen Stange.

»Tut uns leid, dass wir so spät kommen«, sagt der Chef und drückt mir die Hand. Der Kameramann sieht sich im Garten um und nickt anerkennend. Der Chef sagt: »Vom Brachland zur Bundesgartenschau. Fleißig, fleißig. Das wäre für sich betrachtet schon eine

Story.« Er stolziert, die Hände unter die Rippen gestemmt, breitbeinig auf den Anfang der Grillsauna zu: »… aber Stiff in der Nachbarschaft, in einer Grillsauna, *das* ist natürlich der Hammer.« Ich stehe mit offenem Mund neben dem begeisterten Regisseur. Rolf strahlt wie ein Kind, das den Papa mit einer selbstgebastelten Segeljacht überrascht hat.

Ich ziehe ihn zur Seite hinter die Hausecke.

»Was soll das denn?«, flüstere ich.

»Überraschung gelungen?«, sagt Rolf.

»Ja, aber wie!«, zische ich.

»Ich dachte, wenn ich den Kontakt zum Fernsehen schon habe, dann kannst du auch mal in den Genuss kommen. Als sie hörten, dass Stiff hier spielen wird, haben sie angebissen. Sie werden das Material sogar an ihre Kollegen vom Hauptsender verkaufen. Hinterher, versteht sich. Keine Angst. Es bekommt niemand mit, dass das Konzert stattfindet.«

»Aber dann ist es doch nicht mehr intim!«

»Ein Kameramann und ein Tonarm«, sagt Rolf. »Die passen locker noch in die Hütte. Und du willst mir doch jetzt nicht erzählen, dass deine Frau Angst vor der Kamera hat. Ich habe sie neulich bei *Kulturzeit* gesehen. Ben, verstehe mich nicht falsch, ich liebe meine Rita, aber in dem Bericht war Marie zum Anbeißen.«

Er zögert einen Augenblick, um zu sehen, ob ich ihn schlage, aber er erntet nur ein Funkeln. »Und deine Kinder, Ben, was denkst du, was die sich freuen, wenn sie erzählen können, dass sie im Fernsehen waren. Mit einem Star, in ihrem Garten?«

»Hm«, sage ich, »frag mal die kleinen Zimmermänner da drüben, ob sie Stiff kennen. Für die musst du Justin Bieber in die Sauna stopfen.«

Rolf sieht mich traurig an.

Im Grunde ist sein Tatendrang erfrischend.

Er hatte den Fernsehkontakt, und er hat ihn genutzt. Für mich. Und was mache ich? Sorge mich schon wieder darüber, ob meine Frau es störend finden könnte, wenn das Fernsehen dabei ist. Meine Frau, die nur noch im Rampenlicht steht.

Ich lächele.

Schaue rüber zur Baustelle, wo die Kinder wie die Ameisenschwärme Teile zur Sauna tragen. Warum eigentlich nicht?

»Danke«, sage ich und knuffe Rolf gegen die Schulter. Dann gehe ich an ihm vorbei zum Drehteam, nehme auf dem Weg ein Brett mit, halte es wie ein Schwert in die Luft und brülle: »Für England und seinen Träger des Ritterordens!«

Der Regisseur sagt: »Das war gut, aber wir waren noch nicht so weit. Können Sie das bitte noch mal machen?«

Es ist hart.

Es ist schweißtreibend.

Die Knochen tun weh, aber aufhören können wir nicht mehr. Unter den Augen der RTL-Kamera kommen wir in einen Flow, der den Schmerz beglückend macht. Die Bretter wandern durch die Finger der kleinen Jungs und Mädels wie bei einer Sandsack-Menschenkette der Grillsauna entgegen, wo Rolf und Ricky sie halten, während Maik und ich unter Gregors fachkundiger Aufsicht die Schrauben einbringen. Das Drehteam filmt durchgehend mit; in der Sendung werden sie den Saunabau im Zeitraffer darstellen – blitzschnell wandernde Bretter, die sich zu sechs Wänden und einem Dachfirst zusammenfügen wie eine Blüte, die sich langsam schließt.

Um 18 Uhr steht der gesamte Unterbau, noch ohne die Sitzbänke im Inneren und ohne den Grill selbst, über dessen Feuersteinen bald der Wok baumeln soll. Ich bin völlig fertig, aber ich habe lange nichts so Befriedigendes getan. Das Teamwork von Jung und Alt, Frau Bombeck, die fotografiert und frische Limo bringt, und das Fernsehen, das alles festhält. Ich hätte nicht von mir gedacht, dass mich die Kamera antreiben und mir mit jeder Sekunde meine Brust anschwellen lassen würde, aber es ist so. Ich kann jetzt verstehen, warum Marie lieber Museen baut, die 3sat und den Jetset interessieren, als Hallenbäder, zu deren Eröffnung nur die örtliche Version von Horst Schlämmer erscheint.

Die Männer und Kinder lassen die Werkzeuge und Arbeitshandschuhe auf den Boden fallen und schlendern, den Kopf im Nacken, auf dem Rasen herum wie Fußballspieler nach dem Abpfiff. Der Kameramann klappt die Linse zu, und der Regisseur sagt: »Ich denke, das ist genug für heute.«

Diesen Satz will ich nicht hören. Ich fühle mich wie ein Junge, den man noch im Hellen vom Spielplatz holt. Ich reiße die Arme in die Luft und rufe in die Runde: »Hey! Nein! Stopp! Warum denn Schluss? Wir haben nur zwei Tage Zeit, und es ist noch früh am Abend.«

»Wir haben den ganzen Torso fertig«, keucht Maik. »Das Dach und das Innenleben schaffen wir locker an einem Tag.«

Das kann ich nicht hinnehmen. Ich habe eben erst Feuer gefangen. Ich kann jetzt nicht aufhören! Ich nehme mir die Leiter, stelle sie neben die Hütte, kralle mir willkürlich eine Rolle der rauen Dachpappe und kraxele die Sprossen empor.

»Ben, warte!«, sagt Gregor, stürzt herbei und hält die Pappe fest, die sich gerade aufrollt. Die Jungs haben sich schnell wie Bob der Baumeister in vielfacher Ausfertigung um die Beine der Leiter versammelt und halten sie fest. »Was soll das denn jetzt?«

Ich schaue zu Gregor hinab und winke Frau Bombeck: »Frau Bombeck, erklären Sie's ihnen. Wenn man eine schwierige Aufgabe hat, soll man sie nicht zwischen zwei völlig verschiedenen Arbeitsschritten unterbrechen, sondern mittendrin. Man kommt so am nächsten Tag viel besser wieder rein, weil man ja schon weiß, wie es geht. Stimmt doch, oder?«

Die Kamera, deren Blende wieder offen ist, schwenkt von mir zu Frau Bombeck. Die weiß nicht so recht, was sie mir antworten soll, da mich anscheinend alle für manisch halten und wir die sieben Siebenjährigen bereits den ganzen Tag beschäftigen.

»Nun? Ist das eine Haushalts-Profiweisheit oder nicht?«, sage ich.

»Ja, schon …«, sagt Frau Bombeck, und ich rufe schnell: »Seht ihr?« Die Kamera ist wieder auf mir. »Kommt schon«, sage ich an Gregor, Maik und Rolf gerichtet. »Nur eine einzige Bahn. Ihr habt doch auch Angst vor der Dachpappe. Wenn wir uns dieser Angst heute noch stellen, dann können wir morgen guten Mutes ans Werk gehen.«

Das überzeugt sie anscheinend, denn während Rolf mir nun die Rolle abnimmt und Maik ein Maßband zückt, um das erste Stück auf dem Schneidetisch auszumessen, reicht Gregor mir bereits die Nagelpistole nach oben.

»Pass gut auf damit«, sagt er, »das ist eine brutale Waffe.«

»Ja, ja.«

»›Ja, ja‹ heißt ›leck mich am Arsch‹«, sagt Gregor. »Denk an *Eraser*«.

Ich verzerre mein Gesicht. *Eraser* ist ein brutaler Actionreißer. Arnold Schwarzenegger wird darin mit einer Nagelpistole beschossen und bekommt die Hand an einen Tisch getackert.

Maik hat das erste Stück zurechtgeschnitten und reicht es mir hoch. Ich lege es an den Längs- und Querbalken des Firstes an und bekomme einen Glücksrausch.

»Es passt!«, rufe ich, den Blick zur Kamera, »preiset den Herrn!«

Der Tonmann grinst. Der Regisseur hält seinen Daumen nach oben. Ich löse den rechten Fuß von der Leiter und knie mich auf den ersten Querbalken, um ganz oben mit dem Nageln anfangen zu können. Selbst so, nur noch den linken Fuß auf der Spitze der Leiter, muss ich mich mit dem ganzen Körper über den First strecken, um heranzukommen. Ich spanne die Bauch- und die Pomuskeln an. Wenn die ersten beiden Nägel so gut sitzen, dass die Pappe perfekt anliegt, ist das Wichtigste geschafft. Ich sauge Luft ein, halte die Pappe, stoppe meinen Atem und ballere die ersten Nägel an den oberen Rand. Die Pistole knallt so laut, dass die Kinder zusammenzucken. Ich lasse die Dachpappe los, so dass sie nur an den zwei Nägeln hängt, halte sie mit der linken Hand an und stelle fest, dass sämtliche Ränder passen. Millimetergenau. Perfektionisten-geeignet. Ein Gefühl durchströmt mich, wie es Thomas Müller bei der letzten WM empfunden haben muss, als Deutschland Argentinien mit 4:0 vom Platz fegte. Ich reiße die Nagelpistole mit der rechten Hand in die Höhe wie ein siegreicher Actionheld und brülle: »Besser geht's nicht! Seht euch das an! Ben Breuer, Meister der Präzision! Seht euch das an, hier oben, unter dem Gipfel, Spiderman ist ein Scheiß …«

Das Wörtchen »dagegen« kann ich nicht mehr sagen, denn in dem Moment rutscht mir der linke Fuß von der Leiter, und ich verliere den Halt. Mein rechter Arm wird nach unten gerissen, so dass er abknickt und die Pistole genau auf meinen linken zeigt, der lang und blank auf dem schrägen Balken liegt, an dem ich mich festzukrallen versuche. Für eine Nanosekunde sehe ich voraus, was gleich passieren wird, da geht die Pistole auch schon los. Es dauert nur Momente, in denen die Nägel meinen linken Arm durchbohren, aber es wirkt wie Minuten, in denen ich verzweifelt darüber nachdenke, was ich tun und welchen Arm ich lösen soll, damit es aufhört. Kurz bevor ich bewusstlos werde, lasse ich mich einfach nach unten fallen, wodurch sich mein verkrampfter Abzugsfinger löst und der Beschuss endet. Den Aufprall auf dem Boden höre ich nur noch, als beträfe es jemand anderen. Ein trockenes, dumpfes Plumpsen wie von einem Kartoffelsack. Den Schmerz spüre ich nicht mehr.

Das Krankenzimmer

Ich schlage die Augen auf.

Es klappt nicht sofort. Das Bild verschwindet zur Hälfte wieder. Dann zu einem Viertel. Wieder zur Hälfte. Es sind Schlieren darin wie bei einem alten Super-8-Film. Ich stöhne. Jemand legt eine Hand auf meine Schulter. Mein linker Arm ist nach oben fixiert, schwer mit Gips ummantelt und zugleich leicht, weil er in einem Gerüst hängt. Das spüre ich. Die Sicht kommt erst nach einer Weile wieder. Am Fußende des Bettes stehen ein Mann und sieben Zwerge.

Der Mann ist Gregor, und die Zwerge sind Zimmermänner.

Die Hand auf meiner Schulter gehört Rolf Heyerdahl. Auf einem Tischchen unter dem Fernseher drapiert Frau Bombeck einen großen Strauß Blumen.

»Was ist passiert?«, frage ich.

»Du hast dich selbst genagelt«, sagt Gregor.

Ricky und Maik kichern. Sie sitzen auf zwei Besucherstühlen neben dem Schrank. Die Zwerge kichern nicht, da sie zu jung sind, um Versautheiten zu begreifen.

Die Hand auf meiner Schulter tätschelt mich ein wenig fester, und ihr Besitzer Rolf sagt: »Es tut mir so leid, dass ich das Fernsehteam gerufen habe.«

Ich sage, wobei mich jedes Wort so anstrengt wie zwei Liegestützen: »Das Fernsehteam hat mich nicht dazu gezwungen, wie ein Blödmann zu posieren, statt mich auf die Arbeit zu konzentrieren.«

Rolf seufzt schwer wie ein schwarzes Loch. »Sie werden das Konzert nicht drehen, Ben. Ich habe ihnen gesagt, dass du deine Zustimmung zurückziehst.«

»Und das akzeptieren sie?«

»Na ja …«, windet er sich.

»Was, Rolf?«

»Ich musste ihnen erlauben, die Szene mit dem Nageln zu verwenden. Sie haben da zahllose Einsatzmöglichkeiten, sagen sie.«

Ich zwinge mir ein Lächeln ab, hebe vorsichtig meinen rechten Arm und tätschele Rolfs Hand auf meiner linken Schulter. Müde wie ein sterbenskranker Mönch krächze ich: »Es ist lieb, dass ihr alle gekommen seid. Ich bin wirklich gerührt.« Jetzt muss ich auch noch husten. »Aber bitte lasst mich jetzt allein.«

»Wir wünschen Ihnen, dass Sie ganz schnell wieder gesund werden, Herr Breuer!«, sagt der Sprecher der sieben Zwerge.

»Danke«, hauche ich.

Ricky und Maik stehen auf, Frau Bombeck wirft mir einen herzenswarmen Blick zu, und Rolf lässt die Schultern hängen, als er hinter den Kindern den Raum verlässt. Gregor will ihm folgen.

»Warte«, sage ich.

»Keine Sorge«, sagt er, »wir bauen die Sauna zu Ende. Ich komme morgen wieder. Wir …«

Ich wuchte den Zeigefinger vor meine Lippen und mache »Tschhhh«. Dann lasse ich ihn sinken, schwer wie einen Baumstamm. Gregor muss mit ansehen, wie Tränen aus meinen Augen fließen. Ohne Ansatz, ohne Vorwarnung, ganze Ströme. Ich habe selbst nicht damit gerechnet.

»Ich habe versagt«, schluchze ich. »Guck mich an. Da liege ich, der Controller. Ich habe alles in den Sand gesetzt.«

»Ben, du hast dir den Arm durchgenagelt. Das kann jedem mal passieren. Arnold Schwarzenegger …«

»Es ist nicht nur der Arm!«, heule ich, »es ist alles, Gregor! Ich bin nicht einfach vom Saunadach auf den Boden gefallen. Es hat sich ein schwarzes Loch aufgetan, und jetzt hänge ich da unten in einer schwarzen Soße und kann mich nicht mehr bewegen. Scheiße!«

Gregor weiß nicht, was er sagen soll. Ich weiß nicht, was mit mir los ist. Ich habe mich noch nie so gefühlt. Es ist, als zöge ein Magnet in meinem Magen alles in sich hinein. Meine Lebenskraft, meinen Atem, meine Zuversicht. Eine bleierne Kraft, die jeden Gedanken an etwas Gutes auf der Stelle zermalmt, als sei er bloß die lächerliche, naive Bemerkung eines dummen Kindes.

Ich drehe den Kopf nach rechts und schaue aus dem Fenster des Krankenzimmers. Draußen ist die Dämmerung fast abgeschlossen. Holzschnittartig heben sich die verzweigten Äste eines Baumes gegen das Dunkelblau des Himmels ab.

»Ich rufe Marie an«, sagt Gregor, und mein Kopf schnellt wieder herum: »Untersteh dich!«

»Ben, du hast dir fast den Arm weggeschossen. Außerdem ...« – er schmunzelt verschwörerisch – »hat es was Heldenhaftes. Frauen stehen drauf, wenn ihr tapferer Mann in Gips liegt.«

»Ich wollte meine Frau zurückerobern«, sage ich, »nicht von ihr bedauert werden.«

»Wenn sie aus der Schweiz heimkommt, sieht sie sowieso die Sauna«, sagt er. »Okay, bis dahin muss man ihr vielleicht nicht unbedingt Bescheid sagen.«

Ich richte meinen Blick wieder ins Geäst. Es war mir doch klar: Entweder klappt es, oder alles geht den Bach runter. Wenigstens habe ich noch 24 Stunden. 24 lange Stunden in diesem Bett, in einem Kokon aus Decken, Gips und Dunkelheit. Ich verenge mein Denken auf diese Zeitspanne, ich verkrieche mich in ihr wie in einem Bau.

»Ich muss nachdenken«, sage ich. »Über alles. Mein ganzes Leben.«

Gregor erwidert nichts. Den Blick im Dunkelblau zwischen den Ästen fühlt es sich so an, als sei ich an einem Wendepunkt. Als müsse ich das Spiel neu starten. Als sei alles, was mein Leben war, nur ein Traum gewesen.

»Ich lass dich jetzt allein«, sagt Gregor und steht behutsam auf. Das Krankenbett quietscht, und die gestärkte Bettwäsche raschelt.

Meine einzige Antwort ist ein Seufzer.

Kaum, dass sich die Tür hinter Gregor geschlossen hat, schlafe ich ein.

Als ich die Augen öffne, reden zwei Männer mit Jacketts und Krawatten in einem Tonfall auf mich ein, als müssten sie mich dringend von meinen falschen Vorstellungen befreien. Das Dunkelblau vor dem Fenster ist zu einem einheitlichen Schwarz geworden. Meine falschen Vorstellungen betreffen Schwarzkümmel und das aus ihm gewonnene Schwarzkümmelöl. Der rechte der beiden Männer, der eine schräggestreifte Krawatte trägt und sehr viel mit den Händen gestikuliert, sagt: »Bei Schwarzkümmel gilt das Gleiche wie bei Spirulina. Es gibt Schwarzkümmel in der Drogerie, es gibt Schwarzkümmel mittlerweile im Supermarkt, in jedem Biomarkt, es gibt Schwarzkümmel im Internet, bei den Mitbewerbern – überall gibt es Schwarzkümmel.« Der Mann betont seine Worte, indem er die Hände gefaltet wie einen Keil auf und ab stößt, als wolle er mit ihnen den Tisch zerhacken. Sein Assistent nickt immerfort. Der Keilmann schnappt sich die große Plastikdose, die vor ihm steht, dreht sie so, dass der Aufdruck des Packungsinhalts in die Kamera zeigt, und sagt: »Was wichtig ist … wichtig ist: Was ist drin? Hier ist reines Schwarzkümmelöl drin.« Ich reibe mir die Stirn. Links oben im Bild steht der Preis für das Gebinde mit 1250 Kapseln. 72 Euro wollen sie dafür haben. Knappe sechs Cent pro Kapsel, überschlage ich im Kopf. Nun spricht der Assistent. Seine Stimme ist bedeutend tiefer und nicht so hysterisch. Beruhigend brummt er den Zuschauern des Verkaufsfernsehens entgegen: »Genau. Wir haben hier original ägyptisches Schwarzkümmelöl, das gilt weltweit als das hochwertigste überhaupt, kalt gepresst, das heißt, die wichtigen Inhaltsstoffe sind auch wirklich verfügbar für den Körper …«

Ich taste auf dem Nachttisch rechts von mir nach der Fernbedienung und schalte den Fernseher aus. Wer hat ihn angemacht? Und dann auf diesem Sender?

Frage ich mich.

Und schlafe wieder ein.

Ich liege auf einer großen Rasenfläche. Sie ist löchrig. Grauer, trockener Boden schimmert überall durch das zerrupfte Gras. Die Büschel sind fahlgelb und neigen sich mit den Spitzen Richtung Boden, als hätte man jedem einzelnen Halm das Leben ausgesaugt. Ein paar tote Margeriten liegen abgeknickt auf dem Boden um mich herum. Am Horizont stehen in allen Richtungen Ruinen. Hütten ohne Dach oder nur mit zwei Wänden, angefangen und verlassen, als die

Hoffnung starb. Es ist weder kalt noch warm. Eine Hand berührt meine Wange, behutsam wie ein Windhauch. Sie streichelt meine Haut, und ich sehe, wie ein paar der Halme ihre grüne Farbe wiederbekommen. Ein Schnurren entweicht mir wie einer Katze, die gekrault wird. Ich neige meinen Kopf, um meine Wange fester gegen die Finger zu drücken.

Dann wache ich auf.

Die Finger gehören einer wunderschönen Frau, die ich zuletzt im Fernsehen gesehen habe. Ich löse mich vom Schlaf, der noch in zähen Fäden an mir klebt, und versuche, mich aufzurichten. Ich erinnere mich daran, dass mein linker Arm fixiert in einem Gestell hängt. Marie drückt mich sanft in die Kissen zurück. Es ist immer noch finstere Nacht.

»Das geht nicht«, stammele ich, »du bist noch in Zürich.«

»Ich bin hier«, sagt sie und legt mir die Hand auf die Stirn.

»Dann sind die 24 Stunden noch nicht rum?«

Sie lächelt fragend: »Was?«

»Ich«, beginne ich einen Satz, der in einem Schluchzen ertrinkt, »ich bin doch noch gar nicht mit meiner Verzweiflung fertig.«

Marie beugt sich zu mir und nimmt meinen Kopf in den Arm.

»Oh, Ben«, sagt sie.

Ich erinnere mich daran, dass ich kein Mitleid möchte, und schiebe sie mit der Hand, die mir zurzeit bleibt, von mir.

»Wo sind die Kinder?«, frage ich.

»Wir haben halb vier Uhr nachts, Ben. Die sind im Bett.« Marie deutet mit der Nasenspitze auf meinen riesigen Armgips im Gestell. »Sie waren aber schon hier.«

Ich folge ihrem Blick und bemerke erst jetzt, dass der Gips angemalt ist. Lisa und Tommy haben die Schriftzüge vom Bone Crusher, vom Supergirl, von Hyper Constructor Mary und vom Reflex Man darauf geschrieben, in Vincis Namen ein paar Pfotenabdrücke gezeichnet und zahllose afrikanische Tiere in die Zwischenräume gemalt.

»Wir sind sofort losgefahren, als Gregor angerufen hat. Die Kinder waren um elf mit mir hier, aber du hast so tief geschlafen, dass wir dich nicht wecken wollten. Sie haben den Fernseher angemacht, als wir gingen, damit dir nicht langweilig ist, wenn du mal zwischendurch aufwachst.«

Ich mache einen Laut, es kann ein Schluchzen sein, ein Lachen, alles.

»Gregor hat mir die ganze Geschichte erzählt«, sagt Marie.

Ich atme schwer: »Die *ganze*?«

Marie streichelt mir über die Stirn, als gäbe es dort noch Strähnen, die zur Seite geräumt werden könnten. Sie sagt: »Stiff unplugged. In unserem Garten. Du wolltest mir den Mond vom Himmel holen.«

Ich versuche erneut, mich aufzurichten. »Was heißt denn hier *wolltest*? Das Projekt läuft noch. Die anderen ...«

Marie schiebt mich zurück in die raschelnde Bettwäsche, senkt die Augenlider und schüttelt den Kopf: »Das Projekt hätte meinen Mann fast den Arm gekostet. Es soll einfach nicht sein.«

»Doch ...«

»Ben, tschhhh, ganz ruhig. Ich habe es abgesagt.«

»Wegen meines Unfalls? Das war nur meine Blödheit. Meine unablässige Unfähigkeit.«

»Ich möchte nicht enttäuscht werden, Ben.« Marie hebt das Kinn und lässt den Blick durch den Raum schweifen, als verfolge sie eine Fliege. »Stiff, das ist eine Illusion, Ben. Eine Geschichte. Wenn wir ihn uns in der Lanxess Arena ansehen, mit 25 000 anderen Menschen, dann bleibt er das auch. Aber wenn er bei uns im Garten spielt, lerne ich ihn kennen. Ich weiß, jeder Fan träumt davon, mit ihm nach dem Konzert noch bis tief in die Nacht auf der Terrasse zu sitzen und sich zu unterhalten, aber das würde mich nur enttäuschen. Mir reicht es schon, zu wissen, dass er in diesen Edelpuff gegangen ist. Stiff, das ist für mich ein Kunstwerk. Eine Lüge, an die ich glauben will. Verstehst du?«

»Ich weiß nicht«, sage ich und meine es auch so. Die 24 Stunden sind noch nicht um. Gott, bin ich froh, dass sie da ist.

Marie sagt: »Aber mein Mann, der soll keine Lüge sein.«

Ich drehe den Kopf nach links. Auf meinem Gips starrt mich eine Giraffe mit großen, ovalen Augen an.

»Ich habe versagt, Marie. Das ist die Wahrheit. Ich habe als Hausmann versagt. Ich habe als Mann versagt. Ich habe als Vater versagt.«

»Blödsinn«, sagt sie und haut mir auf den Arm, der intakt geblieben ist.

»Ich habe bis heute eine Schraube locker. Am Ofen, meine ich.«

»Es geht doch nicht um Schrauben, Ben! Oder um saubere Wäsche! Oder um perfekt geschnittenen Rasen wie bei den Heyerdahls!«

»Nein? Worum geht es denn dann?«

»Um Teilhabe, Ben! Es wäre okay gewesen, wenn du über deine Probleme geredet hättest. Wenn du geschimpft hättest über die blöde Nahrungsliste und das verflucht komplizierte Kochen jeden Tag. Wenn du gesagt hättest, dass du den Garten nicht schaffst und einen Landschaftsbauer engagieren willst. Mein Gott, ich hätte auch eine Haushälterin akzeptiert, die das Haus putzt, während du dich ausschließlich um die Kinder kümmerst, weil du es gut kannst. Du hast in der Schule Dinge losgetreten, auf die wir Mütter in Jahren nicht gekommen sind. Das wäre alles okay gewesen. Aber du hast mich an deinem Leben als Hausmann nicht teilhaben lassen. Wir hatten uns getrennt, Ben, und das schon, bevor ich dich in die namibische Wüste geschickt habe.«

Ich sehe Marie nicht an. Ich halte dem Blick der Giraffe stand. Stur starren mich ihre großen Augen an. Ich werde nicht zuerst wegsehen.

Marie sagt: »Ich mache mir auch Vorwürfe.«

Ich wende den Kopf zu Marie. Die Giraffe gewinnt.

Marie schaut auf die Kante der Matratze und knetet ihren linken Ringfinger zwischen Daumen und Zeigefinger der rechten Hand: »Ich habe dich auch nicht mehr an meinem Leben teilhaben lassen. Oder nur so, dass meine Begeisterung für das Museum alles andere ausgelöscht hat. Ich war gar nicht da, wenn ich zu Hause war.«

Sie kann nicht mal erahnen, wie viel es mir bedeutet, das zu hören. Ich greife nach ihrer Hand. Sie nimmt sie und knetet nun meine Finger.

»Ich habe dich so vermisst«, sage ich.

»Ich dich auch«, sagt sie.

324

»Ich war im Grunde wirklich in Namibia«, sage ich.

»Ich weiß«, sagt sie.

»Willst du ins Bett kommen?«, frage ich.

Sie lächelt.

Ich rücke so gut ich kann ein Stück nach links. Es bleibt trotzdem nur ein schmaler Streifen. Umso besser. Marie schiebt sich halb unter meinen Körper und schmiegt sich so fest an mich, dass meine Körpertemperatur um mehrere Grad steigt. Einen Augenblick lang liegen wir so da und schweigen. Dann nimmt sie die Fernbedienung, macht die Glotze an und schaltet die Sender durch. Auf Senderplatz 5 läuft die Schuldnerberatung. Auf Senderplatz 6 wird ein Haus restauriert.

Marie sagt: »Das haben wir schon ewig nicht mehr gesehen.«

Wir schauen uns an und kichern wie die Schulkinder, die im Jugendherbergsschlafsaal heimlich wieder das Licht angemacht haben.

Der Schuldnerberater fragt: »Und vier verschiedene Mobilfunkverträge halten Sie für notwendig?« Die Hausretter erkären: »Herr Bläsing, Ihre Frau hat es ganz klar gesagt: ›Entweder geht diese scheußliche Tapete – oder ich.‹«

Marie und ich kuscheln uns aneinander und halten uns ganz fest. Wir haben noch dreieinhalb Stunden, bis die Morgenschwester kommt. Es sind die besten 210 Minuten der letzten Monate.

Die Firma

»Es sind die Kleinigkeiten, die den großen Unterschied machen«, erklärt Marie der Kundin und steigt die Stufen zu ihrem Haus hinauf. »Schauen Sie hier. Die alte Hausnummer: ab! Der rostige Briefkasten: ab! Die gammelige Lampe: ab! Und das Klingelschild mit dem uralten handgeschriebenen Karopapier-Zettel? Ab! Sehen Sie, was ich meine?«

Manchmal muss man den Menschen das Offensichtliche zeigen. Der Ehemann, mit dem ich drei Stunden lang zusammengesessen habe, hat es zunächst auch nicht begriffen. Jede einzelne Ausgabe in den Familienfinanzen war für ihn eine Kleinigkeit. Erst, als ich die »Kleinigkeiten« addiert und aufs Jahr hochgerechnet habe, fiel bei ihm der Groschen. »Das große Geld«, habe ich ihm erklärt, »besteht aus vielem kleinen Geld. Wenn Sie das nicht zusammenhalten, können Sie auch gleich ein Haus ohne Fundament bauen.«

Marie sagt: »Wir erneuern alles im Eingang, streichen den Giebel, ziehen eine neue Markise auf, ersetzen die Waschbetonplatten auf der Terrasse durch Holzbohlen und ordnen die Steine des Teichufers wieder schön an. Wir bewegen uns bei allem in einer Farbpalette, so dass sich die Hausnummerfarbe in der Markise wiederholt und so weiter. Alles bezieht sich aufeinander. Symmetrie ist die Grundlage der Schönheit. Sie werden sehen: Es sind nur ein paar Maßnahmen, aber Ihr Haus wird sich von den anderen abheben.«

»Und das Kleingeld dafür kommt durch die neue Finanzplanung rein«, sage ich.

Rolf und Rita warten einen Augenblick ab, ob wir noch etwas sagen. Dann applaudieren sie. Sie haben bereits ein perfektes Hausnummer-, Briefkasten-, Klingel- und Lampenset, in gebürstetem Stahl, edel lackiert, farblich passend zu ihrer Markise und den Lavendelbüschen. Ihre Holzbohlenterrasse über dem Teichbiotop war schon im Fernsehen. Ihre Finanzen blühen wie ihre Sommerpflanzen. Sie brauchen unsere Dienstleistung nicht. Mit ihnen haben wir nur geübt.

»Ihr solltet eine Fernsehsendung daraus machen«, sagt Rolf.

»Fängst du schon wieder an?«, lache ich.

»Und kein Wort zu irgendwem vor dem Geburtstag«, sagt Marie.

»Wir schweigen wie die Kronzeugen«, sagen die Heyerdahls.

»Papa, jetzt komm wieder her!«, rufen unsere Kinder, und da ich nicht sofort reagiere, fliegt in hohem Bogen ein Ball in unsere Richtung und knallt mir genau auf die Nase, als ich mich viel zu spät umdrehe.

Lisa und Tommy lachen sich am Garteneingang kaputt.

»Eine schwere Schlappe für den Reflex Man!«, ruft Lisa.

Der Rasen unter ihren Füßen hat sich bis heute nicht ganz aufgerichtet, dafür haben zwei Tage Grillsaunabau ausgereicht. Das fertige Werkstück der AG Zimmermann steht jetzt im Garten von Herrn und Frau Schwarz, allerdings ohne Stiffs Schweiß darauf. Wir schreiben den 30.8. Heute wäre das Konzert gewesen. Heute hätten wir sehen können, wie der Star als Mensch wirklich ist.

Es macht uns nichts aus.

Wir haben Wichtigeres auszutesten.

*

Ab und zu hat man Geburtstag.

Das ist nun mal so.

Den Kalender interessiert es nicht, ob du gerade deine Tage damit verbringst, deine neue Firma zu gründen. Operative und strategische Planung machst. Für Jahre. Für ein neues Leben. Eine Büroausstattung zusammenstellst und dich mit der wunderbaren Frau Bombeck auf ihr Monatsgehalt einigst. Der Kalender sagt: »Juchhu, Geburtstag, ihr müsst feiern!«

Aber das macht nichts, denn in der letzten Woche haben Marie und ich einen Entschluss gefasst, und den werden wir unseren Gästen heute Abend im Wohnzimmer bei Bier und Bowle verkünden.

Rolf und Rita wissen schon Bescheid, da sie unsere ersten Versuchs-
kaninchen waren. Maries Mutter Thea sitzt in der Rundecke der
Couchlandschaft und fragt Gregor seit einer halben Stunde dazu aus,
wie sie ihre Mah-Jongg-Punkte wiederbekommt. Sie hat die gesammelten Windows-Fehler der letzten Monate handschriftlich zusam-
mengetragen in einem Ordner mitgebracht und blättert ihn auf dem
Schoß durch wie einen Familienstammbaum, der durch die Jahrhun-
derte reicht. Die anderen blättern in dem vierbändigen Werk meiner
Leistungen als Hausmann, das für sie spannender ist als ein Foto-
album mit waghalsigen Bergsteigerabenteuern. Ricky ist neu in der
Runde. Er macht Porträtfotos von allen Beteiligten und legt zwischendurch CDs auf. In der Anlage läuft *Hard Knocks*, die Gregor mir
im Frühjahr zu meinem Geburtstag geschenkt hat. Jetzt ist es Herbst,
und Marie ist dran mit dem Älterwerden. Schwiegermutter hat Par-
füm gekauft, die *For-Women*-Ausführung der Aftershave-Marke, die
ich trage. Die Kinder haben ihr eine aktuelle Version des Turmbau-
Spiels *Jenga* überreicht, ein dezenter Hinweis auf ihre eigenen Bedürfnisse. Vinci hat uns heute Morgen erst um 6:30 Uhr statt um
6:15 Uhr zum Füttern geweckt, und die Heyerdahls beglückten Marie mit einem 14-Tage-Gutschein für ihr Fitnessstudio. Er wird einen
schönen Platz neben meinem finden, der immer noch ungenutzt am
Kühlschrank neben den Lebensmittelübersichten hängt.

Während Joe Cocker zum fünften Lied ausholt, wirft Marie mir
einen Blick zu, und ich nicke.

Sie steht auf, klimpert an meinem Glas und sagt: »Ihr Lieben!
Danke, dass ihr gekommen seid und mich so nett beschenkt habt!«

Allgemein gutmütiges Grummeln.

»Ich will keine große Rede halten, dafür ist Ben zuständig. Wir
haben euch als unserer Familie und unseren engsten Freunden eine
wichtige Mitteilung zu machen.«

Gregor blickt auf, und Schwiegermutter vergisst sogar für einen
Moment die Socketfehler in ihrer Windowsmappe. Tommy und
Lisa kichern und wippen nervös auf der Couch herum. Sie haben erlebt, was passiert ist, als Mama und Papa das letzte Mal eine Mitteilung gemacht haben, aber dieses Mal freuen sie sich aus gutem

Grund auf das, was da kommt. Sie wissen schon, was erst jetzt öffentlich wird.

»Ben«, übergibt Marie mir das Wort.

Ich richte mich auf, räuspere mich und sage: »Liebe Familie, liebe Freunde. Ich muss euch etwas gestehen. In meinem Namen und im Namen aller Männer dieser Welt, die arbeiten gehen und glauben, sie wüssten, was ihre Frauen daheim leisten. Ich sage euch: Sie wissen es nicht. Sie haben überhaupt keine Vorstellung. In meinen Monaten als Hausmann habe ich etwas gelernt. Ich habe etwas gelernt über die Menschen, die rausgehen, und die Menschen, die im Haus bleiben. Die Rausgeher haben Feierabend, sobald sie nach Hause kommen. Die Im-Haus-Bleiber arbeiten weiter. Die Rausgeher haben das Wochenende über freie Tage. Die Im-Haus-Bleiber kennen nur freie Minuten. Die Rausgeher sind 30 Tage im Jahr Urlauber. Die Im-Haus-Bleiber sind 30 Tage im Jahr Urlaubsveranstalter. Die Rausgeher bekommen für ihre Arbeit Geld und Anerkennung. Die Im-Haus-Bleiber müssen sich rechtfertigen, dass sie das Haushaltsbudget verpulvern, und beschreibt jemand, was sie tun, sind sie nicht *frei* oder *selbständig*, sondern *nur*. Sie ist *nur* Hausfrau und Mutter. Er ist *nur* Hausmann und Vater. Für die Rausgeher ist ihr Beruf häufig befriedigend. Für die Im-Haus-Bleiber ist es reines Überleben. Und nach spätestens 40 Jahren, meine Lieben, gehen die Rausgeher in aller Ruhe in Rente, und die Im-Haus-Bleiber machen weiter das, was sie immer gemacht haben, da die Rausgeher ihren verdienten Ruhestand genießen.«

Ich habe die gesamte Aufmerksamkeit. Sogar die Katze sitzt starr, die Ohren aufgerichtet.

»Ich bin kein Im-Haus-Bleiber«, sage ich.

»Und ich kein Rausgeher«, sagt Marie. Ihre Augenringe sprechen Bände über das Pensum der letzten Wochen.

»Ich liebe es, Finanzen in Form zu bringen«, sage ich.

»Und ich liebe es, Häuser in Form zu bringen«, sagt Marie.

»Deshalb«, sage ich, »haben wir beschlossen, unsere eigene Firma zu gründen.«

Ich stehe auf, gehe zum Bücherregal, ziehe ein Banner heraus, das ich darin versteckt habe, und rolle es auf, so dass alles es sehen können. *Breuer & Breuer* steht darauf und darunter: *Consulting rund ums Heim.*

Jetzt ist es so still, man könnte eine Stecknadel fallen hören.

»Wir kümmern uns um Leute, die mit den Dingen nicht mehr klarkommen«, sagt Marie. »Ben schaut in ihre Bücher, ich schaue in ihr Haus. Das wird nicht wie im Fernsehen. Die Kunden sind keine Messies, die im Müll versinken. Nur Leute wie du und ich, denen langsam die Kontrolle entgleitet. Die es nicht mehr schön haben. Denen helfen wir wieder auf die Beine, Schritt für Schritt. Wir bauen ihr Heim und ihre Finanzen von Grund an wieder auf. Ästhetisch, praktisch, gut.«

Sie lacht.

Vinci springt Schwiegermutter in den Nacken.

»Auf Wunsch bauen wir komplett um und machen aus einem tristen Zweckbau eine bunte kleine Villa«, sagt Marie.

»Und aus einem Krämerladen ein Kleinunternehmen«, sage ich.

»Wir haben das Atelier hinten zum gemeinsamen Büro umgebaut«, sagt Marie. »Wir arbeiten, wann wir wollen. Wir pendeln zwischen unseren Kunden und zu Hause. Wir sind weder Rausgeher noch Im-Haus-Bleiber.«

»Papa und Mama können beide zu meinem nächsten Fußballturnier kommen«, jubelt Tommy.

»Und zu meiner nächsten Mathe-Olympiade!«, sagt Lisa.

»Kein Afrika mehr«, sagt Tommy und lacht auf eine Weise, die kleine Jungen für verwegen halten.

»Und was würdest du von einer Familienreise nach Namibia halten?«

»Das überlege ich mir mal«, sagte Tommy.

Wir haben den Kindern erklärt, dass ich nicht in Namibia war, aber immer schon mal gerne dorthin wollte. Der Streit war vorüber, die Lösung gefunden, und das neue Leben sollte auch ihnen gegenüber nicht mit einer Lüge beginnen.

»Was ist mit dem Museum?«, fragt Gregor.

»Wird jetzt gebaut«, sagt Marie. »Im Frühling ist es fertig. Gideon &

Stefan überwachen die Ausführung und haben mich ausbezahlt. Die Arbeit ist getan.«

»Und die Karriere wirst du nicht vermissen? Sie hat doch gerade erst Fahrt aufgenommen.«

»Ja«, sagt Marie, »und es ist gut, dass ich mal mitgefahren bin. Nur so ist mir klargeworden, dass mir das Tempo auf Dauer zu hoch ist.«

»Und jetzt sagt ihr uns, dass ihr den Haushalt einfach gemeinsam schmeißt, so nebenher, geteiltes Leid ist halbes Leid.«

»Was bist du denn für ein mäkeliger Skeptiker?«, sagt Schwiegermutter und haut Gregor mit ihrer schmalen Hand auf den Oberarm, »hol mir lieber mal meine Punkte wieder!«

Gregor sagt: »Ich will nur sichergehen, dass sie nicht wieder Dummheiten machen. Ich habe nichts gegen weitere 100 Kästen Kölsch, aber ...«

»100 Kästen Kölsch?«, fragt Marie.

»Ach, nichts«, sagt er.

»Den Haushalt schmeißt Frau Bombeck«, sage ich, und nun hellt sich Gregors Miene auf.

Er lässt die Hand auf seinem Knie auftitschen wie einen Flitschstein auf dem See und sagt: »Jetzt wird ein Schuh draus!«

Ich sage: »Nur wer anderen den Haushalt macht, kann gut damit leben, denn dann ist er ja ein Rausgeher. Haushalt geht nur bei anderen.«

Rolf und Rita heben das Glas: »Auf das Geburtstagskind. Auf die Firma Breuer & Breuer! Und darauf, dass jeder nur noch den Haushalt von anderen macht!«

»Jaaaa!«, rufen die Kinder.

»Alaaf!«, sagt Gregor und klopft dreimal auf Holz.

»Gut«, sagt die Schwiegermutter, als sei endlich alles abgehakt.

Gegen zwei Uhr stehe ich mit Gregor im Flur vor der kleinen Schuhkammer. Marie ist schon im Bad, um sich bettfertig zu machen. Gregor zieht seinen Mantel an.

»Du kannst auch hier auf der Couch pennen«, sage ich zum dritten Mal.

»Lass stecken«, sagt er.

Ich lehne den Kopf an den Türrahmen zur Küche.

»Ist eine gute Entscheidung«, sagt er und nickt. Sein Blick schweift über die Schuhregale. »Selbständig, eigene Firma, jeder macht das, was er gern tut, zwischendurch spielt man mit Katze und Kindern, und die Haushälterin ruft jeden Tag zur gleichen Zeit zum Essen. Wirklich gut …«

Ich lächele zufrieden. Das schwarze Loch im Krankenhaus kommt mir vor wie ein ferner Traum. Das Möbelhaus Ritter wie ein anderes Leben. Nichts davon ist lange her.

»Ich erlasse dir deine Schulden«, sagt Gregor.

»Welche Schulden?«

»Das gemeinsame Saufen der restlichen Kästen Kölsch. Wir haben die hundert nicht ganz geschafft, weißt du? Aber das schaffe ich auch alleine. Oder ich mach Party.«

»Tja, wir sind keine zwanzig mehr.«

»Nee. Heute brauchen wir Hilfe beim Saufen.« Gregor gähnt. Er hält sich die Hand vor den Mund. Sein Blick bleibt auf Höhe des zweiten Regalfachs kleben. Er nimmt die Hand weg: »Alter, was ist *das* denn?« Er beugt sich in die Kammer, greift hinter die Schuhe und zieht die alte Schlafhose hervor, in deren Schritt sich ein großer Fleck abzeichnet, dessen Ränder sich wie Grenzlinien einer vergilbten Landkarte in den Stoff gefressen haben. Fasziniert hält Gregor die Hose ins Gegenlicht. »Holla, die Waldfee«, sagt er, »so ein derbes Onaniertextil habe ich seit meiner Pubertät nicht mehr gesehen. Hast du das hinter den Schuhen versteckt, oder ist dein Sohn frühreif und trägt zu große Hosen?«

Ich vergrabe mein Gesicht in den Händen … und nehme mir vor, Frau Bombeck einmal zu fragen, wie häufig sie eigentlich in der Kammer Staub wischt. Gregor wirft die Hose auf den Absatz der Treppe, die zur Waschküche führt, und öffnet lachend die Haustür.

»Warte«, sage ich und nehme mir meine Jacke von der Garderobe. »Ich komm mit raus.«

Wir schließen die Tür, Gregor steckt die Hände in seine Manteltaschen, und ich öffne die Garage. Er runzelt die Stirn. Ich hole den Torx-Schraubenzieher aus einer Schublade und schließe das Tor wieder.

»Gute Nacht, Greg«, sage ich, und er merkt, dass er nicht weiterfragen soll.

»Gute Nacht, Ben.«

»Bist'n Freund«, sage ich.

»Du auch.«

Langsam verschwindet er in der Straße, alle paar Meter erhellt vom Lichtkegel einer Laterne. Ich atme die frische Nachtluft ein, schließe auf, gehe in die Küche, schließe die Augen, zähle langsam bis fünf, beuge mich hinab, öffne die Ofenklappe und ziehe mit drei kräftigen, entschlossenen Zügen die Schraube an.

Epilog

Wir liegen auf der Wiese vor dem strahlendweißen Gebäude. Siebzehnmal sind Tommy und Lisa bereits die treppenfreien, geschwungenen Rampen im Inneren abgelaufen. Vier Stunden bin ich durch die Atrien und die offenen Räume geschlendert. Mal bin ich dem Wasser gefolgt, mal hat es mich von Bild zu Bild und von Skulptur zu Skulptur getrieben. Am Ende spazierte ich ganz allein herum, da Marie ein paar Gespräche zu führen hatte. Immerhin hat sie diesen architektonischen Traum mit entworfen.

»Meinst du, er tut es?«, fragt Marie jetzt und wirkt dabei noch kindlicher als Lisa und Tommy, die sich anstrengen müssen, nicht bereits jetzt laut loszulachen.

»Zu hundert Prozent«, sage ich.

Der Mann, den wir gemeinsam beobachten, nähert sich dem Fußball, der mitten auf der Wiese liegt, zögerlich und mit Blicken in alle Richtungen. Er hat die Hände in den Taschen, als ginge ihn das alles gar nichts an. Wäre er eine Katze, würde er sich erst mal eine Runde lang putzen.

»Jetzt, ja … jetzt«, sagt Marie und drückt die Daumen. Ich bin froh, dass die Kuratoren meine Idee nicht ganz so umgesetzt haben, wie ich sie damals im Architektenbüro scherzhaft geäußert habe. Der Fußball auf der Wiese ist kein knochenharter Mülleimer aus Stahl. Er ist aber auch kein Fußball. Der Mann weiß immer noch nicht, was er tun soll, bekommt aber eine Entscheidungshilfe. Er hat endlich das »Tor« bemerkt, das am Rande der Wiese vor der Museumsmauer steht. Der minimalistische Bogen aus dünnen Rohren ist nicht sofort als Tor zu erkennen. Es ist im Grunde nur eine Skulptur, die erst durch die Wahrnehmung des Einzelnen zum Fußballtor wird, der eins und eins zusammenzählt und daraus zwei macht, wo in Wirklichkeit null die richtige Antwort wäre. So hätte es der Mann

334

im Ausstellungskatalog nachlesen können. Die Kataloge lesen allerdings nur die Frauen, daher kann man die Pointe dort guten Gewissens verraten. Der Mann reagiert wie geplant, bringt Ballskulptur und Stangenskulptur zusammen, schaut noch einmal hinter sich, zielt auf das Tor und tritt dann herzhaft mit dem Vollspann gegen das schwarz-weiße Rund. Die Berührung löst die Verklammerung der in den Boden eingelassenen Feder, und der »Ball« springt augenblicklich aus dem Boden wie früher die Springteufel aus den Zauberkisten. Der Mann schreit wie jemand, der in seiner Jacke eine Vogelspinne findet, stolpert zurück, wird knallrot und lacht übertrieben, damit alle, die ihn beobachten könnten, begreifen, dass er durchaus Spaß versteht. Marie versteckt sich hinter meinem Rücken, und die Kinder rollen sich im Gras.

Gregor schlendert herbei, eine Flasche Bier in der Hand. Er schaut zur Wiese.

»Die Installation ›Ballsucht‹ ist wohl ein voller Erfolg«, sagt er.

Ich schnappe mir Maries Handtasche und krame die Ausgabe der Neuen Zürcher Zeitung hervor, die wir aufbewahrt haben. Ich zitiere: »*Kaum eine Idee hat je so frech und wirksam mit den Instinkten des Mannes gespielt wie die ›Ballsucht‹ auf dem Außengelände des neuen Museums für zeitgenössische Kunst. Die Installation, an der sich schon viele männliche Besucher die Zehen ausgetreten haben, wurde von Ben Breuer, Ehemann der Architektin Marie Breuer, ins Spiel gebracht. Sie zeigt, dass man(n) im Zweifelsfall immer nur das sieht, was man gerade sehen will. Bislang wurde noch keine Frau bei einem Tritt gegen die Kugel beobachtet.*«

»Ich sag's ja«, lacht Gregor und trinkt an seinem Bier, »es liegt in unserer Natur. Artgerecht. Dafür muss man sich nicht schämen.«

Tommy springt auf, kramt einen kleinen Ball aus der Tasche, hüpft unruhig auf der Wiese herum und ruft wie ein Sprecher im Boxring: »Und nuuuuuuuuuun ist es Zeit für den Reflex Maaaaaaaaaaaan!«

Ich stehe auf, klopfe mir Gras von der Hose und sage: »Dann wollen wir doch mal sehen.«

Eine Minute später fliegt die kleine Kugel in hohem Bogen durch den Schweizer Himmel.

*

»Hier ist der AB von Marie und Ben Breuer, Breuer & Breuer Consulting. Bitte sprechen Sie nach dem Signalton.«

Pieeeeeep.

»Ratet mal, was ich gerade mache! Ja, ratet ruhig. Ratet, was ich nach Monaten endlich auf meinem Bildschirm sehe, ach, was sage ich, seit Jahren, seit Jahrzehnten? Ich sage nur so viel: Es ist gelb, es läuft asiatische Musik im Hintergrund, und die Marlies wird Augen machen, wenn ich ihr das zeige. Na? Kommt ihr drauf? Ich habe meine Mah-Jongg-Punkte wieder! 3752 Punkte! Was sagt ihr jetzt? Das war nicht Ben, das war nicht Gregor. Ich hab den Computer heute Morgen einfach angemacht, und die Punkte waren wieder da! So, und jetzt nehme ich dieses Steinchenpaar hier und … was ist das denn? Och, nee. Och, nein, echt jetzt. Das kann doch nicht … Ben! Ben, nimm ab, wenn du da bist! Marie! Hier steht jetzt auf einmal: *Prozess war bereits beendet.* Warte, ich schreib das auf … Beeeeeeeeeeeeeeeeeeen!«

– LESEPROBE –

LESEN SIE WEITER!

Ben Breuer und seine Frau Marie haben sich selbständig gemacht. Doch die Firma läuft nicht gut. Deshalb muss für den Familienurlaub mit den Kindern Lisa und Tommy ein günstiges Urlaubsdomizil her. Haustausch ist die Lösung! Last-minute findet Ben einen Tauschpartner – mit einer tollen Villa am See. Die ganze Sache scheint keinen Haken zu haben ... oder?

Der Haustausch

»Schleppst du ein halbes Schwein rauf?«, ruft Gregor durch das Treppenhaus, weil ich beim Hochtragen des ersten Kartons so ächze. Ich sehe nach oben. Er steht in einem weißen Bademantel in seiner Wohnungstür und trägt keine Unterhose. Ich senke schnell wieder den Kopf und rufe: »Oh Gott, ich werde blind!«

Oben angekommen, nimmt er mir den Karton ab.

»Udo Jürgens trug sogar bei seinen Auftritten einen weißen Bademantel«, sagt Gregor. »Und der weiß, worauf es im Leben ankommt. Junge Frauen verführen, griechischer Wein …«

Wir betreten die kleine Wohnung. Der Fernseher läuft. Bunt mit Werbung beklebte Tourenwagen fahren auf Sport1 im Kreis. Gregor nutzt immer noch ein altes Röhrengerät. Er stellt den Karton ab. Ich gehe zum Fernseher und berühre die obere rechte Ecke des Bildschirms ungläubig mit der Fingerspitze. Ein-, zweimal wische ich auf und ab, entferne aber nur Staub.

»Gregor …«, sage ich in diesem scherzhaft entsetzten Tonfall, den wir schon mit achtzehn Jahren untereinander benutzten, »jetzt sag nicht, das Logo von Sport1 hat sich bereits hier oben in den Bildschirm eingebrannt.«

Gregor nickt und öffnet den Karton.

Ich reibe ein letztes Mal mit dem Finger über das Glas. Es ist tatsächlich wahr. Das Logo ist durch Dauerbetrieb eingeprägt worden. Sport1. In allen wachen Stunden läuft bei meinem alten Freund dieser Sender. Nichts beruhigt ihn mehr, sagt er. Beim Essen, beim Umziehen, beim Schrauben an den Rechnern seiner Kunden.

»Das Brandzeichen des Junggesellen«, kommentiert er mit Blick auf das Logo im Fernseher, steht auf, holt zwei Sion Kölsch und stößt mit mir an.

»Hast du das gehört mit dem Kevin?«, fragt er mich, nachdem der erste Schluck seine Kehle hinuntergeflossen ist.

»Welcher Kevin?«

»Ja, welcher Kevin wohl. Unser Kevin. Unser ehemaliger Kevin. Vom 1. FC Köln. Der Kevin Pezzoni. Der hat doch seinen Vertrag gekündigt, weil diese paar Bekloppten ihn bedroht und ihm zu Hause aufgelauert haben. Diese Psychopathen, die sich Fans nennen.«

Ich hebe den Kopf kurz an, wie ich es immer tue, wenn ich was begreife. Meine Art des kurzen, lautlosen »Ah, ja«. Es sieht aus wie bei einer Katze, die ihr Schnäuzchen hebt, weil sie in der Luft gleich ein Spielzeug vermutet.

»Der Kevin«, fährt Gregor fort, »ist ja noch jung. Ein Vollprofi. Aber er ist jetzt freiwillig zu einem Fünftligisten gegangen. In so ein kleines, idyllisches Dorf, irgendwo im Süden, hinter den siegerländischen Bergen. Das ist so ein Verein, der will in sechs, sieben Jahren in die Bundesliga aufsteigen, weißt du?«

Ich nicke und denke mir, dass ich froh wäre, wenn ich in sechs, sieben Jahren nicht in die Sozialhilfeliga abgestiegen bin.

»Der Kevin verdient da vielleicht ein Zwanzigstel von dem, was er beim FC gekriegt hat. Aber er will Frieden. Er will Spielspaß und Frieden. Und den Amateuren bringt er nebenbei den Profifußball bei. Das nenne ich mal eine Einstellung, oder?«

Gregor setzt sich, ächzend und gemütlich. Er wuchtet sich den ersten Karton auf den Schoß. »So«, sagt er und beginnt, die Platten durchzublättern. »Es beginnt mit Heino. Dann kommen Roland Kaiser und Roy Black.« Ich schlendere mit dem Bier in der Hand zu seinem Schreibtisch. Ein offenes Gehäuse darauf, zwei darunter. Der Monitor seines eigenen Computers zeigt eine abseitige Analyseseite.

»Ah, hier hinten wird's besser«, sagt Gregor, mit den Fingerkuppen flink die Hüllen durchblätternd, »da kommt der Rock'n'Roll.«

»Ich habe noch einen Karton dabei«, sage ich. »Gemischt.«

Gregor sieht von den Platten auf. Er spürt, dass ich nicht wirklich gekommen bin, um ihm von den zweitausend Euro, die ich ihm schulde, ein paar Euro in Sachwerten zurückzuzahlen.

Ich schlucke. Er ist mein ältester Freund, vor ihm kann ich nichts lange verbergen.

Besorgt schaut er mich an. Er steht auf und sieht mir in die Augen: »Ben? Mach mich nicht fertig. Ist was mit den Kindern?«

Ich würde am liebsten losheulen, vor allem, weil er mich so lieb fragt. Es ist immer was Besonderes, wenn ein Macho mit gigantischem Kölschvorrat, in dessen Fernseher sich das Sport1-Logo eingebrannt, lieb fragt. Bei einem Sonderpädagogen, der den ganzen Tag R.E.M. hört, fällt liebes Fragen im Strom seiner sonstigen Sätze nicht auf.

»Ja, es ist was mit den Kindern!«, antworte ich. »Sie verlieren gerade das erste Mal im Leben ihre Ferien.«

Gregor ist einerseits erleichtert und wirkt andererseits so, als wolle er mir aus Strafe für den blinden Alarm eine scheuern.

»Das ist eine Katastrophe!«, betone ich. »Gregor. Das ist schlimm! Für Kinder im Alter von Lisa und Tommy sind die Ferien heilig. Das Wegfahren. Das Abenteuer. In den Ferien sind Kinder wie Hunde – eine Woche empfinden sie so wie wir zwei Monate. Wenn sie erwachsen sind, erinnern sie sich an die Urlaubsorte, als wären sie jahrelang dort gewesen. Aber was das Schlimmste ist: Ihr Vater, der Controller, müsste ihnen jetzt sagen, dass er pleite ist. So pleite, dass er ihnen nicht mal zwei Wochen Borkum oder Norderney spendieren könnte. Das kann ich doch nicht machen. Oder?«

Gregor stülpt die Lippen nach vorne. Im Fernseher röhren die Tourenwagen. Ich kalkuliere im Kopf, wie viel Sprit die dreißig, vierzig Teilnehmer allein in einer Runde verbrauchen, und wünschte mir, der Gegenwert in Euro befände sich auf meinem Konto.

Gregor sagt: »Ich leihe dir was.«

Ich stoße ihn mit der Flasche zurück und mache ein paar Schritte in seine Küche, weil es mir so peinlich ist. Über dem Küchentisch klebt die *Kicker*-Tabelle. Ich denke daran, was Fußballer verdienen. Das Monatsgehalt eines Innenverteidigers aus der zweiten Liga würde schon für einen guten Urlaub reichen. Die Ersparnisse von Kevin Pezzoni vor seinem Wechsel in die fünfte Liga brächten mich und meine Familie vier Wochen lang nach Spanien oder noch weiter.

Und mit dem Gegenwert eines einzigen Freistoßes von Marco Reus wäre ich komplett schuldenfrei.

»Du *hast* mir bereits was geliehen!«, sage ich empört. »Damit mir die Versicherung nicht kündigt wegen der fehlenden Beiträge. Aber einen *Urlaub*, den muss ein Mann selbst gebacken kriegen.«

Gregor nimmt einen Schluck Kölsch, weil das immer hilft, wenn man nicht weiß, wie es weitergeht. Kaum ist das goldene Gesöff in seinem Schädel, beginnen seine Augen zu leuchten. Er hebt den Finger der linken Hand, mit der rechten noch die Flasche am Hals. Er stellt sie ab und hastet zum PC.

»Das hab ich doch neulich gesehen«, sagt er, »ein Kunde hatte es in seinen Bookmarks im Browser. Direkt an erster Stelle. Da war ich neugierig, als ich das Wort gelesen hab.«

Ich folge ihm und stelle mich hinter den Schreibtischstuhl. Gregor surft eine Webseite an, *www.haustauschferien.com*. Im Untertitel steht: *Sich wie zu Hause fühlen … überall auf der Welt*. Wundervolle Anwesen sind dort abgebildet, von Mecklenburg-Vorpommern bis Mexiko.

»Lese ich das richtig?«, frage ich Gregor und zitiere: »*Für Ferien in aller Welt nicht mehr bezahlen, als wenn Sie zu Hause geblieben wären.*«

»Das ist die Idee«, antwortet Gregor. »Jemand tauscht sein Haus mit deinem für eine verabredete Zeit. Und du wohnst vollkommen gratis.«

»In Mexiko?«

»Ja. Oder in Florida. Wobei da natürlich die Flüge viel zu teuer wären. Aber warte mal …«

Gregor klickt, öffnet Tabs, schließt Tabs … er ist ein digitaler Immigrant wie ich, ein Mann, der ohne Computer aufgewachsen ist und sich erst später in die Technik gefuchst hat, aber mit Benutzeroberflächen geht er so flink um wie ein von Energydrinks aufgeputschter Teenager. Die Tourenwagen auf Sport1 hingegen lassen sich Zeit. Gemächlich drehen sie ihre Runden auf dem vor Hitze flimmernden Asphalt.

»Hier sind ein paar, die noch ganz kurzfristig tauschen«, sagt er.

Ich schaue auf den Bildschirm. Eine Bruchbude in Berlin, wahrscheinlich junge Leute. *Erleben Sie den kultigen Kiez!*, schreiben sie. Im Klartext heißt das wahrscheinlich, *... und wir verwüsten in der Zeit Ihre bürgerliche Bude.*

Zwei Häuser im Bergischen Land, also bei uns selbst um die Ecke, was nicht hilft. Aber im vierten Tab ... ich reiße die Augen auf.

Gregor klickt sich durch die Fotos. Vom Haus, vom Garten, vom Spielplatz, vom See. Einem See, so weit und klar und blau wie die schönsten Wasser in amerikanischen Dramen. Fehlen nur noch die Berge im Hintergrund. Aber der grüne Horizont mit den kleinen Anglerbooten davor ist auch schon phantastisch. Ich klicke auf den Reiter »Unsere Nachbarschaft« und lese von Ländlichkeit und einem *märchenhaften Dorf,* von Ausflugsgebieten mit Freizeitparks, Tiergehegen, Kletterwäldern und einem Riesenlabyrinth. Klicke wieder zurück auf »Unser Heim« und reibe mir die Augen, weil dort Formulierungen stehen, die wie übertriebene Scherze klingen. Regenwalddusche. Whirlpool im Bad. Fitnessraum. Riesentrampolin im Garten. Und: *Hunderte von Filmen, Gesellschaftsspielen und Videogames im Haus.* Ein Kinderparadies. Ein Elternparadies.

Gregor liest die Fakten vor: »Schlafzimmer: drei. Badezimmer: zwei. Plus Wellnessbereich.«

»Und das soll ein Privathaus sein?«, frage ich, weiter ungläubig.

Gregor klickt: »Im Beschreibungstext steht: dreihundert Quadratmeter Wohnraum, ein Hektar Gelände, eigener Zugang zum See mit Steg und Boot.«

Ich reibe mir das linke Auge: »Wieso tauscht der so was?«

Ich sage sofort »der«, weil sich hinter so einem Anwesen nur ein neureicher Geschäftsmann verbergen kann. Oder ein altreicher.

Gregor scrollt nach unten in den Bereich, der auflistet, wo der Villenbesitzer im Tausch gegen sein Anwesen selbst gern hin möchte.

»Die meisten, die sich bei der Haustauschseite anmelden, wollen was Besseres, als sie selbst besitzen«, erklärt Gregor. »Ist ja klar. Sie bieten einen Bungalow in Bonn oder eine Hütte in Herne und wollen dafür ein Strandhaus in Marokko.«

Gregor hat sich zu den Wünschen des Villenbesitzers durchgeklickt. Wo mag er wohl seine Ferien verbringen wollen, wenn er das Paradies bereits selber besitzt? Auf Mauritius? In Australien? Der Karibik? Sicher nicht in einem bürgerlichen Einfamilienhaus im Bergischen Land.

Gregor zieht die Augenbrauen hoch. Vorsichtig wie ein Bombenentschärfer nimmt er den Zeigefinger von der Maus. Als könnte das Angebot sofort wieder verschwinden, wenn er die Seite aus Versehen wegklickt. In der Liste der Wunschziele des neureichen Seemagnaten steht: *Deutschland.* Darunter, als selbsteingegebener Text: *Am liebsten ein beschauliches Einfamilienhaus in einem kleineren Ort.*

Ich nehme einen schnellen Schluck Kölsch. Umgurgelt von Kohlensäure stoße ich ein ungläubiges »Was?« aus der Kehle.

Ich kann es nicht fassen.

Gregor referiert: »Es ist aber wahr. Er schreibt, es soll gar nicht groß sein. In einem bürgerlichen Viertel. Vor allem: ruhig.«

Ich suche nach dem Haken.

Er muss riesig sein.

Ein Haken wie an Hamburger Hafenkränen, die Container heben können.

Der Mann tauscht eine Villa am See gegen ein Familienhäuschen auf dem Wohnhügel? Was hat er davon?

»Wie können wir ihn kontaktieren?«, frage ich.

Gregor sagt: »Du musst dich erst anmelden und dein eigenes Haus im Tausch anbieten. Die einfachste Mitgliedschaft – Silber – kostet … warte eben … 7,95 € im Monat. Bei der Anmeldung bezahlst du direkt für ein Jahr. Das sind also …«

»95,40 €«, rechne ich schneller als Gregor.

Er sagt: »Überweisen, zack, zack, in 24 Stunden hast du deinen Account und kannst eine Anfrage stellen.«

»Ist mir zu langsam«, sage ich und meine eigentlich: ›Ist mir zu teuer.‹

Gregor liegt es auf der Zunge, die Summe für mich auszulegen. Ich sehe es ihm an. Die fünfundneunzig Euro kleben schon am Rande seiner Unterlippe und fallen gleich auf den Tisch. Er weiß, dass ich sie nicht annehmen würde.

»Kannst du die Seite nicht irgendwie hacken?«

Gregor sieht mich an wie einen Jungen, der an den Warp-Antrieb glaubt.

Ich zeige auf den Bildschirm: »Ja, du bist doch ein Fachmann.«

Gregor senkt die Augenlider und bläht ein wenig die Nasenflügel auf: »Ben. Ich schraube Rechner zusammen. Ich kann doch nicht hacken.«

»Das ist bloß eine einfache Homepage. Es wird doch wohl möglich sein, die Daten im Hintergrund da rauszupulen.« Ich simuliere hektisches Tippen. »Hier, deine Tastatur ist dein Pflug – du gräbst schön den Code der Seite um, und wie eine Rhododendronwurzel kommt irgendwann der Name zutage.«

Gregor schmunzelt. Das ist wieder so ein typischer Jugenddialog zwischen uns, als wäre die Zeit stehen geblieben. Eine Falte gräbt sich über seine Nase in die Stirn. Er denkt nach.

»Nachschauen, wo das genau ist, können wir auch so. Musst dich nur eben gratis registrieren. Dann klicken wir auf *Karte anzeigen* und haben die Adresse. Zumindest die Straße.«

»Dann machen wir das!«, sage ich, gebe meine Mailadresse und den Namen unserer Katze als Passwort ein, klicke auf den besagten Button. Google Maps öffnet sich. Die kleine Stecknadel landet direkt am Seeufer. Drumherum ist alles grün markiert. Niemand scheint dort zu wohnen, außer dem Haustauscher. Eine Straße führt zu dem Gelände. Ich notiere mir den Namen.

»Okay«, sage ich. »Trotzdem müsste ich ihn doch kontaktieren.«

Gregor dreht sich aus dem Stuhl und geht in die Küche, um sich ein neues Kölsch zu holen. Auf halbem Weg fällt ihm ein, dass sein altes noch gar nicht leer ist. Er kehrt um, nimmt es, tut seufzend seine Pflicht, stellt die geleerte Flasche in den Korb unter dem Tisch und nimmt sich die neue aus dem Kühlschrank. Von der Küchentür aus scannt er kurz die Lage bei den Tourenwagen, dann sagt er, das eiskalte Bier in der Hand: »Warum?«

»Wie, warum?«

»Warum musst du ihn unbedingt über das Formular kontaktieren?«

Ich hebe die Arme. »Ja, äh, Gregor? Weil das so gedacht ist?«

Gregor öffnet sein neues Kölsch und sagt: »Ich denke, du solltest dich ins Auto setzen, in diesen Ort fahren und den Mann persönlich fragen.«

»Ich weiß ohne Account hier ja nicht mal, wie er heißt, Gregor. Wie soll ich ihn dann finden?«

Gregor kommt zum Schreibtisch und tippt auf den Monitor. »Das einzige Haus am Ende einer Straße und dann noch eine Villa am See. Das lässt sich natürlich gar nicht ohne Namen finden. Das verwechselt man schnell mit der nächstgelegenen Sozialwohnung.«

»Ich muss doch erst wissen, ob er überhaupt an einem Haustausch mit mir Interesse hat …«

Gregor überlegt einen Augenblick: »Fahr direkt mit Marie hin. Und mit den Kindern. Die Leute vergessen immer, dass hinter den Einsen und Nullen da im Internet echte Menschen stecken. Aus Fleisch und Blut. Menschen, die sehen und hören und fühlen. Per Mail kann der Mann jeden Interessenten abschießen wie einen von tausend Außerirdischen bei *Space Invaders*. Aber wenn da ein armer Controller mit seiner schönen Frau vor der Tür steht, der den weiten Weg gemacht hat, für seine Kinder …«

Gregor spielt seine Rede übertrieben pathetisch. Er hebt die Hände und verdreht die Augen wie eine Katze, die hinter den Ohren gekrault wird. Ich lächle.

»… wenn große Kinderaugen ihn anschauen und stumm um Urlaub flehen …«

»Ja, ich hab's verstanden«, unterbreche ich ihn. Er hört sofort mit dem Schauspiel auf und konzentriert sich. Sein ernster Sach- und Fachblick erfüllt sein Gesicht, und er öffnet einen Fotoordner auf seiner Festplatte. Es erscheinen Bilder von unserem Haus, mit den Kindern und Vinci im Garten. Ein Graphikprogramm startet, noch ehe ich den Klick überhaupt gesehen habe. Gregor stellt die Flasche neben das Mousepad und sagt, auf den Monitor schauend: »Ich stelle dir eben eine Mappe über euer Haus zusammen. Ist doch genau das, was der Mann sucht.«

Ein schlechtes Gewissen kriecht mein Rückgrat hinauf. Gregor leiht mir nun zwar kein frisches Geld, aber er schenkt mir seine Zeit. Die Zeit, in der er eigentlich arbeiten müsste.

»Du kannst auf die Mappe warten«, sagt er, den Blick unverwandt auf dem Monitor. »Dauert ungefähr eine Stunde.«

»Kann ich in der Zeit irgendwas für dich tun?«, frage ich.

Gregors Hand zeigt auf einen grauen Plastikkorb neben dem Bett. Ein Berg Wäsche liegt darin, obenauf eine unappetitliche Unterhose.

»Du hängst doch so gerne ab. Im Keller müssen die Leinen leer gemacht und die neue Maschine angesetzt werden.«

Die Unterhose hat sogar einen Rallyestreifen. In manchen Dingen ist Gregor schmerzfrei. Aber das ist in Ordnung. Wir haben schon mit sechzehn um die Wette onaniert, da kann ich ihm nun auch seine Buxen waschen. Ich stehe auf und gehe zum Korb.

»Vergiss dein Bier nicht«, sagt Gregor, klickend und schiebend. »Kein Gang in die Waschküche ohne Proviant!«

Ich habe eine Stunde, also nehme ich sie mir auch. Ich falte Gregors Wäsche so sorgsam wie ein schlesischer Seidenweber, lege sie Kante an Kante aufeinander und trage sie nach 59 Minuten nach oben wie einen rechteckigen Turm aus *Jenga*-Steinen. Im Tausch gegen die Wäsche liegt meine Mappe bereit. In Farbe ausgedruckt und ordentlich geheftet. Ich stelle den Korb ab, blättere sie durch und schaue Gregor beeindruckt an: »Alter Schwede, in dem Haus würde ich sogar selbst Urlaub machen, wenn ich die Mappe so sehe.«

»Ich bin halt gut«, grinst Gregor. »Und jetzt ab, Frau und Kind ins Auto und der Erste sein!«

»Du bekommst noch einen Karton«, füge ich hinzu, hole das zweite kümmerliche Entrümpelungsergebnis aus dem Wagen nach oben, stelle es neben den Sessel und umarme meinen zuverlässigen alten Freund. Mit dem Kinn über seiner Schulter sehe ich, wie die ersten Tourenwagen ins Ziel einfahren.

© S. Fischer Verlag GmbH, Frankfurt am Main 2013

Tommy Jaud
Hummeldumm
Das Roman
Band 17476

9 Trottel mit albernen Sonnenhüten. 271 gar nicht mal so wilde Tiere. 3877 Kilometer Schotterpiste im Minibus. Und weit und breit kein Handynetz.

»Beziehungen sind wichtiger als Wohnungen. Erdmännchen halten nicht alles aus. Man sollte als Mann niemals versuchen, sein ›Revier‹ nach Art der Hunde zu markieren. Schlimmer kann es nicht werden. Lachen ist die beste Medizin. Dafür ist ›Hummeldumm‹ perfekt.«
WDR 1Live

Fischer Taschenbuch Verlag

Ralf Husmann
Vorsicht vor Leuten
Roman
Band 18618

Jetzt bin ich so wie deine Jeans
Ich häng an dir und bin recht blau
Auch wenn du's gar nicht mehr verdienst
Bin ich dein Mann, du meine Frau.

Das Leben behandelt Lorenz Brahmkamp nicht gut – vielleicht als Quittung dafür, dass er es mit der Wahrheit nicht so genau nimmt: Seine Frau hat ihn verlassen, also schreibt er ihr Drohgedichte, bei seinen Kollegen ist er unbeliebt und tut alles dafür, dass das so bleibt. Dann trifft er auch noch auf den dubiosen Selfmade-Millionär Alexander Schönleben, und plötzlich nimmt das Leben des renitenten Sachbearbeiters aus Osthofen eine dramatische Wendung …

»Ralf Husmann – der Pate des deutschen Humors.«
Die Welt online

Fischer Taschenbuch Verlag

fi 18618 / 1